U0527343

只手摘星斗 3

扫3帝 著

ZHI SHOU
ZHAI XINGDOU

第142章　芯片之战（一）

还是张邕所在酒店的自助餐厅，张邕和自己的那位故人相向而坐。

"邕哥，你好大本事呀。我和T-key沟通过几次了，他们就是不同意你来参观。我的天哪，能否告诉我，你是怎么混进来的？"

"哈哈，商业机密。有些机密如同魔术，说穿了一文不值。你来中国，来这里怎么没告诉我？"

这位故人正是Mag的供应链主管克里斯托夫。

"我每年都会过来呀，一般是日本、中国台湾，然后去中国大陆走一圈。本来我们也不会通知中国办公室。你的请求被拒绝之后，我就更不会告诉你了。我很怕你擅自来了苏州，然后逼着我带你去T-key，看来我只猜对了一半。你的确来了，却不是我带你来的。甚至你比我还早一步走进了T-key大门。我很困惑，因为我不知道该不该向弗朗索瓦汇报。"

"哈哈，我的建议是，最好不要。但我并不怕你告诉弗朗索瓦，反而是弗朗索瓦会为此为难的。有些事老板不想知道，大家就最好不要告诉他。"

"你是对的，邕哥。其实我当然知道这些事，只是我本来想吓吓你，以为你会害怕。"

"我知道他不想知道，怎么会怕？对了，克里斯托夫，我有件事想问你。那个艾梅尔的芯片，你们怎么烧录的，又是怎么向T-key提供的？我能不能得到和T-key一样的待遇，从你手里购买烧录好的芯片。"

克里斯托夫摇摇头道："抱歉，邕哥，这事绝无可能。第一，这个芯片是定量供应的，你在外面市场上根本买不到的。第二，烧录是我们提供程序后，由艾梅尔烧录后，将芯片发给我们。我们再发给T-key。所有的生产计划，都是一年前定好的，我们严格按采购和生产流程进行管理。所以艾梅尔没有多余的芯片给你，也不会烧录超过计划的芯片。我会按照计划将芯片供应给T-key。所以即使我想给你也做不到。"

张邕严肃地说道:"弗朗索瓦和奥利文可都没有和我说过此事,如果主芯片得不到供应,我这边的事是无法继续的。弗朗索瓦在想什么?他随便的一个想法,可能会导致某些人倾家荡产的。"

"邕哥,我不了解弗朗索瓦的想法。我只是供应链主管。这些事情你最好直接去问弗朗索瓦。我只是从我的职责范围来分析,即使是弗朗索瓦也无法更改计划。我觉得最大一种可能是……"

"是什么?"

"弗朗索瓦这种人,不会随便做决定的,更不会做无意义的事,来和你开玩笑。我的理解,他即使不是对你全无信心,也绝不相信你会一年之内完成这件事。所以就算你做出了什么,他也是把你做的事放在明年的计划里的。我建议你不要太过拼命,如果你提前完成了目标。就只能开始等待。这只是我个人的看法,你可以去和弗朗索瓦沟通。"

张邕微微皱眉道:"我的想法是半年。不是半年完成设计,而是半年后可以批量供货。现在看,这个目标是可能达到的,但如果芯片问题不解决,我们真的要再多等上半年了。"他顿了顿,很坚定地继续道,"我不想这样,我所有的资源只能支持半年的运转,我必须在6个月内完成此事。"

正在进食的克里斯托夫抬起头说道:"你的资源是什么意思?不是Mag的资源?"

"是我自己的钱,现在做的一切事花的都是我的钱。我不是有钱人,倾其所有也只能维持半年的运转。"

"我的天哪,你们中国人都这么具有冒险精神吗?你拿自己的钱做Mag的板子,这太疯狂了吧?"

"我想不疯狂,已经来不及了。克里斯托夫,我问你,我们先不考虑计划。如果现在艾梅尔的生产计划没有问题,你供应给我芯片会是怎么一个流程?"

"不,不,邕哥,你的问题不对,不管什么流程,我都不可能供给你芯片。"

"什么意思？那我的板子怎么加上这个芯片？"张邕脸色越发严肃。

"你做好的板子发给我，我来加上艾梅尔的芯片。"

"你怎么加？法国工厂？还是让T-key来做？"

"肯定是T-key来做。"

"那是不是我把做好的板子发给T-key，T-Key添加完芯片之后，再返给我。"

"不，不，完全不对……"有点激动的克里斯托夫终于不舍地放下了手中的刀叉，抬头面对张邕。

"Ok，邕哥，我来解释一下流程。虽然我并不清楚弗朗索瓦最终的计划，但是，again，从我的工作职责来理解，这件事是这样的。我们不可能在中国把一个半成品板子发给T-key，你选的工厂也不是T-key的供应商。所以你要把你做好的板子发到法国，我并不确定，Mag如何和你结算，这个不是我决定的。然后我们把你的半成品发回中国，发给T-key。T-key完成最后一道贴片之后，会把成品发回法国。那么当你需要板子的话，你需要正式向Mag下订单，付款，然后Mag从法国把板子发给你。"

张邕完全呆住，这个流程远超出他的想象，这简直就是一个弱智的游戏。

中国—法国—中国—法国—中国，整个流程不但周期冗长，而且经过数次国际物流，费用极高，这些成本将来一定会累加在板子上的。那么未来的定价，只怕要远高于他的心理价位，那他后续所有的计划只怕都要改变。

这些还不是最糟的，张邕开始理解，为什么小色娃和方舒都那么反对大色娃的决定，而大色娃如此自信，让奥利文给了他全部的资料。

因为无论他做了多少事，最终的一切还是牢牢掌控在Mag手中。无论大色娃答应了他什么条件，如果有一天双方发生分歧，大色娃可以轻松收回一切。甚至他费心费力用自己抵押房子来完成的OEM改造，大色娃也可以轻易地将成果收归Mag所有。

即使他不给Mag任何资料，Mag可以很容易抄他的板子来仿制，因为Mag抄的就是自己的板子，所以不会涉及任何法律问题。

甚至Mag根本不用这样做，他们可以和张邕谈判，花很小的代价买他的成果。这些成果对其他公司根本没有用，而张邕拿不到芯片，这片板子也相当于一块该丢弃的报废电路板。

谈判的结果，几乎不言而喻。

张邕想着这一切，后背一阵发凉，他赌上了一切的第一个属于自己的项目，将成为别人的嫁衣，而自己很可能遭遇灭顶之灾。

Mag，这个他无比喜欢的企业，带给他的凶险却远远胜过Skydon和Eka。

克里斯托夫看着脸色发苦的张邕，也意识到了什么，他有点后悔，自己说得太多。

他安慰道："你别太紧张，邕哥，这只是我的个人想法。也许弗朗索瓦早有计划，也许他有其他的安排。如果你有什么疑问，最好直接和他沟通。我说的并不算数。"

张邕定了定神，坚毅的表情再次浮现脸上。

"谢谢，克里斯托夫，我相信你说的话，谢谢你的坦诚，这对我帮助非常大。有了你的提醒，我可以早做准备。"说着，他端起了啤酒。

"干杯，克里斯托夫。我绝对不允许有些事情发生，绝对不接受别人轻松拿走我的成果。我会想到办法的。我问一个问题。"

"好的，邕哥，我相信你。你什么问题？"

"没有计划的前提下，有没有可能的渠道可以买到艾梅尔芯片？"

克里斯托夫又一次摇头道："这个太难了，这个芯片并不是有钱就可以买到的。而有资格使用这个芯片的公司，基本不会在市场上转卖这个产品。"

"以你的理解，最可能买到这个芯片的机会是什么？"

"除非某个企业濒临倒闭，或者改变方向，总之就是企业发生变化，但手里还有艾梅尔芯片的库存，才有可能出售。这种事不一定有，只怕要等机会。但艾梅尔因为太过重视计划,所以他的用户一般不会需要额外的芯片。这个现象很有趣,想买的买不到,想卖的也并不好卖。所以碰到这种机会,很大概率可以买下来。但是……"

"难道奥利文没有告诉你吗?"

"你买到了也没用,不是从艾梅尔手中直接购买的芯片,他们不会提供烧录的服务。你买到的只是一堆看似很值钱的电子垃圾,根本毫无用处。"

张邑不置可否:"谢谢你的提醒,不过你来中国这么多次了,应该很了解中国的制造业吧。你觉得中国人有可能搞定一台艾梅尔芯片的烧录器吗?"

"这我不敢肯定,虽然中国在某些灰色地带的科技水平的确很高。只是,如果艾梅尔之外有人能搞定这款烧录器,那我想,一定会在中国。但是我提醒你一件事……"

"你说。"

"我是一个知识产权的坚定拥护者,我并不喜欢中国随处可见的'山寨'行为和产品,"他讲了一个中文的词语,"而在Mag,我绝对不同意你用一些不正当的手段,来完成这件事。我知道欧洲人,特别是法国人的问题也很多。但在知识产权方面,我们绝不让步。邑哥,虽然我所说的这个复杂流程对你不公,而且我也不太相信弗朗索瓦真的会有更好的安排。我觉得他就是要通过这个流程和规则来掌控一切。从他的角度,他没做错。如果你用了一些非法的手段参与到Mag的产品中来。邑哥,你将失去我的尊重。"

张邑嘴角浮现一丝嘲弄的微笑:"你们西方人的逻辑永远是这样吗?可能我们做得不够好,不够公平,但你不能用非法的手段抗争。我们做得不好,可以说声对不起,但如果你用激烈手段对抗,我们就用法律、人权甚至武力来解决问题。这是不是有一点Pir……的逻辑。"

张邑吞下了半个单词。

克里斯托夫的脸上有些涨红:"我们并没有违法,而且全世界都知

839

道，不尊重知识产权，盗版拷贝的行为是错的。"

"那你们利用自己的科技优势，以很小的代价在发展中国家牟取暴利，这是值得称颂的吗？"

克里斯托夫眯起了眼，这代表他进入了一种对抗的状态。

"中国区有一个叫晓卫的人，不知道你是不是认识？"

张邕忽然听到这个熟悉的名字，心中一跳，表情已经承认了。

"看来你认识他，我觉得卫星导航行业的中国人都知道他。我听过他的一些故事，所以我想说的是，在发展中国家牟取暴利的，其实并不都是西方人，你同意吗？"他笑得有些不怀好意。

"我同意，这里还是适用你们的逻辑比较合适，他做错了，但不代表你们是对的。"

"邕哥，我饿了。我刚才看了下表，至少有15分钟了，我没吃一口东西，只在这里和你讲话。"他指了一下眼前盘子里的美食，"我觉得我对不起它们了。"

张邕笑道："好吧，朋友，你继续吧，不要让它们失望。还要啤酒吗？"

"嗯，帮我要一杯。"

一场口舌之争消失于无形，张邕也开始享受自己的晚餐，但眼中一丝忧虑，始终无法消散。

芯片，芯片，这个问题一旦走进他心里，就再也挥之不去。

他暗暗地咬了咬牙："烧录芯片而已，又不是自己造芯片，哪有那么难？搞定它。"

他又想着克里斯托夫关于知识产权的谈话，是的，他可以在口舌上和克里斯托夫针锋相对，但内心里，他本身也是一个知识产权的拥护者。特别是和Mag做的这件事，虽然他用了很多并不算光明正大的手段，但可以做到问心无愧，因为一切都是Mag和大色娃支持的。

但他如果真的拷贝Mag的程序，那么这件事的性质将彻底改变。大色娃会将他作为一个剽窃者而绳之以法。而小色娃和方舒，无论多么同情他，恐怕也绝不会，或者是绝不敢在这件事上为他讲话，这根本为西方的价值观和中国的法律所不容。

张邕心中对自己说："弗朗索瓦，我还是低估了你，你开出的条件，我真的该三思才对。但既然已经如此，我不会让你太过得意，我一定会用合理合法的手段来保护自己的权利，也要给你这么高高在上，玩弄别人于股掌之间的人一个教训。"

吴江，晴朗的周末，张邕和沐云天又酣畅淋漓地打了一场球。

如今这个"老年四人组"在La篮球公园居然小有名气，这让沐云天彻底放下心中芥蒂，完全原谅了张邕。

同时他对这个球场搭档也有些好奇，那天发生在车间的危机，张邕居然挥挥手就化险为夷，认识老外可能是碰巧，那个老外居然帮他打圆场。

"你和那个老外到底是什么关系？怎么认识的？"

"他就是你的客户，法国Mag的人，我认识他当然不奇怪。我早说了，我为Mag工作，而且来拜访T-key是Mag同意的，所以Mag的人才会帮我开脱。我说没真正骗过你，你现在相信了吗？"

"好吧，看你球打得这么好，我相信你了。明早八点，到我小区门口接我，我们去昆山。"

昆山，号称全国百强县之首，张邕自然没有想到，这个榜首居然一直延续下来，直到2020年以后。

这里大大小小的工厂星罗棋布，有国际知名的制造企业，也有三五个知己、热心青年组建的小工厂。

不同于很多地区的低端制造，最新的一份统计中，这里的先进制造业产品比例几乎达到一半。

张邕的车载导航似乎和主人一样，面对成千上万的加工企业有些迷失。后来全靠坐在副驾的沐云天指路，张邕驾车七拐八拐，驶入了一个小镇，然后又很快驶出，最终进入了离镇子不远的一处院落。院子大门上几个铁铸的大字：悦鑫制造。

悦鑫的老板王悦鑫是沐云天曾经的T-key同事，并和T-key一直保持着合作的关系。T-key偶尔会把一些自己并不愿意做的小项目扔给他们做。

靠着大树乘凉，这样的小企业在昆山数量巨大。

与大企业的傲慢不同，王悦鑫对客人极为客气，他称沐云天为天哥，叫张邕为张老板，将两人恭敬请入办公室，又是递烟，又是上茶。

张邕简单参观了一下王悦鑫的生产线，虽然无论规模和先进程度都远不能和T-key相比，但完成张邕的板卡制造应该没有什么问题。

说起原材料供应，没等王悦鑫开口，沐云天在旁边应了一句："这个没问题，我帮他搞定。"

张邕心中踏实了不少，这本就是他来T-key的目的，有了沐云天的配合，这些事做起来一定事半功倍。

一切尘埃落定，张邕想起了自己最大的烦恼，他掏出一块板子，递给了王悦鑫。

"这个芯片，你有没有可能搞定它的烧录，做一个烧录器出来。"

王悦鑫立刻摇头道："这个可不是我们所长，我做不了，建议你去深圳华强北看看。我们只是可以帮你一点小忙，比如，把这个芯片帮你取下来。"

张邕愣了愣道："这个芯片当然可以取下来，我自己都有办法。但它本身就是一次性的，你取下来，针脚就会出问题，基本上也就报废了。"

沐云天和王悦鑫同时笑了笑："张老板，这一类芯片可能都被认为是一次性的，但是在我们手中，可以反复使用。你要是相信我，就让我们试一下，待会给你一个芯片，完好无损，你随时可以再次使用。"

第143章 芯片之战（二）

美国得克萨斯州，圣安东尼奥郊外一个小镇，丹尼尔斯电子厂。

老板麦克·丹尼尔斯接到一个陌生的电话。

"麦克办公室，哪位？"

"这里是霍顿咨询公司，请问你是不是刚刚从欧洲购进了一批报废的电路板，我有一个买主，对此很感兴趣。"

"抱歉，先生。丹尼尔斯本来就是做废弃电路板回收的，我们只会自己处理，不转卖。"

"丹尼尔斯先生，我从来不知道电路板回收行业有这样的规矩。这样吧，我改变一下我的需求，我想购买这块板子上的一个元器件，这样可以吗？"

"当然，我们就是做这种生意的。你要什么？"

"我在湾区，方便的话，我现在就飞过去。明天上午我们面谈，可以吗？"

丹尼尔斯皱了皱眉，似乎这批板子没有什么敏感之处，需要什么不能电话沟通呢？但他最终没有拒绝："好的，明天上午十点，到我办公室。告诉我你的全名。"

霍顿挂了电话，一脸得意。

"张邑，这次是我帮了你们。就算我真的欠你什么，也该一笔勾销了。李可飞，王八蛋，你等着在中国请我吃饭吧。不过霍顿从不会免费帮忙，张邑，谢谢你给我一笔大生意。"

霍顿的能力已经今非昔比，不到一周时间就找到这样一批货源。更令人高兴的是，这批货物居然出口到了美国，离湾区只有三个半小时的航程。

"张邑，你要的东西我已经基本搞定了，明天上午就会和买主见面。我想知道你的底线，数量和价格。"

"老霍，本事越来越大呀。据说现在李可飞已经不爱见你了，因为每次见面都是他请吃饭。"

"哈哈，老霍凭本事吃饭。自己挣出来的，不吃白不吃。在上海，李可飞在你的怂恿下，吃了我多少顿饭。有生之年，我要一一吃回来。说正经事吧，你要多少片那个芯片？"

张邕脸上总有一丝狡黠的微笑，这种表情在他脸上出现，并不常见。

"我要10万片。"

"价格呢？"

"一片5美元之内吧。"

"张邕，你耍我。50万美元，你拿得出？不会几年不见，你现在挣得比我还多？"

张邕笑笑，镇定自若地说道："当然不会一次性的，可能分几批，比如一次先拿5000～10000片。我也在这个行业十多年了，这点钱我总拿得出吧？"

"好，我明白了。我会尽量按你心里的底线谈成此事，但你这个价格太低了，我只能说尽力。"

"老霍，我说5美元不是我的下限，是所能承受的最高价。如果你能3美元或1美元搞定才是我想要的。"

"张邕，不要想得太美，要不你来美国亲自来谈吧。"

"底线都给你了，我相信你的能力。对了，至关重要的一件事，别忘了。"

"什么？"

"我要10片样片，需要你亲自带到中国来。"

"不信这批货，还是不信我？这么小心。"

"老霍，你想多了。我是既不相信这批货，也不相信你。但我等你的好消息。"

"妈的，我几乎忘了，你是比李可飞更坏的一个。"

第二天上午，霍顿如约来到了丹尼尔斯电子厂。

"你是要这个？"麦克略带愤怒地问。

"怎么？有问题吗？"霍顿一脸平静。

"我不知道，是你的客户不太聪明，还是你没和用户解释清楚。这个芯片是取不下来的，取下来也就作废了。你飞了3个多小时过来，就是要来说这句没意义的话吗？"

霍顿做沉思状："这样吗？客户没和我说呀。给我一分钟，我需要打个电话。"

霍顿走出麦克的办公室，嘀嘀咕咕打了一通电话，再回来时，一脸的懊丧。

"太糟了，太糟了。这次我可是犯了大错误，本来是一个大生意，如今只怕大大缩水，这根本不值得我来一趟。这次损失大了。"

麦克不耐烦他的唠叨："霍顿，我很遗憾，你是来告辞的吗？那祝你一路顺利。"

"不，不，生意还是要做，货也还要，但是不需要你们取芯片了。客户现在只要你把带着芯片的这部分，完整地从板子裁下来，连着板子一起给他们就行。但这价格就……"霍顿一副痛不欲生的表情。

非常可惜，霍顿如此精湛的演技，并没有打动麦克。他皱着眉问："什么价格？你准备要多少？"

"本来可以卖到10~20美元，但如今这样，只剩1美元了。他们还不是很情愿，说这是给出的最高价格。"

"我再问一遍，你要多少片？"

"10万片，哎呀，10万美金的生意而已，真的不值得我跑一趟过来。但只能继续了，不然连路费都挣不出来。"

麦克嘴角浮现一丝微笑，一个根本卖不出去的完全无用的芯片，如今可以挣10万美金，而且几乎完全不影响整块板子的价值。这显然是笔不错的生意。

"霍顿，看来你只能白跑一趟了，这个芯片欧洲的市场报价，是55

欧元,我准备最低卖到5美元。你这个价格我没有办法接受。"

"太糟了,×××,"霍顿吐出一连串F字母开头的英文单词,"这次连机票钱都挣不回来了。抱歉了,麦克,不是你的问题,是我太不专业了。能帮我叫车去机场吗?我回去了,再见。"

霍顿转身推门离开,一边走,一边嘟嘟囔囔做无比懊丧状。

在丹尼尔斯的加工厂门口,霍顿没有见到出租车,却有一名丹尼尔斯的员工拦住了他。

"您好,先生。丹尼尔斯问您,有没有可能提高一些价格,2美元是否可以接受?"

"我当然想接受,价格越高,我的佣金越高。可惜如今用户最高出到1美元,很有可能只接受80美分,算了,谢谢丹尼尔斯先生。请问,帮我叫出租车了吗?"

"丹尼尔斯先生很感谢你飞来德州的诚意,他最终同意1美元的价格卖给你这片裁剪下来的芯片。"

"谢谢丹尼尔斯先生,虽然没有什么利润,但总比空手跑一趟要好。这样给我10片样片,我带回去给用户复命。"

这不是霍顿最大的一笔生意,但几乎是最成功的一笔。他帮了张邑的大忙,还清了所有的人情,还顺手为自己挣了40万美金。

3天之后,他登上了旧金山飞往北京的航班。

然后得到了张邑的热烈欢迎,但没见到李可飞的霍顿显然有点不开心。

"怎么,你没约李可飞一起吗?"

"到了吃饭的时候,我会让他来,好了,先把板子交给我吧。"

"验货吧,张老板。"

张邑认真而又贪婪地一片片地检查着板子,特别是看着上面的艾梅尔芯片,眼睛放光。

然后他拿出了电话:"李可飞,我和老霍在Tutu家咖啡厅。我们的生意已经谈完了,你可以过来请他吃饭了。抱歉,今晚我有事,就不参与了。一个Skydon的人，一个Mag的人，混在一起被人看见也不太好。"

"张邕，你怎么变成这样了，只讲利益完全不讲情面是吗？我看你敢走，你信不信我和老霍多说你点坏话，让他以后永远都不和你合作……喂……喂，妈的。"

张邕挂了电话，然后对霍顿道："你就这里等一下，李可飞应该很快就会来。我先走了。至于这10块板子，我按每片500美金付款，其他的所有的相关费用，机票差旅都算我的，你出费用清单，我和板子费用一起支付给你。好了，谢谢你的帮忙，再见。"

霍顿感觉到了一丝不对："张邕，你什么意思？你的目标只是这10片板子是吗？10万片根本是你在忽悠我？我在帮你忙，你就这样对朋友吗？"他的声音逐渐升高。

张邕居然笑了笑："老霍，先问你一件事。如果我真的采购这10万片，你能从中挣多少？我猜的话，你最多肯给那个工厂1美金一片，我猜得对吗？"

"你怎么……"霍顿忽然顿住，无法再说出话来。

"看来我猜对了，霍顿，你一直都是我的好朋友，我们彼此非常了解。所以我不忍害你。"

"你现在没有在害我吗？"

"当然。我记得你说过，你是个合法的商人，从来不做违法的生意，对吧。"

"是的，但这个回收旧电路板、拆元器件的生意本就是合法的。我最多也就是带10片板子来中国没有申报，但这板子根本没有价值，我不会负法律责任，最多补交一点税。"

"你买卖板子并不违法。但这个芯片是一次性的，而且全球限量发售，很容易查到来源。如果有人破解了这个芯片的烧录，然后窃取了其他厂家的程序，复制了整套板子，拿到市场上去卖。会不会违法？这些芯片会很容易被查到是通过霍顿公司来交易的，只怕你很难说清楚，即使你摆脱了嫌疑，只怕在行业内的声誉会受损。我说得对吗？"

"你……"霍顿再次语塞。

"我拿10片板子，最多只是科研。如果真拿10万片板子，我们俩就都有麻烦了。所以即使我真的要板子，也不会通过你。谁让咱们是朋友。"

"高明，"霍顿咬牙切齿地拍手，"真高明，张邑，你比我曾经做的事还要高明，真的小看你了。但我还是不懂，没有10万片板子，这区区10块板子你能做什么？"

他有些不服，被张邑耍了并不是他不够高明，而是张邑做的事完全不合逻辑。10片芯片能干什么？没人会做这样的事。

"做非法的事，自然不够，但是如果做合法的事，足够了。老霍，其实我很感谢你，但我现在很穷，5000美金是我能给出的最高价了。以前，李可飞总说，你欠我一个人情。从此之后，你不欠我，反而是我欠你的。以后见面，每一顿都我请。"

"妈的，那你倒是请呀，别走，留下来一起吃饭。今天不要李可飞付钱，你来买单。"

"今天不行，我有事。好了，下次见，祝你和李可飞用餐愉快。"

张邑走了，身后留下霍顿的一连串美国国骂。

悦鑫制造的水平就和王悦鑫所说的一样，完全没有让张邑失望。

如今他手里有了11片芯片，看起来完好如初，完全没有用过的痕迹。

这里有一片带着Mag程序的原装芯片，还有10片不知道装着哪家程序的艾梅尔芯片。怀揣着11片芯片，张邑来到了深圳。

接下来的每一天，张邑徘徊在华强北电子市场的每一个角落。

"我想做一个这个芯片的烧录器，可以吗？"他无数次地问着同一个问题。

对方基本上只是扫了一眼，就回答："艾梅尔吗？做不了。"

3天时间，不算长，但足以让张邑感到无比绝望。

法国南特，Mag总部。

一个月，四个周例会，小色娃和奥利文都没有再提过张邕的进展，大色娃也没有继续追问。

每个人都认为张邕即使还在坚持，只怕也是遇到了问题，放弃只是迟早的事。

大色娃和方舒通了一个电话："赛琳娜，或许这是你想要的，张邕并没有完成我让他做的事。可惜，我以为他可以创造奇迹，很可惜我看错了。他很不错，管理中国办公室完全没有问题，但搞定一块OEM板，显然我们高估他了。"

方舒叹了口气道："我只希望他没有放弃得太晚，没有把自己完全地陷进去。"

直到克里斯托夫返回法国，大色娃才知道，张邕居然混进了T-key去参观。他内心偷笑了一下，但面上一团严肃："够了，克里斯，不重要的事情我不感兴趣，T-key的事与我们无关。"

"只怕有些事会有关，张邕无法接受我们的流程和管控，他说要搞定艾梅尔芯片的事。"

大色娃耸耸肩道："我希望他能创造一个小奇迹，他却把自己当成了超人。"

绝望的张邕几乎不抱希望继续游荡在华强北电子市场的每一个角落，如果Madam见到他这副样子，一定无比心疼，他衣着不整，面容憔悴，整个人看起来失魂落魄。

夜色降临，张邕回自己的酒店，他整理了手中收到的名片。有一部分是在摊位或者店铺上拿到的，还有一些是市场里流动人员发给他的。

他翻出一张无比简单的名片，白色卡片上面写着"复制板卡芯片"，下面只有一个应该是不记名的手机号码。

张邕拨了过去，只是一种病急乱投医的心理，没抱任何希望。

"喂，你好。"

"我想问一下，可以烧录艾梅尔芯片吗？"

"可以。"对面的人只回答了两个字。

第144章 芯片之战（三）

华强北的一家麦当劳，一个男人，正端着一杯可乐，大口喝着。

乱作一团又连成一片的头发和胡子，似乎很久没洗过。经常熬夜而布满血丝的眼睛，污秽的T恤衫和拖鞋。但没人把他当作乞丐，他有一种睥睨天下的气质，似乎自己就是这里的王。

张邕和此人在电话里约定了见面的时间和地点，但并没有介绍自己的特征和衣着。张邕一进餐厅，就知道，这个一定是他约的人。

"刘芯？应该不是真名字。"

"张邕？你应该是实名吧。这么光明正大来破解芯片的人并不多。"

"我不违法，没必要藏头露尾。"

"复制别人芯片还说不违法？"

"我自己研究用，不用于商业用途，也不会在市场上销售，当然不违法。"

"这么巧，"刘芯笑了，露出一排被烟熏得焦黄的牙齿，"我也只做合法的事，帮助别人做科研，自己从来不用于商业用途。"

"你能烧录艾梅尔芯片？"

"不，"刘芯摇头，"除了艾梅尔自己，没人能烧录他们的芯片。"

张邕霍然而起："你电话里答应过的，耍我吗？"

刘芯对张邕的愤怒不屑一顾："我答应你，是因为我知道你想做什么。像你这样的，我一年见好几百个，就你这样的，还想烧录艾梅尔芯片。好呀，我可以做到……"他一伸手，"拿来？"

"什么？"

"烧录的程序呀。"

"我，我还没拿到，但只要你能做，我会有的。"张邕应对能力的修炼，虽然已经达到了可以戏耍一下霍顿的水平。但说谎的时候，还是不能做到完全镇定自若。

"得了吧，我还不了解你们。你是否做违法的事，我不知道，也不关心。但我知道，你根本没有烧录程序。但你应该有原厂的芯片，你要做的不过是复制芯片而已。我说错了吗？"

张邕没说话，但神情已经坦白了一切。

刘芯阴恻恻一笑，张邕扭头无法面对那一排黄牙。

"拿来吧。"刘芯又一次伸手。

"什么？"

"你是真糊涂，还是装糊涂？芯片呀！"

张邕看着眼前这个散发着独特气息，浑身衣服加起来价值不超过一百的人，不太相信这是自己要找的人。

"你凭什么要我拿芯片给你？怎么让我相信你能做到？要不咱们去你的工厂谈。"

"没人能去我的工厂。我能不能做到，试一下不就知道了。拿来吧。"

见到张邕依然犹豫，刘芯不屑地笑了："别觉得自己的东西多值钱，看不起我？告诉你，我一年经手的芯片够你看一辈子的。你手里那点东西也就自己觉得珍贵，在我眼中一文不值。给我吧，痛快点，不给咱就拜拜。"

张邕咬了咬牙，掏出两枚包裹着的芯片，说道："这枚是原芯片，将里面的程序复制到这一枚芯片里面。"

"好。"刘芯留着长指甲的脏手，随随便便将两枚芯片抓起来揣入裤兜，看得张邕暗暗皱眉。

"3天之后，这个时间，还在这里见。"

"等下，"张邕一把拉住起身要走的刘芯，"你这就走了？你不回来的话，我去哪里找你？你这样拿着我的东西走了，没有个抵押或者担保手续？"

刘芯将手一摊，掌心放着两枚艾梅尔芯片，说道："不信我，就拿回去，当我没来过。信我，就3天后过来，在这里等。你选吧？"

张邕松开了手，说道："3天后见。"

度日如年的3天，张邕3天里并没闲着，继续在华强北寻找着机会，但再没有一点有用的信息。

3天后，张邕早早地来到了麦当劳。刘芯则是几乎准时出现，张邕很怀疑，他这3天不仅没有换衣服，大概率也没有洗脸。

"还你一枚芯片。"刘芯像扔硬币一样，啪的一声将一枚芯片扔在张邕面前。张邕拿起，发现一侧的几个针脚已经发黑。

"被烧坏了，不能用了，再给我一枚。"

"原芯片呢？"

刘芯摊开手道："在这里，完好无损。"

"你没有搞定，还烧了一枚芯片，我凭什么再信你。"

"若真的那么容易，你就不会在这里费心等我了。烧一枚芯片很正常，想做，就再给我一枚。不做了，这枚原芯片还你。"

张邕又一次咬了咬牙道："好，我陪你赌到底。"

5枚芯片拍在了刘芯手上，刘芯又一次露出一嘴黄牙道："可以，挺有气魄。3天后再约吧。"

汤力维电话张邕。

"老大，好消息、坏消息先听哪一个？"

"好消息。"

"杰创的图纸出来了。我们仔细评估过了，因为不能制板测试，不能百分百确定是正确的，但我们相信，准确度高达95%，而且肯定是无关紧要的小错误，在制板的过程中很容易发现并修复。"

"坏消息呢？"

"电路板的设计比想象的复杂，要做电路更改，有些地方必须换掉一些料才能完成。我预估至少要4个月。你的6个月就完成量产的目标，只怕很难完成。"

"我给你们3个月时间，但是发6个月的薪水，必须搞定它。你联系王悦鑫，你们一起去他的工厂，和悦鑫的工程师一起来做。换料的事，当面直接商量。完成之后立刻制板，有问题现场解决。就这样做吧。"

"好，我马上联系王悦鑫然后去昆山，相信我，我们会尽最大努力。至于薪水，等我们搞定之后再发我们额外的吧。其实我更担心艾梅尔芯片的事，我们这边，主要就是工作量和时间的问题，最终可以解决的。但芯片问题不解决，你确定我们要上线制板贴片吗？我们这边做得越好，后面风险岂不越大？昆山这些工厂都精明得很，什么都可以帮我们做，但是做任何事，我们都要付出代价的。"

"芯片的事很快就会有眉目，大胆去做吧。我们做到10%后失败，和做到90%后失败，并没有区别，不要计较付出了，把事情搞定。"

"好的，老大。"

张邕又一次来到了同一家麦当劳，等待着那个带着特别气息的身影。

时间临近，张邕莫名紧张，如果这个自称叫刘芯的人从此失踪，他失去的就不仅仅是3天又3天的时间。

刘芯终于出现，张邕长长出了一口气。谢天谢地，他换了一身衣服，还是破旧的T恤衫大裤衩加拖鞋，但至少干净些。看他的样子，很有可能这3天里还洗过一次澡。

"这个还你。"刘芯依然是毫不珍惜地扔过来一片芯片。

张邕收下，这是他的原芯片。

"啪"，又一片芯片扔在面前，张邕拿起，脸色微微发白。针脚发黑，这片也被烧了。

"啪"，第二片，张邕拿起，针脚发黑。

"啪"，第三片，针脚发黑。

"啪"，第四片，针脚发黑。

张邕脸色也一同发黑，又似乎在发白。

"啪"，最后一片，张邕的手微微颤抖，他拿起芯片，先闭上了眼，然后做了3次深呼吸才慢慢睁开眼，端详着手中的芯片。

芯片在手中转了一圈，又将芯片反过来，再转一圈。然后抬起头，看着对面那一嘴黄牙，声音颤抖地问道："行了？"

两排黄牙中间，传出了笑声。

"张邕，你还说不是用于商业用途吗？看你这样，只怕赌上了身家性命吧。"

"怎么证明你做好了？"

刘芯一直满不在乎的表情中，忽然显出一丝愤怒："要相信我们的专业，拿回去测试吧，测试好了回来，为你说的这句话道歉。"

"那好，3天后，这里见，没问题我付钱给你。"

"好。太热了，给我买一杯可乐。"刘芯还是一副满不在乎的样子。

张邕倒愣了下："这么痛快，不怕我赖账？"

刘芯咧嘴笑道："看你紧张的样子，怎么会只要一张芯片，你还会回来的。我一点也不担心你赖账。"

张邕笑了笑，心道："你很聪明，但很可能失算了。"

他道："3天后我们还是先通电话吧。我先给你1万定金，再说后面的事。"

刘芯也有点意外："这么急着付钱的倒也不多见，我先收下，后面的价格依据你的数量来定。如果还是零星的数量，那就1000块一个。"

"谢谢，刘芯，我就一个要求，你要是换电话号码了务必告诉我。能遇到你这种大神的机会不多，一定要保持联系。"

两个芯片都以最快的速度发回了悦鑫制造。

当天晚上，张邕就得到了反馈，两个芯片一模一样，而且都可以正常工作。

张邕没有在深圳多停留，他给刘芯发了个短信："一切正常，以后再见。"然后他买了机票飞上海，从上海开车直奔昆山。

尊敬的弗朗索瓦：

非常感谢你的信任，让我从事Mag新一代双频测量型OEM板的改造工作。

在奥利文和弗朗索瓦的支持下，我们取得了不错的进展。附件1的照片是我们新一代OEM板设计图，附件2是PCB板照片，附件3是我们没有全部完成的OEM板照片。

因为缺少艾梅尔的芯片，所以我们无法完成整个产品，甚至无法对当前的制板进行测试，也无法知道设计是否有缺陷，以及制板的良品率。

偶然地，我在中国遇到了克里斯托夫，他向我解释了关于艾梅尔芯片的一些情况，以及使用这个芯片的流程。

我觉得有必要向您提出正式申请，我们必须改变这个流程，否则我们新一代OEM板很难下线。

我现在需要，100片带有程序的艾梅尔芯片用来最后测试，彻底完成当前的OEM板开发，满足量产的一切技术要求。

同时，我希望之后，OEM板将正式在中国的工厂（非T-key）加工制造，我们将安排计划，正式向Mag下关于艾梅尔芯片的PO，希望可以得到您的批准。

最后一个附件，是我对于未来中国市场OEM板销量以及工厂产能的预测。

如果您同意的话，我们安排一次在法国或者中国的会议来当面交流上述问题。

真挚问候

邕哥

邮件打开，显示在电脑屏幕上，大色娃目光徐徐扫过眼前的小色娃、奥利文和克里斯托夫。

"绅士们，对邕哥的要求，你们怎么看？"

几个人都已经读过了这封邮件，奥利文率先道："我想说的第一句话是，弗朗索瓦，恭喜你。你的计划成功了，一切都非常完美。正如你说的，邕哥创造了奇迹，他完成了这块板子的改造。虽然他还没提供任何资料，只是发了照片和截图过来。但从我的专业角度看，他的设计是没有问题的。不可能完全没有bug，但这个需要整板的测试才能发现和优化。我知道艾梅尔芯片的诸多原则，但我认为，我们应该支持邕哥一下，把这件事情做完。这是符合Mag利益的。"

"我同意，"小色娃立刻跟上，"既然邕哥做到了他该做的事，后面我们尽快跟上，否则邕哥的一切努力都将成为无用功。艾梅尔芯片的事，我们应该从现在开始就与艾梅尔沟通，看看是否可以适当修改他们的供货计划。"

"你怎么看？"大色娃转向了一直没有开口的克里斯托夫。

克里斯托夫在心里叹了口气，他当然知道张邕提的要求很难满足，这里不仅有艾梅尔的规则，其实还有Mag的规则以及欧洲企业的某些潜规则。

"我觉得，"他缓缓道，"无论如何，我们应该先解决他目前急需的100片芯片。之后正式生产的计划，我们到时候再讨论。"

奥利文和小色娃立刻表示赞同："是的，这100片我们应该尽快发给邕哥。"

大色娃没有点头，他问道："能不能让邕哥把他的设计直接提供给T-key进行生产？"

小色娃脸上一丝恼怒地说道："弗朗索瓦，这样的话，对邕哥就太不公平了。而且，我们没有付给他一分钱，所以目前他的成果是属于他个人的，与Mag无关。除非我们花钱买下来。但我们和邕哥约定的条件并非如此，你不能等他完成了任务就毁约。"

"我答应了邕哥什么？你把签字的文件找出来？"大色娃一脸无辜。

"你……"

"艾梅尔芯片的使用规则，并不是我定的，想改变很难。包括前期的100片芯片，我无法做决定直接发给邕哥。"

"那我们该怎么做？"

"弗朗索瓦，你给张邕回信，告诉他目前他的请求无法实现。请他尽快准备100片板子，发给我们。同时去向艾梅尔申请100片芯片，等中国的板子到了，我们打包一起发给T-key苏州工厂。"

"弗朗索瓦，你这样做的话，邕哥可能至少要花两个月才能拿到我们从法国寄过去的成品，来完成测试。你觉得这样的效率，是邕哥可以接受，还是TS可以接受。"

"是的，"奥利文也补充道，"这样要两次中欧之间往返，运费和关税就是一大笔钱，再加上时间成本，这样我们做新板子的成本就太高了。"

大色娃正色道："艾梅尔的规矩不好改变，我们的政策不好改变，这个我们都知道。但还有更主要的原因，我不想把芯片发给邕哥。在他接下这件事之前，你都好像是反对的，我没记错吧？而且都是站在他的角度，怕他陷入困境。但结果呢？他完成了这块板子的设计。我们不该对这样的人多一些小心提防吗？我绝对不希望任何一个芯片单独经过他的手，因为我无法判断，他是否能做出些可怕的事情。"

第145章　芯片之战（四）

汤力维拿着4块板子来到王悦鑫办公室，对着张邕摇摇头道："还是有问题，需要改进。"

王悦鑫接过板子说道："交给我吧。"

片刻后，垃圾桶里多了4块废弃的电路板，而汤力维重新拿回了4个芯片。

大色娃并不知道，他既低估了张邕的能力，也对中国OEM板的研发进度估计不足。

张邕从霍顿手里拿到的10个芯片，刘芯实验过程中，烧毁了5个，损坏率达50%。但剩下的5个已经全部复制成功，并且已经在悦鑫制造的工厂里，变成了5个全新的GNSS OEM板。

事情当然并不像张邕等人期望得那样顺利，无论是杰创的图纸、汤力维的改造，还是悦鑫的制板贴片，都或多或少存在一些问题。

但在沐云天的帮助下，王悦鑫很快备齐了所有的料件。而因为悦鑫制造出色的拆解技术，几个艾梅尔芯片可以反复使用，这几个芯片的实际价值和使用率几乎已经超出了张邕向大色娃要求的100片。如今汤力维和手下人就在悦鑫制造里办公，杰创也派出了一名测试工程师来到了昆山。遇到问题，几方立刻沟通、修改、解决，重新制板、贴片、测试，一气呵成。

很多人每天睡眠不足5小时，张邕从大家身上依稀看到了刘芯的影子。

如果给他们的效率值一个量化的数字，他们一天完成的事，法国人大概要20~30天才会完成。

那天张邕接到了小色娃的回复，告诉他大色娃不同意他的请求，要求他准备100片半成品的板子发回法国测试。

张邕没回邮件，读的时候，他就轻蔑地笑了。发100片板子回法国？不要说来来回回数周的物流，就是这块板子每修改一个版本，法国人的反馈只怕要一周以上，之后的修改完善，再加一次往返的沟通和物流，只怕一个月能完成一个版本已经是神仙速度，很可能要接近两个月的时间。

如今汤力维他们已经修改了近10个版本，这个进度，按大色娃的流程，只怕要一年才能完成。

王悦鑫再一次给了汤力维几个芯片，然后对张邕道："我们的确有这手艺，可以反复利用芯片。但这不可能是无限的，这几片芯片已经接近极限了，只怕下一次就会作废。你既然可以搞来这10片，就再多搞一些吧。"

张邕点头道："我会让汤力维他们尽量节省费用，希望在他们报废之前彻底完成这个板子的制作。"他要了霍顿一次，不太相信霍顿还会帮忙。而且霍顿本身也是从丹尼尔斯要的样片，再拿一次货，只怕并不容易。

"你手里是不是还有一片芯片？"

"这片不能给你们，这是我要送给法国人的礼物。"

新的漫长的一天，在昆山的这些日子，张邕觉得每一天都是漫长的。

他走进汤力维几人的临时工作室，发现只有杰创的测试工程师李斌一人。

"其他人呢？"

"他们都去睡了，今天可能要下午才会起床了。我在测试这片板子，汤力维让我在这片板子连续运行24小时之后再通知你，你来早了，还差2个小时。"

张邕呼吸急促，口舌发干："动态测试做了吗？"

"昨天夜里测了几百次，我的感觉，性能应该是优于捷科的。"

一切来得这么突然，没有任何铺垫，也没有什么特别的欢呼和庆祝，张邕强作平静，声音微微颤抖地问道："你是说，我们搞定了？"

"可以这么说吧，即使没有任何升级和优化，就当前这块板子已经可以作为一块成品板子。"

"为什么没人告诉我这个好消息？"张邕一时间有点不能自已。

李斌微笑道："我刚说了，汤力维让我24小时连续运行无故障后再通知你，但你来早了。恭喜你，张邕，我们做到了。"

刚刚来到工厂的王悦鑫，刚一下车，忽然听到汤力维工作室传出张邕声嘶力竭的一阵高呼，他以为出了什么大事，匆匆跑了过来。

却看到神色激动的张邕，蹲在工作室的门口，正在擦脸上的泪水。他笑了，今天应该是有好消息。

"张邕，邵总让我再给你一份报价，不高，10万。他说你要是做成了，就把账单给你，如果你失败了，这事就不用对你提起了。"

测试成功之后，李斌最先递给张邕的是一份账单。

"哦，尾款吗？我马上付款，10万似乎不多，不应该是20万吗？"

"不，邵总说，图纸的费用你已经一次性付清了。不再收你的费用，这次是额外的开发，你也可以不接受，因为这个开发并不是你委托的。"

"是什么？"

"在我们剥离你那片主板功能的时候，一部分还原和补充了GNSS板，另外一部分，我们做成了一个独立的开发板，就是现在测试用的这一块。"

"谢谢你们的细心。电路图的款我愿意付，而且我觉得应该不止10万。但一块开发板怎么也不值10万吧，你们邵总又在搞什么玄幻。"

李斌笑道："当然不是一块开发板这么简单。主板上有一块编码器，我们移植到GNSS板上，并换成了自己的。你上次不是从国外某网站拿到了Mag的interface吗，现在我们基于这个新编码器和你的interface，做了一套Mag板子的控制程序，不但可以联机调试板子，还可以设置这个板子的升级，以及计算这块板子选项升级码。现在你知道这块板子的意义了？愿意付钱吗？"

张邕喜出望外地说道："就是说这套板子的控制软件是我们的，Mag即使复制了这块板子，也只能通过我们的程序做升级。"

"是的。当然，Mag想解决并不难，他们可以换掉这个编码器，重新设计电路。但我猜，他们不会这样做的，是吗？"

张邕笑了，的确如此，法国人如果肯做这件事，就不会把改造板子的事扔给中国区了。

"太感谢了。你和邵总说一声，他现在有涨价的机会。"

"不用，邵总和我说了，你要买就10万，你要不买，他就把程序彻底粉碎。"

"买，我马上付款。"

邵文杰这一神来之笔帮了张邕很大的忙，这本来就在他的计划之中，但本想下一步再搞定。没承想杰创提前送了他这份礼物。有了这套东西，再加上他手里的芯片，他和大色娃的斗智斗勇的对决之中，就又

860

多了一份筹码。

关鹤鹏和赵爷以及华泰北斗的蜜月期似乎结束了。

关鹤鹏基于DM100的板子的数据采集器,在市场上一炮打响,生生从Skydon手中抢下半个中国市场。

而华泰的新一代接收机也是表现不俗,虽然价格还是不甚满意,但品质越来越多地得到了用户的认可。

这使得华泰所有人,包括赵爷在内,对关鹤鹏的尊敬达到了巅峰。这一时间,赵爷对关鹤鹏几乎言听计从。

因为张邕做板子的事,二人曾有过一段争吵,但之后很快达成了一致。

但如今,二人的争吵开始频繁,而且不再掩人耳目。"蜜月期已过"其实是公司同事给出的评价。

关鹤鹏又一次来到赵爷办公室。

"还要等一等?赵总,你能明确告诉我,要等到什么时候吗?现在我们的产品稳定,公司的赢利能力也正在慢慢提高。这时候,我们不该花费些精力来研究下GNSS OEM板吗?难道你真的想用一辈子捷科,而且成本永远比别人高?恕我直言,都说你是个敢于拼命的老板,但我觉得你相当地保守,而且缺乏进取精神。"

赵爷笑的时候,就显得格外憨厚。

"我当然敢于拼命,却不会带着整个公司的弟兄们去玩命。鹏总,别急,我说等一等,不是没有答复,故意拖延,而是有具体的原因。我们有优先级更好的事情需要处理。"

"什么事情?"关鹤鹏的语气相当不友善。

赵爷表情夸张地做了一个魔术表演,很显然,他并不精于此道,所以表演的效果并不好,但关鹤鹏还是被赵爷拿出来的东西深深吸引了。

那是一块闪着光的全新OEM板,虽然一样的尺寸,但很显然不是捷科的产品。

"鹏总,张邕的板子完成了。我真的没想到,他这么快就做到了。

这次是我看走眼了，如果听你的，当初去支持他，应该是个更好的主意。但既然他的板子已经出来了，我们还是先完成这块板子的测试吧。以后再讨论我们自己做板子的事。"

关鹤鹏接过赵爷手中的板子，细细打量着，眼中有一种特别的光彩。

"居然真的搞出来了，这么快。"

他抬头看向赵爷说道："好的，我马上安排。"

赵爷的语气忽然严肃起来："如果测试过关，请立刻完成这块板子在华泰设备里的集成。如今我已经被东方公司的价格逼得快喘不上气来了。这块板子，张邕给我们的价格，如果按每批500片计算，每片价格应该比捷科低500美金，这足以改变我们的命运。我会在下一代的接收机上全部使用新板子。"

他的话还没结束的时候，关鹤鹏已经走到了门口，他的声音远远传来："我们会连夜加班，尽快给你结论。放心吧。"

大色娃又一次将小色娃叫到了自己的办公室。

"邕哥还没有回复吗？他是什么态度？无论OEM的事如何，他都是Mag的中国区主管，而你是他的上司。他不回你的邮件，这件事并不是我们所喜欢的。"

"不，他回了。"

"怎么说？"

"他说他在中国市场发现了一些东西，感觉对Mag很不利，而且事态很严重，所以他第一时间就发了过来，让我们看一下。随这个东西一起发过来，还有一块他做好的板子。他说生产能力有限，而且不是成品，无法量产，只能先发一块我们看看。"

大色娃皱眉道："他没说是什么？说得这么危险。"

"没有，他说不好描述，但我们一看就明白。"

"这个先不说，可是，弗朗索瓦，你怎么会同意他只发一块板子过来。这是半成品，甚至无法测试，又是第一版的板子，我怀疑良品率不超过30%。这块板子不能用的概率远高于可以用的概率。他这是在浪费我们的时间。"

"我表达了我们的关心，但邕哥说，他不会让我们失望的。"

"中国人都这么喜欢保持神秘感吗？还是只是邕哥的个人习惯。"

"我不知道，等东西到了我们自然就知道了。"

"什么时候能到南特？"

"我猜这个周五，最迟下周周一就可以到达。"

当法国人说一个时间段的话，那么最好的结果，就是能赶上这个时间段的末尾。

小色娃说了周五或者下周一，结果不错，在下周二的时候，他们收到了张邕寄过来的包裹。

小色娃打开，立刻愣住。

里面一块板子，一个芯片，还有一个U盘上面标着测试程序。

芯片就是艾梅尔的芯片，板子却不是张邕报告以及照片里的半成品。这是一块完整的，包含了艾梅尔芯片的GNSS OEM板。

这是怎么回事？小色娃觉得头皮有点发麻，他想起大色娃对张邕的评价："我们不该对这样的人小心提防吗？"

他没有跑去大色娃的办公室，而是第一时间去找了奥利文。

奥利文也愣了："他怎么做到的？又是哪里找到的芯片？"

"我无法回答你。但请你告诉我，这块板子和这个芯片是否可以工作。"

"我马上安排测试。但我也有一个问题给你，弗朗索瓦。"

"你讲。"

"你希望看到怎样的结果呢？是装装样子并不能真正工作的板卡芯片，还是一套正常工作而且性能良好的GNSS OEM板和芯片呢？"

小色娃毫不掩饰地叹了口气："我不知道。我当然不喜欢看到一套无法工作的系统，但是如果这是一套完好的系统，那么邕哥就太可怕了。我甚至无法猜测弗朗索瓦对此事的反应，一切都是他安排的，只是他没有想到，这件事可能要脱离轨道，跳出他的安排了。你什么时候能有结论？"

"本周内吧，周五之前我会把结果给你。我的建议，你先好好想想如何向弗朗索瓦汇报吧。我有一种直觉，这块板子是成品。"

"怎么可能？除非他真能搞定艾梅尔芯片。"

"好了，朋友。你若是真的不信，干吗会这样紧张？"

第146章 合法生意（一）

张邕回到了北京，OEM的改造暂时告一段落，大家都可以松一口气。

他几乎睡了整个周末，如果不是米其林不顾家人劝告，一而再，再而三爬到他身边弄醒他，他还可以睡得更好。但这种非自然的醒来，也是幸福的。

他需要好好休息下，板子改造的成功只是一个开始而已，他和大色娃之间的斗争刚刚开始。发到法国的板子和芯片是他的一招，他自信一切会按他的想法发展，但还没自信到不会担心这步棋会弄巧成拙。

华泰的测试非常顺利，关鹤鹏的效率和张邕的昆山团队几乎媲美。他几乎没有做独立的板子测试，直接就开始在华泰接收机里集成。他相信，张邕既然敢拿出这块板子，那么它的基础功能一定没问题，与其浪费时间做板子测试，不如集成到接收机里直接进行接收机测试。

"与捷科板子性能相近，但原始数据质量更好。动态初始化时间与捷科类似，但在困难环境定位能力明显强于捷科。捷科的硬件很完美，但算法引擎算不上一流。比如，Eka虽然也是用的捷科板子，但Eka接收机的性能优于同样用捷科的国产厂家，因为Eka拥有自己的GNSS引擎。而Mag这款板子集成后，接收机的部分性能可以提高到Eka的水准。我们确定，这是捷科之外，我们另外一款可以使用的GNSS板子，而试用之后的性能很可能会优于捷科。"

这是关鹤鹏团队测试后给出的评价。最后，关鹤鹏来到赵爷办公室，说道："如果这款板子价格合适，我建议你尽快向张邕订货。我们板子研发的计划可以退后，因为这款板子可以暂时解决我们的问题。但是，这不代表我们要放弃自己板子的研发。张邕和我们的关系再好，也不是一家人。一旦这款板子也被东方他们采用，我们就又回到了同一起跑线。希望他的这款板子，可以让我们在一两年内领先对手。"

赵爷点头道："如果我们有了这一两年的积累，可能才是做自己板子的最佳时机。"

关鹤鹏回了自己的办公室，赵爷微微皱眉，有些事他没和关鹤鹏说，手下人告诉他，张邕对华泰第一笔500片的订单，并没有接受，没说明原因，只是说等等。

"还会有什么问题呢？整个测试结果我们都很满意呀。"他决定亲自给张邕打个电话。

"恭喜，张邕，你又完成了一件不可能做到的事。"

"谢谢。你的人将测试结果跟我说了，非常感谢，你的测试数据比我们重要，集成接收机后的测试结果才是最重要的。拿到这个结果，我才敢确认，这款板子正式完成了。"

"不客气。就问你一句，为什么没有接受我们的订单？我们从北斗星拿货，都是3个月账期。但我知道，这块板子应该花了你不少积蓄吧，是不是已经弹尽粮绝了？我付你50%预付款，另外一半2个月后付清。这条件你不满意吗？这是我很大的诚意了。"

"没有了，这个条件我很满意。你们还给了我一份全年的订货计划，我也非常满意。"

"那你还在犹豫什么？"赵爷的语气逐渐开始严肃，"如果你是想和东方以及尚达谈谈，争取一个更好的价格，我劝你小心，这样做有玩火之嫌，未必是一个好主意。价格异议，不如我们直接谈，咱们难道不是朋友吗？"

"老大，你想太多了。至少一年内，除了华泰，我不会与任何公司合作。这是对我们彼此的保护，这点道理我还是懂的。一年之后我会视市场情况而定，我估计我们还是独家合作。如果市场上有一家使用Mag板子的制造商，一定是华泰北斗。"

"那你在犹豫什么？你耗费了这么多心血和人力物力，有了成果为什么不赶紧继续？"

"第一，我们的产能有问题，我需要确定供货期才敢收下你的预付款。虽然正如你所说，我早已经弹尽粮绝，正在等米下锅。但不敢拿了你的米，却交不出你的货。"

赵爷电话那端点点头道："不错，这是你的作风。你还有第二？"

"我需要几天时间来解决这块板子的合法性。华泰北斗将来是要上市的中国制造顶级企业，我不想给你惹上任何法律方面的问题。"

赵爷越发严肃起来："谢谢你替我们考虑。那我等你消息，我多问一句，这个法律问题，你有多大把握解决？"

"我一定可以解决，只是需要几天时间。"

方舒接到了大色娃的紧急电话，让她务必来一趟南特的Mag总部。

方舒无法拒绝，毕竟她还是Mag北京代表处名义上的首席代表。

"什么事，这么急？通知爸了吗？还是……"她忽然想到一种可能，"还是爸闯祸了？"

"电话里不方便说，请你坐明天最早班的火车过来，弗朗索瓦会去车站接你。"

方舒满腹狐疑地挂了电话，又压抑住了打给张爸问个究竟的冲动。既然大色娃如此紧张，还是小心些，和Mag沟通之后，再和张爸联系。

她暗暗道，张爸呀，千万不要惹你自己摆不平的麻烦。她忽然想起了江晓苏，他一定不会让大色娃如此紧张。一个能解决麻烦的人，通常自己本身也是一个能制造麻烦的家伙。

奥利文的测试比关鹤鹏快得多，这本就是Mag自己的东西。但他发现板子重新编码过了，除了正常的输入输出指令，其他高级功能只能通过张邕发过来的软件进行操作。

他没觉得不高兴，反而偷笑了一下："邕哥，弗朗索瓦小看你了。你比我们想象得都还要聪明一些。"

他和小色娃一起向大色娃进行了汇报。

"板子性能非常好，弗朗索瓦，这是一块Mag现在就可以用来销售的板子。恭喜你，你要邕哥做的事，他不仅做到了，而且做得比你想象的还要多，比你预期的还要好。"

大色娃脸上表情怪异，说不出是高兴还是失望。

"So，哪个芯片？"

"无论是板子上的芯片，还是那片独立的芯片，都是艾梅尔的正品芯片，而里面都是Mag的原装程序。但是……"他看着大色娃的眼睛，"这两个芯片都不是Mag购买的，根本不属于我们。我们无法知道这两枚芯片来自哪里，也不知道如何烧录的Mag程序。看起来只有一种可能，就是艾梅尔烧录了我们的程序，然后卖给了其他家。"

大色娃和小色娃同时摇了摇头，他们知道，这种情况不可能出现。

"你联系艾梅尔了吗？"

"是的。他们确认，这是他们正式销售的芯片，但拒绝透露用户的信息，这是他们的规则。他们说，一切都是合法合理的记录，如果需要司法介入，他们能够提供证据。同时表示，这些芯片里烧录的并不是Mag的程序，至于现在发生了什么，他们不知道。听起来他们比我们还紧张，告诉我们如果找到了烧录这个芯片的人，务必通知他们。"

"你怎么答复他们的？没提中国吧？"

"没有，只告诉他们，我们的人在第三世界国家的电子市场上偶然发现的。"

"嗯，"大色娃点点头，"做得好。"

"对了，艾梅尔虽然没有透露用户信息，但是说了一句，说这些芯片目前应该在美国。"

"美国？"大色娃面色凝重，"怎么这么复杂？"

"我不觉得复杂，"奥利文道，"美国人不会做这种事，也很难做到。我们可以这样猜想，这件事就是张邑做到的。弗朗索瓦，你说他自以为是个超人，或者这句话，你说对了。"

"我讨厌超人，"大色娃恼怒地说了一句，然后转向小色娃，"邑哥对此有什么解释吗？"

"有。他说的就和奥利文对艾梅尔说的一样，他说他偶然在电子市场上买到艾梅尔芯片，很便宜，对方是当电子垃圾卖掉的，而且卖掉后就离开了，他也找不到对方的人了。但回去测试，惊讶地发现，里面居然是Mag的GNSS程序，他们靠这两个芯片完成了板子的改造和测试。他很感谢卖给他这两枚芯片的人，这节省了他大量的时间。但是他觉得这件事很危险，Mag的芯片居然被人解密了，所以立刻发给我们，提醒我们注意，并等待我们的决定。"

"你让他准备的100片板子呢？"

"他说，因为有了这个芯片，他的测试已经做完了。所以这100片的样品已经不重要了，他等待我们的决定，如何进行下一步。"

大色娃咬牙道："当电子垃圾买来的？这样幼稚的谎言，他怎么想得出来？我们谁会相信他？"

小色娃道："如果此时必须要一个谎言的话，你们觉得还有更好的吗？"

房间里出现了短暂的沉默。

"他到底怎么搞定这件事的？"大色娃终于问了一句。

"这已经不重要了，"小色娃道，"他不会告诉我们，也不会承认是他做的。只是告诉我们一件事，没有我们的任何帮助，他也可以做到这件事。现在的重点是，下一步怎么做？"

"我约了赛琳娜前来，明天早晨和她一起讨论，如何面对这种局面。"

"好，这事本就该赛琳娜负责。"小色娃点头。

奥利文则道："你们如何决定，已经与我无关了。但我想说一句，这是一块无论设计、加工、还是性能都无比优秀的一块板子，正是我期待已久想要的一款产品。无论你们做什么决定，我希望这块板子进Mag产品的名录。如果因为其他的原因，而放弃这块板子，将是我们巨大的损失。"

方舒下了火车，坐上了小色娃的车。

"什么问题这么严重？弗朗索瓦都不肯在电话里说。是张邕惹了什么麻烦？"

"当然是他。不过你不用担心他，因为这个麻烦太大了，所以弗朗索瓦不敢处理他，只怕还要奖励他。哈哈……"小色娃居然笑了。

"弗朗索瓦不肯在电话里和你说，因为这事的麻烦很可能是他的，其实一句话你就可以明白。邕哥复制了艾梅尔的芯片，他可以摆脱Mag自己做GNSS板子了。但弗朗索瓦最后一定不敢追究他的责任，因为这件事本就是他安排邕哥做的。虽然没有正式的文件，但我和奥利文我们都知道，对了，你也知道的。邕哥很聪明，全世界都知道他做了这件事，但是他不承认。而弗朗索瓦并不希望他承认，如果是Mag的人破解了艾梅尔芯片，只怕大家都会向弗朗索瓦追责。所以他最好的办法，就是隐藏这件事，不让艾梅尔和TS的人知道。现在，你该知道他的难题是什么了，他迫切需要和你商量此事。"

方舒抿着嘴微微笑了，张邕，聪明的家伙，惹麻烦就惹最大的，把弗朗索瓦一起拉下水。

"我知道了。既然这件事不能公开，他就只能支持邕继续了。但这里面有极大的风险，如果邕不配合，他在中国做自己的生意，Mag现在根本管不了他。而且弗朗索瓦不敢追责，因为如果用法律手段解决问题，所有的资料都是Mag提供的，TS那边一定会让他负责，这个不需要证据，他根本躲不掉。现在他，用中国话叫作：骑虎难下。他不能终止邕的项目，支持他继续有很大风险，还有很多流程要解决。如果对邕追责，他本人一定会负责。这些事都太敏感了，所以他甚至不敢在电话里和我说。我说的对吗？"

小色娃笑道:"你说得当然没错,但我听你的语气,怎么很高兴的样子,似乎还有点幸灾乐祸。就算你已经回到TS,但也不该看到Mag惹了麻烦而开心呀。"

"哈哈,我哪有。"方舒笑了出来,"我只是觉得,世上好像没有比弗朗索瓦还精明的CEO,一切都在他的掌握之中,连晓卫都占不到他的便宜。他一分钱的代价都没花,就让邕赌上一切替他做了这件事。这么厉害的人,被张邕这个傻小子算计了,不是件很有趣的事吗?哈哈。"她忍不住又笑了出来。

"弗朗索瓦,你该知道,我可是个中国人。我为张邕感到骄傲,他打败了一个顶级的管理者。"

小色娃也笑道:"弗朗索瓦太厉害,所以看到他吃亏,其实我私下也有一点开心,哈哈哈……"

两个人都笑了。

"但张邕并不是一个傻小子,傻瓜是做不出这样的事来的。"

"他的确不傻,但是一个太聪明的人也做不出这样的事来。"

"你打算怎么办?"

"我是北京办公室的老板,我当然要帮助我的员工。我会劝弗朗索瓦继续,把一切不好的事情都变成好的。"

"其实我也有一点担心邕哥。他摆脱了弗朗索瓦的控制,这是好事,但摆脱得太过彻底,这可以是我们的麻烦。如果他私下生产板子,在市场上销售,我们几乎不可能发现。这么一本万利的生意,他凭什么不动心?"

"你和弗朗索瓦都想太多了,你们根本不了解他。你想过吗?他如果真的想这样做的话,何必还要通知你们呢?为了给自己惹麻烦吗?"

张邕接到了一个电话,是一个法国的号码。他笑了笑,虽然不知道是谁,但他知道,一定和那件事有关。

"张邕,本事越来越大了。"一个好听的女声。

"方总,怎么是你?"

"你惹的麻烦太大，只能我出面了。你现在可好？"

"我还好，但又没那么好，我猜您知道为什么。"

"我马上要和弗朗索瓦开会，讨论你的事情。我想先问你一句，你到底想要什么？"

"该有的我都有了，其他事我根本不需要弗朗索瓦支持。所以我只想做一件事。"

"什么事？"

"我还年轻，孩子刚出世。未来我的职业之路还很长，我不想做任何违法的事，不想给我的职业生涯打上一个不良的记录。中国的卫星导航制造业也是刚刚起步，我不想在我们的土地上出现山寨GNSS接收机。所以我要一桩合法的生意，确保每一片板子、每一个芯片都是完全合法的。我想，这也是符合Mag利益的。我的确给了弗朗索瓦一些压力，只是因为法国人这种重视流程远胜过结果的思维，根本无法保证我们在中国的业务推动，我要通过这些压力改变一些事情。但是向合理的方向改变，而不是向非法的方向改变。"

"说得好，张邑，我没看错你，等我消息吧。"

第147章　合法生意（二）

方舒看似很认真地听完了大色娃的讲述，虽然她早已经清楚地知道了一切。

"So，弗朗索瓦，问题在哪里？"

大色娃愣道："你没发现任何问题吗？比如说，邑哥手里有不是来自我们的艾梅尔芯片，而且可以正常工作。"

方舒道："他说了，芯片是他从电子市场上买来的，这不关我们任何人的事。当然我们可以追查谁盗了我们的软件，但是目前还没看到有产品在流通，警方不会启动商业犯罪调查的。"

大色娃稍有疑惑地看着方舒:"你不怀疑有可能是邕哥做的?"

方舒笑道:"当然不会,Mag有你这样一位出色的领导,中国办公室有我这样一位首代,每一名Mag员工都是诚实可信品格高尚的人。除非我们有确凿的证据,否则不该去怀疑任何一名我们自己的人。我说得对吗?"

大色娃迟疑着,最终点了点头道:"但邕哥依然有可能,嗯……嗯……买到,买到这种芯片,同时他拥有我们的资料,这意味着他可以不通过我们直接制造Mag OEM板,这个你怎么看?"

"如果他这样做,并且在市场上销售的话,那就是违法的。弗朗索瓦,你报警我都不反对。但事实上,他并没有这样做,只是完成了你交给他的任务。对不起,我要重新措辞,他完美并且超预期地完成了你给他的任务。所以我们该给他一份奖励才是正确的。"

"他的奖励我会给他的,赛琳娜,我现在讨论的是我们潜在的危险。我们对中国市场的操控能力很有限,他如果真的这样做了,我们并不容易控制,甚至我们会在很久之后才会知道实情。"

方舒微微皱一皱眉,然后很不客气地回道:"为什么要为没有发生的事情担忧?邕如果想做什么,他就不会把芯片和板子发回法国来评估,我觉得目前为止,他所做的一切都是光明磊落的。我理解你的担忧,但其实并没有必要。如果你担心邕会做非法的事,那就用合法的手段来杜绝可能发生的非法行为。"

大色娃抬头看着方舒的眼睛:"什么意思?"

"很简单。你既然担心邕会用非法的芯片,那么你就给他合法的芯片不就好了吗?我还是没看出你的问题在哪里?"

"不,不,"大色娃摇头,"我们不能给他这个芯片,这从没有过先例。"

"好吧,弗朗索瓦。虽然我不理解你的理由是什么,但你是Mag老板,你说了算。当然,如果中国市场真的出现非法的Mag板子,也是你来负责。你把我从巴黎找过来,就是告诉我这样一件你自以为很严重,却又什么也做不了的事吗？如果是这样，见到你很高兴，老朋友，但我要先回巴黎了。"

"等一下，等一下，赛琳娜，不要激动。现在有一个问题，如果我给他芯片，怎么保证他会百分之百使用我们的芯片，而不是非法芯片。"

"我相信他不会，但我不能替他保证。你让弗朗索瓦去和他沟通吧，只要你答应了给他合法的芯片，我想他会找到一种方式来让你放心的。"

"那好，你现在就去找弗朗索瓦，你们一起和邕哥沟通吧。我现在必须和克里斯托夫开个会，我们需要解决很多流程上的问题。"

"好的，待会见，弗朗索瓦。"

接到小色娃和方舒的电话，张邕笑了，他知道，一切进展得都很顺利。

"高精度OEM板的用户屈指可数，数量几乎是透明的。我们订购芯片和每一次出货都有清晰记录，这个很容易核实。中国制造商每年的CHINTERGEO上，都会公布自己的销售数字，数字或许有水分，但是基本可信，不会太离谱。我们也可以雇用商业调查公司对这个数字进行查实，他们同时可以定期对国产厂商销售的设备进行抽查。但实际上，这一切都不重要……"张邕笑道，"请相信Mag代表处的能力，只要法国能保证芯片的供应，我们就一定会尽全力阻断非法芯片进入中国的渠道，保证Mag的生意以及中国卫星导航产品的合法性。"

方舒和小色娃对视一眼："我觉得很有道理，没有什么可值得担忧，你认为呢？"

小色娃点头道："艾梅尔对芯片的控制极为严格，两枚非法芯片本就是偶然，我们根本不值得为之担心。待会就这样和弗朗索瓦汇报吧。"

"张邕，谢谢你。先挂了吧，不用熬夜等消息，去好好睡一觉，明天应该是个晴天。"

大色娃和克里斯托夫的会议则要复杂得多，午饭后双方还在继续。方舒看了看时间说道："只怕今晚我不会赶回巴黎了，弗朗索瓦，让你的助理帮我安排酒店吧。"

终于，小色娃和方舒再一次回到了大色娃的办公室。

"我和克里斯托夫沟通过了，我们确定了一些东西，但依然需要和邕哥沟通。我们会直接向邕哥提供带程序的芯片，我们的利润也含在芯片的费用里，他直接支付。但中国之外的OEM板加工，还是要交给T-key进行，邕哥则必须向T-key提供BOM等资料，T-key会向邕哥采购没有贴片的PCB板，这意味着他将成为T-key的供应商。资料是免费提供给T-key的，而PCB板的价格我们来定参考价，这两件事都需要你们和邕哥去沟通。T-key生产的板子还是会返回法国，然后向全球发货。T-key需要的芯片会由法国直接提供，不会通过邕哥。邕哥生产的板子只能留在中国市场，不得进行任何出口销售。

"我会通知奥利文，他们会和邕哥保持合作，在这块板子上做进一步的升级和改造。无论我们是否接受，北京办公室都已经不仅仅是一个销售办公室，而成为我们R&D的一部分。这一切决定的背后，有一个重要的条件是，不能有一块非法的芯片出现在中国市场。基本就是这些，但是还有一件非常重要的事情，这超出我的权限，我无法做主。"

"哦，是什么？"

"我们出售芯片给邕哥，这本身没有问题。但他生产的并不是自己的板子，而是Mag的板子。这意味着我们有了T-key之外的第二家代工厂在中国，这个不是我可以决定的。"

"我明白了，"方舒莞尔一笑，"我回巴黎后，会和TS协商，不用通过Mag，让TS直接给他们授权，这样就没有任何问题了。前提是，要保证这一块业务的盈利。"

大色娃脸上第一次浮现出笑容："我想我们能保证利润的。赛琳娜，我猜你今天无法赶回去了，明天我会和你一起去巴黎。我要向董事会汇报，我们的OEM业务取得重大进展。"

方舒看着大色娃发自内心的笑容，心中忽然有些疑惑："弗朗索瓦，这一切是不是就是你原本的计划，你要我来，就是需要我帮你向TS申请一些你不好开口的请求，是不是这样？"

大色娃脸上浮现出一种和赵爷极像的表情："怎么会？我若算好了一切，又何必和你们开一整天的会。关于邕哥呢，我再一次感谢你推荐了这么优秀的一位继任者。我会像信任你一样信任他。今天好累，美丽的女士，愿意和我一起共进晚餐吗？"

方舒满脸笑意地点头同意，心中却暗暗骂了一句："老狐狸。"

"张邕呀，你赢了这个老狐狸一局，不，应该是平局，但也算你足够有本事。"

6个月后。

广州，尚达总部。

副总陈锋抱着一台拆开的GNSS接收机，走进了老板仲海军的办公室。

"仲总，你猜对了。你看……"他把手里的东西摊在会客桌上。

"这不是捷科的板子，是一块全新的板子。华泰最近的销售已经盖过了我们，应该就是这块板子的原因。"

"谁家板子？"

"不知道，老赵和关鹤鹏显然做了手脚，板子上的PN号、厂家代码都被打掉了。什么也看不出来。"

仲海军皱眉道："性能甚至优于捷科，价格还低廉，老赵去哪里找的这么一块板子？"

"会不会是鹏总自己做的一块板子？"

仲海军摇头道："不可能，关鹤鹏是什么人，他若自己研发成了这块板子，一定会高调宣传的。我知道他一直想做这方面的研究，但只怕还有一段距离。而且既然是华泰自己的东西，何必遮遮掩掩不让我们知道。他们一定有一个特别的供应商，而且这家供应商很聪明，他在我们三家里只选择了一家作为突破口，这一招很高明，我们必须把他找出来。如今我们三家的竞争已经白热化，价格几乎都是以千为单位上下浮动。我估计这块板子比捷科的成本至少低500美金，可能还不止。这半年里，我们一直被蒙在鼓里，应对不及，已经落后了。你这边去华泰打听了吗？没有任何关于这块板子的消息？"

陈锋道："华泰内部也有一些我们的熟人，但没人知道这块板子是从哪里来的。唯一的消息是，这批板子应该来自昆山，所以基本可以肯定，这是一块在中国生产的板子。"

"昆山，上万家工厂。没有更多线索，我们是找不到的。"

"全世界范围内，还有哪些企业可以提供这样OEM板呢？"

"想不出，Eka用的也是捷科，似乎剩下Skydon了。"说到这里，仲海军忽然想起一个与Skydon和Eka都有交集的人，"会不会是Mag？"

"我们也想到了，我们给Mag中国办公室打了电话，他们说没有这一块的业务，如果需要导航板，可以去找杰创。"

"去查查他们的国际网站，包括TS的，如果是Mag的板子，不可能只在中国销售，一定可以找到它的资料。"

"好的，我这就去办。但Mag的加工厂不在昆山，所以希望并不是很大。"

仲海军有一点烦躁："大不大都要去查，这件事必须搞清楚。不然我们这几年的努力，可能就葬送在这块板子上了。"

庞德则直接打给了北斗星科技的范总。

"庞总呀，我们给东方公司的价格已经到底了，不可能有更多的折扣了。而且你们这三家企业里，您的价格也是最好的，我不知道您还想要什么。"

"我不是来和你讲价的，我想问你一件事。"

"您讲。"

"我们三家的订货数量是否有变化？"

"我无法给您准确数字，但应该和之前相差不大。"

"老范，不要忽悠我。是不是有一家的订货明显减少了？这家是不是老赵的华泰北斗。"

电话里静了几秒，然后范总道："什么都瞒不过您的慧眼呀，庞总。"

"你知道老赵用了谁家板子吗？"

"我们不知道。"

"老范，我看你在捷科的生意做得太过顺利了吧，如今被人抢了生意，却连竞争对手是谁都不知道。"

范总有些尴尬地说道："其实我们也在查，有消息我们保持沟通吧。"他心里远比庞德要恼火，华泰大幅度减少订货，让北斗星的业绩这个季度下降了超过20%。最让他恼火的是，这次是他亲自出面与赵爷沟通，他提出给华泰和东方一样的价格，居然被赵爷拒绝了。

Skydon的销售例会，约翰调离之后，中国区首代换成了一个叫董彬的华人。

工程中心的项目红利还没消退，国产接收机虽然高歌猛进，但对进口品牌的冲击微乎其微，只是将GNSS接收机业务扩大到了更大的范围，但最顶端的位置，还是留给了Skydon这样的进口大牌，所以会议上数字和图表都很令董彬满意。

"好，今天的会就到这里吧。各位还有什么要说的？"

封耘举手道："韩总，最近我们接到了很多电话咨询，都在问Skydon是不是在出售OEM板。"

"有趣，Skydon还没这样的计划。但是如果突然很多人咨询，应该有原因，你们去查查原因吧。另外，保罗要一份中国国产接收机现状的报告，封耘，这事就交给你来做吧。"

周末的美妙时光，张邑一家三口来到了朝阳公园。

米其林开心地在草地上玩耍，张邑则和Madam依偎着坐在草地上，二人一脸的幸福。

"老婆，你父母经常过来照顾孩子，如今的房子似乎不够住了。我们该换一个大一点的了。"

"好呀，换吧。"

"一辆车不够我们两个人用，再给你买一辆新车吧。我的车也旧了，也该换新的了。"

"好呀，换吧。"

"我们结婚也好几年了，我也想换……"

"啪"，张邕后脑勺挨了重重的一下。"换什么？"

张邕揉着自己的头说道："我想换个更嗨的方式庆祝一下我们的结婚纪念日。"

第148章　风云渐变（一）

赵爷凭借Mag板子的优势，在一年的时间里快速拉近了与东方公司的距离。虽然依然是以第三的身份出现在市场上，但与前两名的差距已经小之又小，基本上来到了同一水平线，形成了真正的三足鼎立。

赵爷与关鹤鹏的矛盾也得以缓解，关鹤鹏算是暂时压下了做板子的想法。

但东方和尚达都很快在Mag国际网站发现了这块名为DM800的板子，询价之后，发现价格并没有优势，远高于捷科的报价。他们重新把眼光聚焦在中国国内。是谁在生产这块板子？

Mag的公开信箱收到一封举报信，邮件很快转到了小色娃手里，小色娃看后，嘴角露出一丝微笑。

信件没有署名，是一封匿名信，只是说自己是中国一家GNSS企业，他们发现中国企业华泰北斗在使用盗版的DM800板子，其成本远低于DM800的公开售价，建议Mag通知中国政府，对华泰北斗提起诉讼。

他当然知道这是怎么回事，但刚好利用这个机会检验一下张邕的可信度。

于是他回信:"非常感谢您的信息,但我们无法确定华泰北斗盗版的事实。如果您手里已经有盗版的板子作为证据,希望能发给我们进行查实。"

一周后,小色娃向大色娃进行了汇报。

"我们收到了这块板子,然后给奥利文进行了检查,上面是我们提供的艾梅尔原装芯片。举报者帮了我们的忙,他帮我们证明了邕哥的清白。"

大色娃微笑,一本正经地回答道:"我早就知道邕哥是值得信任的,我从来没有怀疑过他。好了,你处理此事吧。"

小色娃无语,他越发明白,这是一个多么出色的CEO,他兼具了谋略和不要脸两种"品质"。

他回到办公室给对方回信:"我们已经查实,这是一块Mag的原装GNSS板,不存在盗版的情况。具体问题,可以联系Mag北京代表处张邕。"

Mag给张邕的艾梅尔芯片,价格高达500欧元,这几乎比田晓卫当初号称暴利的利润率还要高很多。张邕接受了,基于这个成本,他依然做出了一块物美价廉的OEM板。悦鑫制造在沐云天的帮助下,制造成本控制得极为合理,同时他们的裸板拿给T-key,价格接近150欧元。张邕几乎靠这裸板的供货就挣回了每一片的加工成本。

赵爷的订货量稳中有升,这使得在测量市场看起来越发式微的Mag,却凭着手持导航仪和板子这两块业务,收获了前所未有的业绩。可以说,张邕领导的Mag代表处在很低调地做着无人察觉的大生意。

大色娃对中国业绩非常满意,而OEM板研制的成功极大提高了他的威信以及在董事会的话语权。这是在他没有多花一分钱的基础上做到的,TS高层不得不重新评估这个老油条的能力。

所以大色娃对张邕和北京办公室的信任与好感度与日俱增,唯一让他不太满意的是,方舒三番五次催他尽快任命张邕,让她卸任,不再负责中国的事情。但张邕对此似乎并不热衷,总是推脱。

"邕哥，我想任命的职务，你必须接受。等着吧。"大色娃决定，在来年的业务启动会上，尽快宣布这一项任命。

张邕在上午十点钟左右才来到办公室，他新换的房子离国贸并不太近。他在Mag有着超然的地位，可以自己安排自己的时间。

另一方面，刘岩、萧晗、杨波、齐欣等人，尽职而且专业，Mag的生意又比较稳定，他无须事事过问，这是他从GPS中心开始职场生涯以来最轻松的一段日子。

"老大，东方和尚达的两位副总都打电话过来，想约你见面，看你的时间，这怎么安排？"

张邕点点头道："先拖一下，让我想一想再决定。"

DM800板子终于曝光了，这件事早晚要发生的。但是之前的日子太过舒服，张邕还没想好如何进入下一阶段。

要不要打破当前的局面，给另外两家供货，是他无法决断的大难题。

看似是个好机会，但稍不留神，可能就会毁了当前的大好局面。

如果出货给其他公司，那么出货量将极大地增加，这一定是大色娃最想看到的局面，但负面影响却全在张邕这边。

他和赵爷的独家合作将结束，那么未来就会存在很多变数。一旦给其他公司供货，就意味着和捷科面对面竞争，和捷科的价格战将正式拉开序幕，到时候很可能出现的一种局面就是，销售数量增长，利润反而会降低。虽然大色娃看起来对他无比信任，但他可以设想，一旦他提出艾梅尔芯片降价的申请，将会和大色娃进行一场怎样的斗争。

他知道现在的局面早晚要改变，却因为改变带来的太多不确定性而犹豫不决。

这件事上他觉得无法求助怒发狂人，虽然狂人师兄现在一半时间都在北京某院从事北斗系统研究的事，离他很近。但这种纯商务的事，他不想浪费怒发狂人那颗属于北斗的大脑。

而赵爷本就是当事人，很难给他什么公平的建议。当初赵爷拒绝了给他的板子投资，让他意识到，企业家其实每一个决定都很慎重，做企业的压力远远高于他这样的打工者。

张邕并不是一个优柔寡断的人，只是眼前的一切太过安逸，令人不忍割舍。古人常说居安思危，但很少有人能真正做到。在他犹豫，一再推迟与东方和尚达的沟通的时候，危机悄然降临。

Skydon代表处，董彬召开了一个简单的会议。但正如大家常说的，会议越短，内容越重要。

"封耘关于中国GNSS国产化的报告，保罗非常满意。辛苦了，封耘。"

"有件事向大家宣布。Skydon将正式在上海和北京开办分公司，北京代表处将会升级为Skydon中国北京分公司。我和各位将是代表处的最后一批员工，我们一起见证了Skydon的历史，谢谢大家。Skydon中国将有更多的职责，随着Skydon多元化的发展，我们将成为一个综合的空间地理信息服务商，不再像Skydon代表处，主要聚焦于GNSS产业。北京分公司将有更多的部门、更多的员工、更规范化的管理。新的HR将马上就位，新的招聘马上开始。这里和大家说一下，有合适的人才，无论是销售、技术、市场方面的，都可以向Skydon推荐，我们内举不避亲。按Skydon的惯例，你们推荐的人才如果最终被公司聘用，推荐人将会得到一份礼物。现在这里有一个职位，是中国OEM板卡业务的负责人，各位，有没有合适的人选推荐？"

与此同时，小谭接到了一个猎头公司的电话："谭小姐，现在有一家知名的国际GNSS企业，想聘用一名OEM板的中国人主管，您的履历和背景非常合适，不知道您是否愿意交流一下。"

小谭稍稍犹豫道："那好吧，相关资料发我信箱吧，我先看一下，再联系您。"

陈锋直接将电话打给了张邕："张邕，我是M大和你同一级的陈锋，只是不是同一专业，大家交集不多，但我们可是一起在学校待过四年的。"

881

张邕笑道："尚达陈总，一向可好？"

"本来很好，但Mag一块板子搅得我们天翻地覆。还有，Mag北京办的负责人，一个叫张邕的家伙，拒绝和我们对话。你说我现在好不好？"

"哪里话，我这不是在接你的电话。"

"同门兄弟，有话直接说吧。我想知道在你手里的这块板子的详情以及我们使用的条件。什么时候有时间，我这周去北京找你。"

张邕想了想，该躲躲不过，总要面对，还是解决了更好些。

"你到北京后联系我，我这一周都在北京，我们碰个面。"

"好的。有话我们北京聊，只是和你多说一句，尚达现在处于上市前过会的关键期，都是同学，业务上我希望你能帮忙。"

张邕有些凝重地说道："这忙似乎太大了，我有点承受不起。来北京面谈。"

放下陈锋的电话没多久，又一个陌生的号码打了过来。

"张邕，你好，我是东方公司的郭小雨，我们一起在敦煌的戈壁滩上做过测试。不知道你还有没有印象？"

"当然有印象，你当时虽然很早出局，但却是国产GNSS的第一次正式亮相。你还在东方吗？"

"是的，我还在。但现在调到了北京公司，你看你什么时候有时间，我想过去拜访一下你，也学习一下Mag的新技术。"

张邕微笑道："哪一类新技术？我们的接收机卖得可远不如东方的多，我猜是不是和OEM板相关。"

郭小雨也笑道："其实这点事大家心里都知道。之前打到Mag代表处的电话，也有一部分是我打的，但没想到见你一面这么难。早知如此，我在敦煌应该多和你聊聊。什么时候有时间？我们算是故交了，不该推脱了吧。"

张邕想了一下，将和郭小雨的见面安排在了见陈锋的第二天。

陈锋来到Mag代表处，就和很多第一次来访者一样，被办公室的装修惊艳了一下。

"这么温馨的环境,也可以办公吗?"

"不知道,但我们的板子和手持机都卖得不错。坐吧,喝点什么?"

"外企的咖啡是不是标配,我也来尝试下。"

"华泰的板子是不是他们自己生产的?怎么可以这样便宜?Mag是怎么管理这一块的?如果可以授权生产,我们的兴趣很大。你应该知道,尚达的工厂规模可不是老赵他们可以相比的。"

"有什么规模不代表一切。比如我们可以看一下鹏总的选择。"

张邕的话太过一针见血,陈锋愣了一下,随即涨红了脸,最终又冷静下来。

"那只是一个个人选择,每个人都有自己的理由。"说着他笑了笑,"其实鹏总的离开对我个人有很多好处,以前我没有这么多的股份,哈哈。"

"华泰的板子是我销售的,我们不可能安排别人去生产我们的板子。中国企业的模仿和复制能力有多强,你我都知道。我真的不敢把板子拿给你去生产。"

"这倒是,你的担心我理解。但中国市场的板子和国外的价格体系不一样,什么原因?"

"我在国内有一条单独的生产线,只提供给国内用户的出货,成本控制得很好。因为中国如今是全球最大的市场,所以独立的价格体系也很正常。我猜这些并不是你要沟通的主要内容。"

"说对了,你们的人不肯报价给我,我明明知道你们的价格低于捷科,却不能使用。为什么这样?张邕,在商言商,你卖货我买货,难道你觉得你和老赵的交情比挣钱还重要吗?"

"不,"张邕摇头,"挣钱永远不如友情重要,所以,我在谈钱的时候,是不谈感情的。"

"哈哈,有你的。"

张邕正色道:"不给你和东方报价,只有一个原因,因为报价无效。当我给你一个低价的时候,你们会毫不犹豫地抛弃捷科而选择Mag。可你们知道,现在捷科掌握着三分之二的中国市场,所以他们并不急于采取行动。如果,你们全放弃捷科的订单,想过后果吗?OEM的利润空间多大,你们应该是知道的。捷科一定会立刻降价,很可能降到比我们更低,来拿回属于他们的市场。到时你们会怎么办?还会坚持要Mag的板子吗?然后呢,我该怎么办?要不要也降价和捷科竞争呢?所以我不是不报价,而是报价无效,现在报的价格根本没有意义。这些后果非常严重,所以我不敢打破如今的局面。我和赵总的确是很好的朋友,但我们都不是可以为友情而置商业规则而不顾的人。所以与他无关,是我不敢随便报价。当前的局面对他比较有利,也并不全是我刻意为之,只是这样才能保持稳定。而且Mag的OEM业务,其实本就是赵总这边促成的,他享受一下福利,也是正常的。"

陈锋道:"你为什么会这样想?市场竞价难道不是商业规则吗?无论是你还是捷科,都不可能无休止地降价,最后总会在一个合理的价格范围内达到一种新的平衡。这对Mag没有什么坏处,你的出货量一定会增加很多。"

张邕心里道:"Mag的利益与我并不完全一致呀。"这块板子是他用自己钱做出来的,如今他在这块板子上有利润,也是大色娃默许的。销量上去,Mag当然高兴。但利润降低,损失的是张邕自己的收益。

张邕忽然想到,一旦经营企业,自己似乎也没太大不同,一样都是利益之徒。

这个理由,当然没有和陈锋明说,他道:"这种平衡打破后的动荡,对业务影响很大,我还没做好准备,不敢让它立刻发生。我也不知道,在新的平衡建立起来之前,都会发生哪些事。我觉得,你和东方也未必就是受益者,混乱无序的价格竞争,对你更不利,尤其是准备上市的你们。"

陈锋点点头道:"你说得对。但是我们没有选择呀,在当前的平衡里，华泰占据明显的优势，我们还是受伤害的一方，与其这样，不如大家拼一拼重新建立秩序。"

"我有一个想法，看看你是否可以接受。"张邕眼中有光芒闪动。

"只要能解决我们现在的问题，我都接受。"

"我们循序渐进，尽量控制两个平衡之间过渡的每一个过程。明天我会见东方的人，我需要我们三方达成一个共识，然后一步步过渡，尽量不让市场有大的动荡。"

"好呀，我相信东方也会支持这种做法。但是，真的会有这样的方法吗？"

第149章　风云渐变（二）

"我可以出一批DM800给你和东方公司，价格甚至比华泰的还要稍低，如何？"

"了解。OEM的折扣主要在于数量，既然更低，那就要更大的订货量。你说数字吧，我回去和仲总协商。"

"不，"张邕摇头，"我并不要求你们的订货数量，恰恰相反，我将严格限制你们的订货量。我不希望看到你们大幅减少捷科的订货，我愿意看到你们增长的部分使用DM800，我给你们更好的价格，来降低你们的成本。"

陈锋皱着眉头思考了一会，才大概明白其中的门道："你打得好算盘，这样捷科的确不会大幅降价的。我们的成本也适当降低，至少比现在低一些。但是，三家里受益最大的还是华泰，一切都没变化，那我岂不白来找你了。与其这样，我们不如推翻一切重建，捷科和Mag大洗牌。你既然选择我们中的一家进行合作，说明你明白一切的道理。我们不在乎绝对成本的高低，我们在乎每一家的成本差。你给我们三家都是100美元，和你给我100美元，但给另外两家110美元，这两个方案里我肯定选

100美元的方案。"

张邕道:"如果捷科的订货只是减少20%~30%,他们不会反应激烈,但会逐渐调整价格,慢慢地靠近Mag板子的成本。所以你们的价格劣势就可以慢慢抹平。到时你可以重新来和我谈价格。我所做的一切,就是避免捷科的价格大跳水,引起市场的动荡。"

"张邕,你的计划看似合理,其实非常幼稚。我可以拿着你的价格去找捷科,让他们降价。到时还不是一样。"

"如果你这样做的话,我会立刻停止供货,将市场全部还给捷科。北斗星的范总可不是寻常人物,他当然知道如何控制市场。既然没有了竞争对手,你们两家必须向他拿货的话,他何必要降价。所以这件事需要你们和东方公司一起维护市场秩序,只要捷科大幅度降价,我就终止你们两家订货,将三分之二的市场全部还给他。我计算过,北斗星一定不会为了抢回全部市场而大幅降价。所以,我对你们两家的出货量,反而影响捷科的价格,这就是我的杠杆。"

"我们两家都配合你,好处却都是华泰的,我不好说仲总怎么想。但以我对庞德的了解,他一定不会甘于这样做。我想他会有一些特别的手段吧。"陈锋对张邕的计划并不信任。

"那就等庞总使出他的雷霆手段再说,对我来说,我能控制的只有自己的价格和出货量。另外向你补充两点。"张邕的眼中闪过一道锋芒,"第一,我目前的业绩,Mag高层非常满意,所以我并不需要尽力去提高这个销售数字。只和华泰一家合作的话,他们的正常增长,就可以满足我的增长需求,所以我没有业绩压力,不会为了业绩而让步。第二,如果最终要比拼价格的话,我猜北斗星很难比得过我。他们是大企业,费用太高,而我只是一个作坊而已,成本控制得很好。捷科给北斗星的价格,虽然也是给中国区的特价,但依然比不过我们的成本,Mag在中国的定价权在我,不在法国。我从不想打价格战,但是如果真的拼价格,捷科一定打不过我。你猜,如果我这个信息透露给范总的话,他会怎么想?"

陈锋沉吟道:"他知道再低的价格也无法打死你,所以一定不会随便打价格战,他会和你一样,尽量维持市场的稳定。只是,我有一个问题,都是竞争对手,凭什么他会相信你?"

"不相信的话,他可以试一试,很快就会发现,无论我说的是否属实,我的底牌他触碰不到,所以一定不会孤注一掷来决战。其实我猜他根本不会试,因为这句话是我张邕说的,他一定会信。或许他会去问问杰创的邵文杰和众合的高平,两位老总都会劝他相信我。"

陈锋有点意外地看着张邕自信的表情:"虽然第一次见面,我听说了你很多事情。我知道你是个能解决问题的人,的确口碑也还不错。但没想到,你是这样骄傲甚至有几分狂妄的人。'我张邕说的',我见过很多很厉害的人,但都不像你。庞德在这个行业里的地位你应该知道的,他可从来没说过'我庞德说的'这样的话。"

张邕笑道:"但你们都说他是神一样的存在,他已经无须这样标榜自己了。他每年大会上的报告,你们不是都像接旨一样去聆听,只差说一句谢主隆恩。我并不是狂妄,只是我这种小人物还可以随便说话,不用太在意后果。如果你想让别人觉得你的话有分量,首先做到的是,自己相信自己。我就是如此。"

陈锋撇嘴道:"你说自己是小人物这句话,明显就不够真诚。你的建议我需要回去和仲总商量,我无法确定他是否接受。而我自己,说实话,我觉得自己被你说服了。但我需要回去仔细思考一下,是你说的事实打动了我,还是你的话术打动了我。"

"好的,"张邕点头,"其实怎么决定我都没问题,如今DM800已经曝光,该知道的你们都知道了,我也不必隐瞒。如果我的建议你们不接受,那我就继续保持独家合作。我不会给你们出货的。如果按我的建议合作,华泰只是暂时受益,最终大家会回到同一起跑线。如果不接受,我只能维持现状,你们只好去和北斗星谈价格了。"

"好的,我明白了。我今晚回广州,确定后我给你电话。什么时候来广州了,过来坐坐,我请你吃烧鹅。"

郭小雨的来访，目的和陈锋自然差不多。

"小雨，戈壁一别，好久不见。如今你们的设备，比你当初在戈壁滩上背的可是高级多了。"

"大家都在变化。那时看你背着Skydon在戈壁滩上玩命，没想到后来你做了那么多事出来，今天又执掌Mag中国区，对你，我们才应该刮目相看。"

"好吧。互相恭维到此为止，你找我，是因为我们的DM800吧，你们庞老板有什么想法，开诚布公地说吧。"

"不用瞒你，我们和Mag总部联系过了，他们确认你做的一切都是合法的，让我们来找你沟通。庞老板很想知道，你是如何在国内加工板子的。他有一个想法，想和你沟通，东方公司拥有多个加工厂和多条生产线。与华泰和尚达这些利用代工厂的企业不同，东方的一切都是自己做的。所以既然在国内加工，庞总希望你能把板子的加工拿到东方的工厂来做。我们的成本可能会比你昆山那边加工更便宜。至于和你这边的合作，无论是和Mag的合作，还是和你张邕个人的合作，我们都可以考虑。"

张邕微微诧异，随后笑了。

"果然庞老板的气魄非同一般，无论是赵总，还是尚达陈总，都是想要一个更好的价格而已。但庞老板居然想把一切都拿下，无论产品、技术，甚至包括我这个人。我看到了不太一样的格局。"

郭小雨认真地看着张邕的表情说道："我听过很多人这样说，但这样说的未必都是褒义。我不管你是怎么想的，但我发自内心地同意，庞总是一个有大格局的人，整个东方公司的员工，不仅是他的雇员，也是他的信徒。怎么，对庞总的建议，你有什么想法？"

张邕摇头道："没有想法，因为他说的根本无法实现。"

"为什么？"

"既然你们已经知道，我所做的一切都是合法的，那么工厂也是Mag授权的。这一切并不是我个人可以决定的。所以即使我想和庞总合作，也是做不到的。"

"庞总说了，个人的合作也可以呀。张邕，我对你们这样的企业还是有一点了解的。你一个地方办公室，连销售权都没有的代表处，只是一个管理部门。但你能掌管一个在中国的工厂，庞总预测，这里一定有一些特别的原因。"

张邕不得不佩服庞德的老谋深算。虽然庞德并不清楚张邕是如何做到的，但已经推测出此事并不寻常，甚至猜到张邕有支撑起一个加工厂的所有技术和资料。

"你们庞总高估我了，我依然只是一个销售办公室的负责人，只怕我还没资格和庞总以及东方合作。"

"真的吗？"郭小雨有点失望，同时并不是完全相信。

"即使我能做到，也不会合作的。不通过Mag而生产Mag的板子，这属于盗版，涉嫌犯罪，我没有那么大胆子。如今我们的板卡生意，收入其实很不错，我不会考虑其他事的。你如果要谈板子的业务，我们就继续。如果还谈合作生产，今天的谈话只能到此为止了。不过有时间到广州，我会去拜访庞总。"

"好吧，好吧，谈板子。什么价格给我们？我们的订货量一定比尚达他们还要多。"

张邕重复了和陈锋谈话的内容，将自己的策略解释得很清楚。

"这我做不了主，我会回广州和庞总沟通。我真没想到，这事还能这样复杂，本来我想的就是我拿钱订货，你给我好价格。庞总为什么要接受这样一个方案呢？明明有更便宜的板子，却要依然保持之前的订货。"

"因为他是庞德，没有人比他更懂这个圈子，更懂国产化，所以我相信他会接受我的建议。"

"好吧，也许你说对了。我从来不知道，卫星导航的生意能被你们玩出这么多门道。我走了，有机会广州见。"

陈锋和郭小雨离开后不久，东方和尚达就向张邕表达了他们的意向。一切都按张邕的计划进行，两家继续保持了捷科的订单，只是拿出了15%的份额，换成Mag的DM800订单。

也正如张邕所预料的，经验老到的北斗星很明显觉察到了订单的异常，猜到Mag的板子已经开始进入华泰之外的两家制造商手中，但并未采取什么过激的策略，甚至没有向这两家问起此事。看来范总也认为，维持目前的局面，避免激烈的冲突是当前最好的选择。

但是尚达和东方都提到了账期的问题，捷科一直给他们的都是3个月账期。张邕表示自己无法接受，经过一番激烈的讨价还价之后，最终账期定在了45天。

王悦鑫对突然增加的订单表示了疑虑："张邕，华泰的订单可是给了50%的预付款的，为什么新的两个用户没有预付，上来就有45天的账期？"

"情况不一样了嘛，当初我们弹尽粮绝，连订原料的资金都没有。赵总为了表达合作的诚意，也为了帮我们渡过难关，所以给了我预付款。如今我们最困难的时候已经过去了，给长期用户45天的账期其实也是合理的。这些制造商看起来风光，其实现金流都非常紧张，我们支持他们的发展，其实也是支持我们自己的业务。OEM的生意没太大风险，听我的，继续吧。"

"如果下个月起，就加工这些新订单，我们现在这几条线就不够用了，至少要增加两条线。如果完全没有预付款，我们的风险有点大。你确定继续吗？咱们现在就是一家人，你说继续我就继续，但我到时可是找你收钱的。张邕，你能不能收回钱，到时都要付给我们。我们这工厂可比不了T-key，2个月足以让我破产。"

"放心吧，不会的。"张邕的自信，让王悦鑫暂时打消了疑虑，开始准备增产。

小谭来到了Mag代表处，杨波笑嘻嘻迎了出来，却被小姑娘一把推开。

"你一边去，我去会议室，你赶紧叫你们老大过来。"杨波见小谭严肃，没敢多说，回办公室叫张邕过来。

"张邕，我接到了一个猎头的电话，是一个卫星导航国际企业的OEM主管的职位，你有什么想法？"

"我？"张邕愣了愣，"不关我事呀，这肯定不是我的offer，哪怕你要争取别人意见，也是该听听邵总，或者杨波的也行呀。"

张邕看到杨波正在会议室外探头探脑，于是直接挥手让他进来。

小谭一副不屑一顾的表情，说道："我要是自己想换工作，不要征求任何人的意见。但今天不是谈我的事。给你看看这个企业和职位的描述。"她将几张打印的资料扔在了桌上。

张邕没动，他实在没想明白这事和他有何相关，杨波拿了过来，认真地读了起来，和小谭相关的事，他都比较认真。

"看这资料，怎么感觉像Skydon呀？美国公司，知名导航企业，高精度服务商。就差贴身份证号了，可是OEM主管是什么？张邕，之前Skydon有OEM部门吗？"

张邕听到熟悉的企业就接了过来，回道："Skydon有OEM部门，但规模很小，而且在中国还没开展业务。对呀……"张邕忽然意识到，就是因为之前在中国没有业务，一旦开展业务才需要重新招聘主管。

他终于意识到了什么，抬起头看着小谭说道："你的意思是……"

第150章　风云渐变（三）

汤力维致电张邕："老大，华泰北斗刚才通知我们，下一个订单他们要减半。"

一丝不祥之感涌上了张邕的心头，他从没想把DM800的业务做一辈子，但也的确没有预料到，仅仅一年，就有新的变化发生。

"有没有说原因以及后续的订货？"

"没有。只是说临时调整，未来的订单不确定，也许还会增订，也许……"汤力维没有继续往下讲,因为华泰的人也只是言尽于此,并未多说。

"东方和尚达这边有没有打电话说要削减订单?"

"这倒没有。但是,你该知道国产厂家的风格,他们根本没付预付款,所以也根本不在意我们是否在生产。如果真的有变故发生,就算我的板子已经下线,他们也可能会直接取消订单。"

张邕忽然觉得自己的心跳有些加速,他做任何事都很有把握,哪怕自己一个人在华强北游荡,内心也确信自己一定可以解决问题。这是第一次,他感觉有些心慌,似乎要有不好的事情发生。

"你尽快给王悦鑫打个电话,东方和尚达的订单暂停,在我们弄清楚发生了什么之前,不要继续加工了。"

汤力维在电话里没有吭声。

张邕越发感到事态的不可控,问道:"怎么啦?说话。"

"老大,我给悦鑫已经打过电话了。他说,现在无论我们是否加工,已经没有区别了。"

"为什么?"张邕心中的感觉越来越糟。

"他说他们已经新上了两条线,所有的料也已经备齐了。所以无论是否贴片,成本已经花得差不多了,只是机器开动和一些人力的问题。他们可以停下来等我们的确认,但我们必须付钱给他们了。"汤力维的语气很凝重,似乎已经确定遇到了问题。

张邕咬了咬牙说道:"既然已经这样了,就不必等了,让他们继续开工吧,把板子都做出来。但不要再进料了,加工完这一批就停下来吧。新增的两条线,让他们看看,是否可以转让。"

"好吧。老大,我不信你什么信息都没有,总该知道点什么吧?"

"信息很模糊,我确认了再告诉你。"

张邕面色沉重地想着那天和小谭的谈话。

"如果只是销售常规的导航板,这个招聘的要求里应该不会有空间地理信息背景、测绘背景优先考虑的条款,这里还有熟悉中国北斗GNSS

制造商的要求。我看到这个招聘文件，首先想到的是，Skydon将马上进军高精度OEM板领域。"

"我想过有一天Skydon会来，但是不觉得他们会这么快。"张邕说着打开了电脑，他登录了Skydon网站，如今他的权限已经降为了普通用户，看不到更多的内部资料，但主要产品信息还是能找到的。

"Skydon网页上还没有高精度OEM板信息，但是增加了一些高动态的新产品，但这些产品是对中国禁售的。除此之外，我没看到相关的信息。"

杨波松了口气："没看到就是还没有呗，按欧美人的速度，一款新产品的研发，怎么也要两三年才能上市，我看我们不用太紧张。"

他说着抬头看小谭的脸色，发现无论是小谭还是张邕都没有因为他这番话而放松，自己心中也不禁紧张起来。

最终张邕道："谢谢你的提醒，小谭。我们还是小心些，及早应对吧。对了，你为什么没去Skydon谈谈，这可是一份不错的工作。"

"我没兴趣。我在国外待了很多年，如今不想再和老外打交道了。而且Skydon和你们本是竞争对手，我怕有些事不方便。"

看着杨波露出笑容，张邕也笑了一下："多谢了，你们继续聊聊，我有事要处理。"

从没有任何消息，到招聘OEM主管，然后几家制造商态度突然变化，Skydon的速度似乎有点快。张邕叹了口气，回想起自己曾经效力过的这家企业。现在他在欧洲公司待的时间比较长，忘了美国人做事的节奏。他拿起电话，打给赵爷，想问个究竟。

不久之前，华泰北斗的公共信箱收到一封拜访函，落款是Skydon中国区OEM负责人卡梅隆和中国区负责人李佳。小谭不愿意接受这份offer，但很多人都觉得这是份非常不错的工作，所以刚从美国大学毕业不久的李佳得到了这份职位。

信中没有谈起具体内容，也没说拜访的目的，但卫星导航行业似乎没有谁会拒绝Skydon的来访，华泰自然同意了，同时赵爷和关鹤鹏一起参加了和Skydon的人的交流。

彬彬有礼的卡梅隆在会面时，没有谈及Skydon板卡的问题，只是似乎礼仪性地问了华泰的自主接收机的制造和销售情况，对出货量似乎非常关心。

后来在关鹤鹏的提议下，赵爷带着卡梅隆和李佳参观了华泰的工厂，卡梅隆对一切饶有兴致，一路不停地提问，但就问题的质量来说，似乎真的只是一个好奇的参观者。

半天的交流，华泰出动了多个部门的高层，最终却没有任何结论，卡梅隆礼貌地告别。

"乔治，非常感谢你的时间，以及华泰这么多主管的陪伴。感谢你带我们参观你们的工厂，这一切非常令人印象深刻，这是我第一次在美国之外看到别人生产GNSS接收机，这个感觉非常特别。你们今天的介绍也非常专业，让我收获很多。再次感谢，希望未来我们有机会合作。"

面对卡梅隆的得体举止，赵爷忽然心头涌上一股怒火，我们一下午的陪伴并不是要听你一句谢谢。

他伸手拦住卡梅隆说道："我是个很务实的人，但今天半天的交流，我并没有听到任何实际的内容。甚至你们连一个Skydon的产品介绍也没有做，我很忙，所以我也不信你们会很清闲，无聊到过来做一次没有任何实质内容的拜访。你们是否还有其他目的，我希望在你告辞之前能准确告知。"

"乔治，你果然像传言中的那样务实。其实我这次来只是来调研，所以确实没有太多内容可以说。既然你这样心急，那我多问一句，如果你们的接收机拥有一颗Skydon的内芯，你们会为之高兴吗？"

全场安静，所有人，包括赵爷，都停顿了一秒。

这个消息是他们想到过的，但等对方轻描淡写地说了出来，却无法相信这是真的。一颗Skydon的"芯"，这件事听起来就有极大的诱惑。如今，国产GNSS接收机在数量上已经占据了绝对优势，但更多的是在乙级以上的测绘单位，食物链的顶端依然是进口设备的天下，Skydon高高在上，Eka紧跟其后，就连日本康目，因为工程中心的成功也列在甲级单位的选择之中。

但是，如果国产设备有一颗Skydon的"芯"，这绝对会极大地提高国产设备对高端用户的竞争力。

赵爷发现自己的声音有一些不稳定，但还是尽量平稳地把话说完。

"用Skydon的芯当然是好事，但这不是直接对Skydon的接收机形成竞争吗？Skydon真的会这样考虑吗？"

卡梅隆微笑道："这是Skydon该考虑的问题，而不是你们。我还是刚才的问题，你们喜欢用一颗Skydon的芯吗？"

关鹤鹏道："没人不喜欢Skydon的产品，但没人喜欢Skydon的价格。如果Skydon的板卡价格也是高高在上，只怕我们仅仅喜欢是不够的。"

卡梅隆点头道："乔治，你不是很想知道我来访的目的吗？其实很简单，我就是来解决鹏总所说的这个问题。所以今天我们不会有什么结论，但我们交流得很顺畅。后面，李佳会和你进一步沟通。我看到，你们用的好像不仅是捷科的板子，但我不关心你们还用了哪一家的板子，我只关心将来你们是不是全部换成Skydon的芯。等我们消息吧，再见。"

"卡梅隆，我能问一下你后面的行程吗？"

"乔治，你很聪明，总能关注到重点。你这里是我此次行程的第一站，我们将飞往广州。至于我们会在广州见谁，你应该能猜到。"

送走卡梅隆，赵爷和关鹤鹏进行了交流。

"你怎么看这颗Skydon的心脏？"赵爷问。

"其实Mag这块板子的效果已经非常好了，我并不觉得Skydon能有哪些过人之处。但Skydon就是Skydon，他的影响力是Mag所不能比的。我猜他们大概还不知道Mag这块板子价格，应该只是和捷科进行了对比，然后以Skydon的品牌效应，再用一个不错的价格来拿下整个中国市场。我的想法，还是看价格吧，如果高于Mag太多，我们还是用DM800吧。品牌效应再好，最终也要落实在价格上。那些只认Skydon的用户，即使我们用了Skydon芯，估计也不会买我们的，还是会去买Skydon整机。"

赵爷一脸的谦虚和忠厚，他继续请教关鹤鹏："听你的口气，似乎觉得Skydon的价格一定还是比DM800要高很多，你对Skydon价格这么没有信心？"

"没有办法，他们一直高高在上，不仅他们习惯了，连我都习惯了。怎么，好像你有一些不同的看法？"

赵爷认真地点头道："你觉得张邕先和我们独家合作，做得对吗？"

"这个肯定是对的，不然就会直接面对捷科的竞争。"

"是的，既然张邕知道这样做，为什么Skydon不这样做呢？他们同时来和三家谈，你觉得合理吗？"

"这个嘛，"关鹤鹏不以为然，"大公司的做法肯定是大手笔，而且这些人虽然学过各种营销，但对中国市场还是不如张邕内行。"

赵爷坚定地摇摇头道："我做了Skydon很多年代理，这家美国企业做的很多决定都是非常正确甚至可以说是英明的。你说这个美国人可能对中国市场缺乏经验，这个女孩太年轻，可能还不懂市场的策略。但Skydon代表处的这些中国员工可都是精英。张邕能想到的，他们未必想不到。所以这里面有问题，Skydon既然敢这样同时和三家交流，我猜他们后面一定有不凡的出手。下个月Mag的订单减少一半，我们看清局势再说。"

"我不同意，"关鹤鹏不悦，"减少一半订单，会影响我们后面的出货和生产。Skydon芯还是没影的事，我们现在就提前应对，会不会自乱阵脚？而且即使我们订Skydon的货，真正应用也不会从下个月就开始。赵总，你紧张得有点过头了。"

赵爷认真地看着关鹤鹏说道："如果你和其他高管都反对这个决定，我是无法坚持的。所以，鹏总，我希望你这次相信我一次。如果下个月生产受到影响，我会帮你想办法。但坚持原有的数量，可能会有很大风险。"

关鹤鹏最终点头道:"虽然你不是一言堂,但你的意见,无论如何,我们都会特别考虑的。好的,我听你的,希望你的感觉是对的,不会给我们带来损害。"

赵爷接到了张邕的电话,他并未隐瞒,如实向张邕说了卡梅隆来访的事。

"如今情况不明,大家都在盼望,不只是我,我相信庞德和仲海军也在观望。你的订单减半是我的主意,鹏总并不是很同意。我只是本能地觉得这事没那么简单,你的理解呢?"

张邕露出一丝苦笑:"大哥,关心则乱。这个事情涉及我的切身利益,我现在有点心慌,感觉无法做出客观判断了。我们可以确认一点,就是Skydon一定会介入OEM板业务了。但如何介入,什么样的策略,以及时间表,现在还都是空白,我们只能等待。"

赵爷的口气微微严厉:"张邕,你一直都很优秀,在任何一个公司,一个职位上,你都能把事情处理得很好,可以这样说,你从没有过失败记录,就算工程中心和珠峰测绘这些项目在你手上丢了,但都无法算作你的败绩,而且你很快就有了新的收获。但太过顺利的职场经历,对你未必都是好事。看看我们这些做公司的,哪个不是九死一生,一次次跌倒又一次次爬起来的。我觉得你这次Mag OEM的成功,让你有一点飘了,而且你现在太过注重自己的表现,你现在开始怕失败,但更怕的是,失败在你履历上留下不太光彩的一笔。我想你该调整一下心态了。Skydon的事,无论是好事,还是坏事,该来的总会来。你不能怕,只能面对。好好想想你该做什么吧。还有……我削减了一半的订单,对你未必是坏事,以你的聪明,应该很快可以明白。"

电话另一端忽然安静下来,赵爷以为张邕被自己教训,一定是生气了,不肯再讲话。

他微微缓和了一下语气:"张邕,还在吗?怎么气量变这么小了吗?"

张邕的声音忽然从电话里传了出来,冷静自信又带着一点豪气,这才是赵爷熟悉的语气。

"Skydon如果同时对三家报价的话，说明他们有极大的野心，要一举拿下整个中国市场。而如此毫不掩饰的做法，说明他后面的出手一定是致命一击，就算我们知道他们要做什么，也阻止不了。我猜，Skydon可能会出所有人都意想不到的价格，绝不仅仅是低于捷科一二百美金，而是一个极具杀伤力，能一举杀死捷科的价格。同时Skydon应该还调配了配套的生产线，保证其快速供货。这样看，Skydon的强势已经不可避免，我这边应该尽快收缩，以避免更大损失。但可惜，赵总，我恐怕做不到了。我的生产计划已经安排下去了，现在只能希望Skydon的动作没有那么快，给我一点时间。"

赵爷欣慰地点头道："不错，瞬间能想明白，这才是你张邕。我无法给你更多建议了，下一步的计划，你要自己考虑了。我不知道Mag还有没有机会，后面看你的了。只和你多说一句，鹏总对你的板子评价很高，他并不认为在技术上Skydon能击败你。所以我觉得你还有机会，但该如何生存，如今对你是个新课题。恭喜你，张邕，又到了你提升自我的时候了。"

第151章　四面楚歌

关鹤鹏走进赵爷办公室，赵爷正在拿着一份杂志，仔细地端详着上面的一份广告。

一台GNSS接收机从中间剖开，里面不是板子和电路，而是一颗璀璨的钻石。

下方一行文字：东方GNSS，一颗Skydon的"芯"。

正是东方公司新一代接收机的广告。

"你看了吗？"赵爷指着广告问关鹤鹏。

"嗯，今早就看到了。"

"难道东方公司的动作比我们还快,已经完成集成了?"

关鹤鹏摇头道:"我不信,不可能有人比我更快。我甚至怀疑,他们连测试都没有真正完成,只是简单地测试了一下,就开始打广告了。"

"这样,"赵爷沉思,"看来庞德已经确认他们将使用Skydon板子,他们对Skydon有足够的信心,所以要在市场上先声夺人。"

"我们怎么办?"

赵爷毫不犹豫地说道:"庞德一直是行业老大呀,他怎么做,我们就追随。让市场部马上也出类似的广告,把Skydon芯也宣传出去。"

"会不会有点恶俗,而且完全是照葫芦画瓢,没有自己的创意。"

"创意?这似乎是张邕这样的人才喜欢做的事。我们这个行业因为太过务实,所以显得很土。大家关注事实远胜于包装。目前Skydon芯就是主打,你若想和东方区别开,很可能就会被它甩开。我跟你打赌,尚达的广告也是一样的路子,不会有特别的创意。"

"的确,你说得对。那我们这个月的板子订单呢?全都换成Skydon吗?"

"不,我们不能急。广告可以先打,但你还是完成全部测试,我们再订货。我理解庞德他们,他们没有选择,如果继续用捷科,和我们的竞争就不占优势,所以他们必须改变。Skydon是他们最好的机会,而率先使用Skydon对我们也是一种压力,他已经用了,我们要不要跟进?所以他可以动作很快,而我们则要既快又稳。虽然我并不怀疑Skydon的性能,但还是测过再说。我们需要确认,Skydon是不是把他们的技术都拿出来了,还是做了一块有所保留的板子。"

"张邕那边怎么办?"

"停掉,不要继续订货了。直到你测完Skydon的板子,然后我们再做决定。"

关鹤鹏叹口气道:"这样做,对张邕是否不太公平?这一年里,可是他的板子帮了我们,否则我们很难扭转颓势。就算都是用Skydon板子，如果没有我们这一年的提高，订货量上不去，我们拿Skydon也是折扣最低的一家。"

"我比你更想帮助张邕，但做企业不能因为私情影响发展。张邕早晚也要面对这种压力，如果他撑不住了，向我开口的话，我会想办法帮他的。但你知道，如今华泰北斗可不是你我二人的，我们不可能牺牲公司利益帮他，其他股东不会同意的。何况，生意场哪有那么多人情，这一年，他的板子帮了我们，但他自己也挣了不少。我比你更了解张邕，他能找到办法的。"

"我只是有点不理解，为什么一个人最高光的时候就会突然陷入低谷。张邕在Mag这块板子上完成了一个奇迹，我觉得即使是我，也并不太容易做到的事，他做成了。这样的人，本应该有更好的成就，可是一夜之间，似乎一切的成就就要立刻失去了。"

"天将降大任于是人也，你不用替他操心。他想要更大的成就，就必须面对随时出现的问题。谁不是在最得意的时候，突然跌入低谷的。我若不是经历那一次磨难，哪有今天的华泰北斗？"

"可张邕的麻烦可能多了些，DM800如果没了，那么他的DM100也会遇到问题。捷科如果无法阻击Skydon进入，势必会在这块板子上和Mag展开激烈竞争。"

"DM100，如果捷科的优势不明显，就继续用Mag的吧，这是目前我们唯一能帮他做的，其他的以后再说。其实，这块板子对张邕还不算致命，毕竟杰创那里的目标用户并不是测量市场。他更大的麻烦也要来了。"

"什么麻烦？"关鹤鹏惊讶地看着赵爷，"OEM市场失守还不够吗？"

"Mag如今的高精度接收机市场份额已经低到可以忽略不计，只剩一些老用户了。但张邕的日子一直过得很好，就是靠OEM和手持机两块市场，现在除了OEM失守，只怕手持机这一块他也做不下去了。"

"为什么？谁能竞争这一块？众合的高平？还是Skydon要做手持导

航仪？"

很严肃的赵爷忽然被关鹤鹏逗笑了："不是Skydon，Skydon怎么会做导航仪呢？也不是高平，众合无论做了什么，也就是多了一份竞争而已。我听到一些消息，TS可能会把手持机业务卖掉，买主是一家台湾制造商。"

关鹤鹏摇头道："赵总，终止DM800订单的事，还是你和张邑他们讲吧，我不知道怎么和他说了。"

赵爷一脸忠厚地说道："好，恶人我来做。张邑最近联系过你吗？"

"最奇怪就是这点，如今他可是水深火热，却一声不吭，不知道他在做什么。"

Skydon介入高精度OEM业务的决定，流程远比Mag简单。既不需要董事会批准，也不需要找张邑这样一个超级英雄。

但高层们还是经过了长时间周密的策划，卡梅隆最终拿出的一份计划，经过几次激烈的讨论，被总裁史蒂夫批准通过。

卡梅隆完成了自己的中国之行，就回了美国。

接着，华泰东方和尚达同时收到李佳的邮件，这封邮件居然是群发给三家的。

邮件内容非常简单，一份配置报价单，一句话："你们觉得这个价格合理吗？"

报价单上的价格接近捷科价格的一半。

看到价格的人都是很久才回过神来，这封简单的邮件犹如一颗重磅炸弹，将中国市场原有的GNSS OEM板的格局炸得粉碎，Skydon开始建立自己的新世界。

张邑预料到了Skydon出手一定不凡，却也没有想到他们居然用一个数百磅的大锤来砸一个坚果。中国制造商的心理防线被砸得粉碎，他们甚至已经不再想去和捷科谈谈价格。

这个价格远低于他们预期，而且这可是Skydon，GNSS的王者品牌，即使捷科再低上一二百美金，他们也不会在乎了，一颗Skydon芯会带给用户绝对的信心。

李佳成了Skydon的金牌销售，一个人，没有广告和市场费用，拿下了巨额的订单。这个成就前无古人，就算名气很大的张邕也远远达不到这个高度。

这块板子对中国制造商的好处也是不言而喻的。事实上，Skydon板子对整体国产GNSS接收机质量的提高十分有限，并没有取得技术上的突破。但一颗贵族的芯，使得中国制造的声誉获得了极大的提升。

庞德和东方公司第一个主打了Skydon的品牌效应，除了宣传Skydon芯之外，东方的销售员开始在市场上给用户灌输一个观念——一台接收机的性能优劣主要取决于内部板子的性能，如今有一颗Skydon的芯，那么东方的接收机就和Skydon的性能是一样的，东方接收机就是国产Skydon。

这种说法是否科学并不重要，因为市场上根本听不到反对的声音，尚达和华泰延续并扩展了这种说法。他们当然不会否认这种说法，而且东方在市场上占据优势，同一颗芯，至少把三家拉到了同一水平线，这对华泰来说，是利好，怎么会拒绝。

一年之前，国家局召开了企业家座谈会，在一群企业家对着领导们歌功颂德的时候，赵爷却提出了一个不太合拍的意见。

"尊敬的徐局长、李副局长、王司长，刚才领导让我们畅所欲言，那我就直接说了，其实这种座谈我参加过很多次了，也有领导去过我们企业调研。每年的CHINTERGEO，也常有熟悉的领导来到华泰的展台指导工作，大家都对国产化表示了支持。可是最近几年的直属局招标和采购，还都是清一色进口的设备，都是Skydon和Eka的接收机。领导们对国产厂家的支持能不能落在实处呀？如果国家局对中国制造都没有信心，那么普通用户怎么会对我们有信心。如果不放心我们的产品质量，可以测试呀，我，庞总、仲总，我们肯定都愿意配合。可是都不肯了解我们的设备，就认为我们不行，这是不是有一点什么主义……"赵爷笑得极为憨厚，所以尖锐的语言听起来也并不是那么刺耳。

领导们并没有在现场给出反应，主持人说了感谢赵总之后，就让下一位企业家发言了。

徐局却低声问了旁边的副局："这是谁？"

"华泰的赵总，他们做国产GNSS接收机。"

"他说的也有道理吧，国产接收机真的很差吗？"

"不好说，但我们几个直属局都是参与国家重大工程的，不敢随便用国产仪器，怕出问题。前几年高铁建设，我们也推荐过国产的光学设备，但是都被淘汰了，没人能和Eka比。"

"嗯，那也要给人家机会测试吧，好不好有个结果，让他们服气。"

这次座谈会并没有产生太大的效果，但当华泰宣布了使用Skydon芯之后，他接到了国家局的电话。

"赵总，总说我们不给国产仪器机会，如今都用上Skydon芯了，还不主动过来测试，还等着我找你吗？今年的采购很快又要开始了，很难说中国制造今年是不是有机会。"

"李处，岂敢呀，我们马上安排。相信我，我们的设备并不比Skydon的差。"

赵爷并不是唯一一个获得邀请的，东方和尚达一样获得了机会。

就连在全球的INTERGEO上，中国制造业也开始得到认可，虽然老外们还有各种冷嘲热讽，但不得不开始重视来自中国的力量。

有人欢喜有人愁，Skydon强势进入，最受伤的还不是张邕，而是捷科。

Skydon的动作太快，根本没有给捷科一点反应时间。

北斗星科技的副总建辉，正在看着下属的一份关于北斗系统应用的报告，门忽然被推开了。

他皱着眉，看着连门也没敲的总监刘丰。

"发生了什么？这么急？"

"尚达发过来几箱子货，不知道是什么，收件人写的是您。"

"你没问问他们？或者拆开看看吗？"

"写的您的名字，我们没敢动。但是我觉得像……"刘丰迟疑道。

建辉忽然涌上一股不好的感觉，他拿起电话打给了陈锋："陈老板，怎么回事？什么东西发给我了？"

"哦，这是你们最近一批的捷科板子，我们不要了，所以退给你了。"

建辉气往上冲，但极力忍住，说道："陈锋，这不合规矩吧。不能因为我们还没收钱，就认为合同无效吧。货都收了，又没有问题，怎么能说退就退？而且即使退货，也要先给我一个电话沟通一下呀，这样就发回来了，你觉得合适吗？"

"对不起了，兄弟，"陈锋笑嘻嘻一副无所谓的样子，"和你沟通你肯定不同意嘛，只好先斩后奏了。这样说吧，这批板子我们肯定不要了，至于怎么处理，比如说算我们违规，都随你，你提条件。但我们现在也很紧张，而且这批板子都没碰，还是全新的，所以也很难有什么赔偿。只能以后再合作吧。"

建辉心中一凉，紧张情绪高过了愤怒："陈老板，说清楚，发生什么了？以后你们还要订货吗？"

"以后可能还要吧，但不好说，至少不会要这么多了，估计隔三岔五小批量订一些吧。"

"什么意思？难道你们以后都要改用Mag板子了？我不信DM800的价格能比我们更低。陈锋，你要是想谈价格，就直接说，不用非得把板子退回来，为难我一下。"

"建总呀，你怎么什么都不知道呀？我们之前没用过Mag的板子，以后也不会用的。但是捷科的板子，可能也不怎么用了。而且不是我们一家的问题，应该三家都是如此。你问问手下人吧，我先挂了。"

没等建辉发声，陈锋就挂了电话。

建辉则疑惑又紧张地把目光对准了刘丰："你这么紧张，应该不仅仅是尚达退货吧，发生了什么？"

得到消息的范总迅速联系了捷科中国区负责人大卫，大卫也被突如其来的消息震惊得无法言语，他无法做出任何决定，立刻向总裁进行了汇报。

建辉口中嘟囔："Skydon好狠呀，完全不给人活路，而且连一点消息都没有，只用一周的时间，就把一切都打乱了。"

范总道："Skydon做这个决定的人，是不是庞德的表弟呀，这分明是东方的手笔。"

第152章　欠债还钱

一切的动荡中，受到严重冲击的张邕却似乎失了声，没人听到任何他的消息和言语。

大色娃召见小色娃："你和邕哥聊过了吗？"

"是的，都告诉他了。"

"他没什么反应？"

"他表示很难过，觉得手持机是Mag最好的产品之一，销路也很好，如今失去了，他觉得很可惜。"

"其他的没说什么吗？"

"他还谈了下DM100的价格，希望我们降低成本，不然很难和捷科以及Skydon竞争。"

"DM100？他没提到DM800的价格吗？没有提到如何阻击Skydon的高精度板吗？"

"没有，他没有提过一句关于DM800的事。"

"奇怪？"大色娃眉头紧锁，"为什么？你不觉得奇怪吗？最严重的一点，他却闭口不谈。"

"我也觉得奇怪，但我想，也许他还没想好对策吧。"

"这件事只怕很难有什么对策了。除非……"二人交换了一下眼神，大色娃没有把话说下去。

"待会我们再谈此事吧，还有一件事，我要和你商量一下。不是关于产品的，而是关于张邕这个人的。"

"他人怎么啦？"

"他本来一直很期望中国区首代的位置，我也准备作为嘉奖，尽快任命他。但最近一年来，他的想法似乎变了，对我们的任命一直推脱。赛琳娜也不太高兴，一直在催我们。我想，我们需要一个合适的机会尽快任命他。"

"好的，这样最好，但是，"小色娃显然有点疑惑，"如今中国市场遇到前所未有的冲击和压力，这时候急于任命他是什么意思？"

"我需要留住他，不要让这些压力把他压得离开我们出走。"

小色娃叹息道："只怕这个时候他没有心思上任。邕哥很务实，他现在履行的本来就是中国区首代的职责，所以这个任命对他应该没那么重要。"

"有一个正式的任命，心理上会有一个暗示，他会觉得是我们自己人。"大色娃笑得像个哲学家。

"也许吧。"小色娃对于老板这种学问一直是不可不信、不可全信的态度。

大色娃恢复了严肃："邕哥从来没和你谈过芯片价格的事？"

"没有。我觉得，他放弃了，即使我们低价，也很难和Skydon竞争。很抱歉，弗朗索瓦。"

"他会这样放弃？虽然这是Mag的板子，其实就是邕哥自己的板子。他连一点像样的斗争都没有就这样放弃，这明显不合理。你去和他谈吧，芯片我们降价给他。"

"降多少？"小色娃很意外，这是他第一次见到老板主动给人降价，而张邕根本没有申请过价格。

"一直降，降到他接受，主动给出你方案为止。"

张邕再一次来到了李建的公司，先把柯老板的卡还给了李建。

"替我谢谢柯老板，这20万，我连本带利一起还给他。"

"你先拿着吧，我看柯老板根本就没想你还这笔钱。"

"还是你拿着吧，我接受这张卡的时候，就没想不还这笔钱。这样吧，我就在你办公室里给柯老板打个电话。"

柯老板对张邕还钱并不意外："张邕，你能还我钱，我很高兴，知道为什么？"

"因为我只有挣钱了，才能还你。"

"哈哈，你这家伙真是聪明。我从来没想过你会不还钱，但如果你一直不还，我会很担心，你一定遇到了麻烦。现在和我说一下吧，你当初的投资是不是挣钱了？我没有投钱，是不是做了个错误决定？如果这样，张邕，你要找机会补偿我。"

张邕心里叹了口气，他感叹幸好没有让柯老板参与进来，否则他一定会内疚。嘴上却道："托您的福，一切顺利。你和李建合作几年了？"

"2年多，快3年了。"

"这样呀，我待会和李建也讲一下。您退出吧，我让李建尽快和您结算。"

柯老板愣了一下："为什么？出什么事情了吗？"

"是的，有变化。这块业务已经不属于我了，虽然还是一块不错的业务，但有太多不可控因素，我也不知道会发生什么。等我能看明白了，您可以再进来。"

"好的，我听你的。谢谢了，老弟。还有，这笔钱真的不用急着还给我，你有需要就继续用。"

"您先拿着，等我需要的时候再找您。"

挂了柯老板的电话，他问李建："怎么打算？"

李建道："没你说的那么严重吧，洋葱科技的销售联系我们了，我刚去上海和他们见了一面，谈得很好，他们答应，等他们全部接过Mag手持机之后，可能还会给我们更大的区域。"

"你相信他们？"

"我觉得这几个台湾同胞看起来很真诚的。"

张邕摇头道："台湾人谈话的时候，往往很和善，会给人一种错觉。我不确定他们是不是故意这样做的，但我知道的是，几乎每一家和他们谈完之后，都和你一样乐观，你觉得这样正常吗？"

"啊！这样？"李建叫了出来。

"洋葱说到底只是一家平板电脑公司，虽然是工业平板，但还是属于2C的生意。他们的做法和我们做专业GNSS完全不同，他们代理商都是批发商，规模都比我们这些公司大很多。而本地的销售商都是店铺，和我们完全不同。我不知道他们会怎么对待你们这些传统经销商，但我的推测是，他们在等你们合同到期，之后一定会重新洗牌。现在生意你继续做，最后一笔订单还是从我这里下。但以后，你也该考虑一下转型了。其实即使Mag手持机不被收购，你们的生意也不长久，到了该转型的时候了。"

"为什么？"

张邕掏出一个精致的纸盒，李建认出，这是一款崭新的苹果手机。

Madam自从结婚后，就没向张邕要过任何礼物，她对珠宝首饰皮包也不是特别感兴趣，结婚钻戒只戴了几个月，嫌干活太不方便就收起来了。张邕去法国的时候，会带一些化妆品给她，很多时候并不是兰蔻这种大牌，而是从街边小店里买的一些本地品牌，很便宜，100多欧能买上一大堆，但Madam很喜欢。

苹果手机是她唯一一向张邕主动提出的一份礼物，张邕丝毫不敢怠慢，第一时间买了一台新手机。此时的苹果手机，功能上还有很多问题，就连转发短信都非常复杂。但女人喜欢一件东西，和它的性能并无直接关系。

"你知道吗？最新发布的iPhone4，将内置GPS。"张邕捧着手机对李建道。

"啊？有什么用？"

"有什么用？只要装上一款地图软件，它就是一部手持GPS，装上不同的软件，它就可以是手持、车载，甚至是专业的数据采集器。你明白我说的了吗？"

李建依然摇头。

"以后低精度导航需求，2B和2C已经没太大区别了，早晚都会被苹果手机这一类智能终端取代。就算手持GPS依然存在，也不需要你们这种专业公司了。也许摆在超市或者工具商店里就可以卖。还有现在逐渐兴起的电商。借着这次的机会，你该做出改变了。"

"可是做什么呢？妈的，我还以为洋葱那台湾哥们真要把大半个中国市场给我，按你说的，似乎不靠谱。"

"我们的手持RTK，你看一下吧。"

"RTK？我可不想做测量。"

"谁说RTK一定是测量设备，手持高精度就像手持导航仪的升级版，可以做更多的事情。而且你要是愿意的话，我们可以做一款你自己的手持高精度设备。技术路线我已经走通了，你要愿意，我们可以合作生产。"

"真的吗？"李建来了兴趣，"师兄，我就一个问题？"

"你说。"

"除了生孩子，你还有什么不会的吗？"

对于李建这种衷心的恭维，张邑衷心地表示感谢，但并不愉快，他若不是会这么多，可能就不会给自己带来这么多麻烦了。

他刚从王悦鑫的工厂回来，虽然汤力维和王悦鑫沟通过了，但有些事他觉得还是当面说比较好。

和汤力维在电话里大吵了一架的王悦鑫，见到张邑时，已经平静了很多。

"我提醒过你，让你收到钱再动工，但你没有听，自信满满说不会有问题。现在我的两条生产线刚搭起来，汤力维却让我卖掉。这做的是什么事呀？"

张邕鞠躬致歉："对不住了，都是我判断失误，没有听你的意见，我也很后悔。所以，你的一切损失都由我来负责。这一批板子我会都买下来，不管有没有用户。付款我会在3个月内付清。但你这两条新加增的生产线，抱歉了，我没有能力买下。所以请你立刻转让出去，你转让设备损失的差价，由我来负责。你看可以吗？"

王悦鑫上下打量着张邕："你知道吗？我为什么那么谨慎让你一定确认预付款。因为这种事我见过许多，而且很多人出事前的自信和你一模一样，都是以为一定不会有问题，然后突然遭遇了灭顶之灾。他们有些人和你一样聪明，所以不是你们的判断有问题，而是很多事根本不在个人的掌控之中。诸葛亮那句话怎么说的，谋事在人，成事在天。但你和他们都不太一样，如果不是你坚持，我们不会在没钱的情况下增产的。其他人这样要求，我也许根本不会考虑。"

"我真的很抱歉。"张邕再次道歉。

"不，我说的不是这个意思。至少，我没有看错你。出事的我见得多了，但像你这样主动赔偿，自己负起责任的，几乎没有。一旦出事，他们就扔下一切跑了。昆山这边有多少这样的小工厂，因为委托方跑路，就此倒闭的。这堆板子，有用的人觉得它值钱，留在我们手里，就是一堆电子垃圾。昨天我和汤力维吵了一架，因为我根本没觉得有希望收钱，觉得你一定跑路了。没想到你还能回来。"

"你高估我了，"张邕苦笑，"我想来想去，觉得根本跑不掉，所以还是回来面对问题好。我其实有点羡慕那些愿意跑路的人，我就做不到。"

"不是你做不了他们，是他们做不了你。两条线，我准备留下一条，我们的业务总是要扩展的。另外一条线卖掉，昆山每天都有工厂倒闭，也有工厂开张，转让出去应该也不难。如果损失不大，就算了。损失大了，你给我补一点。但那批板子，你必须买下来。"

"谢谢了，悦鑫。放心，这批板子我们一定买下，你要不放心，我让汤力维先付一笔预付款给你。"

"不客气，我该谢谢你。像你这种不肯跑路的人，未来一定是做大事的人，我期待未来还可以合作。"

北斗星和捷科的谈判并不顺利，大卫请示过老板后，拒绝了他们要求降价的请求。

"范，我们的消息太滞后，Skydon已经完全占据了主动，你觉得现在降价还有意义吗？而且我们要降多少？"

"降多少不知道，但我们只能比Skydon便宜，否则我们就完全没有机会了。"

"你确定降价了就有机会吗？你确定我们降价了，Skydon就不会继续降吗？范，你的EMBA课程里，是把营销等同于降价吗？"

"我们谈的是定价的问题，并不是降价。除了价格杠杆，捷科还有什么秘密武器吗？"

"当然，"大卫点点头，"以前我们培训时问过一个问题，如果价格降低了，我们靠什么维持利润。"

"我知道，一种是卖服务，一种是卖增值。"

"现在，我们把捷科板子给了一家国际知名的惯导企业，他们在他们的陀螺里集成了捷科板子。反过来，他们可以把陀螺提供给我们，所以捷科如今不仅是GNSS服务商，还是三维姿态的服务商。我想这个业务，北斗星会有兴趣的。"

范总叹了口气说道："我们当然感兴趣，我也相信这是一套不错的系统，大有前景。但无论如何，它无法弥补我们眼前的损失。"

"范，我们往前看吧。中国人的复制能力太强了，能把所有的奢侈品变成日用品。所以我们必须保持更新。我们曾经在OEM板上遥遥领先，稳居第一。现在，我们只能说，那段历史结束了，我相信，在INS（GNSS+惯导）组合导航领域，我们还会做到最好。"

回到北京的张邕，每天默默地打卡上班，甚至也不再迟到早退，只是很安静，话很少。

"老大没事吧？怎么这么安静？"

"不知道，但我知道，他会没事的。"

看到了小色娃的来信，张邕嘴角现出一丝久违的微笑。

芯片降价，他相信这一定是大色娃的指示。

他开始了解这个精明过人的CEO，大色娃对人心和人性的把握远胜一般西方人。他习惯于利用别人性格的特点来掌控一切。他和张邕的第一轮较量中，方舒的评价是平局。

因为这一局一切主动权都在大色娃，张邕最好的结局就是平局，所以张邕以满分的成绩与大色娃打平。

但喜欢操控别人想法的人，一旦自己的操控落空，就会主动寻求破局之法。

这一次，本该是张邕主动申请价格的，大色娃已经做好了对策。但偏偏张邕一个字都不提，所以大色娃就主动送上门来。

张邕心里并没有绝对把握，只是他也想看一看大色娃对此事的态度，他是不是真的想继续。

很显然，大色娃是个称职的CEO，他可以放低姿态，但生意继续才是最重要的。

张邕想了一会儿，给小色娃的回信里写上了一个他心里的价位。

小色娃没有立刻回信，张邕猜到，他一定是去找老板协商了，同时他还猜到，今天可能不会有回信了，小色娃应该在明天才会回信，或者打电话过来。

张邕平静下来，他开始给赵爷写一份建议书，里面的内容并不仅限于GNSS板和Skydon，他在网络上下载了两张照片贴进报告中。那是可口可乐和百事可乐的照片。

第153章　并存于世（一）

小色娃拿着张邕提出的价格去找大色娃汇报，他心里全无底气，这应该是一个大色娃无法接受的价格。而且这个价格再加上中国加工的低廉成本，张邕将有一块非常便宜却性能良好的板子，这对Mag的国际市场可能会有潜在的危险。

如果张邕在中国还是斗不过Skydon，却通过一些渠道在海外市场销售，将会彻底颠覆如今Mag的OEM市场。

大色娃看着这个价格出神，说道："我已经猜到邕哥会要一个极低的价格。他一直没有和我们谈，其实就是要我们主动让价给他。但这个价格还是出乎我的意料之外，他的胆子很大。不是谁都敢提出这个价格的，他不怕触怒我们，我猜他有他的把握。"

看到老板并没有动怒，而是在研究这个价格，小色娃有点意外，他不自信地问道："看起来你似乎想答应这个价格？这会带给我们很多不确定因素和潜在的麻烦。"

大色娃没有回答，他拿起电话打给了奥利文："你来一下。"

奥利文进门，大色娃示意他坐下。

奥利文却先说了一句："如果你找我是谈中国的事，我可以做到。"

小色娃一愣："你可以做到什么？"随即晃过神来，"邕哥是不是给你打电话了？"

奥利文点头道："抱歉，我不确定你们是否在谈这件事，但邕哥刚刚给我打过电话，我脑子里一直在盘算此事，所以就直接说出来了。"

大色娃点头道："好吧，告诉我们，我们这位中国朋友说了什么。你没猜错，我们是在谈中国的事。"

"我们做了一个沟通，关于如何限制中国制造的板子流入国际市场。张邕很担心中国制造商拿了他的板子，却没有使用，依然使用Skydon板子，却把我们的产品转卖到世界各地。这里面将有巨大的利润空间,所以此事非常危险。所以我们就此事讨论了很久。"

两个色娃对视了一眼,张邕不仅想到了他们的担忧,而且想得比他们更深入一层。是的,张邕毕竟是自己人,而中国制造商要是做此事,才真的危险。

"我会在给邕哥的芯片里做一个限制程序,这块板子只有在中国地区才可以正常工作。离开中国,将收不到任何卫星信号。"

大色娃点头道:"干得不错,奥利文。也难得我们这位中国朋友能想得这么深远。"

他接着转向小色娃说道:"弗朗索瓦,如今中国制造如此火爆,你有准确数字吗?一年到底有多少台接收机产自中国。"

"应该在10万台左右。"

"这么多,这个数字可靠吗?"

"公开的数字水分很大,每一家都说自己卖了几万台,按他们说的数字,只怕已经接近20万台。几家企业中,目前只有尚达已经进入IPO阶段,但也没有到公开账目的时候。我们使用了TS的咨询公司的一些数字,剔掉相应水分。当前这个数据的可信度应该是比较高了。"

"很好。谢谢你的用心,弗朗索瓦。这样去和邕哥谈吧,如果他能拿下十分之一的中国市场,1万片板子,那么我答应他这个价格。"

"确定吗?"奥利文和小色娃都有些不太相信,"作为OEM产品,我们的利润率太低了。"

"谁说这是OEM产品?"大色娃一脸认真地反问。

"我的OEM板的生产是在T-key。给邕哥的不过基于艾梅尔芯片的IP授权,一个授权我们挣100欧元,一年1万的话,就是100万欧元的净利润。而我们的投入几乎是零,OEM部分以前在中国的业绩和利润都接近于零,这有什么不好吗?"

小色娃忽然笑了,大色娃不悦:"弗朗索瓦,这哪里好笑?"

"这事不好笑。只是我想起了赛琳娜的话,他说你是一个了不起的领袖,你很欣赏邕哥。因为你们两个虽然并不是一类人,却在做事的策略上有着非常相似的手段。所以我理解你为什么要急于任命他，你喜欢他，想尽办法要留住他。"

大色娃耸耸肩道："一个不占用任何资源，在我们体系之外，又帮我们挣回100万的人，我当然喜欢他。你们呢？"

奥利文点头道："我也喜欢邕哥。顺便说一下，如果有机会，可以再次安排我前往中国。邕哥对中国美食的研究，我也非常佩服。"

张邕看到了小色娃的回复，他笑了笑，然后回复道："给我一个月时间，我会确认是否能完成1万片的订单，之后我会马上给你订货计划。还有一些事，我写了报告给你，关于我们测量产品的，请检查附件。"

这个价格他非常满意，他以为大色娃一定会再拿回几个点，没想到这位大佬的格局很大，没有讨价还价，却加上了数量的要求。

这个价格低到了什么程度呢，已经快接近了刘芯给他复制芯片的成本。刘芯是个很实在的技术狂，但所做的一切不但不是无偿的，相反，价格非常可观。他并没有收张邕的钱，张邕却主动给了一笔款。因为张邕从来没想过继续复制芯片，一切都是他和大色娃谈判的手段。

如今的成本已经和刘芯的成本接近了，而且他相信，刘芯的复制效率并没有那么高，真的大批量生产，只怕他的供货会有问题。

有了这个价格，张邕觉得很多事是可以继续的。

他一直在阅读关于可口可乐和百事可乐的一些故事，对百事做出的种种市场举措由衷地赞叹。比如可口可乐绑定美国大兵，百事没有这样的机会，就去绑定年轻人来定义自己的时尚。

既然可口可乐和百事可乐可以共存，既然Skydon和Eka可以共存，既然福特与克莱斯勒共存，为什么在OEM市场上会只有Skydon？他觉得不只是Mag，甚至捷科依然存在，才会是一个合理的结果。

如果板子只是内核，无法体现出个性，那么就把板子和产品绑定一下。

张邕那时就有了自己的计划。

李建在华强北见到了刘芯，他被这位大侠的外形深深震惊了，他无法确定这个大概只是比流浪汉略显整洁的家伙，是张邕口中的技术大佬。

"您是刘芯？是张邕认识的那个刘芯吗？"

"难说。做我们这行的，化名刘芯的，可能有一大批人。我们工作室出来的，每个人都自称刘芯，但你说的那个张邕，我认识。北京人，个子很高。出手很大方，看着像个什么都不懂的菜鸟，其实很聪明，也很精明。他本来可以白嫖，让我白辛苦一场，却给了我一笔钱，是个不错的朋友。你是他什么人？"

李建松了口气说道："我是什么人不重要，只要你是那个刘芯就好。我有几个芯片，需要你帮我们复制一下。"

"又来？"刘芯皱眉，"上次张邕的确给了我2万块钱，但我想要的可不是这么一点。结果他只拿了样片。这次又是什么鬼？"

听到张邕占了这家伙的便宜，李建笑了，他完全按照张邕交代的，一字一句对刘芯道："这次不同。这次做的事很简单，不是艾梅尔芯片，很容易搞定，如果你不做，我们就去找别人。但张邕觉得第一次没让你挣到钱，他心怀愧疚，所以才想在这件事上补偿你，这次的量很大。张邕应该和你说过，他不想做违法的事，所以这次是合法生意，你不用担心任何问题的。"

"复制芯片还有合法的吗？"刘芯不信，但又有些怀疑，那个叫张邕的家伙应该是个很可信的人。

张邕并没有误导刘芯，这是Mag某块主板上的一个通信芯片，供应商很明显为Mag写了程序，却拒绝提供给Mag。这个在张邕看来，就是没有艾梅尔的技术，却想用艾梅尔的手段来控制用户。对此张邕绝不接受，也绝不客气。他做的事代表Mag，他认为Mag绝对有权获得这个芯片，所以没有听奥利文的，与这家公司交涉，则是直接来找了刘芯。

他算得很清楚，这家公司是不可能知道这件事的，就算知道了，也很难说清版权的归属，他不怕会惹上麻烦。

小色娃看到张邕的报告，对这个想法天马行空的家伙，以及他的任何大胆的计划他都已经开始习惯。

他想着大色娃的那一头白发，心中笃定，大色娃一定是北欧血统，因为真正的法国人是不会喜欢张邕这种无拘无束的思维方式。

"或许，这个计划只有弗朗索瓦这样的人才会有兴趣吧。"他想着，将邮件转发给了老板，然后等待着老板的召唤。同时，他打电话给测量产品负责人荷内，让他也做一些准备。

很快，二人就被大色娃招进了办公室。

"弗朗索瓦，你来和荷内解释你的中国下属要做什么吧。"

小色娃点头，转向荷内道："其实很简单，他想要向中国用户提供OEM。"

荷内疑惑道："那和我有什么关系？那不该是奥利文负责的事吗？"

"不，荷内，你没理解他的意思。他说的不是OEM板，而是OEM。就是说，把你的GNSS接收机的技术，不仅仅是里面的板子，作为一个整体内核，向中国用户提供。但软件是用他们自己的。"

"这样呀，类似定制化。我没有问题，唯一该谈的就是数量和价格。我知道我们的产品对中国市场来说，价格太高了，如果他们想通过这种方式降低成本，我需要一个量的承诺。1000台起步。"

大色娃点头道："很合理，1000台，5个订单，每次200。但是中国区的要求其实还不仅如此。"

"是的，"小色娃点头继续，"他并不要我们全套的硬件系统，只是要相关资料，然后进行本地化改造，他们要用我们现成的DM800板子，根据我们资料，做一款中国本地化的手持RTK主机。"

荷内惊讶地看着老板，想不通自己会被叫过来商量这样的事。

"我们怎么可能答应这样的事？这几乎就是重新研发一款产品，但这个新研发出来的产品和我们现在的产品一模一样。我们花费重复的精力，却做一个看起来完全一样的产品。他在开玩笑吗？还是觉得我们产品部门的工作不值钱，他可以随便一个什么想法，就让我们为他效力？他以为自己是TS的总裁吗？老板，如果你坚持，我可以提供我们相关的资料。但是产品改造和集成，那就拿到中国区，让他们自己去做吧。"

荷内说的当然是气话，但他发现，这句话说完，大色娃和小色娃相对一笑，似乎达成了某种协议。

"什么情况？"

"你说对了，荷内。邕哥要的就是这个，他要资料，然后在中国进行改造。至于科尔森的软件，他从来不感兴趣，说卖得贵，而且并不好用。"

对DM800的诞生缺乏了解的荷内，听到这番话，气得直翻白眼："我很奇怪你们说这件事的平静，你们听不出，我只是在抱怨而已。你们相信，一个中国的销售办公室能搞定我们产品部门做的事，是吗？"语气逐渐严厉。

他更加意外地看到小色娃点头："是的，我们都相信。"

"你们疯了吗？"他情绪激动，忘了大色娃是他老板。

"不，我们没疯。有机会你可以去问一下奥利文，DM800是如何诞生的。我们没批给过奥利文一分钱，一切的事情都是这个北京代表处在中国搞定的。"

荷内因为激动和生气，本就有些扭曲的表情，在脸上彻底冻结。

大小色娃无比同情地看着他，很久，他才渐渐恢复了正常。

"这，真的吗？怎么可能？但是，如果真的如你们所说，那你们做决定。你们要是批准了他的计划，我们会配合他。但我还有一个很重要的问题。"

"你讲。"

"如果他想基于DM800来做这款产品，那么，这笔生意是属于谁的？是我们部门的？还是奥利文的？如果是OEM部门的生意，我们无法这样全力支持。"

"好问题，我和奥利文协商下。这个业务算你们两个部门的，业绩一家一半，是否可以？"

"杨波,有没有思念某个人?"

听到张邕的问话,杨波微微红了脸,但他已经习惯了很多,并不会太过不自在。或许,心中还有几分甜蜜。

"怎么,老大,要去杰创吗?"

"我说思念某个人,你怎么立刻想到杰创去了?"

杨波心一横道:"怎么啦?我思念的人就在杰创,有什么问题?"

"哈哈,没有问题,所以刚好你替我去一次。"

"你不去吗?"杨波微微感到奇怪。

"我还是先不去了,我怕邵老板不高兴,一脚把我踹出来。有些事,你去和他商量吧。"

听完张邕的任务,杨波一脸苦笑。

"张邕,你就不担心他把我踢出来吗?"

"他不会踢你的。而且就算踢了,小谭姑娘也会在门外接住你的。我安排汤力维和你一起去,涉及费用和报价,他来和邵总谈。杨波,你看清楚了,这事里面根本没有你的角色,我是为你创造机会才让你去。怎么,要不我让刘岩去?"

杨波摇头道:"不用激我,你真让刘岩去才好。我跑这一趟,不过是我愿意帮你做事而已。"

第154章 并存于世(二)

邵文杰并没有把杨波踢出去,而是把他和汤力维都扔在了会议室,交给了小谭,然后回到了自己办公室,抄起电话打给了张邕。

"张邕,你是觉得不需要自己出面,我们就能接下你这件小事呢。还是觉得事情太大,不敢站出来面对我呢?"

张邕在电话另一端笑道:"是我觉得咱们俩的交情,已经不需要事事面谈了。"

"去你××的交情！"邵文杰用一句粗口把交情提高到了亲戚的高度。

"我们的合作都是明码标价，一手钱一手货。我订SS24和DM100，都是TT方式付钱给你。帮你做的图纸和程序，也是按报价收费。你哪来的自信，又或是这么厚的脸皮，和我谈交情。"

"邵总，人们常说，买卖不成仁义在。我们既然买卖都成了，交情自然也就有了。你要不谈交情，那就直接谈买卖，你报价给汤力维吧，他可是你推荐给我的。"

"张邕，不和你斗嘴。上次我说过了，不会再帮你做这样的事，怎么你还上瘾了吗？上次是把两块板子合成一块板子，如今变成了把一块板子分成两块，扩展成一套系统。为什么你的生意总是跟闹着玩似的？这件事不是你们Mag该干的活吗？怎么又推到我这来了。"

"我代表Mag正式告诉邵总，这事我们做不了。"

邵文杰稍稍缓和了一下态度："和你说实话，这种活费力不讨好。我报价高了，自己都觉得不合适，但报价低了，我们几名工程师要一起折腾很久，我的人很忙，我这边也有很多的业务要处理。对你这样的画电路图的要求，我不想再接受了。张邕，抱歉，我认真的。"

"我也认真的，邵总，谢谢你，我觉得我们是有交情的。你刚说了，报价要是高了，你自己觉得不合适。其实这个项目值不值得你做，你报个合适的价就是了。你不愿意报高价，不过是我们之间真的有情分在。那我们先放下交情好不好，你就谈一个合适的价格。你知道，我如果去找其他人帮忙，还不是要被宰得更狠。你出个高价，救我一下吧。大哥。"

邵文杰无奈地说道："我想知道我做的事有多大价值。不用你给我画饼，就说上一次做的事吧，我还派人陪你去了昆山，你现在告诉我，你那件事的收益是多少？我的收益不重要，我想知道，我们做的事，是否帮你赚钱了吗？"

张邕稍稍有些尴尬："的确赚了一点，够我还账的。最早给你的

20万是别人垫付的。如今我已经还了。帮我忙的人，我的人情也还了。汤力维他们的薪水，我一分没欠。昆山工厂的钱，买料的款，我也都付清了。"

"就这？"邵文杰气得有点想笑，"都是还债，我问的是收益？"

"我给了Mag一份非常不错的业绩，我拿了很不错的中国业绩奖金。"

"张邕，你别给装糊涂，你做了那么多事，难道就是为了Mag的业绩？"

"还有，就是我帮华泰北斗在市场上完成了三足鼎立，虽然未来难料，至少他们在这一轮的竞争中活了下来，而且活得还不错。"

邵文杰有些冒火："感谢你为卫星导航的中国制造做出杰出贡献，但我想知道，你个人挣钱了吗？"

"我挣了，又还债了。对了，我换了一处更大的房子，两层复式挑空，外加大露台，但是……"

"但是什么？"

"我还在还房贷。"

邵文杰忍不住笑出声来："我来总结一下，就是说，你看起来好像做了很多事，但其实对你自己来说，什么都没改变。辛辛苦苦却是白忙一场，还要庆幸自己总算还清了债务。你做的事就是这样的一场空白的轰轰烈烈吗？我帮你那一次是想看看，一个办摘星大会的人做出来的事情是何等不凡。如今的结果，我为什么还要帮你第二次？给我个理由吧。"

张邕沉默了一下说道："我没有理由。我没有料到第一次的结果是这样，也不知道这一次做下去会发生什么，是否结果能如我愿。只是我觉得，我们不该用一件事的结果来评价我们做是否正确。你们都觉得我不该答应法国人，不应该接受我分外的事。但我只是想让事情继续，既然该做的人不能做，或者不想做，那就我来做。不是说人生不如意十之八九吗？不是所有事都能如愿的。但因为这件事可能会失败，大家就都不做事吗？我不管别人怎么想，既然我能做，就做下去。成功不只需要才智和能力，也需要一点运气。我们不做事，怎么能知道这一次我们的运气是不是来了？邵总，我不确定这次我是不是一定有好结果，可是你能确认，我这次一定没有好运气吗？上次做的事其实很有意义，无论是你还是我，我们第二次做这些事，就已经熟悉很多了。我们有了自己的队伍和合作伙伴，比第一次做板子时条件好了很多。我们不用花费那么多时间和精力，可以事半功倍。而这件事做成，也许我第一次做的板子，业务依然可以继续。你刚才问我收益，也许后面还会有。我的想法其实很简单，我还活着，我还能做事，那就去做好了。明天发生什么，我们可以期待，但无法做主。所以我一般只看眼前的事。比如现在，我知道邵总可以帮我，我就来找你。条件你开，我会尽量满足。"

邵文杰有些感慨："我想起一句古文，但行好事，莫问前程。"

张邕则答道："这么有文化的古文，一定是文科生才说得出来。"

邵文杰忍住了笑，却对着话筒严肃道："好笑吗？张邕。"

"有文化并不是好笑的事。"

"张邕，我总是被你并不高明的说辞说服，也不知道是为什么。我再帮你一次，报价不用了，我做完之后，按工时报价给你。还有，知道你不听，但还是劝你一句。这次是产品设计，很多环节比上一次复杂。汤力维设计板子没问题，但这次涉及结构和外观设计，你还要找其他人帮忙。你要是用自己的软件，软硬件其实是一体，不难，但也没那么容易。"

"谢谢邵总提醒。你说对了，我听了但还是会做下去，希望你多帮忙。"

"挂了，不知道是不是欠你的。"

张邕给沐云天发了一张Mag手持RTK的照片。

沐云天回了短信："我见过，但并不在我的线上，不归我负责。"

"能帮我找到相关的负责人吗？很多事我需要帮助。"

沐云天回复："我不确定。此事只能面谈，你带上你的球衣和球鞋，周末过来，也许我能想到些办法。"

张邕笑了："一言为定。要不要加一点赌注，连赢三局。"

"这个建议不错，就听你的。"

北斗二代卫星发射越来越多，逐渐覆盖了整个中国地区。

同时北斗一代的退役也正式提上了日程。

此时的怒发狂人，正无比繁忙地在某院参加北斗ICD（接口控制协议）发布以及北斗三代的论证会议。

这天他终于抽出时间来回了趟家，看望了如今已经不能再用新娘子来称呼的贤妻，夫人如今腹部隆起，和腹部尺寸一同增长的还有脾气，怒放狂人每天面对着不失甜蜜的各种烦恼。

他忽然接到一个电话，是赵爷。最近一段时间难得与家人相处的怒发狂人，很不喜欢有人打扰他的家庭时光，对赵爷的来电并不是很客气。

"赵总，北斗ICD什么时候发布，你问我没用。我就算知道了也不能说，说了也无效，你还是要留意官方消息。没别的事了吧？咱们以后再聊？"

赵爷微笑，话筒里都能想象到他那憨厚的表情，说道："不是问你ICD的事，但你说了，不妨多问一下。我们用的可都是国外的板子，ICD迟迟不发布，将来北斗正式提供服务了，我们的国产接收机没有北斗信号，这岂不是尴尬了。"

"尴尬你个大头鬼，我们测了一些板子，包括你们在用的Skydon，还有那个小家伙搞的什么DM800。我可以向你保证，一旦北斗提供服务，他们会比你还更急于兼容北斗系统。只是我们ICD不发布，他们做的事就不是合法的。"

"你是说……"赵爷若有所悟。

"我什么都没说。对了，你不是说ICD的事，那你要说什么？您尽快，待会我家领导醒了，咱俩沟通只怕会不太顺畅。"

"我是想问你，你刚才说的那个小家伙的事。"

923

"张爸？他又惹什么麻烦了？"

"不，暂时好像还没惹麻烦。就是想问你最近联系过吗？你了解他最近的动态吗？"

"老大，我现在每天忙北斗的事，哪有工夫关心你们呀？你为什么不直接问他，怎么会问到我这来了？怎么你们俩感情破裂啦？"

赵爷笑了几声："学者措辞就是不一般。我和他倒也没破裂，但最近发生了一些事，我在等他来和我协商，可是他偏偏完全没了动静。我不知道发生了什么，以为你会有他的消息。"

"唉，我现在忙得连自己的消息都快没有了，怎么会有他的消息？我们很久没联系了，不过他做的事我倒是知道一点。我知道他遇到了点麻烦，但我想你会帮他渡过难关，不是吗？"

怒发狂人的话里很多内容，赵爷了解，但假装听不懂。

怒发狂人的确大概知道一些张爸做的事，不过不是来自张爸或者Mag，而是来自他的"一见如故"。

他知道了张爸在帮助Mag做自己的板子，他曾经很想给这位师弟打个电话，但却想不出自己该说什么，是表示支持鼓励他，还是教训他一顿，骂他自以为是，最后只能作罢。他本来也在关注张爸做的事，但北斗二代组网成功，他的大部分精力都被占用，家里又有一个爱耍小孩脾气的孕妇，一时也顾不上太多。

"我知道他做了一款板子，也知道现在你们现在都在用Skydon。我还真不知道他怎么样了，这事不是该我问你吗？"不等赵爷回答，他又自己继续下去，"我懂了，其实你还是想帮他渡过难关的。但他一直没有找你，所以你不知道他在做什么，是否需要帮助，所以过来问我，对吗？"

赵爷憨笑道："北斗专家的头脑，根本不用我多说什么，全都说中。"

"他没联系过我，但我可以给你点建议。赵总，如果他没找你，你不用急，就继续做自己的事吧。他不是孩子，如果需要帮助，会开口的。如果他还没学会开口求人，那这一次就教会他。你要主动找他，岂不惯坏了他。但我并不认为他是不好意思求你，这家伙一定又有了自己的什么想法。我猜的，但什么想法我猜不到。要是我们能猜到，他就不是张邑了。连板子都敢做，他还有什么做不出来的。"

"好的。我明白了，你说得对。他一个成年人，不需要我们这样关心他，还是等他自己浮出水面吧。"

"就是。赵总，我记得是你告诉我的，张邑这个家伙总能在别人都不看好他的时候，创造奇迹。"

放下电话的赵爷静默了几分钟，然后叫来了助理。

"帮我查一查，Mag最近在市场上有什么动静，他们都在干什么。可以问一下李辉，他们依然是Mag的经销商。"

"好的，赵总。"

助理再次回来的时候，发现赵爷和关鹤鹏正在谈话。她想过一会再来，却被赵爷一招手叫了进来。

"没事，鹏总和我也在谈相关的事。你说吧。"

"好的，赵总。目前Mag那边没什么大的动作，他们的测量产品好像还是卖得不好，新产品的特别设计被广泛质疑。同时手持GPS被洋葱科技收购，对他们业绩压力很大。而洋葱似乎根本没想把手持机生意给现在的Mag经销商做，所以Mag的张邑最近做了一件事。"

听到张邑的名字，赵爷和关鹤鹏都不动声色地认真起来，他们仔细地聆听着助理的汇报。

"张邑把所有的手持GPS经销商又拢到了一起，把Mag最近的手持RTK交给了他们做。他说手持RTK是介于高精度测量产品和手持导航之间的一个产品。可以作为手持GPS的升级机型来做。除此之外，我查看了Mag最近的广告，都是手持RTK的内容。还有，Mag最近搞了一次捐赠，给几个知名的甲级院和高校，捐赠了他们的手持RTK设备。所以，我们没看到什么特别的事情。只是感觉，Mag因为测量产品低迷、手持机被收购，然后OEM生意又被Skydon抢走，现在没有了退路，只好用手持RTK

续命，如今是孤注一掷，在赌手持RTK的业务。赵总，鹏总，我了解到的就这些了。"

"好的，多谢，你出去吧。"

赵爷转向关鹤鹏说道："Mag的手持RTK很好？"

"非常好，我们自己基于他们DM100做的高精度手持采集器，效果也非常好。但还是比不上他们自己的这款。而且他们有一些独特的技术，如今可以把类似DM800的技术集成在手持产品中。不过……"关鹤鹏摇了摇头。

"不过什么？"

"张邕这样做没什么问题，主打手持RTK是他如今唯一的出路。他为此做什么，都是正常的。只是我觉得他很难如愿。"

"因为价格？"

"是的。这一类产品的确是Mag最好，但用户们并不认为手持产品应该有这么高的价格，只要提到手持，用户想到的就是价格低廉。他们的价格无法和我们竞争，未来不只我们，其他家也会出类似的产品。张邕虽然很努力，但这次想靠手持RTK脱困逃出生天，只怕很难了。赵总，你如果你想帮帮他，我不反对。"

赵爷陷入沉思："现在并不是我们要不要帮他的问题，而是他是否需要我们的帮助。手持RTK作为突破口是谁都会想到的办法，我总觉得按张邕的做事风格，这事没这么简单。"

第155章　并存于世（三）

汤力维第一次和张邕发了脾气，之前，他一直对这位老大敬重有加。

"张邕，一个月是不可能做到的。这世界是按造物主的规则在运转的，不是按你张邕的异想天开而存在的。"

张邠很平静地说道:"这两年,我做每一件事,都有人说是异想天开。"

"那是因为你之前的异想天开都很合理,板子是可以改造的,芯片是可以拷贝的,板子的设计、料件的采购和最终的加工,每件事都是可行的。只是一切流程加在一起难度就很大。你做了,不只是因为你是一个优秀的管理者,更主要的原因是你运气还不错。你说的6个月目标,本来就是有机会实现的。但这次你的目标很离谱,我们无法做到。"

"上次你也说,6个月我们完不成。"张邠其实很少这样咄咄逼人,只是他的时间并不多。无论是答应大色娃的1万片板子,还是外加1000个产品授权给荷内,都是非常艰难而且紧迫的任务。

如果他需要6个月才能做好这些事,那么等到赵爷他们跟着动起来,可能又3个月过去了。就算他能和庞德并列,成为"神一样的存在",估计也没办法在3个月内销售1万片板子出去。

他的大脑如同一部精准的计算机,将每一个阶段以及中间的衔接都计算得滴水不漏。同时,有了上一次的经验,他对杰创以及汤力维的效率也都有了一个合理的估计。

他的计算并没太大问题,但是板型改造之后,他需要重新给国产的手持RTK设计外壳。汤力维找来的结构设计师几乎不眠不休,一周时间就根据汤力维的图纸搞定了结构和外观设计。但汤力维的板子并没有完成,所以根本没有实物,一切都是基于设计的设计。

在这种情况下,张邠却要求板子搞定后,一个月内出成品。

在张邠的计划里,最后的集成和组装,一个月已经太长,他想要的最好结果是两周。

"汤兄,想办法吧,办法总会有的。"他继续坚持。

汤力维终于愤怒:"你懂什么叫模具吗?你知道冲压模具需要多少个步骤,需要多少时间吗?这是科学,是客观存在。不是你我凭着努力就能改变的。张邠,跟着你这么久,我们一直都很佩服你,因为你是一个懂专业的人,你对很多技术细节的领悟和把握,比我们这些专业人士做得还好。所以你下达的都是有效命令，我们工作是很紧张，但是一切都很顺畅，没有什么心理负担。怎么，你如今也要蜕变成瞎指挥的领导了吗？"

张邕不动怒："抱歉，是我不懂。但还是按我说的时间安排准备一切吧。我去看看有没有更好的办法可以解决模具的事。如果我没找到方案，再按你的计划进行。"

汤力维看着张邕，一时有点恍惚，似乎这个人一定可以解决问题，就像之前他每一次做到的。但他心头刚刚升起一点悔意和歉疚的时候，另一个声音随即在脑海里响起："这是不可能做到的，也不可能有更好的办法。"

他叫住了要离开的张邕："我知道你很能干，但我不确定你是否可以成功。还有，如果你想的是车床机加工一类的办法，我劝你还是算了。你碰到的问题会更多。"

张邕点头道："谢谢提醒。不过你不要那么激动，我从来不是一个不讲理的老板，如果最终确定我们做不到，我不会这样要求你的。"

汤力维内心的歉疚终究还是涌了上来，毕竟无论从哪个方面说，张邕都是一个不错的上级。

但他张了张嘴，说出的却不是道歉的话，反而像一种挑衅："如果你确定可以做到，你会觉得我今天的行为不可原谅吗？"天哪，他自己也愣了一下，我说的什么？

张邕则笑了一下说道："我会高兴地告诉你，我们有办法了，从此之后我们会多一种选择。这个收获同样也是属于你的。"

张邕走了，汤力维看着他的背影，嘴角动了动，似乎轻声地说了句对不起，但终究什么声音也没发出来。他返回办公室，和手下人开始一起工作，并且加班到了深夜。

张邕则有了一些想法，他很清楚，汤力维的要求太高了，他是按成品的规格来要求的。

其实他现在需要的是样机，需要马上可以下线的样机。不要精致，不需要美观，但必须有一定程度的坚固，不能太脆弱。必须有一定的可靠性，能支撑起设备的演示，且不必小心翼翼像个实验室产品。

他电话打给了刘芯："你上次推荐那个3D打印的，我想打印产品外壳，可以吗？"

大概刘芯的形象太过独特，张邕总觉得此时他正穿着大背心拖鞋，坐在麦当劳里喝可乐。

"你过来谈吧。这很复杂，你的材质、精度要求，包括颜色，都要一一细谈。我觉得打印外壳是可以的，但里面的构件，特别是螺丝的安装孔一类，可能没那么精细。还有就是成本，这和材质、精细度都有关系。你几千块打一个壳，还只是一次性的，你下一次打印还是一样的价格。我不知道你能否接受。"

"几千？"张邕电话里追问了一下，"帮我确认一下，大概可以满足要求，只要成本不超过3000元一套，我现在就飞过去和他面谈。"

"好，等我电话。张邕，我没问过你，你做产品挣钱了吗？几片破塑料壳，好几千一个，你这样败家的家伙，能做好生意吗？"

"你帮我复制了几组芯片，如果不是我这个败家的家伙，只怕你连一分钱都收不到。"

刘芯居然接受了。

"说得有道理，欢迎来深圳败家，我的北京财神。"

法国南特，Mag总部。

荷内看着电脑上的图纸，一脸不可思议。

"这是你的那个中国手下，他叫什么，邕哥，对吧，他做到的？"

小色娃耸耸肩道："说实话，比起他完成那款DM800，这次的事对他并不算难。"

"我的天哪。弗朗索瓦，这样的人不是该调到我们这里负责产品吗？你让他负责中国办公室，明显用人不当。"

"并非如此。中国办公室和中国的生意，他管理得很好。而他做这些事，就是为了中国的生意。还有，你觉得如果他到法国来，待在你的部门，他还有可能创造这么多奇迹吗？要知道，一切的成功，都是因为他背靠中国的大环境。西方人总是攻击中国的知识产权问题，其实发展中国家从仿制和复制开始，到最后完成一个完全属于自己的产品，难道不是一条正确且正常的道路吗？谁说仿制和复制是不需要技术的，只有做不到的人才会这样说。"

荷内不置可否："弗朗索瓦，注意你的立场吧。无论如何，我们都该尊重知识产权，我不认为中国人复制产品的做法是对的。但邕哥并没有这样做呀，他所有的资料都是我们提供的。"

小色娃笑了笑："我并不确定你一定在乎知识产权。"

荷内有些不悦："什么意思？你怀疑我在撒谎吗？"

"不不，我的朋友，你说的当然是心里话。但我给你看一些东西。"小色娃变魔术一般，从包里掏出一张光盘。

荷内眼睛一亮："《黑夜传说》？这可是最新的一部。"

"还有，"小色娃继续掏，"《2012》《超级战舰》《盗梦空间》《惊声尖叫》……我的天哪，这么多好东西。"

"还有这个。"这次小色娃掏出来的是两盒最新版的AutoCAD软件套装。

荷内终于意识到了什么，他发现所有的光碟，无论是电影，还是软件，上面都有中文标识。

小色娃见到荷内的表情后，开始一一把光碟收回包里。

"这是我最近一次去北京见邕哥时的收获，这些电影是人家主动上门来卖的，我顶住了邕哥和其他人异样的眼光，趴在北京办公室的地板上挑了这些光盘。抱歉，我破坏了你知识产权的信仰。这些东西，我还是好好收回吧。"

"等等，等等，不要急，你一天看不完那么多的。分我几张。"荷内站起身和小色娃开始争抢。

小色娃做为难状："可是，版权……"

荷内道："去他大爷的，让知识产权见鬼去吧。"二人大笑。

待二人止住笑容，荷内又严肃起来，他依然指着屏幕上的图纸说道："如果这是邕哥自己做到的，他为什么全部都送给我们？这本该是他自己的。"

"不，你不了解他。他拿着Mag的工资，用的是你提供的资料，所以他认为，虽然这还是他本职工作之外的事，但做出来的成果依然是属于Mag的。其实他这样做很聪明，因为他一样可以做一些自己的事，这些是他和弗朗索瓦谈好的，属于我们默许的。但他所做的一切都是合法的，他永远是清白的，在卫星导航这个领域，他只有成绩，没有污点。这就是为什么弗朗索瓦喜欢他的原因。他用一些不合常规的手段，去做一些合理合法的事情。他能给我们带来惊喜，却不会给Mag惹麻烦。"

"真的不会有麻烦吗？现在他什么都有了，不需要我们就可以搞定产品，你销售艾梅尔芯片的时候，怎么确定他哪部分是做板子的，哪部分是做机器的？"

"很简单。我们根本不用确定。弗朗索瓦和你都给了他任务，1万片板子，加1000台机器。我们就按这个收费。哪怕这1000个芯片他都用在板子上，没有组装一台完整设备，我们也会收他1000台的定制授权费用。这岂不是很合理。"

"合理？"荷内挠了挠头，"我只明白一件事，为什么我负责产品，你和弗朗索瓦负责销售，我们的思路根本不在同一个频道上，所以做上下游最好。"

张邕给华泰发了两台设备，赵爷和关鹤鹏正在会议室里看着两台机器发呆。

"这是什么？"

"这是Mag的手持RTK呀，我们测过的，性能很好。"

"那另一台呢？"

关鹤鹏看着另一台丑得有点令人发指的，偏偏又和Mag手持RTK很像的产品，犹豫着回答："看起来也像是手持RTK，但这个像个毛坯，太难看了。"

"他寄给我们这个,什么意思?"

"我不知道,你还是自己问他吧。"

关鹤鹏说着,将那台丑机器拿在手中细细端详。

其实整套设备也没那么丑,只是这个外壳的材质表面有点糙,有细微的颗粒。同时材质还是白色半透明的,里面的东西都隐约可见,既有板子,也有多种颜色的线头,看起来杂乱无章。这让关鹤鹏想起他小时候第一次去游泳池游泳,穿的不是泳裤,而是白色内裤。但当一出水的时候,似乎大家都在笑着看他。

他端着这个像湿了的白色内裤的产品,通过半透明的外壳,仔细研究这里面的构造。

他眯起眼仔细看着,接着找来一支手电筒,将一束光照进壳内。

赵爷有点好笑,但没笑出来。因为关鹤鹏的样子,像极了珠宝商看玉石的样子。

忽然,他叫了一声:"我明白了。"

他拉过赵爷,让他顺着手电筒光照的方向看进去,说道:"这里面是一块DM800板子,不是Mag的自用板子,而是对外销售的商用的板子。所以……这是一台张邕自己在国内组装的或者说改装的手持RTK,但是在技术上,和Mag这款产品完全一样。他之所以这样发给我们,是让我们比较,看看这两台设备在性能上的差别。因为他要我们比较的是性能,所以并不计较外观,用了最快的方法装起了这台设备给我们。他应该有一个计划,但时间很紧,所以不肯再拖延。"

关鹤鹏猜得很对,张邕来到深圳,并不是要做一台最好的设备外壳,而是最快但能用的。

最终他选了这块半透明的树脂材料,对方说可以打磨后再喷漆,他说不用了,这样很好。

外壳的精度也不是最高的,因为那样做成本太高,一次性外壳,花那么多钱并没有实际意义。所以他把所有问题都留给了汤力维。

在深圳打印的壳体里,有架构,但是没有螺丝的孔,因为即使打了，精度也不满足。

所以当汤力维拿到这副外壳之后，先是惊喜了3秒，之后在心里把张邕恶毒地骂了个够。

这个壳肯定不能装设备，而且很多地方也不够严丝合缝。

他想说这壳根本用不了，却被张邕笑着挡了回来。

"你说的，我之前的命令是合理的、有效的，所以你们能办到。但我让你一个月搞定模具的事，是不符合科学规律的，所以你做不到。那么现在，所有的部件都集成在这壳里，是有可能实现的事情。所以我并没有胡乱下令，下面是你的工作了，我等结果。"

汤力维语塞，他骂骂咧咧地去了工厂，然后一边集成安装，一边修改外壳，一个一个在构架上重新打螺丝孔，强行对正扭曲的部分，最后又把实在无法靠在一起的某些裂缝，用某些物质填充，然后进行打磨，才变成了关鹤鹏看到的样子。

所以关鹤鹏只觉得有点丑，但并没觉得结构上有什么问题。而事实上，汤力维在工厂里忙了3天，才做到这一点。

赵爷沉吟道："我大概猜到张邕想做什么了。先不管，既然两台设备都发过来了，我们就先测试吧，认真测试。再加一台我们自己的设备，三台设备一起测试，我需要比较严谨的测试报告。至于后面张邕会找我们谈什么，等测试结果出来后再说。"

第156章　并存于世（四）

测试的结果是，这台半裸的难看的设备，性能非常好，与Mag原产的设备不相上下。

对比之下，华泰自己这一款设备效果稍差，但并不是华泰或者关鹤鹏水平的问题，这台设备里本来用的就是Mag的DM100板子，所以性能差距其实就是DM100和DM800的差距。

DM800是一套真正双星双频的OEM板,而DM100是双星或者双频二选一的板子。

赵爷听取了关鹤鹏和手下工程师的汇报,然后问关鹤鹏:"能不能在张邕这台设备上也兼容DM100的板子,我们做成同一个系列不同等级的产品。"

关鹤鹏看着手机这台白色半透明的东西,对赵爷道:"张邕都能做出这个东西来,我要对你说我们做不到,那华泰颜面何在呀。我不知道张邕用了多久完成这一切的,无论怎样,他的效率都非常惊人。我们这个量级的企业不能连他的草台班子都比不上吧。你要决定了,我们20天搞定他。"

赵爷满意地点头,关鹤鹏来了之后,很快被华泰的人同化了,成了一个随时可以拼命的人。

就在他想打给张邕的时候,手机却收到一条短信:"我已到上海,看你的时间,碰个面,邕。"

赵爷愣了一下,这张邕是神仙吗?时间把握得如此精准,设备寄到后,他让关鹤鹏开始测试,今天测试刚刚有了结论,正准备找张邕协商的一刻,他说自己到上海了,这是怎么计算出来的,几乎精准到了同一分钟。

赵爷高估了张邕,张邕对时间的把控的确很准,但还准不到这种地步。这次,他是被洋葱科技气势汹汹地喊到上海来问罪的。

他对洋葱科技的事完全没放在心上,虽然这件事已经严重到了Mag的法务要介入的地步了。他到上海之后,选择了离赵爷公司很近的酒店,之后才开始查看洋葱科技的地址,发现距离相当远,感叹了一声,这么远,但也没太在意。

然后就拿起手机先联系了赵爷,而在这一时刻,赵爷刚好想打给他。于是赵爷无比惊讶,这张邕怎么成了神仙。

上海的弄堂里,常常藏着一些极为精致的餐饮小馆,外地人找不到,网络媒体上也搜不到,只有内行人才能领进门。

张邕跟着赵爷来到了这样一处所在。静谧、雅致的空间，几味精致的小菜——马兰头、泥螺、水晶虾仁、鳝糊……，一瓶20年的石库门。

张邕感叹道："难怪你喜欢上海，这比北京的牛栏山二锅头配一大碗卤煮要高级很多。"

赵爷笑道："各有各的好，你这么一说，我忽然很怀念北京的卤煮了。不过要说酒，我喜欢黄酒，可以冰，可以热，后劲绵长，但喝的时候人都很清醒，不会因为酒意上头就开始称兄道弟胡说八道。酒的确能增进感情，但酒话是真的不可信。"

几杯酒下肚，赵爷单刀直入："恭喜，你又完成一项创举，做出了这么一台设备。说吧，多少钱给我？"

张邕摇头道："不卖，白送。"

赵爷没有露出任何感激的表情："白送的东西，怕是没那么好拿。我知道你想做什么，还不是要出你的板子。很抱歉，兄弟，Skydon是大势所趋，大家都在用。我们不可能逆势而为，彰显自己的不同。如今的中国制造，还没强大到可以有自主品牌的影响力，Skydon的影响力谁都不能拒绝。"

"为什么任何一个领域都可以几个品牌共存，而在我们导航圈Skydon板子就能一统天下？赵总，帮我解释下，我不理解。"

"共存其实需要几个条件，不同品牌之间会有不同的卖点和用户群，一段时间磨合之后，形成一个稳定的结构。但恕我直言，Mag如今在各个方面都无法和Skydon抗争，所以在OEM板业务上共存几乎是不可能的事。其实你不就是在做一件与Skydon共存的事吗？你们测量产品不占优，靠手持产品，包括你现在的手持RTK，拿回了一部分市场。你找到了你们的优势。但就测量一个产品来说，你是无法与Skydon抗衡的。最近我也看出来了，你在打造Mag手持RTK的产品影响力，这应该是成功的。我们可以认为，Mag手持产品就是最好的。但是不够呀，这一类产品根本不是主流呀，只是一个补充的产品呀。这个量是远远低于高端机型的。所以这对你的帮助有，但是没那么大。"

张邕举杯，与赵爷碰了一下，说道："20年的酒，谢谢赵总，真的用心了。其实，什么是主流产品该怎么定义呢？谁来定义呢？之前手持类产品本身就是低一个档次的，大家说他非主流也很正常。如今我这款设备里，集成的可是DM800，它的性能和作用与你的常规RTK产品几乎一模一样，你所谓高端机型可以做到的，这款设备都可以做到。它为什么不能成为主流？"

赵爷思考着，但没说话，显然他听进了张邕的话，但并没有觉得很有道理。

在赵爷思考的空当里，张邕吃了几口菜，然后用一种近似自言自语的语气，低低补充道："何况，它的价格只是常规RTK产品的一半。"

说完后，他端起酒杯，似乎对自己说的话也没太过在意。

赵爷却一下瞪大了眼睛说道："你刚才说什么？"

"我？"张邕露出一副半痴呆的表情，"我说为什么不能成为主流。"

赵爷笑道："张邕，装傻是一种天赋，你还真学不会。你刚才说，价格只有一半？是吗？你要是本就想让我听到这句话，就再大声重复一遍。"

张邕不装了，他知道，装老实憨厚的本事，没人比得过眼前这个人。

"客观地说，我给你的根本不是成品，而是全套的资料。你可以自己加工、生产，完全变成一款华泰自主的产品。所有的资料都免费给你，你能猜到，这是我这几个月的心血。我们的辛苦程度，已经不比你们随时要拼命的状态轻松。而我卖给你的，还是这块DM800板子，价格我降了，降得很低。但我知道，有了Skydon品牌的巨大诱惑，单一的低价还是不能吸引你使用它，所以我把它和机器绑定了。你刚才说了，我这几个月一直在造势，不惜代价向市场证明Mag手持RTK是最好的，但我并不是为了销售。而是为了华泰在卖自己的手持RTK的时候，告诉用户，我用的是Mag的技术，Mag的板子。除了板子，我还会有一个技术的授权费，但加在一起，再加一点利润。总成本也就是你现在销售的常规

RTK的一半。当然，我会有一个数量的要求。"

赵爷立刻听懂了："那么即使我们不做这款手持RTK，你的板子也降了很多，是吗？为什么不第一时间告诉我。"

"我那时告诉你，价格越低，你会越为难。因为你已经选定了Skydon，不会变的。而我价格这么低，你又会觉得很可惜。但现在，有了这款手持RTK，我们可以构建一下华泰整体的产品系列。我做了一个计划，拿给你看下。"

张邕放下筷子，去拿自己的包。

赵爷则问道："你的意思是，除了这套手持RTK，我们还可以继续把你的板子用在常规RTK上？"

"对呀，为什么不可以？通过手持RTK，用户就知道，Mag的东西很好。同时，是以一个足够大的价格优势，与Skydon共存的。"

赵爷眼中光芒一闪："好，给我看看你的计划。"

张邕的计划，赵爷原封不动地收下。他发现，张邕几乎考虑到了一切，几乎不用他做任何修改。

"张邕，我敬你。其实因为停用这块板子，我还是很歉疚的，鹏总比我更难过，他总想补偿你。但我无法随便做决定，你要知道，如今的企业并不是我自己的。有些决定是不可以做的。你的狂人师兄更了解你，他说，你既然没有开口求助，就代表你还不需要帮助，让我等等。如今的结果才是我最愿意看到的，这里不是谁帮谁的问题，而是我们双方可以达成一项合作，这个才是我想要的方式。来，干！"

"我也喜欢这种方式，干！"

"对了，你刚才说，来上海并不只是为了和我碰面，你来干吗？"

"正想和你说这事，李辉可能有点麻烦。"

"什么意思？"

李辉的华天科技和李建一样，被洋葱科技狠狠地涮了一道。

台湾人一脸诚恳地说，要和华天有更深的合作，最后却完全用了自己的渠道，几乎没有给李辉留下任何区域。

这还不算，洋葱口口声声说会支持现有经销商，把手里的项目做完。但实际执行的时候，他们却让自己的新代理强势介入，而且不给华天科技这样的现有代理商授权。

当洋葱科技中国区负责人苏国豪怒气冲冲将电话打到Mag办公室，并说已经通过律师向Mag总部提出抗议的时候，张邕不是为自己紧张，第一时间就猜到，一定是李辉惹了麻烦。

在某市国土院的投标中，洋葱拿着李辉提供的信息，却自己介入，但最后依然是华天科技中标。洋葱立刻暴怒，他们提出申诉，说自己从没有给过华天科技授权。

于是李辉投标用的授权被拿了出来，这不是洋葱的授权，而是Mag代表处的授权。

洋葱一边发函告诉招标公司，这封函无效，一边发函给Mag，说北京代表处严重违法，为代理商出具手持GPS的授权。

张邕当然不会做这种事，但很容易猜到是什么情况。李辉为了中标，拿了Mag代表处以前给他的授权，在Photoshop上修改了日期和项目名称，用于这次的投标。

这事不难解释清楚，而且也有权威部门可以对授权书的真伪进行鉴定，这也是张邕不着急的原因。

但是，如果发现伪造授权，只怕李辉的问题会有点严重，所以第一时间，先和赵爷进行了沟通。

"这？"赵爷皱眉，"他没和我讲过，否则我绝对不会支持他做这样的事。但现在有点难，我们和华天科技也已经分清了，在法律上没有什么关系。而且，华泰未来也是要上市的，这种涉嫌造假的法律问题，我都是尽量避免的。"

"嗯，"张邕点头，"李辉自己做的事，接受处罚也是正当的。虽然洋葱科技的人很不道义，但是道理却在他们那边。我不会准备为他拿回这个标的，我也做不到，但有件事你考虑一下。"

"你说。"

"李辉这次如果被处罚，最可能的结果就是进入政府采购黑名单，未来3年不能参加任何相关的投标，所以有些生意，你可以接下来。还有，他们当前投的这个标，一直是李辉他们做的工作，所以他们对洋葱上来就抢果实实在气不过，才会做的这种事。但这个标，其实手持GPS并不是特别合适，因为国土不是林业，无论是精度，还是属性，要求都高。之所以用户选的只是手持导航仪，是因为李辉手里之前只有这个产品。后来我劝他去说服用户重新做计划，买手持RTK。但李辉担心马上要到手的项目，这个时候改计划会出问题。所以一直没动。如今这个标，肯定要废掉，重新招标。而李辉也不可能再介入。我想，这是个机会，不如你接过来。李辉不用出面，背后指挥，华泰的人出面做工作，把这个项目变成手持RTK的项目。我觉得机会很大，你们应该可以做到。而这可不仅仅是一个标的问题，而是你们新一代手持RTK的机会。也许我们通过这个标，可以奠定华泰手持RTK在市场的地位。"

赵爷点头道："我很有兴趣。和李辉很久不见了，我会安排他马上来上海。"

当国土院的二次招标文件出来之后，苏国豪大吃一惊，这次的指标与上一次几乎完全不同。

他立刻打电话到招标公司，对方很不客气地回复道："苏总，我们只是招标公司，一切技术指标都是用户提出来的。用户想要什么，是他们自己的事。他们修改技术指标，也是正常的。这个不在我们职责范围内。如果你对这个指标有什么质疑，可以书面提出来，我们去和用户沟通。你要是问为什么和上一次不一样。对不起，苏总，我的回答是，这一次可以和上一次不一样。"

"可是，我们，上一次……，这这，怎么就变了。"

"您没有其他问题，我挂了。"

挂断电话的苏国豪无比后悔，他的申诉赢了，华天科技中标的结果被废掉了。但没料到自己却成为最大的输家，华天科技至少卖的还是他洋葱科技的手持GPS产品，而如今，洋葱彻底出局了。

知道消息的李辉狠狠地往地上啐了一口："活该，××，不讲道义。"这个结果，算是出了他胸中一口恶气。

随后不久，招标公司收到了尚达、东方等几家公司的质疑，指标中要求双星双频的手持RTK设备好像只有Mag和Skydon有，都是进口设备。而标书上明确要求，这次是要国产设备，所以这一条要求非常不合理。

招标公司和用户沟通后，并没有去掉这一条要求。

"鉴于多家公司质疑没有双星双频的手持RTK设备，我们将此条不再作为必须满足的条件，而是继续作为一般条件留在标书中。"

质疑者很快就接受了，既然大家都没有，作为一般条件没有什么太大问题。

张邕则是胸有成竹地回到了北京，他的任务完成了，他相信赵爷能搞定一切后面的事情。

赵爷则给关鹤鹏下了死命令："给张邕这两台难看的设备脱胎换骨，尽快完成改造。我们要在中标后，别人开始质疑的第一时间，就用设备来回复质疑。"

关鹤鹏摇头，这似乎不太可能。

"赵总，不如我们就用张邕这台机器吧，虽然难看，但足够说明问题了。"

赵爷摇头，他说的话像极了张邕："不行，我相信，一定可以有更好的办法解决问题。"

第157章　并存于世（五）

国土院的投标算是一个不小的项目，如果倒退几年，庞德和仲海军一定会亲自过问，至少也会派一个大区经理过来压阵。

但工程中心3000台的项目，将中国关于卫星导航的政府采购项目提到了一个空前的高度。虽然之后还远没有达到这个级别的项目出现，但各地上百台的项目已经不算太过新鲜。更何况，这个标本来是一个手持导航仪的标，废标之后才变成了RTK相关的产品。所以，东方和尚达都是临时介入的。

所以当这个项目出现在分公司的月报，并呈现在两家高层的办公桌上时，项目已经结束了。

华泰毫无悬念地高居第一，在三家制造企业以往无数的竞争中，这种分列一二三的事情经常出现，并没有什么特别。但这次有一些不同，华泰没有低价中标，而是三家中价格最高的。

华泰这边是赵爷亲自督阵，销售总监阿坤直接负责的。

在中标的公示期，招标公司收到了其他投标方的质疑。几方的质疑主要集中在华泰设备是否真的满足指标上。虽然很多条款都被改为非必需条款，但分数却是实实在在的，华泰不只是在一条指标上领先，而是多条，而这些条款的微弱优势累积起来足以抵消价格上的劣势。

对于招标公司发来的质疑，华泰方面很快给出了答复。

华泰北斗的标书，所有内容均严格按照产品的实际指标填写，没有任何问题。

至于质疑方提出的没有在华泰北斗网站以及在公开资料上看到此类产品，是因为本产品在技术上遥遥领先同类产品，所以一直处于保密状态，我们没有在市场上做过多的宣传。

标书附件的产品资料是我们的正式资料，没有对外公开发行而已。

我们理解同行的所有质疑，也不想在这份回复函上做更多解释。但我们愿意提供测试样机，由用户和评标专家现场测试，同时我们欢迎质疑的同行们一起参加此次测试。

设备我们随时可以提供，等候您的回复以及具体时间安排。

关鹤鹏的产品团队紧张地完善这两台半透明的样机。

最初想法是拆下外壳，仔细打磨然后喷漆。但工程师们很快发现，这壳根本取不下来。汤力维本来就是用了很多强制手段才把壳体合拢的，因为有缝隙，又加了填充物。看起来像个成品，但一旦拆开，只怕再难复原。

工程师只好退而求其次，不动外壳，而是直接在外壳上喷漆。

但发现这几乎无法实现，这怪汤力维他们外壳设计得太好，留了无数细小的通气孔，可以散热而且不影响美观。这两套外壳虽然加工工艺没那么好，但这些小孔的设计却完全地在壳体上体现出来。这给喷漆造成了极大的困难。

而且键盘与外壳之间也不是完全密封的，想精准喷漆太难了。

工程师们最终放弃了，只是希望最终避免样机测试的环节，但很快得到阿坤的消息：带着样机，马上过来。

几人面面相觑，心想麻烦大了。见关鹤鹏匆匆走来，几人你看我，我看你，不知道该如何开口。

关鹤鹏扔下两个包装盒说道："不知道说什么就都闭嘴，打开这个。"

几人七手八脚打开盒子，眼睛一亮，里面有一套完整而且堪称完美的外壳。

"试试吧，能否使用。有结果，去赵总办公室找我。"关鹤鹏扭头走了。

赵爷正等在办公室里。

"怎么，你不在那里等着结果吗？这么信任他们？"

"我不是信任他们，是信任张邕。他这时候送过来的东西，怎么可能会有问题？"

"唉，"赵爷边叹息边点头，"张邕值得信任不假，可是这家伙已经开始学坏了。知道这两个壳子他要了多少钱吗？"

"我是负责产品的，我不关心。我知道，他这一记竹杠敲下来，无论多重，你都会挨着。因为你根本躲不开。"

刘芯将外壳寄给张邕的时候，在电话里道："这是0.01毫米的高精度打印，一定满足你的需求，不过这个价值不菲呀，北京人的手笔就是不一般呀。我很好奇你们做的什么产品，那帮做山寨手机的可不敢像你这样。"

张邕笑道："不妨，会有真正的财神爷付钱的。"

他有足够的自信，无论他怎么开价，赵爷都会照付。他当然无意乘人之危，但这一次，他又付出了太多的心血，他想给自己一点利息。宰赵爷一刀，更像一个恶作剧，收益不重要，重要的是，他很开心。

当东方公司知道他们丢了国土院的合同时，项目已经过了公示期，华泰已经签了合同。

100多台的项目，东方公司当然丢得起。但上百台毕竟不是个小项目，庞德在百忙之中对着一级级汇总的月报，对相关内容难免多看了一眼。

这一眼，他立刻顿住。他认真地把相关内容读了三遍，然后立刻召开会议，将所有相关的高层都叫进了会议室。

"说，为什么这种重要的项目我们从来没有得到任何消息？直到项目丢了才写在月报上？分公司经理在干什么？"

大区经理一脸委屈地说道："庞总，这真的不能怪分公司。这项目之前只是手持导航仪，和我们没关系。但不知道为什么，第一次招标的结果因为别人质疑被废标了。二次招标忽然改了指标，我们的人没有错失机会，赶紧介入了。我们也发现了些问题，第一时间就向招标公司质疑了，招标公司也回复了。整个过程我们并没有犯什么错误，但是华泰这次参与投标的产品就像从天而降，没人知道发生了什么。我确有疏忽，庞总，我愿意担责。但分公司其实该做的都做了，我们不能责怪更多。"

庞德道："我不要人担责，我要解决问题。我需要知道，既然我们二次招标才介入，那么华泰为什么介入得比我们早？这个指标的修改，和华泰有没有关系？丢单不能丢得糊涂，让分公司去查清楚。但这不是最重要，我更关心的是，你们真的没有一点华泰这个产品的消息吗？真的如你们所说，这产品是从天而降吗？在座所有人，谁有相关信息，或

943

者谁有什么想法？"

众人面面相觑，无人答话。

庞德叹息一声道："我一直很为东方公司感到骄傲，但如今看来我们似乎是太骄傲了。先去查清楚吧，然后我们再开会。东方一直是行业领导者，这几乎是第一次，我们在产品上落在了后面。"

"其实不用查，"忽然有人开口，打破了平静，大家的眼光立刻顺着声音转了过去，开口的是负责产品研发的副总郭湛清，"目前有这种技术且正式发布产品的，只有两家。一个是Skydon，一个是Mag。虽然我不知道华泰这台设备怎么来的，但是很明显，这就是一个Mag的拷贝。之前华泰也用过Mag的板子，如今用他们板子研发新产品顺理成章。但是……"他说着有些犹豫。

"但是什么？"庞德追问。

"虽然鹏总的水平很高我们都知道，但华泰产品研发的工作量也很大，他很忙。这种情况下，他们不显山不露水地完成这样一个产品，而且一面世就是成熟产品，这种概率非常之低。我怀疑，他们和Mag有其他交易，比如直接用Mag贴牌之类。"

"不可能，"庞德坚决地摇摇头，"这个价格远低于Mag的价格，华泰用Mag产品贴牌，然后当作国产品在国内竞争。老赵除非是疯了。"

"也许老赵并没有疯，只是Mag有人疯了。"郭湛清继续道。

大家的目光又一次被吸引："什么意思？"

郭湛清环顾四周道："郭小雨在吗？"

"郭总，小雨平时在北京。您找他？"

"上次和Mag沟通，就是小雨去的。当时我们基本可以肯定，Mag的板子是在昆山加工的，而且不是在Mag的代工厂，而是北京代表处在国内安排的生产。我很怀疑，这台设备和Mag板子类似，或许Mag代表处做了一些什么特别的事。"

"不会吧？"另一名高管表示怀疑，"国内这些外企的中国区总裁，代表处首代，我们见得多了。一个个高高在上，自觉高人一等，其实就是靠着大品牌吃饭，除了会写报告，一无是处，谁会做这种事？而且哪个国际企业会把产品和研发放在中国，这里只是他们的市场而已。我觉得，这种可能微乎其微。"

"你说的只是常态，你们可以重新去了解一下Mag代表处，还有他们里面一个叫张邕的年轻人。"郭湛清微微一笑，并不极力反驳。

"好，不用多说了。"庞德摆手，"湛清，这事交给你了。你叫郭小雨配合你，以你为主去和Mag沟通。我的要求不高，华泰有什么，我们也要有什么，只能比他们更好，最低限是和他们一样。就这样，散会。"

同一座城市的另外一边，尚达科技总部。

陈锋拿着两份报告，跑进了仲海军的办公室。

一份也是国土院投标的，另一份则是西部某城市的一个投标项目。

他汇报的重点同样不在项目得失，而是项目背后的市场动态。

"这个项目，我们的人做了很多工作，本来有极大的机会拿下。但发标的时候，用户忽然把一个包拆成了两个包。一个包明确写明要Skydon的主板，另一个包则没有做明文要求。我们当初并没有太在意此事，开标时，我们才发现，我们只中了一个标，华泰抢走了第二个标。"

仲海军立刻明白："他们价格很低？"

"是的，比我们低很多。"

"又是Mag板子，他们并没有放弃Mag，而且Mag也降价了，对吧？"

"的确如此。华泰的广告一直都和我们保持一致，我们以为每一家产品都一样的时候，他们忽然在投标中把Mag又亮了出来。我们被老赵耍了，他如今用了4个级别的产品系列给用户选择。我们和东方却只有一款Skydon板子的设备。老赵把产品系列都准备好了，突然出手，打了我们一个措手不及。"

仲海军点头道："这次老赵的确下了一步好棋。其实这事并不算高明，本就该如此。只是Skydon强势进入，一下冲昏了我们的头脑，我们如获至宝，不假思索就主打了Skydon品牌。那就亡羊补牢吧，你之前不是找过你那个师兄，叫张邕吧。那你就继续找他吧，把之前谈的事情做下去。对了，还有国土院这个事。你也和他弄清楚，老赵是怎么做出这个产品的，我们不可以落在老赵后面。我猜得不错的话，庞德也已经派人去找张邕了。"

"仲总，我们上次答应了要进Mag的板子，但最后既没有买进板子，也没有取消订单。我们甚至没把这事当回事，反正我们也没付一分钱。但现在想来，这很可能给张邕造成了一些麻烦。这次重新沟通，不知道会不会有问题。"

"有什么问题？"仲海军不以为然，"在商言商，商场上没有永远的朋友，也没有永远的敌人。我们不是故意耍他，而是Skydon偏偏这个时候进来了，我们也不好选择。是我们的错，那我们就道歉，大丈夫能屈能伸。但该谈的事还是要谈下去，没什么可纠结的。"

"您说得对，我马上就约他。"

经过了几个月的业绩滑坡后，张邕第一次稳住了阵脚。虽然华泰刚刚开始重启订单，无论是价格还是数量都还远比不上从前，但在失去了手持GPS之后，Mag中国终于开始不再下滑。

荷内要的第一批的200个Mag手持RTK已经如期完成，至于大色娃交代的1万片DM800的任务，张邕完成了5%，500片。但在他最近一份业务预报中，张邕全年的销量预估在15000片左右。

没有人的业务预报是准确的，但张邕的例外。他若说了一个数字，大家绝对可以相信，那是他最低的一个保证。

此时的张邕正胸有成竹地坐在办公室里，他在盘算谁会最先来找他，是东方还是尚达。

小色娃在月会上兴冲冲展示了张邕的业务预报。

"弗朗索瓦，我们有理由相信，中国最困难的时刻过去了。虽然增长速度放缓，但邕哥正在慢慢接近他的新目标。如今邕哥，差不多撑起了整个亚太的业绩。只要我们多给他一点时间，我相信，他会走得更远。"

"恭喜，弗朗索瓦。"大色娃笑着表示了祝贺，但眼神流露出的情绪，似乎并不是十分开心。

"只要我们多给他一点时间，"他在心里重复着小色娃的话，"邕哥，我衷心希望，你有足够的时间。"

"先不说中国的事，瓦莱尔，业务启动会议的事，计划得如何了？"他转身问助理。

"安排好了，包括马赛的酒店和场地，我将马上把第一版的日程发给您审核。"

"干得好，瓦莱尔。弗朗索瓦，邕哥的任命不能再拖了，我们必须在这次的会议上给他一个惊喜。"

小色娃点点头道："我没有意见，这是他应得的。"

这应该算一个好消息吧，但小色娃明显感觉，大色娃似乎并不是很开心。

丹尼尔斯加工厂一直保留了板子上拆下来的艾梅尔芯片，并在一年多的时间里，不停地联系霍顿。最终确认，他们可能被霍顿骗了，他目标只是那10块板子。

丹尼尔斯在电话里狠狠地咒骂了霍顿，霍顿心中很无奈，因为他也被张邕耍了。但他并不接受美国人的不礼貌。

"丹尼尔斯先生，美国是个公正公平的法治社会。我们从没有做任何违背宪法以及州法律的事，如果你觉得我们有问题，让你的律师直接联系我们吧。"

挂了电话的霍顿看着屏幕上的两份写着confidential（机密）的文件发呆。

"张邕，你耍我总是要付出代价的。但是，我要不要告诉你真相呢？"他犹豫着。

第158章　并存于世（六）

郭湛清和郭小雨一起来到了Mag代表处。

"免费？"郭湛清愣了一下，然后指着屏幕上的图纸和文件，"你是说，这所有的一切？"

"是的，我们只收一个DM800的费用，还有就是一个授权费，仅此而已。"

"我知道你想卖板子，但似乎没有必要这样做？"

张邕笑道："板子东方随时可以订，这套手持RTK系统的资料免费。这就是现状，郭总同意的话，我们随时可以签合同。"

"没其他条件吗？"

"有一点。"

郭湛清立刻做出释怀的样子，有条件的赠予才是可信的，天下哪有免费的消夜。

"但条件不多，就是有一点数量要求。但这个要求并不高，你们正常订货就可以满足。之所以加这么一个条件，是为了避免有些公司只想拿资料，并不是真心合作。只要是认真合作的，这个数量就一定可以满足。"

"条件太好了，张邕，我需要和庞总商量一下。"

"好的，我想回自己办公室。你和庞总通完电话了，我们再继续。"

郭湛清打给了庞德，汇报了一切。

"条件很好呀，签呀，你犹豫什么？"

郭湛清不自信道："就是条件太好了，所以犹豫。"

"你尽快签吧，没什么问题。这个张邕很聪明呀，他用的就是所谓阳谋。他先在老赵那达成协议，然后在市场上突然杀出，狠捅了我们一刀，迫使我们主动找他谈条件。这本就是他计算好的。"

"对呀，但既然如此。他不该趁机从我们手中多赚一点吗？"

庞德冷笑了一声："大家都知道，我们最在意的不是绝对价格，而是我们三家之间的成本比较。他为了吸引老赵，一定是免费提供资料的，如今一样免费提供我们，我们心中就不会忌讳太多。你以为他免费都是一番好意吗？如果他不免费给我们，湛清，你觉得你要多久能搞出这个产品？"

郭湛清沉吟："有了现在产品的基础，我觉得一年后可以搞定。"

"张邕要的就是这一年时间，他免费给你资料，东方的产品现在就可以上市了，他的业务也现在就开始了。如果你自己搞这个产品，你确定会用Mag的板子吗？"

郭湛清摇头道："我不确定，也许会，但Skydon一定是首选，甚至捷科也会排在Mag前面，毕竟我们很熟悉，开发起来事半功倍。"

"对呀，张邕省了你一年的时间，而且省了你的研发费用，但他绑定了Mag板子。这招够聪明吧？"

郭湛清有些许的不服："我们可以不用他的东西，坚持自己搞呀。"

"可以呀。但你放心，张邕绝对不会试图说服你的。他只需要搞定老赵就可以，我估计仲海军很快就会和Mag签约。这也是张邕得意的一步棋，如果那两家都有了，你要不要有？一年后？湛清，我不怀疑你的能力，但一年后的市场谁知道会变成什么样子？而且一个同样的产品，我们却比别人滞后一年上市，你觉得还有多大机会？"

郭湛清深深叹了口气："难道，我们就要这样受制于他吗？东方可从来没有向合作伙伴低过头。"

庞德道："当然不会。别人的就是别人的，我们和他合作，不代表我们就会停下自己的研发，你可以继续研发这个产品，现在你有了足够的时间。而且这些资料可是好东西，不要白不要。东方当初做的事你知道的，我们拆过多少台进口设备，抄过多少板卡，才有的今天。送上门来的资料，快收着吧。"

"好吧，庞总，我懂了。想不到张邕做事这么绝，我们早晚要扳回这局。"

庞德笑道："他绝吗？他做了什么恶毒的事吗？他什么都没有，还主动送上了资料。我们不是该感谢他才对吗？"

郭湛清叹了口气，想了想，似乎真的没有什么理由责怪张邕。

"我就是不理解，他一个中国办公室怎么能做到这么多事？我这次来也就是想看看他到底是个什么样的人。但这间代表处装修得像个艺术空间，我没看到一点和专业相关的东西。这个张邕，我看不透。"

"看不透，就多看看。不过你没太多时间，赶紧签了协议，尽快回来吧。"

张邕再次回到办公室，莫名觉得郭总的态度没有以前友好。

"张邕，你能先把这些资料给我吗？然后我回去和庞总沟通，再决定，如何？"语气中稍稍有一点挑衅的意味。

张邕似乎对此毫无知觉，回道："好的，郭总，没问题。"他拿起电话，"帮我送个U盘进来。"

一只带着Mag标识的精致U盘很快就放在了郭湛清手中。

郭湛清和郭小雨对视一眼，都露出了惊讶之色，这就给我们了？

他看向张邕，看到一张平静而真诚的面孔，当然还带着某种自信。

郭湛清暗暗叹口气，再次看向郭小雨。聪明的小雨立刻心领神会。

"郭总，您回广州和庞总商量，又要耽误两天。我看张邕师兄合作的诚意十足，不如我们还是现在定下来。庞总那边，您回去再汇报好了，产品是您负责，庞总会同意的。"

"嗯，你说得对。张邕，要不我们就先定下来吧，稍后我会让小雨把我们的订单以及今年的计划发给你。价格嘛，我猜你已经准备好了，华泰什么价格，我们就什么价格吧。你有问题吗？"

张邕微笑道："我这边一直都没问题。价格呢，我给任何一家都是同样的价格结构，如果东方的订货量高，还可以折扣多一些。不过我猜不会太多。"

"哦，为什么你这样说？东方公司的实力还不值得你相信？"

"哪里话，郭总。我怎么敢怀疑东方的实力。只是你们的主流依然是Skydon，我们卖的只是一个边缘的第二品牌。没有太大野心，也不敢有太多奢望。"

郭湛清再一次审视张邕的笑脸，他笑得真诚且开心，似乎这个"边缘的第二品牌"是件很骄傲的事。

"没有太大野心？张邕，你都一统中国手持RTK市场的天下了，还说没有野心。"

"只是一点活下去的信心而已。郭总，今天的会就到此为止吧。我还有一个会，当然你也可以留下，可以见到你的老朋友。"

郭湛清立刻明白："是尚达的人吗？陈锋？"

"郭总果然高明。"

郭湛清二人乘坐电梯到达大厅的时候，刚好看到一个熟悉的身影，走进国贸大厦，二人对视一眼。

"郭总，要打招呼吗？"

"算了，他来的目的以及走时候的结果一定都和我们一样。不管他们了，我们走吧。"

张邕给赵爷的计划，很快在华泰的销售中体现出来。

以Skydon为内核的接收机依然是一线主打产品，而Skydon之下，不在乎品牌，或者手里资金不太充裕的用户，可以选择一些性价比更好的产品。

按价格来排行，排在Skydon之下的是Mag板子的接收机，再下面是捷科板子的接收机，再往下则是Mag内核的手持RTK。

关鹤鹏曾问过赵爷，明明张邕的板子比捷科的还便宜，为什么价格要排在捷科上面。

"如果用户不在乎Skydon牌子，那么任何品牌的板子对他们都是一样的。他们一定会选最便宜的一款。那么捷科的优势不就大过Mag了吗？张邕为什么这么做？"

赵爷笑道:"张邕这个家伙,他算计的不只是价格,还有用户以及供应商的心理。用户如果不选最贵的,他们往往也不会选择最便宜的,所以居中的价格往往是用户最爱选择的。而对我们来说,那么这个居中的产品因为板子成本最低,所以是利润最高的。所以,Skydon是我们主打,但Mag内核接收机才是销售们最爱卖的产品,利润高代表提成高呀。何况还有Mag的手持RTK在下面托着,所以用户很容易相信Mag一定还是比捷科更好的选择。还有一个更重要的原因。捷科现在已经放弃和Skydon竞争了,如果他们还想拿回一部分市场,就一定会和Mag竞争第二品牌的地位。怎么竞争?一定是价格战。但我们把Mag价格放在他们上面,捷科会觉得他们的价格已经比Mag低了,所以就不会再继续降价。这就是张邕的算盘。"

关鹤鹏摇头道:"我无法理解,他哪里学的这么多套路。他能搞定产品,我非常惊讶,但可以理解为他的专业水平非常高。但销售这一套东西,他是怎么悟出来的呢?"

赵爷道:"我一直认为大家都高估了晓卫的聪明,而看低了张邕这种人。"

"赵总,我们不是和张邕一直都是朋友吗?这次他有点过分公平了吧。华泰可没有从他这个计划里得到特别的好处。"

"也不完全是这样。你应该知道,三家中我们一直是落后的一家,如今我们已经迎头赶上,与东方和尚达并驾齐驱,这里是有张邕的一份贡献,我很领情。但如今情况已经变了,我们无法继续支持他。他就只能改变策略,由和我们独家合作,变成三家共有的第二品牌,他已经尽量做到了最好。不是他不给我特别照顾,而是他也有很大生存压力,他也做不到。好了,如今的局面是,三家都在同一起跑线,产品线完全一样。产品没什么可比的,大家拼销售吧。一线作战,我们可没怕过谁。"

关鹤鹏点头道:"还有华泰这边的几个体系,运转良好,我想我们会取得优势的。"

尚达的几名高管正在开会，Mag板子和Mag手持RTK的进入已成定局。那么每个产品该如何定位，是今天几位高管要决定的。

砰的一声，仲海军怒气冲冲地推门而入。

"你们都在干吗？商量出什么结果了吗？"

所有人都被老板如此严厉的质问吓住了，一时没人回答。

终于，一名副总上前道："华泰的产品划分很合理，我们一时找不到更好的产品定位和划分。"

仲海军忍不住爆了粗口："既然华泰的划分很合理，你们浪费了一上午的时间在干吗？"

"我们想找出一种更合理的，有别于华泰的方式。"

"有吗？有吗？你们找到了吗？"仲海军高声质问。

副总默默摇头，不敢多说。

"是不是华泰的东西，我们就一定要拒绝，要区别开？如果华泰的本就是最好的呢？我们不能学习吗？华泰这么好的一个方案摆在这里，你非要寻求一个其他的方案，是要显得我们更高明吗？我不觉得我比老赵高明，你们呢？谁更高明？"

没人敢再多说话。

仲海军手一挥说道："不要再浪费时间了，就采用和华泰北斗完全一样的产品定位。散会，都出去吧。"

本来一场热闹的讨论就此结束。

众人纷纷离去，陈锋来到仲海军的身边说道："仲总，我觉得这个定位其实也不是老赵制定的，应该也是张邑的计划。"

仲海军道："那又怎么样？无论是谁做的，这都是一个最合理的计划，既然老赵可以采用张邑的计划，我们为什么要不一样？陈锋，你安排一下，我们需要开一个高管会。大家都知道尚达即将上市，但现在我们还没有过会，怎么公司里就有了这么一种骄傲情绪，我们事事都要比别人高明，这种心态根本不是出于业务考虑的。对了，还有件事。那个张邑，你继续保持沟通吧，他是个国际型人才，如果我们走向国际市

953

场，他可能对我们有用。"

陈锋愣了一下道："您想雇用张邕吗？他现在是Mag中国区的最高长官，收入应该相当不错。而且外企的很多待遇，都是我们不能比拟的。我们应该很难有什么更好的条件让他动心。您不会是想……"

"不，不，"仲海军知道陈锋在想什么，"你们都是一路跟着我的公司元老，我不会让一个外人在我们上市前来分我们利益的。你试着沟通吧，薪水我们不妨放开标准。我听到一些消息，也许他的位置没有你想象的那么牢靠。你先向他表达我们的诚意，也许某一天，他会主动和我们沟通的。"

很快地，三家几乎同时推出了完全一样的产品系列。而外形几乎一样，只是颜色和软件不同的手持RTK也从三家涌向市场。

张邕收获了三家的订单，其总量甚至比当初给华泰一家供货时还要多一些，只是利润低了很多。但无论是张邕还是大色娃，都对这个结果无比满意。

面对强大且强势的Skydon，没有被打倒，还从中分了一杯羹，没人会对这个结果表示失望。大色娃的助理在通知张邕参加在马赛举办的业务启动会议的时候，悄悄暗示，老板会在这个会上对他有一个特别的嘉奖，但她感觉到张邕似乎没有表现出特别开心。

第159章　并而不存（一）

Skydon的年中业务总结会，李佳的OEM业绩依然遥遥领先各部门，在众人的祝贺声中，李佳的老板，特别赶来中国开会的卡梅隆，打开了自己的PPT。

"谢谢各位的鼓励，李佳，干得好。但是我觉得Skydon还没有做到最好……"

一幅图表出现在屏幕上，整个OEM的销售情况清清楚楚，一览无余。VP（副总裁）级别的卡梅隆，无疑是一个做报表的高手。

"看这里，这应该是不在我们计划之内的。我们用3个月时间就彻底打垮了捷科，几乎拿下了整个中国市场。这很令人兴奋，但没什么骄傲的，这本就在我们的计划之中。Skydon这次出手，我们是做了充足的准备的。但这个……"他指向图表下方一条几乎别人忽略的细线，"Mag，我们谁都没有料到，捷科的出局，居然换来Mag的进入，这可不是我们想要的结果。"

"抱歉，卡梅隆。"董彬忍不住打断了他，"如果一个产品的市场占有率超过35%，就会涉嫌垄断，当然GNSS OEM板是一个特殊的生意，我们不能这样简单计算。但无论如何，Skydon在板卡的中国市场占有率已经将近70%。我觉得这个数字已经接近恐怖了，我们似乎不敢再苛求更多。难道你的计划真的是拿下100%的市场，一点都不给竞争对手吗？这其实并不合理，反而会有风险。"

"不，不，"卡梅隆摆手，"董，这不是市场占有率的问题，更无关什么垄断。我不关心Mag占了多少份额，但关心的是，这不是我们计划内的事。Mag在国际市场上表现平平，正在淡出大家的视野。但是这样一个品牌却在中国市场拿下我们这么多份额，差不多是我们的三分之一，这个我不能理解。李佳，还有在座的各位，谁能给我一个解释。"

有人举手，居然是测绘产品部门的宫少侠。

"凯文，你有什么见解。"

"我没什么见解，只是说一个情况。"如今的宫少侠稳重了很多，但偶尔眼光一闪，就能发现他还是那个潇洒跳脱无拘无束的家伙。

"Mag OEM的进入，直接影响了我们的生意。我们的手持RTK本来在市场上没有对手，把Mag打得几乎没有订单。但如今中国制造商突然拿着Mag内核的国产手持RTK来和我们竞争。在这个产品上，用户并不认为Skydon比Mag更有优势。如今，我们的手持市场，几乎都被Mag OEM抢走了。或者，"严肃了半程的宫少侠忽然露出一副无赖的嘴脸，"OEM部门应该补偿我们这部分业绩。"

卡梅隆愣了下，没想到宫少侠会提出这种要求。

"够了，宫，住嘴，这不是开玩笑的地方。"董彬严厉制止了宫少侠，后者笑嘻嘻靠在椅子上不再出声。

宫少侠的发言其实很有价值，年轻的李佳还是缺乏经验，但封耘、李可飞等人立刻悟到了什么，如果继续讨论下去，张邕绑定产品、提供OEM的策略应该很快就会在Skydon这边完全曝光。

以Skydon的实力和反应速度，张邕想赢得一年的先机并不容易，最多半年，Skydon一定会做出正确的应对。

但是没有机会知道Skydon会如何应对了，就在卡梅隆和Skydon中国的同事想要继续讨论的时候，董彬和卡梅隆几乎同时收到了一封邮件。

卡梅隆是个保守派，当Skydon员工纷纷选择苹果手机的时候，他还是坚持使用黑莓手机，这使得Skydon IT非常不满，因为他们要维护不同品牌的手机。

他扫了一眼放在桌角的黑莓，准备继续开会。但这一眼让他忽然目光顿住，不顾开会的众人，拿起了手机，在会上就开始阅读自己的邮件。

宫少侠第一个想站起来表达不满，但他很快发现董彬也放下了会议，正在看自己的电脑。宫少侠虽然肆无忌惮，但不是傻，相反，他比一般人都要精明，所以他立刻闭嘴没有出声。

董彬终于转向众人："好了，OEM的事我们就谈到这里，今天就不再继续了。好，下一位，GIS部门。"

李佳和众人疑惑地看向卡梅隆，却见他关闭了自己的电脑，坐回了自己的座位上，一脸平静。但显而易见的，他也不准备再继续下去了。

发生了什么？

Mag代表处这边，张邕也通过视频电话向小色娃汇报近期的工作。

"邕哥，做得非常好，恭喜你的团队。整个欧亚的业务都有所下降，我们已经决定正式关闭俄罗斯办公室了，中国目前是我们最信赖的一块市场。你的OEM业务的成功，挽救了欧亚区，否则关闭的可能不止俄罗斯一个办公室。……"

"对了,邕哥。莫斯科办公室的原主管米盖尔,他不想再重新求职,想开始自己创业。他让我和你打个招呼,他可能会联系你。如今,他对中国制造非常有兴趣。"

"好呀,我毫不怀疑,中国制造可以帮到他。"

"提醒你一下。不要把Mag产品推广到中国之外,给你的板子是受限的,离开中国就可以停止工作。"

"好的,老板。你放心吧,中国制造,无论是型号,还是产品,都远远超过Mag,他有足够多的选择。"有些事,张邕并没有多说,想解开板子的禁制,对中国人来说,也许根本不难。

"老板,我有一个申请。"

"说吧。"因为中国的业绩,小色娃很开心,他愿意在合理范围内,答应张邕的一切要求。

"我想参加下个月在德国的INTERGEO展会。"

"这恐怕不行,"小色娃皱了皱眉:"Mag一直以来的惯例,地方办公室是不参加INTERGEO的。德国办公室例外,因为他们本来就是东道主之一。我很难为你破这个惯例,而且如果你到了INTERGEO,所有人包括弗朗索瓦都会看到你,所以你谁也瞒不住。我劝你不要去了,怎么,中国的事还不够你做吗?"

"好吧,弗朗索瓦。那我申请另一件事吧,我想下个月休一周年假,可以批准吗?"

"本来可以的,"小色娃依旧为难,"可是,我担心批准你休假后,我会在德国看到你。"

"哈哈,"张邕笑了,"我自己的假期,自己飞往德国度假。顺便去一趟INTERGEO的会场,我想没人可以怪我。"

"好吧,"小色娃无奈道,"但是,我不能在财务见到你任何来自中国之外的票据,包括飞往欧洲的机票、德国的食宿,甚至INTERGEO的门票,任何的票据都代表你违反了Mag的财务制度。"

"没问题，你应该知道，北京办公室从不做违规的事。"

小色娃苦笑着点点头道："祝你好运，邕哥。"

张邕的电话打给了赵爷。

"赵总，德国展会，你会亲自去吗？"

"当然，每一次我都会过去。"

"帮我订一个和你一样的往返航班，还有酒店。当然也帮我准备一个INTERGEO会场的出入证。可以吗？"

赵爷稍有意外地说道："没想到你也要去，好的，我帮你安排。就是问一句，你准备付费吗？还是要华泰帮你付。"

"你帮我付吧，然后从你给汤力维的货款中扣除。"

"这么点钱，你也这么算计吗？我觉得你以前没这么小气。"

"唉，"张邕一声长叹，"大哥，你真是不了解我，我没有钱呀。公司的钱都在汤力维的账上，我只有Mag的薪水，但工资卡早就上交我家领导了。至于日常开销，我所有的费用都是Mag出的，平时一张信用卡报销还款就可以了。这次Mag不同意我去，费用是我自己出，但我没有钱呀。"

"唉，结婚的男人都这样，理解。"赵爷表达了一下同情。

"但我想问你一下，张邕，你一定要去德国展会，有什么目的呢。你现在又一次捋顺了中国所有的事，每天坐在办公室里打游戏，就可以保证业绩。你又有什么想法？"

"想法没有太多。我只是知道，在办公室打游戏就可以保证收入的日子不会维持到永远，未来的路还太长，我们必须往前看。你知道我一直关心业内的所有资讯，这次想亲眼见识一下。"

"你会不会是听到了什么风声，想提前找工作吧？"赵爷忽然问出一个问题。

张邕沉默了一下："你也听到了？我的确听到了，这次德国之行与此事或多或少也有点关系吧，但不算主因。我查过很多信息，甚至还问了美国的霍顿，对了，你还记得霍顿吗？"

"上海开会的那个？我当然记得。哈哈，提起他，我想笑。"

"消息很多，但都还没有确实的消息。而Mag的一切都在正常进行，春节后，我会去马赛参加业务启动会议。你应该知道我，对没有发生的事，我的考虑并不多，毕竟未来有多种可能，无论发生什么，都需要做好准备。"

"好吧，不问你了，你有了什么想法，可以随时交流。告诉你一个消息，这次INTERGEO之旅，你不会寂寞，有个老朋友会陪你一起。"

"谁？华泰那边，我的老朋友可不少。"

"不是华泰这边的，而是一个怒发冲冠的家伙。"

"狂人师兄？"张邕忍不住叫出来，"他，他，他去干吗？他不在国内研究北斗，或者去美国参加ION GNSS+（美国导航学会全球卫星导航系统年会）之类的学术会议。一个学者，来参加装备会议干吗？"

"不知道，但我猜。北斗的ICD发布应该已经倒计时了，北斗二代的正式服务以及北斗三代的发射都提上了日程。或许，他想了解一下北斗发布后终端设备的情况。"

"那太好了，这一段太忙。大家都太久不见，我已经怀念那一丛怒发了。"

不止赵爷和华泰北斗，各家都在积极地准备INTERGEO展会。

如果说几年前中国制造还只是国外大品牌的陪衬，只是来长长见识而已，如今早已变成了一股不可忽视的力量。

东方公司最为成功，他们在世界各地都建立了自己的分公司，在美国和西欧国家的办公室基本上还没太多业务，但在亚洲、大洋洲、南美洲和东欧国家已经逐步打开了国际市场，并开始对欧美的高端市场虎视眈眈。

在国际市场上落后的尚达和华泰，则刚刚正式成立了自己的国际事业部，同时在招聘国际业务负责人。仲海军心中有一个潜在的人选，就是张邕。只是他们还无法确定，张邕是否有此意向。

而赵爷的眼光，则定在了一些国际人才身上。

众合也是积极准备参会中的一个，只是在这个时候他们有一些人事变动和调整。

马小青得到通知，他被辞退了。

马小青并没太多情绪，只是心中有些失落。他被辞退的理由是，因为众合业务重心调整，以后将不再介入高精度GNSS市场，所以马小青跟着张邕的那一身本事也就没有什么施展的余地了。

但马小青自己很明白，即使公司调整业务结构，也可以给他换到其他部门。之所以辞退，只是因为主管对他并不满意。他没有怨言，因为他对自己也不满意。

"张邕，如果还能跟着你，我会干得很好的。我最大错误是跟着你干，却没有好好跟着你。"他无奈地对自己说了一句。

马小青身上有在天工时从易目那里学来的稳重，也有在天石时学会的拼命，而在Eka，他一直想学习张邕的样子，直到有一天，他发现自己不是张邕，怎么学也学不成张邕的样子。

于是他不学了，他想走另外一条路。也正是从这一刻起，他的路变了，他的人也变了。

他发现，他自己做不成张邕，也做不成自己了。他的稳重肯拼和心中的韬略都没有了，一旦遇到问题，他首先想到的是如何取巧，如何推卸责任。但是这些事，他做得也并不好，他终于明白，自己做不了张邕，也学不了水果盘，反而没有了自我。

众合辞退他，他没有怨言，只是他忽然想起了张邕。有些错真的是不能犯的，没人惩罚他，但自己一直都没有放过自己。

犹豫了很久，马小青终于拿起电话，打给了张邕。

"马小青，很久不见。"很意外，张邕看到号码就叫出了他的名字。

"张邕，我，你还留着我的电话号码？"

"我念旧，所有资料都会保留。怎么啦？有事？"

"我，"他忽然不知道该对张邕说些什么，"我从众合离职了。

不过，张邕，你别误会，我不是来找你求职，就是想和你说一声。我……"他再一次卡住。

"谢谢你告诉我，小青。这样吧，你回天石吧，我去和海刚说。"张邕感觉到了什么，但不想过多体会这种感觉，他直接给出了方案。

"你知道的，我离开天石投奔你，其实也是被天石开除的。我应该无法回去了。"

"我不敢打包票，但我觉得海刚会给我面子的，如果不行，就去李辉那里，他们其实都需要你这样的人。"

"我，可能好多变化，不是当初的样子了。"

"马小青，你是成年人，不要和我叽叽歪歪诉说你的心情。既然你觉得自己变了，而且没有变好，那就自己去变回来。没人能帮你，除了你自己。"张邕的语气中带着明显的责怪以及不耐烦。

马小青忽然好受了些，自从他和水果盘一起去了信息中心之后，张邕对他有一种冷淡的客气，还没有再骂过他。

"谢谢，张邕，我知道了。对了，我离开众合时，听到一些事，高总带团队去了法国多次，好像在谈什么收购的事，但近期好像有些变化。他的关注变成了美国。"

"谢谢，小青，你说的事对我很有用。不要再自怨自艾了，我帮你联系海刚和李辉，你去自己的老东家那里找回自己吧。再见。"

高平正在会议室里和战略部负责人以及法务顾问在开会。

他长叹一声道："这么说，我们又没有机会了？"

"很难了。虽然并没有商务部门和法律部门介入，但原则上，他们并不愿意将公司卖给中国公司。之所以我们双方一直在沟通，是因为当时并没有欧美企业给出合适的报价，所以只能考虑我们。但现在，这一切已经变了。即使我们的出价再高，也很难拿到了。"

第160章 并而不存（二）

众合刚刚经历了一次失败的收购，高平手下团队辛辛苦苦为之忙碌了近一年的时间，最终得到了一个并不理想的结果。

"抱歉，高总。我们并没有输在我们的策略和报价上，在谈判上也没犯任何错误。我们唯一的问题，就是众合是一家中国公司。我们被西方一直以来的偏见影响了。"

高平并没有表露出太多的愤怒，说道："其实很正常，当我听说Skydon有可能介入的时候，我就知道我们的机会很渺茫了。你说过我们的策略和报价都没问题，这只是相对前阶段而言，如果Skydon势在必得，没人能阻挡他们。众合这些年发展得非常好，但我还不会拿着股民的钱去和国际企业来竞价一家公司。我知道，作为中国公司，我们遭受了不公正的对待。但即使没有被针对，我们依然无法和Skydon竞争。老范他们那边如何？"

"他们好像很早就退出了，与Skydon的介入应该没有关系。这也是为什么之前我们很乐观，以为我们一定可以拿下Mag的原因。但是……真的抱歉，高总。"

"你不用抱歉，让我们继续保持视野，再有这样的机会，众合一定还会参与。"他拿起一份桌角的杂志，封面是东方公司的RTK广告，一颗Skydon的"芯"，他不满道，"连心脏都是买来的，还谈什么中国制造。"

在多数中国的北斗企业还聚焦在自己的产品上时，一些更具有国际视野也更有实力的公司已经将目光定睛在国外的企业上。

比如众合，比如北斗星。

张邑凭着自己的超人表现，挽救了Mag在中国的业务，但对Mag全球的业务来说还是杯水车薪，远远不到扭转局面的程度。这也不是Mag的人不努力，中国和美国之外，全球范围很难再找到这种规模的市场，而美国是Skydon的老家。

所以最终TS的大佬们还是做出了出售Mag的决定，并立刻吸引了两家中国企业的目光。

从某种意义上来说，张邕做的事反而促进了Mag的收购进程。

当初TS收购Mag，又将传统品牌钛科拿下，是想有一番作为的。但随着管理层的人员变化以及市场变化，本来要整合到Mag的另外几家公司，却被放到了TS旗下其他公司里。对于Mag的发展前景，TS高层一直没有得到共识。

但由于大色娃出色的管理和运营，Mag一直如同家中最不受宠的孩子，虽然缺衣短粮，却活得和其他兄弟姐妹一样坚强。

出售OEM部门的决定被否决，其实并不是TS打消了出售的念头，而是从霍顿的报告里他们读到，Mag的一切都应该卖一个更好的价格。

但即使如此，TS依然没有给Mag更多的投资。这类似于想让灰姑娘去嫁给一位王子，但却舍不得给她买一双水晶鞋。好像把一切都交给了神，神呀，我们什么都不想做，但求你让这个公司升值吧。

这种态度经营企业，本该是Mag的灾难。但不知道是Mag的幸运，还是张邕的不幸，大色娃和张邕两个人联手做出了一系列令人惊掉下巴的操作。

于是，在没花一分钱的情况下，Mag新一代板卡上市了。

因为Mag板卡的良好业绩，Mag终于有钱发布新产品，于是新一代Mag手持RTK上市了。

当Skydon忽然进军OEM市场，气势汹汹想拿下整个中国区的时候，张邕靠着手持RTK与板卡绑定，居然奇迹般地拿下了将近四分之一的份额。

从张邕的角度来说，他的表现近乎完美。从大色娃的角度，Mag渡过了难关，顶住了冲击，一切都可以慢慢变得更好。

但从TS股东的角度，他们非常开心，开心的理由与大色娃不同。Mag的价值终于被人看到，如今可以卖上一个更好的价格了。

而在并购市场上，一向眼光毒辣、手法果断的Skydon总裁史蒂夫立刻捕捉到了商机。此时的Mag已经走出了泥潭，拥有一些不错的技术和产品，但因为多年的低迷，此时的价值并没得到市场的认可。此时拿下Mag，对Skydon绝对是最好的机会。

Skydon做决定一向很快，但让这次收购走得更快的，则是卡梅隆关于中国OEM市场的报告。

相比于众合接近一年的谈判，Skydon几乎没浪费任何时间介入就取得了领先和实质性的进展。

离正式的签约和消息发布，应该还有相当长的一段时间，但纸终究包不住火，行业巨头都逐渐得到了消息。

最早得到相关资料的华人，是霍顿。他为此有些纠结，他很喜欢张邕和李可飞这一群人，但张邕上次利用了他，他心中始终有些不服。

终究这些消息也渐渐传到了张邕耳中，他看似平静，但心中却波澜起伏。

Skydon这个名字似乎和他有某种特别的缘分，从入职Skydon之前就和Skydon设备打交道。以为离开了就能开启一段新旅程，但实际上，Skydon从没离开他的生活。在Eka的时候，在参考站项目、工程中心、珠峰项目上都在与Skydon竞争。他离开Eka，以为再不会与Skydon打交道，谁知Skydon忽然强势进入OEM市场，让他将近两年的心血几乎付诸东流。他尽了自己最大的努力，扳回一部分。但此时的局面却是，自己连整个人都要被Skydon拿回去。

如果张邕更多地了解这背后的故事，很难说他会为自己的所作所为骄傲或悲伤。他做到了最好，却促成了自己的被卖身。

张邕并没想到这么多，他只是在想，真的要回去吗？难道真的永远无法摆脱这个巨人的影子吗？

他忽然理解了大色娃为什么坚持尽快给他任命。不久前，方舒给他打过电话，也劝他尽快上任，不过方舒口中的理由是："TS这边要求我尽快卸任，毕竟我已经离开很久了，还莫名地挂着一个中国的首代职务，并不合适。"

他知道，他们都希望尽快给他一个正式的名分，一个还不错的职位。这样在未来，企业真的合并的时候，他能取得一些优势，比如更好的待遇、更好的位置等。

张邕对此并没有这样关心，他唯一关心的一件事是，Mag这个品牌是否还会独立地存在和运营，还是完全地被Skydon全部消化掉。

带着这样的疑问，和很多复杂的想法，张邕登上了飞往德国的航班，和赵爷以及怒发狂人一起飞向了奔驰的故乡——斯图加特。

张邕在法兰克福与赵爷一行人分手了，赵爷继续转机前往斯图加特。而张邕则在法兰克福机场租了一辆奔驰SUV，自驾前往斯图加特。

看起来对一切事都很淡泊的张邕，其实有一颗极其狂野的心，一个真正淡泊的人，是做不出他所做的事来的。既然到了德国，怎么能不体验那不设限速的德国高速，这本就是张邕在欧洲的乐趣之一。

怒发狂人看看赵爷，又看看张邕，犹豫了一下，最终选择跟张邕一队。

"一个人开车是不是太闷了，还是我陪你吧。"

"教授，Are you insured（你买保险了吗）？"分别前，赵爷开了一句玩笑。

怒发狂人大大咧咧答道："和北斗卫星一起投保的，放心吧。"

欧洲风光，道路两旁的田园美得像一幅油画，怒发狂人拿着数码相机不停地拍照。

"大哥，您换一部手机吧，如今已经越来越少人用数码相机了，一部手机就可以搞定。"

"手机分辨率还是不够，我还是信任相机。"

或许生态太好，路边常有"小心，前方有鹿出没"的牌子，也常见一些可怜的小动物，诸如臭鼬之类，试图过马路，却被轧死在路边。

怒放狂人很快就明白了赵爷问他有没有保险的用意，张邕的车速太快了。

因为身边的车都在高速行驶,偶尔也有些车从他们身边呼啸而过,超过他们一骑绝尘,怒发狂人并没有觉察出张邕的速度有多快。他只是觉得拍照时似乎快门不够用,运动模式依然不够。

直到他低头看了一眼张邕的仪表盘,脸立刻变了颜色。

"张邕,你这车速都快200了,天哪,慢点,立刻减速。"

"放松,大哥,你看一下周边的车,我们快吗?"

怒发狂人看着周边,喃喃道:"比起来倒也不算快,但还是太快了。还是慢点吧,稳。"

"在这样一条快车道上,慢不是稳,而是自杀。如果车速慢了,我们就不能走这条车道,还要再外靠,可能要靠到最外车道,但即使那条道,车速也不会低于140,我们还是这个车速继续吧。"正在享受速度的张邕怎么可能慢下来。

"若不是为了保护我们国宝级的北斗学者,我自己可能还会更快。"

"好吧,舍命陪君子。"逐渐习惯的怒发狂人也放松下来,因为周边车的车速参照以及周边环境良好的视野,使得司机在德国高速感觉不到自己的速度。之前,怒发狂人一直以为车速也就是在100多的样子。

"这样下去,岂不是一个小时多一点就到了?赵爷他们还要上下飞机、取行李、等车。我们会更先到达斯图加特。"

"当然。法兰克福到斯图加特,最快的交通工具是张邕的车。"

怒发狂人看看张邕那一副欠揍的嘴脸,想到他正以200公里每小时的速度飞奔才按下了给他一拳的冲动。

很快,张邕将车驶入了一个安静的服务区。

"师兄,你该为这个国家贡献一点你的水分了。"

已经下车的怒发狂人终于不再客气,狠狠给了张邕一脚。

服务区餐厅外一个小小的圆桌,两杯热腾腾的咖啡,两份三明治和烤肠,两人站在桌旁,一边享受咖啡,一边闲聊。

"你真的是来看看会上的终端吗?这似乎不是你该关心的事?"

"怎么会不是呢?北斗系统终究要靠地上的终端来实现服务。虽然高精度设备是很小的一部分。但谁也不能否认，这是科技含量最高也是最重要的一部分。"张邕想到了什么，"未来有一天，朱院士会参与到板卡的研究和制造上来吗？"

"这个嘛，我只能说，一切皆有可能。"

又一辆车驶来，司机将车驶进了加油站，加满油之后，进室内缴费，然后将车停进了停车位，看来也不急于走，应该和张邕他们一样，喝一杯咖啡休息一下。

这个司机也是一个华人，穿着很随意，相貌也不算出众，但脸上有一种自信甚至自得的表情，似乎全世界的财富堆在他面前都是尘土。张邕笑了笑，这种"天子呼来不上船"的气质，他很熟悉。他很肯定，这是一个搞技术的IT男，不是那种只会写代码而不会表达的程序员，而是学识与口才俱佳、可以藐视一切的技术大佬。

不说远处，他身边的怒发狂人，就是此人的同类。

这个时候出现在斯图加特的土地上，张邕很怀疑，这个人会不会是自己的同行，也来参加INTERGEO的。毕竟无论是航班还是机场，遇到的同行不在少数。

IT男似乎察觉到了张邕的眼光，他毫不忌讳地向张邕这边看了过来。

张邕感到了一连串目光的碰撞，不是他，是IT男和怒发狂人。

"你，小明师兄？"

"我的天呢，刘师弟。"

两个形象并不相同的同类，彼此认了出来，都快步上前，然后抱在了一起。

"多久没见了，你还好吗？妈的，你见老了，我们都老了。"

"是呀是呀。你在这干吗？来参加INTERGEO？"

"是呀，你呢？"

"我也是。"

两个许久不见的同类寒暄起来一时忘了身边的世界。很久之后，怒发狂人才想起自己这边还有个开车的家伙。

"张邕,过来。"他挥手。

"这个是小明师兄,说起来能吓死人。对了,你们Mag的前身钛科,小明师兄可曾经是钛科的首席科学家,可是咱们这个行业里华人的骄傲。"

"师兄,这是张邕。现在负责Mag中国区,在Mag北京办公室。"

"幸会,"双方同时伸出了手。张邕却冒出了一句莫名其妙的话,"Mr. X。"

怒发狂人愣了一下:"你这孩子,说什么胡话呢?"

陈小明却笑道:"哈哈,看来你知道我的故事。在Mag里面,的确有一批人这样称呼我。"

怒发狂人愣道:"你们认识?"

张邕则想起了奥利文和他讲过的Mag OEM往事,Mr. X和大色娃吵翻,最终出走,于是有了捷科的崛起。

"张邕,弗朗索瓦可好?我是说,CEO弗朗索瓦。"

看来陈小明一定也认识张邕的老板小色娃,才会刻意强调一下,把二者分开。

"他很好。我刚到Mag的时候,有人说,OEM业务和你的名字都是Mag的禁忌,谁也不能提起。但实际上,我觉得他们太过小心了,这是他们以为的禁忌。大色娃,哦,我是这样区分两个弗朗索瓦的,大色娃和小色娃。"

"哈哈哈哈,"陈小明大笑,"我喜欢你的区分法,大色娃不介意提起我吗?"

"他从来没有说过介意。我一入门就和他谈OEM的业务,也不觉得他有什么禁忌。"

"嗯,"陈小明点头,"大色娃其实是个很不错的领导,他善于解决身边的问题,无论多难的问题,但进取精神远远不够,所以我们吵翻了。也许我的很多决定都不高明,但在做OEM这件事上,很明显是我对了，他错了。"

陈小明笑得很洒脱，但张邕明显感到"是我对了，他错了"这个结果对他非常重要，很难说，他是不是要在大色娃面前听到大色娃亲口承认这一点。

"你这次来德国，不会是要在大色娃面前证明自己对了，来打一下他的脸吧？"

"去，"怒发狂人把张邕推在一边，"小明师兄哪有这么无聊，你这是典型的以小人之心度小人之腹。"三人一同大笑。

"说真的，我来并不是见大色娃的。Mag的事已经过去了，一切都和我无关，何况如今Mag面临着……"他忽然停下，看了眼张邕，没有继续说下去。

"不用管他，我猜这小家伙早就知道了一切，他比我们想象得都要聪明。"

"那就好。总之，Mag的事与我无关了。我这次来，还是找一下北斗星科技的范总，他邀请我回国发展。"

"真的吗？你答应了吗？太好了。"

"只怕我不得不答应了。"

"为什么？"

"因为北斗星认定我会回国和他们一道，所以他们放弃了对Mag的收购。我若是此时忽然拒绝老范，只怕整个北斗星科技都会对我恨之入骨。"

第161章　选择

喝完了咖啡，三人彼此道别，约了会场再见，然后各自赶路。

如果高平和众合的人在这里就会明白，北斗星为什么要退出对Mag的角逐了。因为陈小明告诉范明轩，你无须收购任何企业，也无须和任何人合作，给我3年时间，我就能搞出更好的世界上顶级的GNSS板卡和芯片。

陈小明的信心彻底点燃了范总的激情,他愿意不惜代价将陈小明请回中国。而同时他放弃了对Mag收购,毕竟收购Mag后,整个公司完全整合只怕也需要不短的时间,与其如此,还不如从零开始搞自己的产品。

"你看到了,都是为板子来的,这是下一个风口浪尖。你还怀疑我为什么来吗?如果天上是我们的北斗卫星,地面的接收机却都是外国芯,你觉得我们这些北斗人还有面子吗?"

张邑点点头,没多说话,他紧踩油门,继续体会着风驰电掣的感觉,车速很快又接近了200公里每小时。

"小子,你就没什么想法?别装深沉,我不信。"

"大哥,我现在没办法思考未来,眼下的事还看不清楚。本来一切都是传闻,如今小明师兄直接给我挑明了,Mag肯定是被收购了,可以确定是Skydon。我现在还不知道Skydon是让Mag独立发展还是完全吞并。我希望能并存,但如今看来很难,应该还是并而不存,我的落脚之地已经没有了。"

"你别瞎琢磨了,如果你们是不同类型的企业,比如精准农业、三维、航测,都有可能并存。但你所在的Mag就是个卫星导航公司,Skydon留着你们干吗?一定会完全整合,各个部门合并。并了你们就不复存在了。对,你刚说的,并而不存。不过,你也不用太担心。保不齐把你并到Skydon,分到宫少手下,让公公给你当老板。"

张邑笑道:"不错,他升级为大总管,我只能做个乖巧的小太监。"

张邑很快感觉到了INTERGEO的热烈,CHINTERGEO虽然一样隆重,但依然是一个行业的盛会,而INTERGEO却似乎可以影响整个城市。

无论机场、车站,还是地铁里,都能看到INTERGEO的海报。

而通往场馆的地铁,每一个换乘站、地铁站的地面上,都画着带有INTERGEO标识的方向指引,看上去更像是一个城市的盛会。

这是张邑第一次走进INTERGEO的会场,他被深深震撼,也被深深吸引。

将近上千的全球展商，数万平方的场馆，以及2万余人的观展客商。张邕忽然明白为什么这个会能带给一座城市影响力，这2万观展人群在中国任何一个城市都掀不起任何波澜。但在德国，斯图加特不过才60多万人口，2万大概让这个城市增加了3%的人口。

他见到了许多之前只是听过名字的大牌厂商，除了熟悉的Skydon、Eka、康目等传统测绘品牌，还有空客、ArcGIS、Autodesk等在航测、遥感、三维、制图等各个相关领域的佼佼者。每家企业都在这里展示着自己最好的一面。更有无数的企业把自己的新产品发布，放在了INTERGEO上。

除了传统的设备，张邕还见到了漫天飞舞的无人机、各种距离和不同模式的三维激光扫描仪等，无数最前沿的科技和产品。

但最让张邕感兴趣的却是那些名不见经传的小公司，这些是他平时难得一见的。展会刚一开始，他和赵爷这些人打了个招呼，就消失在四个展区无数几平方米的小展台之间。

与CHINTERGEO最大的不同是，国内的小展台都是一些小经销商或者卖一些小东西的制造商。而这里的小展商，往往都是一些研发型企业。他们只有几个人，却能自己做出一个小产品，或是全景相机，或是小的三维建模系统，或是一个无人机的飞控，很多小东西的技术含量非常高。

他几乎没去大的展台，一个是不想遇见太多的熟人，特别是不太想见Eka的人。更重要的原因是，这些大公司的资料他很容易从各个渠道得到，而看一些小的科技公司的产品，这是个难得的机会。

他和汤力维以及王悦鑫的组合，何尝不就是一个小小的研发单元呢，他想看看这种规模的企业可以做些什么。

他路过了Mag的展台，远远地看到了一些熟识的脸孔，却没过去打招呼。他本是借度假来参展的，觉得还是不见面最好。

他很怀疑大色娃远远地看见了他，但老板很快扭转了面孔，继续和身边人谈笑风生。他也赶紧走开,继续流连在一个个小展台中间。

直到第二天,张邕才再一次出现在C馆。

因为中国制造的快速崛起,C馆被INTERGEO定义成了中国馆,多数中国企业都安排在这里。除了华泰、东方、尚达这三家,也有众合、北斗星,还有国内所有的传统光学仪器制造商、超图软件等。小展台参展的小型制造公司也有数十家之多。

张邕回到了赵爷的展台,接过接待人员递过来的矿泉水,一口气喝了半瓶,他终于感觉累了。

"赵总呢?"

"那边,正和老外谈话呢。"女孩指向展台内部,一个相对比较私密的空间。张邕一口水卡在了喉咙,他惊讶地看到,和赵爷正在激情对话的居然是他的老板小色娃。

他不知道双方在谈什么,不好过去打扰。只是举起了手,远远地向小色娃挥了挥。看起来专心谈话的小色娃居然看见了他,也远远地挥了挥手,作为回应。

赵爷见状,回头看见了张邕,也摆了摆手。但无论赵爷还是小色娃,似乎都没有邀请他过去的意思。张邕当然不会贸然打扰,他摆摆手,说了句"take your time"(慢慢聊),然后开始整理自己这一天观展拿到的资料,心中却有些疑问:他们在谈什么?按理说,小色娃如果要和中国公司交流的话,应该是要先通过他才对。他想了想,安慰自己道,我不是在休假嘛,所以老板只能直接联系赵爷,这倒也合理。

好在不久,他看到怒发狂人和关鹤鹏一起转了回来。

"你这小子,一天都没见人,跑哪去了?"

"你看,"张邕捧起那一大堆资料,"都在这里,你看。"

关鹤鹏笑道:"你还是那个技术型的领导,我和你师兄刚才还在谈起你,似乎很难定位你是个什么类型的人,你懂得太多,这对手下人来说会有很多压力。当然这没什么不好,我就很佩服你,你这个每天骂你的师兄背后也在夸你。不过从企业管理的角度,你真的不如我们这位老大……"他也指了指身后正在和小色娃谈话的赵爷。

"赵总的特点是,该懂的他都懂,不该懂的,他就能做到一点都不懂。每一次向人请教,他都和小学生一样真诚,没人知道他其实是个很危险的家伙。"

三人大笑,张邕竖起大指说道:"这个评价值得满分。"

一个声音传来:"当我听到这样的笑声时,一般都是我的人在背后讲我的坏话。这次应该也不例外。"

赵爷一脸憨笑地走了过来。

他先对着张邕道:"你老板在等你,你先过去和他聊聊吧。今晚我安排了一个私人晚宴,你过来参加,时间地址会晚一点发给你。都是你认识的朋友,会上太忙,明天我有代理商的招待晚宴走不开,所以今晚大家聚一聚。"

"好,谢赵总,我准时到。"

张邕笑着坐在了小色娃的对面:"老板,可好。"

小色娃叹道:"我希望没有在这里看到你,但我知道我一定不会如愿,所以我就过来看你了。"

张邕摇摇头,他当然不信小色娃来华泰展台是为了他。

"你去Mag展台了吗?"

"没有,也没和任何人打招呼,不过我怀疑弗朗索瓦看到我了。"

"没关系,没打招呼就是没看到,弗朗索瓦知道怎么应对的。你怎么样?会上有什么收获?"

"实质性收获没有,但是学习了很多东西。老板,Skydon收购的事确定了吗?"张邕不想再继续寒暄,直接提出了问题。

"一切正式消息发布之前,我都不能说。我只能告诉你,你想到了什么就是什么。"

"那么未来Mag何去何从呢?"

"这都是Skydon的事,我的意思是,如果收购的事是真的,这都是Skydon安排的,我也不知道会发生什么。但我只想劝你,尽快接受弗朗索瓦的任命吧，不要以为也许北京办公室要被取消，你是否上任都没什么关系，其实这对你还是很重要的。"

"我会考虑，谢谢你和弗朗索瓦。但我更关心我这块板子怎么办，这是我做出来的，我不想这样失去它。"

"我很理解，邕哥，但很遗憾，你很难保住它了。我猜Skydon会继续保留这块板子，但会用在其他的行业上，我们有很好的速度和加速度的指标，可以用于航空航天。但在高精度市场，他们只会使用一个产品，一个型号，现在Skydon的板子足够了。他们可以把你抢走的四分之一的中国市场轻易地拿回来。"

"我不甘心。"张邕牙缝里挤出来一句心里话。他不甘心，他从来没有像现在这样不甘。

他面对过很多失去，无论是工程中心还是珠峰测绘，但没有一次像如今一样让他挣扎。在他心中，Mag这块板子不仅是Mag的，而是他自己的。他花了无数的心血，和中国伙伴一起制造出来。

中国四分之一的市场，本是他的一场胜利。但最后却发现，这个胜利是属于对手的，他一切的努力都没有意义。

"邕哥，想开些，这就是生活。"法国人经典的对白，终于用在了张邕身上。

"合并之后，Skydon还会继续让我负责这一切吗？"

"再说一遍，邕哥，这个问题只有Skydon才能回答。但按照惯例，Skydon更喜欢将人调到他们不熟悉的新岗位。他们会在其他部门给你一个新的职位，负责新的业务，并通过新的环境来考察你的能力。说实话，我对你并不是太担心。你在任何一个岗位都可以做得很好。你的生存能力可能还好过多数法国人。但前提是，你只能接受Skydon的安排，你自己无法做主。"

"你和弗朗索瓦会怎么样？"

"谢谢，邕哥，谢谢你还关心我们的未来。弗朗索瓦应该不会有事，Skydon对他的评价非常高。但Mag后面会转变成一个研发和生产单元，他可能只会负责一些后方的运营，不再管理全球业务。至于我，应该是并入Skydon的销售体系吧。法国的工会很强大，美国人会小心安置所有人的。"

"我猜你一定有了自己的想法，只是还不方便和我讲吧。"张邕露出一副我已经知道了的揶揄笑容。

小色娃笑道："只是你的想法，未来真的发生了，我们才能知道一切是不是真的。我现在，还是你的老板。你回北京后，还要继续做Mag的生意，直到真的有变故发生。好了，邕哥，不多说了，我们马赛再见吧。我先走了，不和乔治打招呼了，不方便。保重。"

"保重，老板，马赛见。"

张邕回到了赵爷一群人的桌前："hi,Georg, I knew what did you do in last summer.（我知道你去年夏天做了什么。）"

赵爷大笑道："我是个清白的企业家，Sir。"

百年历史的Steak House（牛排馆），半开放的后厨，食客们可以清清楚楚地看到大厨们将一块块腌制好的牛排放在明火的架子上烤得滋滋冒油。仅有的一点青烟留在后厨，烤牛肉的香味却从后厨飘出，弥漫在餐厅的每一个角落。

烤肉香，再加上这里整洁的餐布、考究的餐具、昂贵的红酒，以及彬彬有礼的服务，让人身心都得到极大的安慰，食指大动，已经饿了的张邕不时地看向厨房。

后来他干脆起身，来到离烤肉架最近的一处窗前说道："先生，你好，我能拍个照吗？"

"当然可以。"光头大胡子的厨师接受了张邕的要求后，立刻用着手中的烤肉夹，摆了一个夸张的姿势，张邕一边道谢，一边笑着完成了拍照。

这边怒发狂人不高兴了："张邕，你给我回来。有点出息吧，你怎么也是Mag的中国区负责人，怎么见着牛排就什么不顾了。过来，我们听听你的高见。"

"我？"张邕谦虚地摆手，"几位都是卫星导航圈的大佬，我一个小角色安心学习就好了，我哪有什么高见。"

张邕倒不是故作谦虚，而是由衷这样想。

一字形的长桌摆开，坐在两边的，除了赵爷和怒发狂人，还有关鹤鹏、众合的高平、北斗星科技的范明轩和建辉、X先生陈小明，还有华泰的几名高管。他实在觉得，自己和这些人相比实在没什么分量，不如专心在牛排上好些。

高平道："你别谦虚了，这里的人对你评价都不错，只是你自己不知道而已。现在，关于自主知识产权的GNSS OEM板开发，我和范总有不同的意见，大家都有支持者，只有你还没发表意见了。"

高平和范明轩的争论很有意思，和他们对收购Mag的态度几乎一模一样。

高平认为，收购一个成熟的产品，然后逐渐消化成自己的，这才是中国企业最该走的路。其实他有很多论据，只是碍于陈小明在场不好多说。毕竟范总的观点，和陈小明息息相关。

"收购一个企业的代价太大，而且无论是否喜欢，必须将整个公司的一切都拿进来。之后就要面对复杂的整合工作，西方员工文化和价值观与我们大不相同，还涉及不同国家的法律，这些都太难了。我依然认为，如果能只借助国外最先进的技术力量，而不是收购整个公司，这才是最佳的途径。比如……"范总指着身旁的陈小明，"小明博士，一个人就可以抵得上千军万马，我何必花大价钱买一个公司。"

高平正想着，如果不牵扯陈小明，就驳斥范明轩的观点。

忽然，赵爷旁边一人带着满满的自信插话道："除了你们二位说的两种方式，或许还有第三种。"

所有人目光立刻被关鹤鹏吸引过来，只有怒发狂人注意到，赵爷似乎微微皱了皱眉。

"第三种，就是不借助国外的任何力量，完全由中国本地公司本土人才，搞出属于自己的GNSS板卡。"

所有人都愣了下，但很快看到了关鹤鹏那双自信的目光。

建辉道："这当然是好事，但是除了鹏总您，这个行业里没有人有资格说这样的话呀。我们由衷地佩服您和赵总呀。"

第162章　各行其道

张邕就是这个时候，被怒发狂人叫回了桌前。

"张邕，别以为我们不知道你做了什么，你如今已经接近GNSS板卡的一员了，让我们听听你的想法，对错都不重要。"

"其实呢，"张邕露出了赵爷一样的诚恳表情，"我真的没太多想法，我觉得三种观点各有各的道理，也各有各的问题。研发和制造OEM板是一个系统工程，涉及很多个方面。纯本地的研发，缺乏相关的管理经验，外来的技术力量需要一个长期稳定的应用测试环境，收购的问题则是成本太高。我觉得孰高孰低，只是我们吃着牛排的谈笑而已，没太大意义。这件事，我觉得还是做事后诸葛亮的好，就是5年后，我们再看，谁做好了，那么他自然做对了。"

"乖乖，我这是叫来一个外交部发言人吗？回答天衣无缝。真是，听君一席话，如听一席话。"认真的怒发狂人不打算这样放过张邕。

其实在潜意识里，怒发狂人比其他人更信任张邕，他真的希望能听到他一些真正的想法。

"你说的这一大堆套话，没有结论。现在给你一个选择，在鹏总、高总、范总之间选一个出来。只能选一个，而且必须选一个，你会选谁？我给你一分钟思考，现在开始计时。"

"如果真的必须选一个，……"张邕的目光逐渐坚定起来，抬头扫视着众人，发现大家也都认真地看着他，似乎他的决定真有权威一样。

张邕游离的目光，最后定格在高平身上。

"那我选高总，收购一个成熟的产品。"

高平嘴角露出一丝微笑："张邕，果然有见识！"

其他人则都有些意外，他们的想法中，众合本该是张邕最后的选择才对。

"张邕，说说你的理由。"

"这只是我个人的选择，可能对我来说最适合，不代表着其他人的观点和可能性。我的理解是，做一块板卡，虽然算法和电路设计至关重要，但最耗时间的其实是在实际测试中反复磨合和修改，没有这个过程是无法做出一块性能优异且稳定的OEM板。同时这个过程是一个靠时间累积的硬性指标，是无法随便缩短的。无论设计师多么天赋异禀，算法多么惊人，但终究还要在这一过程中逐渐完善。就算顶尖的天才，也不可能产出一次测试就能上线的产品……"

"我做Mag的板子已经不是秘密了，大家都知道了。但我使用的就是这种无数次磨合之后的成熟产品，我只是修改了电路而已，并没涉及算法和引擎。但依然在这个过程中消耗了大量的时间。"

"我绝对不怀疑小明师兄和鹏总的能力，我想有足够的时间，你们一定可以做出一块优质的OEM板。但如果我们的北斗卫星马上开放服务，要想在几年内拥有一块自己的OEM板，我觉得收购一个成熟的品牌是最优解。"

所有人都沉默了一下，牛排陆陆续续端了上来，于是大家开始享受美食，一时间没有人说话。

终于，陈小明放下手里的刀叉说道："张邕，我觉得你说得有一定的道理。我没想到，你对板卡也有如此的理解和领悟。但是，我想说的一点是，在你说的这个反复磨合和修改的过程中，设计者的水平依然是至关重要的，一个高水平的设计者是可以提高修改的效率和降低修改的次数的。就是说，他可以缩短这个过程，你同意吗？"

"是的，我当然同意。"张邕脸上流露出一丝狡黠的笑容，"小明师兄，Mag板子上的艾梅尔芯片，里面的程序是不是依然有你的贡献？"

陈小明点头，Mag留给他的回忆并不都是喜悦的，但谁也不能否认他对Mag的巨大贡献，连大色娃也必须承认这一点。而这些，就是一个研发人员的荣耀。

"我个人觉得，Mag的板子单论性能其实很多方面是比捷科优越的，但这可是你几年前的手笔，没人认为师兄你的水平退步了，只能说明一个产品的磨合与成熟度是多么的重要。"

陈小明笑了，他用肩膀碰了碰坐在他身边的怒发狂人。

"这家伙果然和你说的一样，看着老实，其实是个难缠的角色。他拿我的矛来攻我的盾，我还真不知道怎么回答他。"几人爆发出一阵欢乐的笑声。

陈小明正色道："过去的那个阶段我对技术苛求，这也是为什么弗朗索瓦拒绝我的原因，我花的金钱和时间都太多了。如今，我依然保持着技术的严谨性，但是我已经可以分清产品和商品。这样说吧，Mag板子可能是更好的产品，但捷科才是最好的，也是最成功的商品。"

"最好的商品，不应该是S……"张邕说了一半，忽然觉得不合适，就闭上了嘴。为了掩饰尴尬，他举起了面前的酒杯，"小明师兄，敬你一杯。"

陈小明举杯抿了一口红酒，然后道："在座的这些人中，都不需要我们遮遮掩掩。说话不用只说一半，我替你说吧。是的，我说错了，Skydon板子才是最好的商品，捷科次之。但这与板子无关，与Skydon品牌和形象有关，Skydon出手的就一定都是好商品。"

忽然有人插话："中国制造，有一天会达到Skydon的程度吗？"

所有人再次陷入了沉默。

终于，一个并不高昂却无比有力的声音响起，是赵爷。

"中国企业想要达到Skydon公司的高度，任重道远，可能需要50年、100年。这已经不是单纯的企业之间的对比，更像是中美之间的差距。但如果只是针对GNSS接收机这一个产品来说，我可以肯定地说，最迟5年，中国制造一定可以比肩Skydon。而且中国制造将会走出国门，覆盖全球。"

所有人都为之一振，张邕道："那我们都举杯吧。赵总，危楼高百尺……"

"手可摘星辰！"

3天的INTERGEO盛会终于结束，各有不同收获的众人，相互道别然后收拾行囊一一离开。

高平又一次来到了赵爷的展台，他专门来找张邕。

"张邕，上次人多不方便。想问问你，如果Mag被Skydon收购，办公室也合并的话，你有什么打算？重回Skydon吗？还是……"

"我还没想好，因为我还不知道Skydon未来会如何安排。"

"或许，有些事，你应该在公司做决定之前就想好。我很感谢你昨天支持我的想法……"

"高总，这个不用谢吧，我只是说出了自己最真实的想法而已。"

"有没有想过，就按你的想法，我们一起做点事。比如众合收购一家公司，我们一起来整合。"

张邕眼睛亮了一下，这的确是个极其吸引他的提议。

"您有收购目标了吗？"

高平摇头道："还没有。你不是对国际厂商也很关注吗？或许你可以帮我们找到一个合适的目标。我的建议你考虑下，回国后保持联系。如果你有一个合适的目标，也许我们可以很快开始我们的合作。"

"谢谢高总，我会留心的。"

"好的，北京见吧。"

张邕也准备离开了，他只是在等不知去了哪里的怒发狂人回来。

"张邕，我听说你来了，在华泰展台。我来了三次，这第三次终于见到你了。"一个年轻人微笑着来到张邕面前。

"陈总好。"来人正是尚达副总陈锋。

"怎么样？收获如何？"

"我只是一个来长见识的观展客，收获也就是一堆资料。你们呢？"

"我们没预料到今年多了这么多人，去年会议在埃森，小地方比较冷清。所以今年稍稍有点准备不足。我们没有庞德他们的意识领先，没想到国际市场这么快就向我们打开了，人家主动上门来谈合作了，我们却还没反应过来。尚达可能会是中国第一家上市的GNSS接收机制造商，但如果从国际化的角度来说，我们是最差的。我们没有庞总的视野，也缺乏赵总的国际经验，他毕竟做了很多年的Skydon。以往还好，今年参展，感觉差距反而在拉大。这和中国制造在世界上整体走高有很大的关系。尚达太土了，张邑，我们其实很需要你这样的人。"

"哦，陈总是来给我提供工作机会的吗？那我就太感谢了。"张邑微笑。

"不开玩笑，我们，我的意思是，除了我，还有我们仲总，都诚心地邀请你加盟。我们想聘请你作为我们的国际销售主管，条件可以谈，只是不知道你在Mag这边什么情况了。我想Skydon收购的事，你应该知道了。"

"太荣幸了。陈锋，实话实说，我还没做任何决定，因为我不知道Skydon未来会怎样处理Mag北京办。所以，你的邀请我只能在这一切都尘埃落定的时候再考虑。"

陈锋微微皱眉道："为什么一定到那时候再考虑呢？人不都应该早做打算吗？Skydon收购的事基本不会变了，而并购后无外乎几种结局，难道你还想不透吗？我觉得你不需要再等的。"

张邑却说起了其他事："这个月的Mag板子订单还下吗？Mag代表处依然正常营业。我其实不是看Skydon如何整合我们，而是想知道Mag板子的下场。这样我才能知道自己该如何决定。说起来有些惭愧，我的确格局不够，心里总是放不下这块板子，想看到最后。"

"好吧，"陈锋无奈，"我过来找你就是这事，希望你好好考虑下，适合的时机就联系我吧。至于Mag板子，这个月我们不但订货，可能还会加订一些，我很担心以后就买不到了。或者，即使买到，也没这么便宜的价格了。"

"没问题，一言为定。问个问题，仲总考虑过要做一款自己的OEM

板吗？"

"这个应该没有，尚达是做接收机的，除了价格问题，用谁的板子都一样。"

"好的，谢谢。"

"真羡慕你，还没离开Mag，就有人要来挖墙脚了。"

张邑回身，原来怒发狂人不知几时已经回转，并听到了陈锋和自己的对话。

"大哥，偷听别人谈话是不道德的。"

"我刚回来，只想坐下好好休息。两只傻鸟在我耳边不停地聒噪，你说我是愿意听呢？愿意听呢？还是愿意听呢？"

"好吧，是我错了，老大。走吧，收拾东西回酒店。"

"知错能改，善莫大焉。明后天周末怎么安排？"

"奥特莱斯购物，别告诉我入住时前台没给你小册子。"

张邑入住酒店的时候，前台在确认他们是中国人后，立刻捧出一堆小册子，并告诉他们，对所有来到斯图加特的中国人来说，去奥特莱斯购物是必做的一件事。

"当然给了。唉，我心情很复杂，让老外把我们中国人看作购物狂，让我很不爽。但这些小册子的确很吸引人，而且我也觉得既然来了一定要去逛一次。"二人相视而笑。

"还有奔驰博物馆，肯定要去看看。再有时间的话，我想去趟蒂宾根，那个小城很美，而且周末有集市。"

怒发狂人饶有兴致地听着张邑的计划："你说得都不错，我很感兴趣。这次你能一起来，我是赚到了。我只是很奇怪一点，你看起来很放松，真的完全不为自己的前程担心吗？也许我们该早一点回去，为你的未来做准备。"

"我们时刻都该为未来做准备，但不是某一天、某一个周末。未来不是突然降临的，我们也不该突然地开始准备。"

"好吧"，怒发狂人看着张邑，"看你这样放松，我就放心了。那我们就好好度个周末，然后回国。你是不是带着任务来的？我也得给老婆孩子买点礼物回去。"

张邕笑道："你还好了，我家米其林已经到了自己开口要礼物的年龄，必须满足他。"

回国的第一天，赵爷将关鹤鹏叫进了自己的办公室。

"鹏总，你在德国说的话，我希望只是一个玩笑，并不是真的，是吗？"

"哪一句？关于做自己板卡的？"

"是的，就是这一句。不依靠任何第三方技术力量，完全依靠自己做一款GNSS板子。"

关鹤鹏看着赵爷那张无比认真的脸，咬了咬牙，同样认真地说了一句："赵总，我想离开公司。"

赵爷顿住说道："鹏总，一句话的事，不至于这么大反应吧。你要离开公司？难道是我哪里做得不够好？你要知道，你已经损失了尚达的上市股票。但我不觉得有问题，我想我一定可以用华泰的股票补偿你，股价一定会更高。你怎么这个时候提出离开呢？"他停顿了一下，"好吧，鹏总。我收回刚才的问题，就当我们从来没有问过，如何？"

关鹤鹏坚定地摇了摇头道："赵总，你问不问，其实问题都在这里。我的回答是，我是认真的，我就是想搞一款自己的GNSS板。那么你会同意吗？董事会会支持我吗？"

赵爷叹了口气，他平静下来，慢速而认真地说道："是的，我还是之前的观点。我们只是一个接收机制造商，至少3年内，我不会考虑做板子的事。在德国你也听到了，陈小明说3年，张邕认为根本做不到。如果五六年后才有结果，我们现在做，没有意义，而且是在透支未来。鹏总，除了这件事，其他事都好商量。你再考虑一下。"

"我考虑过了。你说得是有道理的，这是我们吵过几次，每次我都最终让步的原因。但我这次不想听你的理由了，我要做一个非理性的决定，我要做板子。因为这是我的理想，这个想法如今充斥了我的身体，我无法改变了。我知道，你不会支持我的决定，所以我只有辞职。"

赵爷略带痛苦地摇头道："就没有任何缓和的余地了吗？"

"没有了，我一直想缓和，但今天已经没有其他办法了。"

"你的团队不能都带走，要给我留下。"

"有两个人我必须带走，其余的看他们个人想法吧。我并没有那么多钱来高薪挖角，能保持同等待遇已经是我的最高限，所以应该不会整个团队都带走。"

"好吧，鹏总。谢谢你为华泰做的一切，接下来一个月，你开始交接吧。找个时间，我们和财务总监一起开个会，把你的分账谈清楚。就这样吧，你出去吧。"

同一时刻，北斗星的范明轩也和建辉在沟通。

"陈博士说只要3年时间，而张邕说，磨合和修改就要3年，你觉得我们该信谁？"

"我本该信陈博士的，他才是行业中全球最顶尖的人才。但不知为什么，我觉得张邕说得有道理。"

"可我们该怎么办？还要引进他吗？我们付的代价可是相当大。"

"这个需要您来决定。我只确定一件事，陈博士的水平是最高的，如果他需要5年的时间，那么不会有人5年内搞出板子来。"

范明轩终于点头道："你说得对。但张邕和高平的说法呢？收购是不是一条更好的路？"

建辉道："其实这是一个伪命题，或许张邕说的道理是对的，但实际上，这种可能根本不存在。"

"为什么这样说？"

"Mag被Skydon收购了，以我们对国际市场的了解，还有合适的板卡制造商吗？都是导航板子和民用芯片。如今根本找不到适合的企业，那众合能收购谁呢？所以张邕的道理根本没有机会去验证是否正确。"

范明轩点头，终于下了决心，在一份文件上签上了自己的大名。

第163章　抱歉，老板

张邕也回到了北京，正在准备法国普罗旺斯的行程。

如果仅从业绩的角度，这是张邕最好的时刻。Skydon收购的传言，反而促成了三家企业同时增加订单的局面。这一个月的订货额，差不多相当于他平时的3个月。

张邕满意地回到了办公室，他通知行政中午安排一桌工作宴，Mag代表处一起庆祝一下。

他在德国买了一些礼物给大家，所以提着大包小包进了办公室。

谁知在办公室里却碰到了一个青春洋溢的漂亮女孩，女孩上来给了张邕一个拥抱，然后一边道谢，一边从张邕手里抢走了一支口红、一盒巧克力。

张邕无奈道："谭大小姐，你一定不是来找我的。你们邵老板允许你每天在Mag代表处上班吗？"

小谭笑嘻嘻道："我是为工作才来的，有正经事。我们邵总让我告诉你，给他回电话。"

"回电话？"张邕无奈地摇头，"我真谢谢你了，他直接给我打电话不就行了，居然还劳烦你跑一趟，太辛苦你了。"

"不客气，"小谭笑着又伸出手来，"我们家杨波那一份呢？我代领。"

张邕干脆把手里的东西全递给了她，说道："你已经是我们的一员了，你帮我给大家分吧。"

张邕进了自己办公室，拨通了邵文杰的电话。

"张邕，德国之行收获如何？"

"非常之多，有时间慢慢聊。你找我？"

"是的。我帮你搞了两次电路图，这次你要帮我。你知道派森导航吗？"

张邕愣了一下，这个牌子他不仅知道，而且熟悉，甚至不仅仅是熟悉。他从德国回来这几天，从汉莎航空的飞机上开始，就一直在研究派森的资料，因为在斯图加特，高平刚刚和他提起这个品牌。

时光倒退20年，Skydon创始人因为投了太多的资金在研发上，引起股东的不满，于是在一次董事会上，董事们集体投票，罢免了他的资格，老人被踢出了自己亲手创立的公司。

李察后来告诉张邕，在面试的时候，张邕提到了自由和梦想，这使他想起了创始人，所以他向卡尔推荐了张邕。

但创始人并不是自己一人离开公司的，他的好友和联合创始人——一个中东裔的美国学者哈迪，目睹老友遭受不公待遇，一怒之下离开Skydon，创建了这家派森导航，试图与Skydon抗衡。

但哈迪输得很惨，派森完全不能和Skydon同日而语。从哈迪身上，就知道技术与产品之间的巨大差异。虽然哈迪掌握了很多Skdon的核心科技，但不影响其产品的惨不忍睹。这个差距，甚至远远大于当初钛科产品与内核的差距，所以钛科还可以在工程中心中标，但派森则从来没有赢得过任何一个大项目。

受挫的哈迪开始改变策略，他卖掉了自己的接收机部分，而专注于GNSS板卡。而当时无人问津的派森一进入中国就引起了高平的注意，所以很快与派森签下了总代理协议，一直至今。

虽然在测绘市场没有什么建树，但在导航领域、航空航天，众合帮着派森拿下了很多订单。

张邕之所以注意到这件事，因为这是高平准备收购的目标之一。

张邕研究了派森的背景和资料，感觉很难。派森或许并不算成功，但哈迪绝对是个很难缠的老板。他不太缺钱，卖掉了接收机这一部分负资产，他挣了一大笔。而他的声望很高，一般小企业不敢打他的主意，有希望收购派森并能和哈迪对话的企业，都是业内知名的大公司。

众合虽然很不错，但在国际上的影响力还是差了些，所以张邕觉得高平很难成功。

此时邵文杰忽然提起派森，他不由得愣了一下，难道邵文杰知道了什么？

"我当然知道派森导航，但是没和他们打过什么交道？你要干吗？"

"认不认识我都找你了，你本事大呀，帮我拿几块派森的板子，价钱好说，但我很急。"

"邵总，"张邕正色道，"我如今是Mag代表处的实际负责人，如果有人绕开我去法国拿Mag的板子，你猜我会怎么想？这件事，你还是找众合吧，我帮不了你呀。还有，你为什么不推DM100呢，干吗打派森板子的主意。"

"张邕，听我说。我还没那么卑鄙，想背后抢老高的生意。但这就是我的用户，我们推的就是DM100，但用户有几台老系统，是派森板子，他们早就和众合没什么联系了，现在的负责人根本不知道这板子从哪买的，所以一起交给了我。现在的问题是，我不给他们派森板子，只怕Mag板子的生意根本做不下去。"

张邕态度缓和道："那就找众合拿呗，你都说了，价格不是问题。如果众合出高价给你，那我可以出面和高总商量一下，看看能否给我点面子。"

邵文杰不悦道："你还真是个万人迷，到哪都有面子。你知道我和老高什么关系吗？我们从本科一直到研究生都是同学，交情和面子都不会比你差。但现在的问题，不是价格问题，众合的规矩比晓卫还讨厌，价格不是问题，但他们要求必须将最终用户的信息给他们，美其名曰为了提供更好的服务。你觉得我能给他们吗？给了他们，不但我拿不到派森，估计我的DM100生意也很有可能被他们抢过去了。晓卫这个黑心鬼，只是扒我们一层皮。而众合的手段，则是直接要我们的命呀。"

"我懂了，"张邕点头，"既然如此，那就去找那个扒皮的好了。"

"晓卫！"邵文杰叫了出来，"真的去找他呀？唉，兄弟，自从

SS24之后，我就再没和他联系过。这样吧，你帮我找他吧，如果他有办法，真的可以从美国拿到派森，我再和他沟通，行吗？"

"你说了，你帮过我，还不止一次，我欠你的，所以，你说行，就一定行，我帮你联系晓卫。晓卫怎么会没办法呢，他可是晓卫呀。"

办公室外忽然传来一阵欢快的男女混合笑声，张邕又补了一句："何况我又新欠了你的情，感谢你把这么漂亮的女孩送来Mag代表处。"

"唉，"电话另一端的邵文杰捶胸顿足，"太扎心了，张邕，你必须帮我。"

挂了电话，张邕看了看时间，爱睡懒觉的田晓卫应该还在梦中，他决定晚上打这个电话。

张邕低估了这件事的严重性，更没预料到这个电话带给中国导航圈的改变。

他很喜欢田晓卫，田晓卫也对他不错。所以虽然他对田晓卫的侵略性一直很了解，但还是常常忽略掉这一点。他忘了，田晓卫就是无数人口中的那个"混蛋"。

田晓卫悠闲地驾车离开了剑桥市区，正赶去机场。

在美国的日子，他的财富和腰围同步增长，已经成了一个地道的华人面孔的美国胖子。但他行动却依然敏捷，体重从来不曾影响他的灵活性。

胖子通常都比较开心，田晓卫如今也习惯保持着微笑，但是偶尔眼中光芒一闪，让人感觉到他还是那个聪明过人且侵略性十足的田晓卫。

他很得意，刚刚在哈佛大学送别了孩子，他的大女儿田菁如愿考上了哈佛，他的人生越发圆满。

在机场的时候，他接到了张邕的电话。

"派森？我见过那个叫哈迪的家伙，是个骄傲的中东人。这事我应该可以帮忙，你等我的消息吧。"

田晓卫挂了电话，坐在机场的椅子上想了一会儿，又拿起电话，打给了易目。

"派森在导航上表现不错，众合做了很多年细致工作，所以培养了一批用户。而OEM用户，你知道的，一旦定型，什么都不用做，生意可以维持十几年。所以虽然派森名气不算大，却是不错的生意。"

"好的，易目。我明白了，挂了吧。"

田晓卫又坐了一会，直到广播响起了登机的提示，众人纷纷过去排队。田晓卫却站了起来，将手中的登机牌撕成几片，扔进了垃圾箱。

然后逆着人流，大步走出了候机厅，来到一处柜台前说道："帮我买一张飞往旧金山的机票。"

然后他拨通了一个电话："哈迪，我是晓卫，来自中国，我们应该见过。我现在有重要的事要和你商量，你在公司吗？我明天过去拜访。是的，我已经在机场，马上登机，明天见。"

法国普罗旺斯，薰衣草的故乡。

张邕到达马赛机场，然后打车奔向了Mag开会的庄园。

驶入院落，草地，参天大树，古城堡，一切美得像一幅画。

张邕感叹，会生活的法国人，这哪里是要被收购的样子呀，大色娃居然还有这样的闲情逸致。

前一晚的欢迎酒会就在草地上召开，一副歌舞升平的样子，似乎大家都很开心，最有趣的部分是，居然没有人谈论有关Skydon收购的事。或许，这种心态才是正确的？张邕自己有些疑惑。他不得不承认，中国人的生活有些过分沉重了。

会议正式拉开序幕，大色娃在做着一年的总结，以及展望未来。但对于未来，张邕很困惑，老板能讲什么。但他发现，大色娃讲得很聪明，他所展望的前景似乎与收购无关。

张邕低调地坐在他的老板小色娃身后。

大色娃浓重的法国口音，让时差还未调整过来的张邕昏昏欲睡，对未来没了展望，困意就越发浓烈。会上没有咖啡，为了保持清醒，他不停地喝水，自己面前的矿泉水很快就见底了。

依然困倦的他，向左右的同事点头示意，然后不客气地将他们面前的水拿到自己面前，打开继续狂饮。

两旁的同事微微皱眉，但没有反对，同时心中浮起一个疑问：中国是个很缺水的国家吗？

终于，张邕不再想着打瞌睡了，腹腔中的另一种生理需求成功取代了困意。这种需求逐渐在加强，张邕意识到这种感觉比困意更难抑制的时候，面前已经摆了4个空水瓶，一切无法逆转。

台上大色娃讲得眉飞色舞，每一页的PPT图表似乎都在跳舞，张邕感觉那一个个上升的箭头似乎描述的是他体内的水位。

他终于忍不住，想偷偷离开，去解决一下，却发现大色娃的PPT已经翻到了最后一页。

他决定再忍一下，反正后面的环节无关紧要，听老板讲话的机会已经不多，最好不要因为"洪水"而缺席。

可是他没料到，大色娃在这最后一页PPT中，投入了无数的热情，报告犹如滔滔江水，连绵不绝，张邕感到自己的"堤坝"也有要失守之势。

他不能再等了，于是尽量低调地俯下身子，悄悄站起，想借着小色娃那魁梧背影悄悄遁去。

谁知，他刚一站起，就引起了大色娃的注意："喂，邕哥，你连一分钟都不能等了吗？"

张邕自知犯了错误，却没明白，大色娃怎么能在这么多人中一眼就注意到自己的，他强忍腹中痛苦，想解释两句，却发现，大色娃一脸微笑，对自己的目光充满无尽慈爱。隐隐感到，大色娃叫住自己应该与自己欲尿遁无关，应该还有其他原因。

果然，大色娃满面春风，接着道："下面，我宣布一条任命。本来计划在晚宴时宣布的，但看起来邕哥已经等不及了。在过去的一年，我们在中国的业务得到了飞速的发展，邕哥在中国区取得的成绩有目共睹，鉴于赛琳娜已经回到了TS集团，所以我正式宣布，邕哥被任命为我们的新一任中国区首席代表。"

台下似乎有零落的掌声，张邕愣住了，这个结局他曾经期望了很久，却是如今他最不想听到的消息，而且他迫切需要快速结束这个环节。

张邕强撑着挺直身躯，立刻觉得自己的水位线受了压迫，又在升高，同时还有急于下降的趋势。

掌声开始热烈，带头鼓掌的是小色娃，于是气氛被带动，全场掌声雷动。

坐在张邕旁边的老外，不顾刚才的夺水之仇，向张邕伸出了手，说："恭喜，邕哥！"

"嘿，邕哥，你要说点什么吗？"大色娃笑容中充满亲切与期待。

张邕静默了一秒，然后顶着腹中和心中的双重压力，一字一顿道："总裁先生，我非常感谢您的信任，以及Mag所有同事的支持，在Mag工作的这几年，是我一生中最快乐的时光之一。但是，非常抱歉，您的这个任命，我恐怕不能接受。"

大小色娃的笑容都凝结在脸上，全场刚刚活跃的气氛也被冻结。

第164章　美国培训

张邕法国之行一年之后，世界正在悄然发生着变化。

第十颗北斗二代卫星终于升空，北斗的ICD 1.0也正式发布，北斗系统具有了一定的服务亚太的能力。不兼容北斗信号的接收机，将不允许进入中国市场。虽然这并没有明确的禁令，但在所有重大项目的招标文件上，北斗信号兼容性已成为最重要指标。

张邕正在驾车前往Skydon北京分公司办公室。

一年前，他最终没有接受大色娃的任命，但也没有马上离开Mag。大色娃和小色娃会后单独和他进行了一次谈话。

"邕哥，如果Mag是你职场经历中最快乐的一段时光，那就继续保持快乐吧。这里依然是Mag，我们依然是你的老板。你不愿意接受任命，也没关系，反正中国办公室依然由你负责。我们现在已经暂停了一切新员工的招聘和入职，如果你离开，北京办公室将无人管理。所以，请你先暂时留下来。至于将来，如果真的发生什么，比如Skydon接管中国的业务，你也应该和Skydon交接后再离开。邕哥，坦白地说，我都不知道未来会发生什么，比如，董事会根本没有拒绝我们召开这一次业务启动会议，我们不该为没有到来的未来而太早做决定，你说呢？"

张邕最终答应下来，于是没有正式身份的他回到北京依然管理Mag办公室。

但是，Skydon收购的事很快成为现实，大色娃发表了一次在线演说之后便不再出面。代之的是Skydon高效而迅速的整合。

Mag北京办公室很快关闭了，张邕和同事们极其不舍地离开了那处温馨而雅致的空间。

所有的人按照不同的工作职责和位置，编入了Skydon的各个部门，入驻了Skydon北京分公司办公室。这里的规模远胜Mag代表处，甚至已经超过了当初的Eka中国。所以逐渐地，大家融进了自己新的组织，彼此见面的机会并不多。

而张邕，成了Skydon的一个bug。他属于Skydon的一员，办公区里有他一张办公桌，但他的工作无人问津，他成了一个自由自在的闲人，这也是他没有急于离开Skydon的原因。因为除了按时发薪水，他几乎就是完全自由的。

Skydon与Eka完全不同，采取了一种交叉式管理。中国员工的行政管理归中国办公室，所有的报销单要由中国区总裁签字。但业务的管理，则是直接对应Skydon厂里各个部门的高管。Skydon的月会，只是中国区总裁向大家讲一下Skydon的新动向和新方向、全球总的业绩情况等。但各部门主管无须向总裁汇报业绩，他们的业绩汇报直接对应美国的部门领导。

张邕被归在了OEM部门，他的老板和李佳一样，都是卡梅隆。

但Skydon测量板的销售，李佳一人就够了，无须他介入。而导航板的销售，由一位从众合调任过来的主管负责，小伙子很能干，这块业务也无须张邕插手。

除了上任之初，卡梅隆来到中国和张邕见了一面并表示了欢迎之后，张邕再没见过老板。每月的月报，他坚持了两个月，但后来实在没什么可写，而卡梅隆也没有追问。于是，他就干脆停了。

他不用去上班，因为去了也是坐着无事可做。他可以出差，安排客户会议，没人限制。但会议过后，他不写任何报告，也没人要求。

后来他发展到每月去一趟办公室，将各种报销单交给财务，然后来到自己的办公桌前，擦擦桌子，以免尘土太厚，然后便可以回家，和米其林做一些父子游戏，然后等着Madam下班。

汤力维的生意依然在做，当初几家都新增了订单，于是张邕也向Mag定了一大批艾梅尔芯片作为库存，如今每月依然有少数订单，一直还没间断过。

只是张邕非常小心，不敢和汤力维扯上任何直接关系。他知道，虽然所做的一切事都是大色娃默许的，但时过境迁，很难预料Skydon是什么态度。而且涉及敏感问题，他毫不怀疑对他一向器重的大色娃会毫不犹豫卖了他。

而中国制造，也在这一年多的时间里，到达了一个新的高度。除了还是一颗外国芯，整体质量已经不输于任何进口大牌，包括Skydon。

而中国人的创造力开始体现，无数的新性能、新卖点被开发出来，和中规中矩的国外产品比起来，中国人引导了RTK的前卫和时尚，但外国人占据了RTK的心。

但在这颗"芯"上，中国制造依然没有取得突破。

陈小明博士加入了北斗星科技，在一年的时间里很快研制成功了一款单频导航板，虽然这个成就足以傲视群雄，但与目标还相差甚远。

关鹤鹏离开了赵爷，创建了自己的指南针科技，专心于板卡与芯片的研究。从华泰出售股份挣来的钱源源不断地投入到研发上来，很快也有一些小型板卡面世，并在某些领域得到应用。从成绩上来比较，很难分出北斗星与指南针的高低，大家只能继续展望未来。

但范明轩对陈博士提出的3年计划明显开始信心不足，一切正按张邕说的方向发展，这一块单频板的完善预计至少6~12个月的时间，那么双频板呢？范明轩自己算了算，这岂不要6年。他咬牙，希望6年后，我们依然是最领先的那一个。

唯一沉寂的却是张邕力挺的众合，这一年来，众合在GNSS板卡研究上完全失去了声音。

每每想到此处，范明轩就有些庆幸，他觉得虽然陈博士的计划可能要拖延，而且要拖延很久。但比较起来，终究还是一条正路。

因此他对高平和张邕都有些看低："不踏踏实实做自己的产品，总想舶来主义，这绝对不是创业的态度。高平选错了方向，而这个张邕被老赵他们几个人高度赞扬，看来不过是言过其实而已，也就是有几分小聪明罢了。"

张邕并不知道自己被范明轩如此评价，但即使知道了，他也不会在乎。当初的选择，并不是他主动要选的，而是大家的要求。而他在考虑的时候，是按照三家同时进行来分析的。众合迟迟找不到合适的收购目标，这个并不在他当初的考虑之内。所以如果范明轩当面提起此事，他也绝对不会认为自己当初的选择有问题。

这又是一个张邕交报销单日子，他来到了Skydon办公室，先去了财务报到，然后和刘岩、杨波、宫少侠、封耘以及李可飞一一打招呼。

"哎哟，邕总，好久不见。您现在在哪里高就？对不起，对不起，我忘了，你其实是我同事。"

宫少侠的大呼小叫，每个月都会来一次，张邕笑着招呼，然后回到自己的工位。

他的位置本就藏在一个角落，又因为是主管的职位，藏在内层，一旦躲进去，外面就没人能看到他，也符合他现在可有可无的办公状态。

他去茶水间给自己倒了杯咖啡，然后待在这个属于他但并不算熟悉的角落，开始思考一些东西。

"我要去趟美国，"他开始盘算，"为众合讨回公道，还要去找晓卫算账。是不是该去和霍顿聊聊，很久不见，这家伙的能量其实今非昔比。如何让卡梅隆批准我去趟美国呢？"

他在国内的出差，已经从来不向老板汇报。按照惯例，他的报销单除了财务审核、中国区总裁签字外，财务会把电子版发给卡梅隆，需要他批示才可以通过。而卡梅隆似乎从未拒绝过他的报销申请。他现在就是一个拿着工资不用干活，还可以公款旅游的角色。

但国际的出差，没有老板的批准，他不敢随意行动。张邕一直都是一个知道底线的人，卡梅隆不限制他在国内的行为，有很多原因，但他更愿意把一切归因于卡梅隆的善意。

但善意是需要相互理解尊重的，如果他因为忽略了老板的好意和权力，擅自飞向美国，很可能会把卡梅隆现在的善意完全毁掉。

但每当张邕想起众合的事，心中就一阵愧疚。虽然高平对此并不知情，更没有因此责怪过张邕，但张邕无法原谅自己。

"该死的田晓卫，我居然忘了，你是一个什么样的人。"

脚步声，有人向他的位置走了过来，是高跟鞋，来的是个女人。

张邕抬起头，一个风姿绰约的中年女人出现在他的工位前，Skydon中国的HR，雪莉·杨。

"张邕，你怎么在这？"雪莉被出现在张邕工位上的张邕吓了一跳，她过来本是为了把一封信件扔在张邕的桌子上，没想到遇到了一个大活人。

张邕被逗笑了："姐，这是我的位子，我出现在这里是正常的。"

雪莉也笑了，她想了想，的确如此。

"道理当然如此，但你来到Skydon一年了吧？这几乎是我第一次在你的位子上见到你。这一刻，我觉得像做梦一样。算了，我去喝杯咖啡，也许我真的就是在做梦。"

"放心吧，我一定是真实的。您一年时间才见我一次，怎么可能梦里见到我。"

"哈哈哈哈,"雪莉又被逗笑了,"有道理。刚好,这封文件你拆开看一下。你是不是不收Skydon的邮件呀,所以这封纸质文件我特地拿过来给你的。"

"Skydon还有给我的文件?"张邕好奇地打开,是一封公司内部的培训通知。

"我记得,我看到这封邮件了,但没太在意。培训是在Skydon总部?"

"是的。张邕,你对Skydon的事一向都不太注意,这样可不行。"

"是Skydon对我不太注意,不是我的问题。"

"哦,"雪莉的职业病立刻犯了,"你是对Skydon的工作环境不满意?还是对你的主管不满意?无论什么问题,你都可以随时向我反映。"

张邕吓了一跳:"姐,我什么都很满意,一切都很好。没什么需要反映的,就是这个培训……"

他打开信封里的文件:"'Leadership Training'(领导力培训),这个培训有什么资格要求?我现在手下没人,谈不上什么领导力。"

"按级别,你属于Skydon中国的中层管理人员,你是有资格报名这个培训的。领导力是一种素质,并不在于你是否真的要领导下属。而且未来你就会有自己的团队。"

"好,雪莉,这个培训非常好,我报名。"

"真的吗?"雪莉一脸惊讶,"中国员工对西方人的这种培训都不怎么信任,整个中国区,你是第三个报名的主管。"

"我要不要向卡梅隆申请?"

"不用,这种培训是厂里的HR安排的,符合资格的员工都可以直接报名。你的报名信息会自动发给你的老板确认的。只要你报名成功,就是他确认了。"

"太好了,这个培训太好了。谢谢你,雪莉,谢谢Skydon。"

雪莉疑惑地看着张邕真诚的笑容，心中不禁疑惑，一个连办公室都不怎么来的人，怎么会这样喜欢一个厂里的培训呢？

张邕则是由衷地高兴，他想了一个月如何申请去一趟美国。没想到，这样的机会居然送上门来了。

一年之前，田晓卫很快就拿到了派森的板子，并发往了中国。

张邕极其满意地将板子交给了邵文杰，以为万事大吉，谁知一切刚刚开始。

"张邕，晓卫刚才给我来了电话，问派森的板子是不是我要的，我告诉他是的，我是求你帮忙。"邵文杰随后打来电话。

"好的，没问题。估计晓卫怕我中间商赚差价，所以想和你直接交易。"张邕并没有多想。

"不，不是这样。他说，他签下了中国区的派森代理，让我以后需要板子就找他拿。而且他可以授权我做中国区派森销售。以后可以一起合作。"

张邕感觉到了不对，说道："他签了代理？还是中国区的？那众合呢？"

"众合的合同刚好今年到期，按续约条款，双方没有异议则自动续约，如果任何一方提出异议，则终止合同。所以众合今年不会再有续约，晓卫的天工将成为总代理。"

一股怒火从张邕心中涌起，他怪田晓卫，更怪自己，我早该知道田晓卫是什么人的。

他打给了易目："易总，派森代理的事你知道吗？"

易目在电话里嗯了声："天工的名字如今都快被大家忘了。但我们其实做得还好，主要是以一些导航板卡和惯导姿态仪为主。所以派森板子的生意，很适合我们。那天晓卫给我打了个电话，问我派森在中国的业绩如何。我就如实说了，众合推广得非常成功。晓卫3天后告诉我，他拿下了派森的总代理……"易目的声音有一些无奈，"这事和你有关吗？我猜到晓卫做了什么，我知道这不符合你的做人做事的原则，其实我也不喜欢。只是从生意的角度,这对天工有很大的好处,晓卫既然已经拿下了代理,我不会拒绝的。但你若要说一些不太好听的话,我表示接受。"

"易总,晓卫怎么还是这样做人?你我都知道,派森的江山是众合打下来的,他这样从美国那边下手,窃取了别人的劳动果实,这是不是太卑鄙了?"

易目笑了笑说道:"晓卫几时在乎别人说他卑鄙了?他永远只挑最好的机会。派森这种别人已经打好基础、后面无须耕耘只是收获的机会,他一定不会放过。我对此并不完全认同,但我改变不了他,就像别人也改变不了你一样。但作为既得利益者,我对晓卫是心存一份感激的。我可能不够高尚,抱歉,张邕。不过就此事而言,我其实还有一点不同的想法。"

"易总,请讲。"

"晓卫的行为其实很正常,一个生意做好了,就会有无数人盯上来。晓卫只是其中一个,不是第一个,也不会是最后一个。只是晓卫能力太强,常常能够做成,所以被人诟病。这件事最该被谴责的不是派森吗?他们才是真正背信弃义、伤害了众合的人。当然他们是在晓卫的引诱下犯罪的,但依然不能就此认为他们无辜,不是吗?"

张邕只能点点头,平时安静的易目,其实很多事情看得非常通透。

"易总,那你知道晓卫是如何说服派森的吗?他们老板叫哈迪。"

"这个,你只能去问晓卫和哈迪了。我猜呢,除了利益,眼前的利益,还能是什么呢?人并不都是想得长远的。你这么关心此事,是为什么?张邕,别告诉我,派森是你向晓卫推荐的。"

易目清楚地听到,张邕在电话里长叹了一声。

"易总,我都知道了,先这样挂了吧。"

张邕很快办好了去美国的签证,然后在Skydon的账号里订好了机票,他的往返时间都和其他人不太一样。

准备好了这一切,他觉得应该向高平解释一下。

"高总，我，张邕。明天有没有时间，我去公司拜访您，我们碰个面。"

第165章　陌生故人

这是张邕第一次来到众合的办公室，整栋建筑就像老板的风格一样，坚固，简洁，实用，装修上没有任何一丝多余的花哨。

张邕带着几分赞叹，跟着前台来到高平的办公室，并在会客区落座。

"张邕，从德国回来，好像一直没见过面。你可好？"

"我比较闲，只拿钱却不用干活，除此之外一切还好。"张邕说着自嘲地笑了笑。

"哦，Skydon还有这样的职位吗？我也过去打份工。"二人一起笑出了声。

"别开玩笑了，高总，我心里郁闷得很，永远不知道明天会发生什么。我马上去美国出差，这次来是为了给您道个歉。另外，想问问，您在美国那边，还有没有需要我做的事。"

"你给我道歉？什么事？"高平不解。

张邕平静了一下情绪，将自己受邵文杰所托然后联系田晓卫的事都告诉了高平。

"高总，这件事我真的很抱歉。我和晓卫太久没见，我忽略了他的危险性。"

高平总算明白了来龙去脉："如果是这个事，倒是大可不必，其实不关你的事。邵文杰并不是不认识田晓卫，如果你不帮他联系，他最终还是会找到田晓卫的。而我们这边对用户的控制也的确严厉了点，我们以后会适当放松。邵文杰这家伙是自己觉得我高平不好说话，其实他主动来找我，也许没那么难。还有，我们知道了用户信息，并不一定是要去抢合作伙伴的订单,真的只是为了管理。"

张邕不置可否:"高总,这点其实你控制不了,业务员见到生意机会就像蚂蟥见了血,你想阻止他们都很难。除非你干脆放开禁令,否则像邵文杰这样的伙伴想信任你并不容易。"

高平点头道:"人与人之间的信任,永远是最难的事。至于派森,其实我们是有过对话的,哈迪这个奸商拿到了晓卫的条件,转脸就过来和我们谈,是我拒绝接受而已。如果我再开出比晓卫更好的条件,只会便宜了这个中东流氓。"

张邕依然不能释怀:"我知道,派森是为数不多有着成熟板卡技术的公司。您曾让我留意下,我特别研究了他们的产品。他们应该是您收购的目标之一,我很担心,我毁了您的大计。"

高平笑道:"谢谢你的关心,我非常感激。但事实上,你有点高估了自己的能力。你这点影响力,其实是左右不了收购大局的。我来告诉你一些事吧,免得你总把责任揽在自己头上。晓卫的做法算不上高明,不过就是几年批量订单一次性付款。哈迪的日子并没有那么好过,一次性的一笔高额付款对他很有吸引力,哪怕长久看并不是好事。他来找我沟通,希望我能开出比晓卫更好的条件,我肯定拒绝。但我趁机提出了收购的事情。正如你所说,我想拿下派森其实很久了,但一直没有找到合适的机会下手,所以也从没谈过。这次既然大家都到了分手的地步,反而没什么忌讳,我直接提了此事。某种意义上说,我要谢谢你,张邕,虽然失去了派森,但至少我不会在派森身上浪费更多的时间。"

"怎么?哈迪不愿意出售派森?"

"不,他当然愿意。只是这个中东人无比贪心,他的报价比Mag还要高。"

"这怎么可能?"张邕叹道,"Mag虽然生意低迷,快失去声音了。但毕竟有着数十年的积淀,还有多个完整系列的产品,包括非常领先的手持RTK和GIS类,板卡技术也是成熟的,而且拥有研发、生产制造、市场、销售网络等完整的体系。派森已经卖掉了测量型产品,只是一块板子而已,怎么可能值这么多?"

"你说得非常对,但哈迪就是觉得他的企业应该比Mag值钱。所以,双方根本不需要继续纠缠。我得感谢你,替我们做了一个快刀斩乱麻的决定。"

二人正说着,一个女人忽然从门口探头进来张望,刚好和张邕来了个对视。

高平感觉到了张邕的目光,然后回头看向门口。

"李梅,有事吗?"

门外的女人答道:"没有,我没什么事,就是想看一眼谁是张邕。"

高平大笑,张邕一脸疑惑,他有点怯场般地打招呼:"您好,我就是张邕,您找我有事?"

"多年以前有事,现在只想看你一眼。对不起,高总,打扰了,我没事了。"

高平笑道:"你费尽心机,依然输了,可对方却根本不知道你的存在。你还不服气吗?"

李梅转身走了,声音远远传来:"输了当然服气,但下次再遇上,谁胜谁负还难说,我记住他了。"

高平看着张邕满腹的疑虑,觉得分外搞笑,却不想多给他解释了,这样子看起来好像更可爱些。

"以后你会知道她是谁,继续说我们的事。晓卫这一次又准确地出击,一击得手,拿走了我们一块非常好的业务,而且又是我们辛辛苦苦打下来的地盘,被他轻松截胡。他很厉害,但我从来不佩服他,他很聪明,但只是一个投机分子,不是企业家。"

张邕不得不同意高平的见解:"其实我在天工的时候,就有些疑惑。我几乎没见过比晓卫更聪明的公司领导,但我想不明白,为什么他会把号称中国第一家专业GPS公司的天工做到快消失了呢。"

高平道:"他太聪明了。聪明人都不肯下苦功,他们更愿把握最好的机会,然后走一条捷径。无论当初的Skydon,还是钛科,晓卫总能

1001

把握住他们最有价值的时机。这次的派森也一样，我辛辛苦苦打了几年仗，他直接拿走了果实。但我说我不佩服他，也就是因为如此。企业家需要有眼光，能看到别人看不到的机会，这点晓卫的本事毋庸置疑。但人的一生，有几次不错的机会就足够了，更多的时候，是得到好机会后的辛苦耕耘。而晓卫，已经沉迷于寻找好机会了，他从不会下功夫。将别人无比羡慕的机会拿在手里，也从不珍惜。将机会带来的红利消耗殆尽，就放手去寻找新的机会。这样的做法，或许可以挣一些钱，但他永远做不大。也永远无法拥有一家真正的企业，他做不了企业家。"说到这里，高平微笑道，"所以，张邑，你这次去美国。如果想谴责一下晓卫的不道义，为我们出头，倒也不必，这事已经过去了。但我们在德国说的事，我从来没有放弃。我看到了北斗星和指南针科技的成功，但这不代表我们的观点是错的。如果有这样的机会，记着告诉我，我们一起来拿下它。"

　　张邑出发的日子，天气不错，交通也不错。

　　他居然早早地到达了机场，顺利办完登机手续和托运，办好出关手续，他通过了安检。

　　在安检之后，他靠在桌子上，开始整理自己的衣服以及背包。

　　凭着直觉，张邑感觉似乎有人在注视他。他抬头望去，和一个黑衣男子刚好目光相对。

　　这是一个陌生人，张邑不记得自己认识此人。但黑衣人脸上有一种似笑非笑的表情，似乎就是对着张邑发出的。

　　他看到张邑抬头看着他，于是有礼貌地点点头，似乎还微笑了一下。

　　张邑只好也点点头，算是回应。但中国人并不习惯和陌生人这样打招呼，张邑很快低下了头，避开了对方的目光。他收拾好了自己的东西，背起电脑包，将登机牌、护照放进胸口挂着的小挎包，然后走向登机口。

　　庞大的首都机场T3，看起来现代而时尚，但结构设施却未必合理，他发现居然有很长的路要步行。

　　黑衣男子走了上来，二人相距很近，男子似乎有话要说。但张邕有意无意地加快了脚步，黑衣人见二人的距离渐渐拉大，于是不再追赶，朝另一个方向走去。

　　张邕耸耸肩，原来是个有钱人，男子走向的是头等舱候机室。不会是个性取向有问题的富豪吧，张邕被自己的想法逗笑了，他大步走向登机口，很快就忘了这件事。

　　航班终于起飞，待飞机平稳之后，张邕打开了飞机上的影音系统，挑了一部电影——《2012》开始观看。

　　天崩地裂的黄石公园，急匆匆带孩子逃生的父亲，傻兮兮却预知了未来的疯子……张邕正看得起劲，一名白人空乘忽然来到了他的面前。

　　"对不起，你是邕哥吗？"

　　张邕皱了皱眉，他不太高兴有人打扰他看电影，同时觉得这名空姐实在没有礼貌，不是该叫他Mr.张吗？怎么直接叫邕哥？

　　"我是，什么事？"

　　"你好，邕哥。你的朋友帮你做了升舱，愿意的话，您可以随我一起到头等舱就座。"

　　"我的朋友？头等舱？"有这么好的事吗？张邕有点发呆。

　　"是的，他说是您的朋友。如果您不认识他，有打扰到您，我很抱歉，我会帮你回绝他。"

　　"不，不，"张邕立刻想到，怎么可以让到手的头等舱这样失去呢，"他就是我的朋友，是我妻子的一个侄子，管我叫叔叔。"

　　空姐似乎觉得这个叔叔未免太过年轻了一点，不过也并不在意。她耸耸肩道："好的，那您跟我来吧。"

　　超大的空间，可以躺倒的沙发座椅，以及美貌空姐周到的服务，头等舱的感觉真的太好了。张邕落座，换了拖鞋，又给自己要了一杯果汁，然后舒舒服服地躺倒。

　　之后，他才转过头来，身边果然就是安检处见过的那个黑衣男子。

"谢谢,感觉好极了。请问,我们认识吗?"

"不客气。"男子有礼貌地回答,"我们见过,确切地说,是我见过你,但你对我应该没有什么印象。我知道你叫Yong,我不确定你的中文名字,因为当时你们说的都是英文。你有一个头发向上野蛮生长的师兄,还有一个叫马克的德国伙伴,那家伙金发碧眼,但足有两米高。我没说错吧。"

这下张邕真的愣住了。

"我本来以为你是认错了人,看来不是,你真的见过我,在特区?"

黑衣人所说的张邕、怒发狂人、马克三人一起的时候,只可能是在特区调试伪基站网络的日子。

"准确地说,是在特区的一个大排档。抱歉,我听了你们的谈话,当然不是有意偷听。但你们的谈话给我打开了一扇新的大门,未来我们可能会是合作伙伴。"

张邕极力地回忆着那天的场景,他和怒发狂人以及马克聊得很高兴,似乎旁边座位上有人,但他从没注意过,此时看这男人,也只是个陌生人,无法和那天联系起来。

他根本不知道,在他们三人离开之后,这个邻座男人站了起来,对他们所做的事做了一番点评。

"好吧,就算你听到了我们的谈话,也记住了我。但你现在和我们有什么关系呢?"张邕不理解,如果对方是个本行业的从业者,他一定会知道。但很明显,这个人根本不在卫星导航行业中。

"这是我的名片。自我介绍一下,我叫刘以宁,是一位互联网从业者。马云曾经是我的老板,我刚离开阿里巴巴,这是我新创立的公司。也许你第一次听到这个公司的名字,但有一天,所有卫星导航的从业者和使用者都会知道我们。"

刘以宁说得很平静,但语气笃定,似乎说的事已经成为事实。

张邕心中有一种怪异的感觉,我们一群人几十年的努力,一个名不见经传的互联网人却说,有一天所有人都会知道他。

他看着名片,众寻位置。众寻?众里寻他千百度,他忽然也笑了一下,他又想起了邵文杰说的:"想出这个名字的,只怕是个文科生吧。"

"你这个公司是做什么的?"

"和你们一样,提供位置服务,高精度的位置服务。"

"但我从没听过你们,你们如何服务?互联网行业似乎和我们没有任何关系。"

"并非如此,互联网模式其实可以在任何一个行业得到应用。我在特区听到了你们讲的基于伪基站的位置服务,之后我做了一些功课,越研究越激动,这分明是一个最好的互联网应用。经过多年的准备,我现在辞去了阿里的一切职务,成立了这家新公司。它将代表着北斗服务未来的发展方向。"

"哦,谢谢帮我升舱,我想起我有一部电影还没看完。"张邕完全没有了谈话的兴趣,我们一群从业者为什么要你一个互联网的企业提供服务。这么多北斗企业,你一个无人知道的新公司站出来说要代表北斗服务的方向。

刘以宁看出了张邕的不悦,并不生气。

"我们不是一个行业,所以难免有些话不投机。但相信我,互联网企业做的很多事都是一上来就被人诟病,但终究打了所有人的脸。你们在特区的谈话,我听到后的第一印象就是,你们走错了方向。但很正常,你们三个其实是来自三方的技术人才,都是同样的技术思维。事实上,伪基站这项技术类似屠龙的技能,因为世界上没有龙,所以根本毫无用处。"

"对,毕竟世界上最顶尖的网络算法科学家都没有搞互联网的聪明嘛。"张邕硬邦邦地回了一句,基站网络是他的自由与梦想,他无法接受刘以宁对此的任何贬低。

刘以宁依然平静地说道:"不是谁更聪明的问题,是一个思维模式

1005

的问题。邕哥，对不起，能告诉我你的大名吗？"

"我叫张邕。"

"嗯，果然是你。如果你的电影其实没那么重要，给我一点时间，我介绍一下众寻位置的服务理念和模式。我知道，你是GNSS方面的专家，不会连彼此交流和辩论的信心都没有吧？"

"好，"张邕点点头，"洗耳恭听。"

第166章　又见田晓卫

两个小时后，刘以宁意犹未尽地停下自己的介绍，而张邕脸上的不屑以及不耐已经不见了，但脸色微微有点发白。

他闭上了眼睛，尽量让自己安静一下，"自由与梦想"，这是他的话，也是他的理想，他曾经全力地推广伪基站技术并乐在其中，就是因为这个目标。

如今，他忽然发现，众寻的模式似乎更接近他的"自由与梦想"。

但这分明是一个行业之外的企业，可能根本连测绘都不懂。北斗和GNSS的未来究竟会是什么样子？他心中固有的框架被完全打碎，不禁无比疑惑。

好久，他张开眼。

"刘总，就按你的设想。但北斗位置服务依然需要载体，需要专业的终端，服务永远不能分离硬件而存在。"

刘以宁点头道："我从来没说过GNSS硬件不重要，只是未来只是载体，而服务才是我们的核心理念。"

张邕忽然心中一动："您这次美国之行的目的是什么。"

刘以宁笑了笑道："你刚说的，载体一样重要。国内的GNSS接收机成本太高了，我想寻求一种新的解决方案。"

张邕的心跳加速了几下，居然和他是同样的目的。

"您可能不知道，中国的接收机已经是世界上最便宜的了。如果只是想找一款性价比更好的硬件，你应该待在中国，而不是来美国。"

"不，"刘以宁摇头，"还是太高了，作为服务载体，我希望它的价格可以低到用户不需要报计划就能直接购买。第一阶段，我希望可以达到1万元人民币以下。"

张邕摇头道："这似乎不可能。"

"还是一样话题，互联网做成的事，很多人都认为不可能。"

"但硬件是有其基础成本的，就算互联网流量再惊人，也不可能无休止地低下去。"

"我们会有一笔账，有机会可以慢慢算。能说说你来美国做什么吗？对了，你现在还是在Skydon是吗？"

张邕老实地回答："是的，我在Skydon。"刘以宁没注意张邕嘴角的笑容。他当然没有说谎，只是这在Skydon的经历已经完成了一个循环，如今是2.0时代。

"我来参加培训。但你说的事我非常感兴趣，如果你有合适的目标，潜在的合作伙伴，我也想一起见一见。"

刘以宁笑道："我们随时可以保持联系。但是否一起见某些人、某些公司，还是再议吧。Skydon很危险，你们如果再做出些收购的事情，我一点都不会奇怪。"

张邕对这个礼貌的拒绝并不气馁："或许你的里程积分多得用不完，但给我升舱的目的呢？难道只是听你讲故事？互联网的人都这么有钱有闲吗？"

刘以宁还是笑着说道："其实这就是主要原因，那天我们在特区分手，一晃这么多年没有见过。现在我开始做位置服务，与听到你们的谈话不无关系，而就在此时，你我突然出现在同一架航班上，你不觉得这相逢很奇妙吗？也许上天有安排，所以我们必须认识一下。但至于聊什么，则是以后的事。不过我想，位置服务毕竟不同于阿里现在的网购，它需要专业的设备、专业的人才和专业的技术。虽然我一直认为，有了好方向就不缺钱，有了钱就可以拥有一切，包括技术。但我们对技术以及技术人才一直都是非常尊敬的，从来不会因为互联网的爆发式增长而改变。"

"不缺钱是什么概念，如果按你所构想的，全国建站应该需要巨大的资金额度。"

"的确。而且这与硬件的成本息息相关，所以我们一直在寻找解决方案。张邕，如果你现在有一个融资的机会，你想要多少钱？"

张邕认真地想了一下说道："要看做什么，现在我想做一块板子，按我的构想，5000万到1个亿，差不多吧。"

刘以宁忽然笑出声来，笑声中带着明显的嘲讽意味。

"有什么好笑的？"

"我不知道你是不是真的没有概念，5000万？能做出一款板卡芯片的人，他们的年薪可能就值这么多了。"

张邕真的呆住了，他没问过陈小明的薪水，但不是他呆住的主因，而是这个数字远超他的理解之外。他做过板子，虽然并没涉及核心算法，但其他的环节他都很熟悉。他往返南特与北京、昆山与深圳之间，一点一点搭建起了整个生产线，而且他也从中获利。但他从没觉得这样的事如此值钱。

离他最近的学者，就是他的狂人师兄，似乎也没有这样的收入。

关鹤鹏？他想了想，不知道关鹤鹏从赵爷那里分了多少钱，但无论多少，他如今个人的收入绝对不会这样高。

他心里默默地想了想："或许只是互联网的人才会这样发薪水吧，那个谁谁，不是几亿的年薪吗？他们的思维方式也简单，和带来的流量相比，这些不值一提。"

所以他不置可否，没有继续这个话题，只是反问道："你的众寻要融资吗？多少？"

"第一轮10个亿吧，最好能直接到20个亿。"

"20个亿？"张邕觉得嘴唇发干，他端起那杯果汁，一饮而尽。

"卫星导航这个行业，一年也就几十个亿吧，你一下投进去一半。"

"这就是我们俩或者说互联网和传统行业的不同思考方式。谁说卫星导航产业只有几十个亿的年产值？我们觉得它值几百亿，甚至几千亿。是你们这些专业人士把它捧得高高在上，只对几个行业提供服务。如果我们把成本降下来，把服务做上去，它将服务于更多的行业——交通、物流、精准农业、现在兴起的无人机、未来的自动驾驶等行业，甚至可以用在某些2C的应用上，只是我们需要先解决一些问题。有一天GNSS服务不再高大上，人人皆可定位的时候，它的价值才是最大的。"

张邕觉得很多东西不对，但一时不知该如何反驳，更重要的是，他对刘以宁描述的远景非常向往，所以并不想反驳。这不也是他的梦想吗？

"专业服务是需要专业资质的，我看阿里和腾讯也是收购某些公司才得以进入这一领域。众寻能取得相关资格吗？中国对非法测绘的界定和管理都非常严格。我很高兴在头等舱见到你，但以后最好不需要去监狱探访你。"

"哈哈，谢谢你的好意，真有那么一天，你能来探访我，我将无比感激。但还是同样的道理，互联网思维，你看Uber和现在国内的网约车已经开始运营了。他们遭到了出租车公司的抵制和抗议，还爆发了不少的冲突。管理部门也很头疼，有些地方政府则直接将网约车视作非法运营。但我们可以打个赌，不需要太久，一两年内网约车一定会成为合法的存在。这不仅是互联网的改变，也是人们思维模式的改变。未来，我们一定会合理合法地提供位置服务。政府投了那么多钱搞北斗，除了军事意义之外，一定希望整套系统可以造福大众。如果我率先做了，且达到了一定的规模，我想政府会支持我们，给我们开绿灯的。"

张邕的表情渐渐严肃。

"如果政府给你们开绿灯，那我们这些专业公司、专业人士的利益谁来保证？"

"你们继续做你们的事，我们只是为你们提供服务而已，你们不需要保护。"

两人一直没睡，整整在飞机上聊了接近10个小时。

落地之后，二人在机场告别。

这一夜的信息输入，让张邕感觉自己被洗脑却没有被洗干净，他还是一个专业的北斗从业者，却有了许多杂乱无章的想法，这一切让他头痛加剧。

"刘总，对你描述的一切前景，我十分喜欢甚至无比向往。但我现在既无法支持你，更无法相信你。很多事超出我理解之外，我只能慢慢消化，让我们期待未来吧。谢谢你的头等舱，有机会再见。"

"张邕，希望我们很快可以再见。"

张邕取了行李出关，才感觉自己无比困倦，"妈的"，他骂了一句，这一路没睡呀。怪不得只有少数人坐头等舱，原来坐头等舱这么累呀。

他走出了到达口，于万头攒动的接机人群之中，一眼就看到了一个胖子正笑嘻嘻地看着他。他忽然有点激动，田晓卫，太久不见了。

张邕上了田晓卫的车，那是一辆硕大的皮卡。而大腹便便的田晓卫却将格子衬衫下摆塞入牛仔裤内，活脱脱一个牛仔形象，与在国内的形象大相径庭，但能看出来，田晓卫其实很享受现在的生活。

"怎么胖成了这个样子？"

"美国的饮食太不健康，碳水太多，我胃口又好，很快就成这个样子了。我觉得挺好，都说胖子比瘦子更令人有亲切感。张邕，你见到我有没有觉得很亲切？"

田晓卫语气里透出一种乐观与开朗，一个极为随和的胖子。与他国内时候的咄咄逼人似乎有很大不同，让张邕几乎忘了他刚刚撬走了众合的生意。

"你好像没什么变化，还是老样子。10多年了，也没觉得你变得成熟些。我听易目说了，你好像对我很不满意，要过来和我算算账。是吗？"

张邕一时不知该怎么开口，他的确想谴责一下田晓卫，但真的一见面，久别重逢的喜悦一下冲淡了心中的情绪。不得不承认，虽然田晓卫做的事十件里有九件他都不同意，但他依然很喜欢田晓卫，也很佩服眼前这个胖子。

"你真的是一点没变，易目夸你这十几年里成长速度惊人。我是一点没看出来，不过还好，你这样才是我想看到的，总算有个人没有让我太失望。替众合打抱不平？可我做错什么了？"

"你是晓卫呀，永远不会错，错了也能说成对的。"

"我不同意你说的，凡事咱们要讲道理。你张邕也不是头脑简单的家伙，我若偷换概念强词夺理，你还不是一眼就能看穿。"

张邕摇头道："那是对别人，对你我可没这么大本事。"

"那是你的问题了，与我无关。你记得吧，我做Skydon的时候，极力把Skydon和天工混为一谈，不让用户接触Skydon，一切都要和天工交流，为什么？你以为仅仅是为了利润？很简单，我也要保护自己的利益呀。那时候的信息还没那么发达，国内的互联网也没普及。但即使如此，你以为没有人绕过我们去找Skydon吗？不但有，而且非常多。既然当初有人算计我，如今我就可以同样算计别人，商场就是如此呀。很难说，当初高平是不是也找过Skydon，他做导航出身，一直有一个梦想是做高精度，别以为我不知道。所以我做的只是正常的商业行为，有问题的是哈迪和派森。是他们不守规矩，背信弃义。"

张邕道："好吧，哈迪是主犯，你是从犯。"

"我为什么离开Skydon就没再打过Skydon的主意，谁都知道他们的东西最好卖。很简单，Skydon在销售区域上有着严格的管理，宁可丢生意，也要严格遵守他们的规矩。这很好，所以我也不碰。至于哈迪，没有Skydon的风骨，偏偏装Skydon的豪气，客气点说，丫的就一中东土鳖，在美国读了博士，在Skydon做了几年研发，觉得自己本事大了。其实他连基本的做人都没学会。我要钻空子，当然找这样的人，难道要我找你这样的？别忘了，邵文杰的板子，你都强迫我退款了。"

张邕心中忽然涌上一丝温暖，同时有一点愧疚。田晓卫无论做人如何，对他算是不错。谴责田晓卫的话他再也说不出口。

田晓卫熟练地驾驶着皮卡，继续道："是哈迪这个土鳖给我了这个机会而已，而我就是能把握一切的机会。是不是有人说过我不是企业家？我当然不是，我只是一个挣钱爱好者。有企业的时候，我挣钱，企业黄了我依然挣钱。融资上市挣股民的钱对我来说太累，身家一个亿和几十个亿，我也不觉得有太大区别。我喜欢挣钱的感觉。何况，谁说我做的事就没风险，我是要拿出真金白银订货的。还有，哈迪这种人物，可以背弃高平，难道有一天他就不会背弃我？既然都知道派森的板子如今是个机会，为什么除了我，没人肯做这种事？你觉得他们都比我晓卫高尚吗？我猜就算傻乎乎的你，张邕，也不会这样以为吧？所以，再回到之前的话题。我做错什么了？你要谴责我什么？"

张邕坐在副驾上，忽然觉得无言以对，但笑得很愉快。

很久没见过田晓卫这样的人，也没听过这样的道理了，田晓卫的妙语连珠，让他恍惚中记起了当初二人因为设备升级对话的场景。

"你没做错任何事，但我错了。我应该见面就谴责你，不应该等你开口。你的道理，我根本辩驳不了，从前是，十几年过去了，我以为我见过了很多场面，至少可以和你抗衡一下，没想到，还是全无还手之力。"

田晓卫一脸严肃地说道："因为我说的就是有道理呀，没办法。我这番话，到天安门广场我都敢大声说。有理走遍天下嘛。"

张邕傻傻地笑得很开心，但内心里，给高平道了个歉："抱歉，高总，我无法帮你讨回公道了。"

"如果有一天，哈迪背弃你，你怎么办？"

"我当然有办法。我可不是高平那种企业家，哈迪这种中东土鳖，骗骗美国人还行，敢跟我玩心眼，我能把他先祖以实玛利都气活喽。"

张邕忽然有些好奇地问道："晓卫，你在美国这么多年，难道从没吃过亏吗？"

"世界上怎么会有从不吃亏的人,我只是占便宜的时候比一般人多很多就是了。有时候,越是有心计的人越好骗,像你这样的木头人其实并不好算计。"

"谢谢夸奖了。能说说谁从你这里占过便宜吗?我想拿小本记一下。"

"其实还真不是少数,只不过,我一般吃亏都不算大,我会及时退出。这些小事都无法伤及我的根本。"

"比如呢?"

"美国西海岸,离凤凰城不远的一个小城,有一家做信标机的公司,赫兹,你听过吗?"

张邕点头道:"他们的信标产品还不错,国内也有很多用户。因为我主要做陆地,海上做得少,所以打交道不多。对,就是这家公司。"

"我和他们沟通,我不是要谈信标机生意,这个生意易目自己直接拿货就行了。但是我对他们的信标差分站感兴趣,想把这个技术运用到其他方面,但做成收费的系统,信标机硬件免费。这就是一个全新的GNSS服务模式。"

张邕忽然严肃起来,他听到了熟悉的内容,虽然技术本质还有很多区别,但整个模式几乎就是一样的。

他不得不佩服田晓卫,田晓卫并没有什么互联网背景,就是自己想到了这些。而刘以宁则是因为自己的互联网思维进入了位置服务领域,这两个人居然想到的是完全一样的事。张邕觉得自己差太远了,多年不见,对田晓卫的佩服反而更深了一层。

"后来呢?他们怎么欺骗你了。"

"赫兹那几块料,欺骗我倒还做不到。只是他们和我们谈,要支撑这个模式,需要合适的终端,他们有了一定的积累,然后说服我支持他们搞自己的GNSS板卡。我难得地动心了,你也知道,我对于参股其实没兴趣,只是以订货以及未来产品拥有权和销售权作为代价签了一份协议,然后给了他们一笔钱。放心,这钱并不多,国内的投资人可能看不上，但在欧美，一二十万美金足以撑起一个小型研发团队，然后对你感恩戴德。"

张邑眼睛里闪过一丝光芒，但脸上表情看似依然平静。

"后来呢？他们拿了你的钱，没搞出成果？"

"他们还是做了一些东西，钱用在了研发上，这肯定没问题。但是最近，CEO忽然找我，说他们的方向在改变，正在聚焦精准农业。板卡的事，投入大，又不挣钱，他们准备停下来。至于我投的钱嘛，他们想将这个部门出售，然后拿这笔钱补偿我。我什么都没说，就离开了。出售？卖给谁？如今全球的经济都不算好吧，他们的东西又只是刚具雏形的半成品，我看了下，还是没完全摆脱海上服务的思路。所谓卖掉还钱只是一句空话了。你看，我并不是总挣钱，一样有被人算计的时候。咦，张邑，你怎么啦？这个表情有点怪异。"

说到兴处的田晓卫无意中扭头看了一眼张邑，却发现张邑双眼直呆呆看着前方，正在发愣。

"张邑，怎么啦？难道赫兹欠你钱不成？欠多少，我帮你去要。"

"不，不，"张邑连忙摇头，"他们不欠我钱，只是我想到了一些事而已。赫兹研发的高精度板子效果如何？"

"他们要是成功了，我岂不又成了赢家。目前应该只有信标板卡，单频和差分板，这都是他们最拿手的，肯定不会有问题。高精度双频板，我已经不知道今生是否有机会拿到了。不过他们即使卖掉这个部门，我的协议依然有效，只要买家能继续研发，有了新产品就有我的一部分。我担心的是，没人购买，他们就此关闭，或者买家没有能力继续。我投的钱都是要回报的，本钱还给我并不是我期待的，那对我是最差的结果。"

"本钱都回不来不才是最差的吗？"

"只要我愿意，我有的是办法从赫兹拿回本钱，但这样做没意义，我不喜欢。我想等等看不同的结果，或者我赢了，或者我赔了。"田晓卫还是那种喜欢钱，却也对钱完全不在乎的态度。

第167章 又见霍顿

张邠的确想到了一些事，靠近西海岸，凤凰城。他依稀记得，在旧金山机场和刘以宁分手的时候，他好像就是转机飞往凤凰城。

赫兹想卖掉自己的板卡部门，刘以宁想找一个低成本的载体方案，然后，刘以宁来到美国，奔向了赫兹公司所在地，他绝不相信这是一场巧合。

他想起了飞机上和刘以宁的谈话，他以互联网的思维强势介入，随随便便就要融资20亿，如果赫兹真的是他的目标，只怕这次行程他就会以雷霆之势将赫兹板卡纳入怀中。

张邠并不确定赫兹产品是否能满足他的要求，但既然刘以宁能看好，甚至田晓卫也觉得他们的产品有前景，张邠想更多地了解这个产品。他不甘心自己什么都没看到，这个产品就被众寻拿走了。

他内心犹豫了一下，没有和田晓卫讲此事，他不确定以田晓卫的精明，如果知道了他的目的，特别是高平的目的，不知又会做出怎样的决定。

车子很快驶入阳光小镇，田晓卫将张邠送到酒店门前。

"你先休息下，晚一点我过来接你吃晚餐。"

"晚上我老板卡梅隆可能要过来一起进餐，你不介意的话就一起吧。"

"卡梅隆？是拍泰坦尼克号的大导演吗？这我很有兴趣。"田晓卫调笑道，"但如果是个Skydon的家伙，那就没什么意思了。我不想见Skydon的人，有时间再约你吧。拜。"

"好，对了，你说的那个赫兹公司的资料能给我一些吗？我想看看。"

田晓卫头也不回地上了车："这里是美国，没有网络限制。自己上网站看，我没资料给你。"

送走了田晓卫，张邕办好入住，进了自己房间。

他安置好一切，然后拿起电话。他刚才骗了田晓卫，他约的人不是卡梅隆，而是霍顿。

"妈的，张邕，你又要干吗？"霍顿对张邕的态度一直还算尊重，从不像对李可飞一样说话肆无忌惮。也可以理解为，他和李可飞更加亲近。但自从张邕在艾梅尔芯片上耍了他一次之后，他对张邕的态度明显开始恶劣，几乎每次都习惯性地恶语相向。当然也可以理解为，他和张邕的关系更近了些。

"老霍，我在阳光小镇，来请我吃饭吧？"

"哦，真的来美国了。好，住哪家酒店？张邕，你居然还敢在美国约我吃饭，不怕我报复你。"

"害怕和吃饭之间，我选择了后者。人为了吃饭，总要冒点风险的。"

"好。有种，等我，晚饭我请。"

霍顿带张邕来到了一家人满为患的小馆，馆子前面居然排着长长的队。

张邕一时恍惚，像是回到了北京街头，而这长队像极了北京买糖炒栗子和欧洲买薯条的场景。

"老霍，你是不是逗我呢？美国吃饭不都是预先订位吗？怎么带我来这个地方。"

"我在带你体会真正的美国，谁说这里吃饭都是要预订的，这种小馆里才有意想不到的惊喜。你看人家有新品上市。"

张邕抬头望去，小店橱窗上闪烁着一行字："Crawfish in Season"。

"crawfish是什么鱼？这些人都奔这个季节的鱼来的吗？"

"待会你就知道了，很特别。我说了，这里一定会有惊喜。"

张邕于是放松下来，既来之则安之，他一边和霍顿闲聊，一边排队等候。心中却在盘算，如何让霍顿帮这个忙。

这家伙现在一定提高了警惕，再像上次一样忽悠他只怕不行，张邕决定用最好的办法——坦诚相对，实话实说。

二人终于进了店，张邕知道为什么这里不需要预订了，因为这里模式本来就类似麦当劳一样的快餐，在柜台点餐，只是从来没见过排长队的麦当劳而已。

"你肯定是要尝一下crawfish了，我来点，你去找座位吧。"霍顿有意无意挡住了张邕望向柜台内的视线，让他去找座位。

张邕找了一张安静的桌子，坐下后随意地打量了一下用餐的人群，看到邻桌一个用餐的胖子，他忽然明白了什么是crawfish。

"老霍，你耍我？"张邕想站起来去阻止霍顿，但霍顿已经点完了餐，笑嘻嘻地来到他身边。

"和你说了，带你吃些特别的。这不特别吗？"

"霍顿，这在北京都烂大街了。你说在美国吃些特别的，我想到的可是Gordon Ramsay的惠灵顿牛排。"

"张邕，纠正你一个概念。Gordon Ramsay做的菜很贵，但并不特别，你把特别和昂贵搞反了。这个才是特别的，好好享受吧，我的朋友。"

说完，霍顿露出胜利者的笑容："耍我，总要付出点代价，否则就太不公平了。放心吧，这只是利息，我们的账还要慢慢算。"

菜终于送上来了，霍顿给自己点了最常规的汉堡和薯条，而张邕的crawfish则是北京簋街的经典美食——小龙虾。

好客的霍顿怕张邕吃不饱再点其他食物，他给张邕点了大份，一桶带着汁水的小龙虾倒在他面前的托盘里，在他面前堆成一座小山。

张邕无奈地摇头道："算你狠，走着瞧。"

他在北京也不是很喜欢此类食物，但因为Madam喜欢，总是陪夫人去吃。但每次都会点很多其他食物，小龙虾一般都归Madam，他只是取一两只尝尝味道。

他不排斥小龙虾的味道，只是觉得吃起来太过麻烦。还有就是，虾头比重太大，去了头和外壳，剩下的不到四分之一，他总觉得这是一种令顾客亏本的食物。

他掰开一只美国虾，取出虾肉放进口中。不麻不辣不咸不甜不香，淡而无味，他看着眼前这一大堆硬壳食物，皱眉。

"老霍，我需要你帮我个忙。"

"帮你付账吗？这顿我请，不用谢。"

"你知道赫兹吗？"

霍顿用餐巾擦了下手，迅速打开了手机，张邑看到了霍顿职业的一面。

"还是一家卫星导航企业，看来你这辈子离不开这个圈子了。要我做什么？"

"我想详细了解他们的产品和未来规划，Skydon的培训结束后，我想过去面谈。但现在有一件事比较急。我担心他们会很快地和国内某家公司达成协议，出售掉某个部门。我希望这件事拖后，至少在我了解了他们的产品并也做了是否收购的决定后再发生。"

霍顿谈正经事的时候，就再没有之前戏谑的样子。

"好像你的要求还不止如此。如果你也决定了要收购，那么你和这家国内公司便成为竞争对手，你肯定需要在竞争中胜出。那么，我在刚开始介入的时候，就要考虑到这一点。对吗？"

张邑点头道："你非常专业。"

"好，明天来我办公室签合同，我收到预付款，立刻帮你启动此事。"

"老霍，这次我真的希望你能帮我，我担心时机问题，虽然收购一家公司是大事，没有可能这么快就决定。但这家企业很特别，和我们理解的公司都不一样，所以我很担心他们会在这几天内达成收购协议。"

"好，既然时间紧，我可以先不收钱，也不用先签合同，明天我就可以采取行动。但是……"霍顿严肃地盯着张邑的眼睛，表示他并不是在开玩笑，"这件事不是小事，而且一旦介入，我可能要做很多事，并不是随时可以脱身。我收费，你付费是必须的。张邑，我拿你当朋友，所以我相信你。只要你现在明确告诉我,你会付费,我是有钱收的。我就会先继续,然后把账单寄给你。你确定吗?"

张邕想了想说道:"我给你的保证太过苍白,不是我不可信,而是我本身的支付能力值得怀疑,你就这样相信我?"

霍顿摊开手说道:"交你这种朋友,总要冒点风险。这种类似投资,有风险就有回报。你的眼光我看好,就这么简单。"

"谢谢,霍顿。其实你帮过我多次了,真的谢谢。"

"不用谢,这次让我有钱挣就好。"霍顿又恢复了一点调笑的意味。

"你记一个电话,对,国内电话,北京的。这个号码的主人叫高平,是众合公司的老总。他的名字和众合你都能在谷歌上查到,不用我多说。我很想答应你,但就如我所说的,我的支付能力有限,会影响我信用。但高总的信誉度绝对值得你信任。你看一下北京时间,尽快给他打一个电话。他确认愿意付钱给你,你再继续。如何?"

霍顿瞬间就知道了高平是谁,以及众合的背景。

"我没看错你呀,张邕。背后有座靠山,我不怕收不到钱了。我会抽时间给他打电话,但我不用等他确认,现在我就安排我的计划。快点结束这顿饭吧,我们都回去早做准备。"

"你要吃得差不多了,我们就走吧。这堆虾我实在吃不下。"

"嘿嘿,"霍顿不怀好意地笑道,"这可是我在美国请你吃的第一餐,既然合作,连这点态度都没有,我怎么信任你?张邕,我现在计时,我希望半小时内,你吃光所有的小龙虾。否则我将放弃和赫兹的任何交流。"

张邕苦着脸吃光了所有的虾,霍顿送他回酒店路上一直笑个不停。

"我知道你很得意,但是你能不能别再笑了。"张邕终于忍不住。

"那可不行,美国是一个自由国度,宪法赋予我笑的权利。顺便说一下,我喜欢你吃小龙虾的样子。"

Leadership的培训教师,居然是一个印度裔女士,张邕不是一个种族

1019

歧视者，只是单纯地不喜欢也不太适应这种口音。

更不适应的是，一个印度口音的棕色皮肤女人却学了美国白人的热情和肢体语言，向每一个学员夸张地表达着亲近。

张邕觉得很郁闷，何况他满脑子都是赫兹和刘以宁的事，对眼前的培训显得漫不经心。

老板卡梅隆在某个课堂的间歇前来看望了他。

"嘿，邕，在美国见到你真高兴。这个季度，中国OEM的业绩非常了不起，感谢你所做的一切努力。"卡梅隆见面就向张邕表达了祝贺。

张邕很想回问一句："老板，中国的业绩和我有多大关系？"但终究没有问出口，自己没有价值并不是件有趣的事，无论什么原因。

而卡梅隆似乎也并不想与他过多交流，其实对张邕的安排一直是他比较头痛的问题，他并没有忘了张邕，也不是不知道他现在的处境。他想好好使用张邕，却没有合适的位置给他。如果让一名降将直接管理中国区，这对李佳他们肯定也不够公平。何况，现在中国的业绩都是李佳做出来的。

"抱歉，邕哥，我今天下午就要出差去纽约，你们的培训在哪天结束？我不确定是否能赶回来。"

"没事，老板，你忙你的吧，我可以照顾自己。下次，我们中国再见。"

"嗯嗯，好的，让我们保持前进。"卡梅隆说了些鸡汤般的祝福，然后再没出现过。

印度裔女培训师赫达也不喜欢张邕，她本来也不是很喜欢中国人，此刻更是不太满意张邕的态度，好像对一切，包括拿不到培训证书的可能性结果都不太在意。他似乎总在思考，但思考的事情很难说与培训课程有关。

虽然最终结业后，张邕还是和每一个培训者一样最终拿到了自己的证书，但在一份写给Skydon的内部评价里，她给了张邕一个并不高的分数。同时解释，为什么张邕在纸面测试的环节得到了很高的分数，但总分依然不高。

"中国人都很聪明，他们把Leadership只是当作一门知识来学，就像中国学生应付所有的考试一样，他得到高分并不奇怪。但从课堂讨论以及分组实践的表现来看，邕并不是一个有领导力的主管。"

很明显，赫达想给张邕在Skydon的前途造成一些负面的影响，但是她高估了自己的影响力。她的意见并没有产生什么后果，HR只是做了她该做的事。赫达的评价表格很快就存档了，但很大可能是没有人看过。

亚利桑那州，毗邻凤凰城，一个名叫斯科茨代尔的小城市，赫兹公司所在地。

刘以宁正在城中散步，他和赫兹的交流很顺畅，前一天，他草拟了一份意向书，发给了赫兹的CEO以及董事长拉塞尔·安德森，他相信这份意向书应该很快就可以签订。没有问题的话，他回国之后，就可以启动收购流程。

他想起了张邕，不自觉地笑了笑。那个傻小子完全陷在自己的思维模式里走不出来。等他某天忽然看到众寻的基站和低成本终端，一定会无比惊讶。

就在此时，他接到了拉塞尔的电话。

"刘先生，您的这份意向书，我们还在讨论，暂时可能还不会有什么结果。我觉得您在这里继续等待的意义不大。我想您可以先回国，或者安排您的下一步行程。我们有了结果，一定会尽快和您联系，您看如何？"

"当然没问题，谢谢。"刘以宁挂了电话，却皱起了眉头。赫兹本不该是这样的态度的，他们还要讨论什么？难道发生了什么事？

第168章　赫兹之争（一）

拉塞尔·安德森见到了霍顿的时候，才发现原来霍顿也是一名华人。

"李先生，我们非常感谢你提供的信息。只是我非常好奇，你从哪里得来的消息。我们从没有在市场上发布过要出售高精度部门的消息。与中国公司的沟通也都是保密状态，你是从什么渠道得到的消息呢？你知道，因为你的报告，我们不得不召开了董事会，以确认是否有人走漏了消息。但我们确信，消息一定不是从我们这边出去的。"

"叫我霍顿好了。你们3个人的董事会是值得信任的，不用怀疑自己。只不过，你面对的是一个中国买家。看我名片上写的是什么？中国的一切事情，我都知道。"

安德森眯起眼睛说道："中国事务专家——致力解决一切有关中国的商务问题。"

他摇摇头道："或许你很精通中国的事务，但你不是上帝，我依然不明白你怎么会找到我们这里来。"

"拉塞尔，纠结这样的事没有意义。有人生活的地方，就有中国人，我们当然有自己的生存之道。还是回到我们生意上来吧。我的生意是帮助别人，如果我的介入对赫兹是有帮助的，我们就可以继续交流。如果你觉得不需要帮助，我随时可以离开。只是一个友情提示，在消息不对等的时候，做决定很容易犯错误。而我们霍顿商务，精于一切的信息收集，帮助用户做最正确的决定。好了，拉塞尔，我们要继续吗？"

安德森悻悻道："对方已经给我发来了收购意向书，我们因为你的突然介入而暂停了进程，目前还没有签字。我们的确想听听你的计划再做决定，但不希望你耽误我们太多的时间。我们要尽快确认，你的委托人以及你所说的一切是否真的对我们有意义。"

霍顿认真地点头道："我希望您可以等一周。一周的时间，世界末日不会降临的。我知道您的潜在买家可能就在这个城市里等待。但我的委托人目前也在美国，他只是在一个重要的会议上。一周之后，他就会赶到这里，和你们面谈。"

安德森有一些恼怒："霍顿，我们等了你两天，等你从中部飞到西部。我们以为你会有些有价值的东西带给我们。你却只带来一个消息，让我们继续等待一周。你到底是要做什么？抱歉，我不想再浪费时间。"

霍顿笑了笑说道："我知道你们其实有一些财务问题，所以比较急。但我再说一句，一周不会影响任何结果。我还可以多告诉你一点，你这个买主虽然很厉害，但他要拿到投资人的钱才能付给你们。所以并不是你们以为的持币待购。但我的委托人，我可以悄悄透露一下，唉……"霍顿深深地叹了一口气，"虽然这有一点违反我的职业操守，但我还是告诉你吧。这是一家中国的上市公司，规模大概和Skydon差不多，他们曾经和Skydon一起竞争，要收购一家法国公司。之所以没有竞争过Skydon，绝对不是财务和价格原因，而是一些文化和政治原因，我想你们了解吧。"

"好吧，"安德森似乎终于下定了决心，"我希望一周之后，你不要让我太失望。"

Skydon收购Mag的事，业内人当然早已知道，能和Skydon竞争的公司，安德森当然对此当然无比有兴趣。

霍顿心满意足地告辞了，张邑让他做的事，他已经做完了。剩下的事情，交给张邑自己处理吧。他之所以飞了几个小时过来，一是因为当面告之的效果总是要比电话或者邮件里说要好，但更重要的原因是，一切都有人买单，无论他花了多少钱，等他回到加州后，就会把账单寄给高平，而他的价格当然不低。

张邑的培训已经结束，最后一天的招待晚宴，他见到一个老熟人，副总裁保罗出席了。

保罗见到张邑的时候，明显愣了一下，以为自己穿越了。

"你是……邕？你怎么在这里？好像你很久之前就离开了。"

张邕笑了笑说道："保罗，你好，再见到你很高兴。你没记错，我是离开了，但Skydon舍不得我，又把我买回来了。"

保罗明白了："你是在Mag工作？"随即露出一丝得意的微笑，"邕，你应该知道，除非你改行，否则在卫星导航行业，世界上哪里有比Skydon更好的企业呢？欢迎回来，希望你再享受在Skydon的一切。"

新的一天，刘以宁起床后来到餐厅用早餐。赫兹一直没有动静，如果今天还没有消息，他准备先离开。

霍顿并没有说错，刘以宁用一双慧眼选中了赫兹，这对众寻的发展非常重要。刘以宁并不是只想靠概念去拿投资的人，他的众寻计划没有一丝水分，都是他真实的想法和未来的实际规划。也就是因此，他才能和张邕谈得如此投机。

但要说服投资人投钱，他需要一个完整的闭环故事，所以一家硬件公司或者赫兹或者其他，对他是至关重要的。

他需要一份双方签字的收购意向书，和自己的计划书一起交给投资人。关于收购，的确要等到融资之后，但他有足够的信心。

他在飞机上和张邕讲的一切，只是计划书里最简单的一部分，他能直言告诉张邕，也是确信张邕是无法做到他所说的事。

以他阿里和互联网的背景，融资并不是大问题，所以收购赫兹只是时间问题。

他能感觉到赫兹这边态度的变化，却并不着急。如果美国人拿着他的出价去找其他买主谈价，也算是人之常情，但他不觉得会最终影响他的收购。他对自己的出价有把握，也确定除他之外赫兹很难找到真正合适的买主。

"早，刘总。"有人用中文和他打招呼，然后端着一杯咖啡坐在了他的对面。

"张邕？你怎么会在这里？"刘以宁惊讶了一秒后，忽然将惊讶化作了微笑。

"我知道了,赫兹态度的变化,一定和你有关。我的确是对你讲了很多事,但似乎没有透露任何我这次的目标。你是怎么来的?还有,你要做什么呢?你也要收购赫兹?我猜你的背后一定不会是Skydon,美国本土的公司,如果他们想收购,根本轮不到我们。"

"如果赫兹出售的消息传出去,我相信会有很多中国公司前来。我来了,对众寻不是坏事,我们可以谈谈。"

"好呀,你谈吧。飞机上,你一直在听我说,现在轮到你说了。"

"我不知道你是怎么找到赫兹的,也不想知道。但听了你的众寻网络计划,我无法不佩服你的谋略和眼光,所以我也无法不对赫兹感兴趣。但如果你能相信我,相信我的专业眼光,我也去和赫兹谈一下,我来给赫兹的板卡做一个专业的评估。我能确定他们的实际价值,同时也能知道它们是否能真正满足你的需求。最重要的是,赫兹现在的产品应该离你的计划还有一段距离,我可以帮你跨过这段距离。"

刘以宁一边听,一边小心地享受着自己的早餐。

"我当然相信你的专业,但你如果只想和赫兹谈谈,我猜你已经得到机会了,根本不用找我,是吗?如果你也想收购赫兹,那么你私下和赫兹沟通,不惊动我才应该是最好的策略。你在担心一些事,对吧?"

"想到你们互联网公司的能量,以及你20亿的融资,我不担心就不正常了。但我说的专业评估,你没兴趣吗?"

"我很期待你的专业意见。但实话实说,这个阶段我只需要收购意向书,技术评估我们可以慢慢进行。我知道你会觉得我们这样做非常不专业,但其实刚好相反。过分强调技术而给自己太多束缚,在我们看来才是不专业。整个众寻网络计划,我们是做过技术评估的,确认了方向。但具体到某一项技术,我们不会浪费太多时间,因为硬件我们还可以有更多选择。"

张邕喝了一口咖啡说道:"是不是这样的逻辑,只要钱有了,所有的问题都是小问题。"

"这是俗人理解,做事当然不是这么简单。你要也这么说,张邕,我鄙视你一下。不过不是你的问题，我们的思维方式差距很大。"

"刘总，"张邕开始严肃，"我知道，互联网公司为中国的经济发展做出了很多贡献。也许你做事的模式才是更先进的，更适合社会发展的全新模式，我应该多向你学习。但我必须提醒你一点。我们的高精度测绘行业，本就是一个极其严谨、容不得一点错误的行业。我们的误差是按毫米和厘米计算的，我们的从业者很土，因为我们每天都是对着数字和数据工作的。如果众寻想进入这一行业，无论你是互联网模式，还是其他更先进的模式，数据和精度的严谨是一定不能改变的。"

刘以宁看着张邕严肃的面容，他笑着饮尽了自己的咖啡。

"谢谢你的提醒，我会牢牢记住你的话，众寻未来一定不会犯这样的错误。那就这样，我明天就回国，这里交给你了，我会等待你专业的评估。至于未来的收购，我想我不会在乎竞争，也不怕竞争对手。"

"为什么一定要竞争呢？刘总，我想要一块硬性优良的OEM板，完成一个彻底的GNSS中国制造。而你是需要一个硬件解决方案来保证众寻的发展。或许你要的方案，我可以给你呀。"

"我回国等你的方案。事情拖一下，不会影响我的整个大计，希望你和赫兹的见面一切顺利。等你回国我们再深谈。"

安德森终于等到了张邕。

"没想到你这么年轻，霍顿说他的委托人是和Skydon同一级别的公司，我想知道你在这家公司里的职位。"

张邕无法解释自己复杂的身份，说道："我曾在Skydon和Eka任职很多年，如今是他们的高级顾问，直接对他们总裁汇报。您可以放心和我交流，我想我不会浪费你的时间。虽然我已经做了很多的工作，但作为第一次上门的客人，我还是想请您为我介绍一下赫兹的主要业务和产品情况。"

"好吧，既然如此，不浪费时间了，我们现在就开始。"

赫兹是做海上产品出身，无论是信标产品，还是海上的差分和定向技术，都有着其独到的地方。

从海上到陆上，逐渐分成两个部门，一个就是现在想出售的高精度GNSS部门，产品包括信标机、GNSS板卡以及定向接收机，为机械控制提供服务。另一个部门则是精准农业部门，提供GNSS的农机控制以及完整的农业解决方案。

张邕立刻明白了赫兹的问题所在，赫兹的精准农业生意一直不错。但农业解决方案所用的硬件，其实并不一定都要赫兹自己的产品，他们可以用捷科，也可以用Skydon。而赫兹自己在陆地的高精度技术并不占优势，赫兹用自己的板卡，成本反而更高。

特别是随着精准农业的要求越来越高，赫兹高精度部门的产品越来越不能满足需求，这也就是为什么他们拿了田晓卫一笔钱，迫切想提高自己产品的质量，特别是高精度双频板卡的研究。

张邕当然知道高精度板卡研究的难度，赫兹在投入了一段时间之后，终于感到力不从心。同时精准农业部门也渐渐不满，公开和安德森表示，他们宁愿用捷科的板子，也不想用赫兹自己的产品。

于是管理层开了几次会议，逐渐地有了将高精度部门卖掉的想法。

可惜找适合的买主太难了，这也是田晓卫一直收不到钱的原因。

"谢谢您的介绍，非常精彩，令人印象深刻。我了解赫兹的所有情况，也知道了要出售高精度部门的原因。但其实我有一个问题，反而不是板卡部门，而是你们的精准农业部门。精准农业现在是一个大趋势，Skydon也刚刚成立了农业部门，面对Skydon的竞争，赫兹有没有感觉到压力？"

安德森忽然沉默了一下，然后说道："Skydon是个巨兽，想和Skydon竞争一定是件困难的事。如果我们拿掉高精度部门，专心于精准农业，我们会有更好的竞争力吧。"

"总裁先生，我有一个建议。关于精准农业的。"

安德森皱眉道："你难道不是来谈收购的吗？你的建议我们不妨晚一点再说。"

"高精度部门的出售，其实没什么可谈。稍后霍顿会联系你，帮我

1027

们准备一系列的板卡产品以及相关资料，我们测试后再给出结论。我知道你在等待我们报价而已，但是，没有经过产品评估的报价，你觉得可以相信吗？如果你是想找到一个真心的买主，而不是成为别人融资的工具，那么我们最好还是彼此信任。"

安德森终于点点头，其实，他也觉得刘以宁的速度未免太快了些，但能够尽快成交对他是好事，所以没有拒绝。但听到张邕说，"成为别人融资工具"，心中一动，觉得还是眼前的张邕似乎更可信一些。

而且和张邕的交流，也不会影响他和刘以宁的继续交流。

"总裁先生，你知道谁能在竞争中胜过Skydon吗？"

"还有人能赢Skydon？不知道，Eka？好像在GNSS上也比不过Skydon。"

"目前在中国市场，中国制造的RTK接收机数量已经远超Skydon。虽然绝大多数还是用的Skydon板子，但就按接收机来说，中国制造已经赢了Skydon。"

安德森点头，他在INTERGEO上也的确见识到了中国厂家的实力。

"所以，如果你想能和Skydon抗衡，中国市场以及来自中国的合作才是你最需要的。中国可是农业大国，但精准农业的市场刚刚兴起，接近于空白。如果你能把握机会，我想赫兹会有机会和Skydon竞争的。"

安德森抬起了头，看着张邕，眼中似乎在发光。

"邕，我们可以达成这样的合作，你可以帮我对接中国的市场，是吗？"

第169章　赫兹之争（二）

这是众寻的一次融资路演现场，如果说与一般的路演有什么不同的话，就是投资人的级别实在太高。

下面坐着的都是声名显赫的投资大佬，一般人只是从媒体读到过他们的名字，看到过他们的照片。很多参与路演的公司面对大佬们的威压，心跳加速，语无伦次，而使得自己的讲解效果大打折扣。但没人同情，也不会有机会重来。大佬对此只会露出一些不屑的笑容，在他们心中，连这一关都不能过，就根本不值得他们关注一下。

刘以宁站在台上，但并不紧张，这得益于他的背景。中间很多人他都熟，如果他做了一些不同的决定，很难说他也许会和他们坐在一起，成为他们其中的一员。

"……"

"这就是我今天所有的内容，众寻，为你的人生定位。谢谢。"

有人提问："以宁，非常好。关于LBS（基于位置服务）的本子我见过很多，但你的方案是最特别的一份。我想问一下，你和其他家的位置服务最大的区别在哪里？比如基于地图的服务。"

"位置服务包括更广的内容，地图只是位置服务的手段之一，位置可以基于地图，形成广泛的民用服务，也可以独立于地图，形成专业的定位服务。众寻的位置服务与其他家LBS方案最大的不同在于，我们包含了所有级别的服务，可以同时对消费类用户和专业用户提供服务。同时，对这两类用户的划分，我们有自己的理解。随着众寻服务的展开，大家会渐渐发现，两类用户的界限会慢慢模糊，消费类应用也会逐渐使用高精度定位。"

刘以宁侃侃而谈，将大家并不太理解的高精度位置服务描述得前程似锦，几名素来尖刻的投资人也默默点了点头。

"以宁，我还有一个问题。我看很多城市在搞那个国外公司，好像是Skydon吧，它的参考站系统是不是和你的众寻是一样的？"

刘以宁笑道："我在飞往美国的航班上认识了一个朋友，他曾经是你刚提到的Skydon那套系统的中国区负责人。他将那套系统称之为自由和梦想，但当他听了众寻的设想后，他说众寻才是真正的自由与梦想。我这个朋友现在也到了现场，我想请他来帮我解释这一切。"

"好呀，请你的朋友上台吧。"

经过了短暂的等待之后，刘以宁无奈道："看来他有事离开了，还是我来解释吧。用最简单的话说，我们用更低的成本，低到十分之一，却能覆盖更大的范围。已经不像Skydon的基站以城市为单位，覆盖一座一座城市，众寻覆盖的将是整个中国的每一寸土地，无论城市还是乡村。这也就是为什么我那个朋友说，这才是真正的自由与梦想。"

坐在第一排中间的一人，摆了摆手道："算了，大家不要再纠结这个方案的前景了。他刘以宁什么人，还能让你们问住。我来问一个比较外行的问题，以宁不要笑我。"

他一开口，全场立刻安静，刘以宁也变得恭敬起来。

"你这套LBS系统是需要硬件支撑的，无论是基站还是使用终端。而这些都是专业设备，并不是我们这些人擅长的，你刚才说的用Skydon成本的十分之一，这里一定也涉及硬件的成本。你的整个本子里，我没有听到硬件的方案。能否介绍下相关内容呢，特别是如何做到Skydon十分之一成本的。"

刘以宁稍稍有一点紧张，他心里骂了一句张邕："你这时候跑哪去了？"

"我在方案里没有涉及硬件部分，是因为目前很多信息还不适合发布。各位要明白，这对高精度定位的从业者们，包括目前的中国GNSS制造商，都有着不小的影响，所以在我们正式发布之前，一切都还是保密状态。但这不代表我们在这部分没有准备。我只能说一点，我们和国内某北斗上市企业签了一份协议，我们将一起研发专门适合众寻服务用的高精度硬件。"

"嗯，"那人点点头，"你有准备就好。这套系统，我个人非常有兴趣，你的融资方案我愿意支持。但是硬件这部分，既然要保密，单独约个时间，我们来看看你的硬件方案。"

路演酒店的大堂吧，桌上一杯见了底的咖啡，张邕对着自己的电脑正在忙碌。

刘以宁走过来，坐在他对面。

"为什么自己出来了，我刚才还在找你。"

张邕没有抬头："我没见过什么世面，见那些大佬太紧张。"

刘以宁嗤笑一声："你紧张？骗谁呀。是不是因为你Skydon的身份？"

"你知道就好，我现在还拿着Skydon的工资呢。还有，我真的怕那些大老板，不是别的，如果问起硬件的方案，我不知道该怎么说，怕影响你的计划。"

"唉，我见过像你这样性格的二十几岁的年轻人，但你这年纪还总要坚持一些原则的人并不多。投资本就有风险，我们没有说假话，不是我们没有，只是还没做到而已。难道我和你的合作，不就是在做这件事吗？这有什么难讲的？"

张邕继续忙碌道："你说的我都理解。我没那么教条，只是我做这种事没有经验，怕自己说错话。更重要的，我觉得你一定可以应付，根本不需要我帮忙。"

"好吧。路演就算了，没有你我的确可以搞定。但硬件的计划，投资人要看，这个你有进展了吗？"

张邕终于忙完了手里的事，他合上了电脑。

"赫兹的样品我分了几类，众合、杰创和M大我师兄那边，三家同时在测试。同时对他们提供过来的部分技术文件进行分析。这事没那么容易，可能还需要一些时间。赫兹本就是传统GNSS企业，除了双频板卡，其他都是成熟产品，我们对性能测试其实并不难。但最难的是，通过这些产品评估其高精度板卡开发的能力和可行性。这个结论很难下。刘总，我觉得当初你没有贸然签下收购意向书是正确的。我不排除这种可能，你拿了投资人的钱，然后买了一堆你用不上的东西。"

刘以宁摇头道："不谈当初做得是否正确，还是那句话，我们身处两个世界，各说各话，无法交流。但既然你阻止了我收购赫兹，你就必须给我一个方案，而且尽快。我们需要一个好故事，哪怕还没有高精度，难道赫兹没什么特别的优点现在可以讲讲的？"

"当然有,可是对你的意义可能不够大。赫兹可是做海上产品出身,这个在他们所有产品上有着特别好的体现,赫兹的定向精度和能力都是一流的,甚至在Skydon之上。只是这个能力,对你似乎意义并不算大。"

"张邑,我没时间等你,如果再过3个月,你还不能拿出方案,我们只能自己想办法了。也许我们照计划收购赫兹,也许是其他计划。当初没有过早和你们这些专业人士合作是对的,众合的高老板如果还不下决心,他不担心赫兹方面会有什么变化吗?"

张邑端起咖啡杯,才发现里面已经空了。他点点头道:"你说得对,这事的确不能再拖了。拖久了,赫兹可能会有变化。我会加紧。"

张邑又去了一次办公室,将所有的发票送给财务报销,这种一月一次前来报到,大家慢慢也就习惯了。每次他到办公室,都会把自己桌子擦拭一遍,以免落太多灰。

之后,他坐在座位上,想着刚才霍顿给他的电话。

"赫兹有些变化,他们似乎明确把出售提上议程了,他们已经委托我在中国寻找合适的买家。但是,他们如今的态度和之前不一样,似乎有了很大的信心。我怀疑有其他中国厂家和他们接触过,而且给的报价应该非常不错,我不知道发生了什么。张邑,你们的效率太低了。评估这么久还没结论,会不会有其他公司比你们更早确认了他们的价值。"

张邑摇头道:"不可能,如果他们一样也是看中的赫兹高精度板卡的能力,不可能有人比我们更快。"

"那是你自己以为的吧,张邑,你很聪明,但不见得我堂堂大中国没有比你更聪明的人。听着,兄弟,我给高老板做的事做完了,钱我也收了。如今是赫兹委托我寻找买家,我是一个有职业操守的生意人。到时你不要怪我,把赫兹介绍给其他一堆中国公司。"

张邑不愿意废话:"对了,我现在在Skydon办公室,你要不要和李可飞聊聊?"

"算了吧,你们几个,没一个好惹的。你不愿多聊,那就挂了。不过我没开玩笑,赫兹的事,你不抓紧,可能有变化,拜拜。"

张邕想了一会,起身来到了李佳办公室。

"张邕,难得一见呀。"小姑娘友好地露出了笑容。

Mag刚合并的时候,李佳是有一点担心的。她听说过张邕这个名字,张邕无论是声望、经验,还是职场经历,都远在她之上。如果张邕成为她的老板,领导中国区,一点也不奇怪。

但她并不情愿,虽然Skydon OEM的生意得益于卡梅隆的强势计划,与销售主管本身并没有太大关系。但人都是自我的,李佳很容易将中国的业绩都算在自己身上,所以当然不会欢迎让张邕来领导她。

好在卡梅隆最终没做这样的决定,而张邕自己似乎对这个职位也没什么想法,这使得她对张邕的印象好了很多。

"是呀,难得一见。怎么样,生意好吗?"

李佳想故作平静,但还是忍不住露出了得意的笑容:"当然很好了。中国的GNSS接收机,几乎都是我们的板子。之前还有一部分Mag,"她想起了张邕的角色,稍稍犹豫了一下,但还是继续道,"如今,你在位时那一部分Mag的份额也都是我们的了。不过Mag板子大家订得并不多,因为都是我们定价,Mag的价格优势没有了,所以大家还是以原Skydon的板子为主。"

张邕点头道:"干得漂亮。"但他自己知道,Mag板子还是有一些量的,只是没在Skydon渠道,这些事没有谁比他更清楚。

"对了,李佳。Skydon板卡上有什么新动态吗?除了这三家制造商,有没有其他更多的应用。我想了解一下,可能以后我也要写月报,可我什么都不知道呀。"

"还真的有,我们的生意并不仅限于制造商,还有其他的。你知道我们这款板子吧,如今我们又是全球第一。"

李佳转过电脑屏幕,张邕心中一动。这是一款双天线定向的板子,和赫兹的优势板卡正是同款。

"恭喜,李佳。哪家买了这么多定向板子,航天?还是军方?"

"不是。如果是航天或者军方,我这里必须有记录的,应该是民用。"

"哦,是哪个经销商卖出去的,这么厉害。"

"这个你应该知道的,Skydon全球最大的经销商,每年都是钻石金奖。只是你没想到吧,他们卖板子也这么厉害。"

"米河?"张邕愣了一下,似乎很久很久没和这家公司打交道了。李文宇,韦少……甚至他又想起了高琳和Tiger。他叹口气,遥远的记忆了。

"好的,李佳,我知道了,多谢了。"

张邕给赵爷打了一个电话:"赵总,和米河最近还有交集吗?"

电话那头,响起赵爷的憨笑:"遥远的记忆了,离开Skydon,我们就再没和米河打过交道。每年的CHINTERGEO展会,Skydon经销商是不参展的,只是会派人到Skydon展台。李文宇应该也到过,但我们很少碰面,见了面也就是问个好。"

"米河最近买了一大批双天线定向的OEM板,你知道卖给谁了?是哪方面应用吗?"

"有这种事吗?如果不是航空航天航海,也是某类机械控制吧。我们在精准农业上用了一部分,但不是板子,而是主机。中国虽是农业大国,但精准农业刚刚起步,这个应用的量不会特别大。很奇怪,米河怎么这么大本事?"

"赵总,我很失望,怎么还有你不知道的GNSS业务。"

赵爷又笑道:"你太高看我了,我们如今只是聚焦于RTK接收机,连板子都不关心了。你问问鹏总吧,或许他会知道。"

"好的,我找鹏总问问。"

"对了,抽空你来一趟上海,这里有一个老朋友想见你。"

"我的老朋友?谁?"

"你见到了自然知道,但不见面,你一定猜不到。挂了吧。"

挂了电话的张邕,有些自责。如果这件事都已经惊动了赫兹,那么一定是很多人都关注的新兴生意。自己最近的确忙于赫兹板子的评估，和外面的接触少了些。但这种两耳不闻窗外事的状态可不是他想要的。

第170章 赫兹之争（三）

指南针科技，关鹤鹏与几个主管接待了某市交通局运营处的一位领导。

"鹏总，我们非常感谢指南针科技研发的这套系统。如今我们的北斗卫星都上天了，北斗的服务和应用必须跟上。这套基于北斗的智能驾驶培训系统和智考系统，解决了我们的大问题。如今已经在整个华东地区开始应用了，我们局长会去向部里汇报。我想明年，你这套系统会在全国的驾校得到推广应用。恭喜你呀。"

"感谢领导信任嘛，能解决交通部门最实际的问题，也是我们做企业、做科技的荣幸。"

领导点点头，表情稍稍严肃地说道："但还是有一个问题，你知道全国总共有多少所驾校吗？"

"不太清楚，至少上万吧？"

"的确上万，是上两万。两万所驾校的培训车和考试车加在一起，有多少。你大概能猜到吧。所以，如果你想全国推广，那么现在的成本太高了。这次我们来，也是和你沟通这件事，有没有可能再降低成本。最好是现在的三分之一还差不多。"

"这有点难呀，领导。前期的成本是高了一些，因为里面包含我们的系统研发费用。后期一定可以降下来，而且真的这么大数量的推广，成本可以进一步降低。但三分之一的价格，目前恐怕我们做不到。"

领导捕捉到了关鹤鹏的措辞："你说目前，就是说将来可以降下来，什么时候？降多少？"

"不瞒您说，考试车上那套双天线的系统，我们用的板子是美国进口的，所以成本很高。如果我们自己生产出来，从软件到硬件全出自指南针，那么成本自然就可以降下来。时间嘛，可能半年，也可能一年，研发的事就是如此，请您理解。"

"理解，理解，我是交大毕业，本身也是专业出身。鹏总说的事我都理解，只是我不得不多说一句，指南针开发了系统，做了很多工作。但中国人的模仿能力是超强的，自从这套系统一上线，我们就接待了很多不同的公司，估计很多企业您都认识，都是你们的同行。他们都说自己可以提供这套系统，而且可以更低的成本提供。我想未来的竞争应该很激烈。"

"谢谢您提醒，也感谢您支持。但如果其他公司介入，我觉得并不容易。从这块定向板卡的开发上来说，如果指南针科技没有做到，那么其他企业绝不会在我们之前做到。"

"哦，那就好。不过您刚才不是说，现在的板子是进口的吗？其他家是不是也可以进口，或者国外还有没有更便宜的产品？这个我不懂，你们都是专家，我只是猜测。"

"您说的这种可能有，但也不是很大，我们会查一查。但是，最重要的还是我们自己的进度，等我们有了进展，我们第一时间向您汇报。"

"好的，鹏总，感谢支持。那今天就到这里，我们告辞。"

张邕也很快知道，米河的双天线板居然是卖给了指南针，同时他也很快知道了指南针的应用。

他第一时间有些替关鹤鹏高兴，这真是一个非常值得称赞的应用。但接着，他皱起了眉头。

这个项目并不是保密项目，交通部门自己就会宣传，那么整个导航圈很快就会知道。他不知道运营处的领导已经表达了同样的观点，只是凭他对市场的了解，很容易想到，这么好的生意，业内公司应该很快会一拥而上。

那么，在国产的同类板卡上市之前，Skydon之外的第二选择将极为重要，那么赫兹一定会很快走入中国企业的视野。

他又想到了一件事，易目一定也会知道此项目，所以田晓卫也会知道，那么……，他揉了揉太阳穴，有一些头疼。

他有点后悔，与其如此，还不如让刘以宁直接收购赫兹，他再想办法去和众寻沟通。或者劝高平直接收购，就不会有现在这样的麻烦。

但他很快推翻了自己的想法，不经过严格的技术评估而做决定，这不是他做事的风格。驾校系统的生意再好，也只是一单生意而已，未来也不可能一家独占，一定是大家各拿一部分。不该为此而乱了阵脚。

但赫兹引起了大家的注意，的确会有一些麻烦。

从生意的角度来讲，大家会去找一款产品，这个很正常。而近水楼台的田晓卫绝不会放过这个机会，他一定会借此大赚一笔。

但是，若是因为这个项目而想到去收购赫兹，一般公司可没有这样的手笔，这会是谁呢？他们的出价和收购效率又如何呢？张邕忽然觉得有些力不从心，他善于在各种困难环境中找到答案。但对于找不到对手的局，他有点为难。

他拿出电话，打给了怒发狂人："老大呀，几个月过去了，您给我点结论好吗？我夜不能寐，整夜失眠，要是有人告到官府，就不好了。"

"告到官府说我们虐待动物吗？你这只大猴子。"怒发狂人反应极快。

张邕玩了下星爷（周星驰）的梗，却把自己装了进去："大哥，你现在给我一个结论，别说猴子了，当猩猩我都认了。"

"不许侮辱猩猩。"怒发狂人笑了一句，"你就知足吧，朱院士对你的事很感兴趣，我和几个师兄弟不眠不休地在分析赫兹的板子。"

"我谢谢朱院士，谢谢您，但是，结论呢？"

"我们内部讨论了很久，近乎没有结论。"

"什么意思？"

"记得你在德国说的话吗？研发一款板子的难度，比不上测试和完善的过程复杂。赫兹这块板子，依然是具有明显的海事产品特征，比如在亚米级差分上的优势，比如双天线定向的优势，等等。但其L2基本形同虚设，只是一块单频板子。如果所有的技术资料和源代码都发过来，我们在现在的基础上开始研发，我预计一两年内是可以完成的，但后续的完善和稳定，我不确定时间。这和应用环境有关系，如果你有赵总那边的测试环境就会快些。如果众合自己测试，他们本来就缺少高精度测绘背景，我们无法预料时间。所以我们不好下结论。但可以这样说，他们目前产品的成熟度是没问题的，如果众合真的收购这款板子，那么在技术上来说，他们就已经追上了北斗星和指南针的进度。目前小明他们也不过是做出了一块单频导航板而已。从技术上来说，赫兹甚至还有优势。但未来的进度，我们说不好，很难保证。张邕，其实我有点怕你输。虽然在德国说的，不过是一句戏言，没那么重要。但是我真的希望你赢，通过收购而快速完成自主产权，领先于小明和关鹤鹏。但赫兹恐怕无法帮你做到这一点，所以只能你自己做决定了。对了，你没考虑过派森吗？"

"派森胃口很大，根本不值得我们拿那么多钱去收购。就连融了一大笔钱的众寻，这群把钱只是看作数字的人也觉得他们不值。不管怎样，谢谢师兄，辛苦了。"

"唉，辛苦倒是真的，说吧，这顿哪请？江城还是北京？"

"对不起，师兄，信号忽然不好了，最后一句我没听清，喂，喂，等你回来去Tutu家咖啡，我先挂了。"

张邕来到了众合见高平。

高平认真地听完了张邕的所有汇报。

他拿起了办公桌上座机，打给了助理："帮我订一张飞美国凤凰城的机票，下周的，越快越好。"

放下电话，高平对张邕道："你的心思很缜密，这很好，但是太过缜密了。有些事不需要考虑太多，我们可以先把事情做起来。谁要收购赫兹很重要，但我们不一定非要知道了一切才能做决定。无论是谁，都不过是一个报价的问题。"

张邕不解道："高总，你现在飞美国，要在别人报价之前收购赫兹？"

"当然不会。收购是件大事，我还没冲动到因为一点风吹草动就急着拿出大把钱来。只是，既然有人和我们一样，盯上了赫兹，那我就想办法让他们先断了这个念想。张邕，谢谢帮我做了一个好铺垫。我和安德森通过电话，他们对精准农业上面的合作很有兴趣。收购的事，我们慢慢谈，我们的评估结果其实也差不多，这件事等我回来，我们一起去趟M大，详细沟通下。现在，我先把我们精准农业的合作固定下来。还有那一块定向板，不是有人感兴趣吗，我断了他们一切后路。"

"怎么断？"张邕问道。

"你不是猜到晓卫也会打这块板子的主意，对吧？"

"晓卫这么精明的人，有了这种机会，他一定不会放过，我只是不知道他会怎么做。"

"哈哈，晓卫还能怎么做。派森的事，他摆了我一道，这次我就用晓卫的方式，原封不动地还给他。我去把这块板子的总代理签下来。他怎么做的，我就怎么做。不要以为我争不过他，我只是不愿意让哈迪那老小子太过得意而已。"

"不错，"张邕，"晓卫受限于自己的性格，太大手笔的事他做不出来。不过做不到的事，他也不会太在乎。"

"唉，如果说我对晓卫始终有三分敬意的话，就是敬他这个不在乎。"

"高总，收购赫兹的事，你猜会是谁？"

高平脸上忽然泛起笑容，他笑着看向张邕："你会猜不到是谁吗？有些事不需要证据，也不需要太理智，凭直觉就够了。当然有一种可能，是一家我们都不知道的大公司，但没有出现的事，我就当他不存在。"

张邕点头道："您说得对，但北斗星为什么要做这种事？鹏总开发了驾校系统，用了Skydon板子，但他接下来的动作，一定是开发自己的定向板。北斗星和指南针的局面应该类似吧，他们为什么自己不去研发？还有，有了陈小明，为什么还要收购其他公司，这不太合常理。所以我不敢确定。"

高平笑了笑道："你了解一切的技术环节，但对于大企业内部的管理，还有很多事你想不到。陈小明当初说的3年出结果，现在看，你觉得能做到吗？老范嘴上不说，心里一定有想法的。所以尝试一些其他的路，也未尝不可。还有，北斗星和指南针最大的区别在于，指南针最高领导就是技术领导，所以一切研发计划他都可以做主。但北斗星不行，并不是老范说做什么就能做什么的。如果陈小明不愿意放下如今的研发，去先搞这块定向板，老范应该无法强迫他。另外……"高平笑着看着张邕，"我猜他们做出收购的决定，也和你有关。"

张邕叹口气道："人算不如天算，本来我做的事不会惊动任何人的。众寻和我们根本不是一个圈子，而且刘以宁也不会随便对人讲赫兹的事。没想到，鹏总开发的这套系统把双天线定向系统推上了风口浪尖。大家寻找这类产品，赫兹很快就浮出水面，他们在国内本来就有销售。而联系赫兹的时候，也许会得到我曾经拜访过他们公司的消息，甚至我怀疑，安德森这只美国狐狸故意把我抬出来，证明他们自己的价值。他只是试探，没想到歪打正着，北斗星立刻觉得这家公司可能很有前景。反而坚定了他们收购的信心。"

高平道："也许他们还有一种考虑。你在德国明确支持我，所以他们会猜测，你会再帮我谈收购。当初的接收机之争是东方、尚达和华泰，如今的板卡之争变成了指南针、北斗星和众合，所以众合想做的事，他们一定会尽量不让我们如意。所以他们的评估不可能比我们做得更系统化，但还是先放出了收购的意向。"

张邕站起身来说道："没错，高总，我明白了。祝您美国之行一切顺利，北斗星的事，我来想办法。现在我们先拖住所有公司，等我们最终做了决定，再让所有事继续。"

北斗星科技，范总和建辉在会谈。

"我们给赫兹报价的事，小明博士有什么想法？"

"他没任何表示，但表现出了一点不屑。说赫兹远不及Mag，而赫兹的科技水平还比不上他现在的水平，觉得我们根本没必要收购他们。"

"定向板的研发呢？他怎么说？"

"他说会做，但是会和现在的高精度板一起来做，不会单独做一款板子。从产品的角度，这样做不合适。"

范明轩皱皱眉，没多说。

建辉道："为了给小明博士一点压力，这样做值得吗？会不会让小明压力过大，我们弄巧成拙？如果赫兹这边真的答应条件，我们是否会骑虎难下？"

范明轩道："你以为，我们这么认真地交流，只是为了给小明压力？既然张邕都找到了赫兹，可见它的价值。所以如果真的沟通顺利，那我们就增发，真的把它拿下。两条腿走路，总比一条腿走得稳当。"

第171章 赫兹之争（四）

华泰北京分公司，总经理胡月华刚刚给一份合同盖了章，然后安排秘书将合同发给用户。

片刻之后，他冲出来问前台，问合同是否寄出。前台答，快递刚刚取走。

"马上联系，不行你们追过去，合同尽快拿回来。这单业务我们不做了。"

前台愕然，但知道涉及合同非同小可，立刻开始联系。好在这一片的快递员都很熟悉，很快追回了信件。

"胡经理，这为什么呀？"

胡月华烦躁地摆摆手，前台见状不敢多言，赶紧退出了。

相关的业务员很快到了经理办公室，问道："胡总，凭什么？我好不容易才击败了东方，拿到这一单合同，怎么自己放弃了？"

"对不住，小王。紧急情况，我也没办法。现在，你要尽快和用户沟通，或者他们改成Skydon板子的设备，或者改成捷科板子的设备。你能做到吗？"

小王一脸不悦地说道："只能尽力。用户关系是没的说，但合同都要签了，突然变卦，谁都会不高兴的。而且我们没有Mag板子了，他也许就会从东方或者尚达买。"

胡月华道："这个倒不是问题。不是我们断供了Mag板子，而是所有厂家都断了，你和用户好好解释吧。就说Skydon收购Mag之后，政策变了，其实要买也是可以的，但价格可能比Skydon板子还要贵。"

小王情绪稍稍缓解："要是大家都没有了，可能好说一些。但比Skydon还贵，他们一定不会接受了。换捷科板子设备，倒也不是不可以吧，但是……"

他看向胡月华，一脸为难。胡月华当然明白他在为难什么，目前几款接收机，业务员最爱卖的就是Mag系列，因为成本低利润高，所以提成也高。按他们现在的价格政策，捷科板子的价格还要再降低一些，这样的话，他的提成就少了一大半。

"这个我很抱歉，只能在后面的生意进行弥补吧。我猜总公司的价格政策也会尽快调整的。妈的……"他终于忍不住也爆了一句粗口，"一点准备时间都没有，这什么事呀。好了，你先去尽快和用户沟通吧，一定要保住这一单。"

就在刚刚，他给合同签字盖章之后，突然接到总公司的通知："Mag主板低价接收机从即刻起停供，何时恢复供应等通知。但注意，对此产品的报价也作废，未来可能会大幅度调整价格。"

他忍不住拿起电话，打给了总公司，问什么情况。

类似的情况发生在多个分公司，而且不只是华泰北斗，东方和尚达也遇到了一样的情况。好在Mag芯接收机一直不是市场主流，虽然引起了一些波动，甚至个别用户和经销商产生了一些冲突，但最终没有造成什么严重后果。慢慢地，大家接受了这种变化。同时Mag主板几乎也淡出了高精度接收机市场。

这一切的始作俑者张邕自然也得到了三家不少的诟病，最早打电话的是赵爷。

"什么情况？张邕，你之前可是答应供货到年底的，怎么还有几个月就停了，什么问题？"

"赵总，很抱歉。原因呢，我有一个官方的，一个个人的，你先听哪一个？"

"官方的？"

"Skydon对DM800有新定价，但你们市场上接收机的价格并没有提高，还是之前的价格政策，这势必引起Skydon的注意。虽然我做的一切都是Mag老板允许的，但如今老板也成打工仔，我不确定他的话是否还有效，只好停下来了，避免麻烦。"

赵爷一脸的不解，但这次是完全地发自内心："你这个理由哪里是官方的，分明就是个人的理由。那你还有什么个人理由？"

"所谓官方，是对外的统一解释。就是和东方他们，也是这样解释的。但我还有一个自己的理由，赵总你问，我才会告诉你。"

赵爷憨厚地笑道："那我太荣幸了，什么理由？"

"我手里的存货本来就不多了，凑了凑，也就几百片而已。好在你们现在的订货都不多，每月几十到上百片，这也是我为什么预估可以坚持到年底。但现在……"他加重了语气，"这几百片我不卖了，因为我自己要用。"

"哦，"赵爷来了兴趣，张邕要做的事，他一般都会感兴趣，"你要做什么？"

"做自己的接收机。"

赵爷差点把刚喝进嘴的一口茶喷了出来。

1043

"兄弟，我知道你很能干。但你做自己的接收机，只怕会赔死吧。我相信给你时间，你能搞定一款接收机，但你知道，我们三家都在市场上磨了多少年吗？你短期做不到，做到了也不可能有我们做得好，做得好也不可能有我们成本低。而且你手里就这么点板子，没有延续性，也没有销售队伍，更不是品牌。你做接收机？你怎么会有这么疯狂且不靠谱的想法呢？"

"哈哈，"张邑笑了，"赵总你说得都对，如果是做一款测量型接收机，只怕我会赔死。但我不会这样做的，中国市场虽大，除了你们三家，已经容不下四家了。我有我的考虑，谢谢提醒。"

"你想做一些不一样的事？会是什么？农业？机械控制，或者你想做鹏总他们做的那套驾校系统？恕我直言，靠DM800可能做不到，而且成本太高。张邑，关于GNSS的事，只要别人一说，我就能明白，唯有你老让我猜不透。拿着几百片板子，你能做什么呢？这样吧，无论你要做什么，接收机的生产线和流程以及设计都比你做板子贴片要复杂。你把要求给我，我来帮你定制好了。看到你做什么产品，我自然就知道你要做什么。"

张邑道："谢谢赵总了，但现在的问题是，我要做的是一款成本极低的设备，我特想找人帮我集成，但目前看，不敢麻烦你们，只能自己想想办法。"

"好吧，"赵爷无奈道，"根本不敢想你要做个什么东西出来。认真提醒你，中国接收机已经开始走向全世界，你要严格要求自己，千万不要给中国制造抹黑。"

"哈哈哈哈，牢记赵总教诲，我会的。"

汤力维有一些不满，自从跟随了张邑，虽然有过困难的时候，也有不眠不休的加班时刻，但之后的事情还是一切顺利的，特别是DM800上市后，几乎不需要做什么，每个月就是出货赚钱。

他知道，好日子可能不多了，因为手里的艾梅尔芯片就剩下几百片了，但几百也能维持一段生意呀。如今张邑却自己把这条路全断了，最重要的是，他还要做什么接收机，这是还要往里投钱呀。

"老大，我不懂，你不是可以从国外买到艾梅尔芯片嘛，为什么不继续呢？"

张邕表情有些严肃，他不喜欢的是汤力维还没说出口的那部分话。

"买到也没用呀，我们拿不到烧录程序的。"

"不用呀，我们有刘芯呀……"果然，汤力维话说了一半，就被张邕严厉的表情制止了。

"好吧，那我先出去了。"汤力维想离开。

"你等一下，"张邕叫住了他，"力维，这是我们最后一次谈起相关话题了，以后我不想再听到谈起此事。"他稍稍缓和了一下语气，"你应该知道，我从来没有销售过刘芯复制的芯片，对吧。只是用来做我们当初研发的样片。这样做当然有高额的利润，但也有无尽的风险。我没那么高尚，一定要维护所谓的道德与道义。事实上，西方凭借科技优势在中国赚取暴利，我觉得根本不道义，所以偶尔我们做一些盗版的事，我从不觉得愧疚。你电脑里也有不少中关村买来的软件吧，你以为我不知道吗？"

说到这，两个人都笑了一下。

"但我们所做的事，我不想冒任何法律风险。我们做的不是2C的设备，所有的芯片板卡数量都可以统计。厂家也可以检查芯片ID。一旦我们被人发现盗版芯片，除了接受法律制裁，还要罚款赔钱，最重要的是我们在这一行的信誉就彻底毁了。就算我们做合法的产品，也会有人质疑。我当然想挣钱，却不想拿一生的前途去赌。明白了吗？"

汤力维看着张邕严厉的面容，认真地点了点头道："好的，我知道了。"

"老大，但我对你的接收机一样有疑问。我们这几百芯片可都是宝贝了，最后的存货了。可你要做的这款接收机，根本就是个天残地缺，不是真正的产品呀。我需要你给我一个解释，不然看你浪费我们最后的板卡。我心疼呀，大哥。"

张邕端详着屏幕上，他亲手设计的杰作，一副孤芳自赏的样子。

"这不是很好吗？该有的都有了，哪有什么天残地缺？"

汤力维气得差点没背过气去，张邕什么时候变成这么自恋的人了。

"作为一款严格意义的接收机，即使没有控制面板，你也该有些状态指示灯吧。退一万步，您至少该有个开关吧，不能加电就开机，断电就关机。"

"虽然如今的接收机都取消了控制面板，但用户有控制手簿呀。你这没有任何控制系统，难道要用户像我们研发人员一样，往里敲指令？"

"没有内存，数据存哪？差评。"

"没有内置电池，必须外接电源，差评。"

"不防水，不防尘，接口没有保护，差评。"

"没有内置通信模块，差评。"

"你这不是不够便携的问题，是根本不能携，差评。"

"严格地说，你这不是接收机，根本就是我们的开发系统，外面加了一个壳，这个壳的设计也非常不科学。所以就算你做的是一台传感器，这个坚固程也远远达不到要求。老大，你拿我们仅有的几百块板子，要全部做成这个破玩意儿。不给个解释，只怕大家心里都很难接受。"

张邕依然扬扬得意，颇有点"只要我不尴尬，尴尬的就是别人"的大无畏心态。

"相比于其他接收机，难道就没什么优点了？"他颇有几分期待地看着汤力维。

汤力维忽然觉得自己的老大有些可怜，设计了这么一款四不像的东西，却希望得到认同。但他不想附和老板，因为这本就不是他想要的。

但即使如此，专业素养还是让他仔细地看了看张邕这不堪入目的设计。

好像的确有一点儿优点，他不情愿地开口道："你的数据接口更全一些,特别内置了网络接口,便于远程的通信管理。好像Skydon最新发布的参考站机器才有的功能……"他忽然明白了什么,"你要做的是参考站的设备?即使是摆着不动,你这东西也太简陋了。你看过Skydon的设备吗?那个规格比普通的测量型接收机规格更高,而不是更简单。"

张邕摇头道:"越简单的才越值钱,你觉得我这台设备值多少钱?"

汤力维不屑地摇摇头道:"板子加个壳,你要卖给我的话,友情价,1万块吧,你是我老大,我多付一点。"

"不,"张邕摇头,"你给得太少了。我觉得,这台机器至少值10个亿。"

"10个亿?"汤力维吓了一跳,他心中道,"完了,老大受了什么刺激,这是疯了吗?"

斯科茨代尔城,赫兹总部。

大腹便便的田晓卫,笑着坐在了安德森的对面。

"拉塞尔,老友,是不是我们该算账了。"

"抱歉,晓卫。这事没那么快,我们不是谈好的吗?等高精度部门出售之后,我自然会还你的钱。但是这次已经不是空头支票,我们已经收到了不止一家来自中国的报价,我想我们很快就可以成交。"

听到中国,田晓卫眼中有光芒闪动,随即笑道:"中国的事,你为什么不问问我。不要因为我待在美国,就不把我当作中国人。"

安德森打了个哈哈:"不,晓卫,事实上,我从没把你当过中国人。和你比起来,我更像中国人。"

"好吧,看在都是中国人的面子上,我们用更好的方式来解决。不用等你出售公司了,就按我们之前的供货协议,但我不等你的高精度板卡了,把你的海事产品和板卡,特别是双天线的定向卡的中国市场都交给我吧。除了你欠我的钱之外,我再付一笔给你,来表达我的诚意。还有,这份供货协议,不影响你出售公司,就算你把整个部门卖给了中国公司，我的供货协议依然有效。有问题吗？我的中国朋友拉赛尔。"

田晓卫像平时一样自信，他计划的事几乎没有落空过。他对美国商人太了解了，每个人都是政治家和演说家，所有的道理说起来都是冠冕堂皇，但只要是钱，特别是合法的钱，就能改变他们很多原则。

"对不起，晓卫，这次我不能答应你。"安德森耸了耸肩，而用晓卫则少有地愣住了。

"发生了什么？拉赛尔。"

"没什么，只不过，在你之前，另一个中国人刚刚来过，我想他现在还在城里，你若愿意，应该还可以见到他。他刚刚付了一笔钱，预先订购了我们一年的板卡。不止如此，甚至精准农业的业务，他也和我们签订了总代理协议。所以我无法再答应你。如果，你坚持现在结算。我可以介绍你去见这个中国人，他愿意替我们还你的钱。"

田晓卫呆了几秒，然后一丝笑容浮现在脸上："干得漂亮。是谁，告诉我。"

"抱歉，晓卫。好像我没有理由告诉你。"

"那我猜一下吧。杰创的邵文杰？"

"别费心了，我们根本没听过这个人。"

"张邕？"

"他的确来过，但是关心的是收购的事。"

"哦，"田晓卫做恍然大悟状，"众合的高平，他是不是亲自来的？"

安德森这次闭口不言，没有回答他。

第172章 赫兹之争（五）

田晓卫离开了赫兹，他很想见高平一面。

高平用了他的手段来抢了他的生意，他觉得是件值得庆贺的事，想和高平聊聊。

可惜高平已经离开了，来到了那座在城市里也能见到巨大仙人掌的沙漠之城——菲尼克斯。

他先是打电话给了公司的一众副总裁，然后又和家人通了电话，最后他打电话给了张邕。

"高总，您那边情况如何？"

高平电话里笑道："我猜晓卫在找我，但很可惜，我是真的没时间等他，有太多的事要处理。我从来不是一个意气用事、喜欢斗气的人。但是这样还了晓卫一拳，我其实很开心。若不是时间紧，我很想看看晓卫的脸色。我这次有两个收获，第一，赫兹如今即使想出售高精度部门，也不会太快。我们有时间处理一切相关事务。第二，在与赫兹的沟通中，众合已经取得了绝对的领先，我绑定了他们的一切业务。他们的板卡我们来代理，精准农业我们是独家合作。即使将来他们公开销售，我们一定也是第一选择。"

"恭喜，高总。有什么事我可以做？"

"的确有事需要你帮助。我暂时不会回国，会待在美国一段时间，我不确定要多久，但可能要几个月吧。"

"您要做什么？"

"跨国收购，哪有那么简单。我们对美国的法律和商务条例了解得非常肤浅，我需要在美国组织一支专业的法务团队。还有，我们很可能需要海外资本的介入，我会留在美国把这些事处理好。"

"霍顿的电话您还留着吧。这些事您继续找他处理吧。他是个奸商，很奸，但是可以算我的朋友。"

"好，"高平很高兴，"霍顿的能力毋庸置疑，上次的事我很满意，他帮忙最好。"

"但是，高总。您不怕做无用功吗？未来如果我们的结论是不收购，或者赫兹改变主意，不出售了。您这通布局可能就作废了，我相信，这成本不会太低。"

高平毫不犹豫道："想真的国际化,总要付出代价,即使这次收购不成,众合也需要这样一支国际的法务团队。我想得很清楚,这件事没有问题。"

张邕暗暗点头道："高总的魄力和眼光令人佩服。"

"恭维的话听多了,但第一次从你嘴里听到。我的建议,你还是少说这样的话,多做些有用的事吧。"

"您说得对,要我做什么?"

"我刚刚和公司高层通了话,赫兹产品要尽快消化,几个部门都很快动起来了。还有如今大家炒得最热的驾校智能驾考系统,我也安排了研发团队和销售团队同时对接。赫兹的产品是成型的,系统集成部分仿照鹏总做的系统来呗。指南针有什么,我们很快就能有什么。产品和技术部分,你有经验,我们需要帮忙的话,我会让他们联系你。但这不是你最重要的事⋯⋯"高平忽然话锋一转,"张邕,华泰、东方、尚达的手持RTK是不是你提供的?"

张邕苦笑一声道："您应该说,曾经是我提供的。但也不是我的技术,是Mag的ODM,只不过,我做了改造和再设计。非常可惜,无论对Mag还是对我,这都是很好的生意,但抵不过Skydon的强大。"

"张邕,世上没有白费的精力,你一切的经历对你都是有益的。如今赫兹也有一款类似的GNSS平板,我和他谈了对中国的ODM合作,他们同意了。你有Mag产品的基础,我现在请你来帮我处理这件事。一模一样的做法,用赫兹的技术做一款卫星导航平板产品,用于GIS采集。我想你的团队会比众合更有优势。可以吗?"

张邕没推脱,但也没表现出太激动："既然一样的事,就算有难度,我也能搞定,没问题。只是我没想到,离开了Mag,居然还能做一次这样的事。我需要看您和赫兹的协议,确保一切都是合法的。"

"可以,协议中的相关部分可以很快发给你。但你太过小心了,我可没有你那么大本事,如果不是合法的,我怎么能拿到技术资料。你来处理吧,我安排我们上海公司的黄总负责此事,已经和他说过了,有事你找他对接。"

"还有件事，高总。我给Mag做的事是免费的，但老板和我有一种合法的结算方式。这件事众合怎么付费给我？"

高平笑出了声："不愧是晓卫带过的人，可以做事，但绝对不能吃亏。没问题，你和黄总沟通吧，众合可能比Mag的法国人还要大方一些。"

"好，没其他事我们挂了吧，要做的事真的挺多的。"

"好，回国见。还有，赫兹的事我按收购在准备，但我希望听到你和你师兄的进一步确认。"

一周之后，高平飞到了旧金山，接着自己驾车来到了霍顿商务。

霍顿言谈举止得体又有风度："高总，上次谢谢您的大手笔，终于见到您本人，荣幸。霍顿商务无比期待，与您这样有实力的大公司合作。您所需要的团队和海外资金部分，我都可以帮您对接，这对我们都是最简单的事。不过有一件事，我需要和您说清楚。"

"霍先生请讲。"

霍顿一脸认真，丝毫不尴尬地说道："高总，我姓李，您可以直接叫我霍顿。"

"哦，抱歉，请讲。"

"如果您的未来目标是赫兹的话，有件事必须告诉您。我去过赫兹，和安德森有过交流。但之后几个月再无交集。我不知道您这边还要继续，所以我和安德森签下了一份短期的顾问协议，他让我在中国市场寻找合适的买主。因为有这份协议在先，所以如果涉及国内部分和这份协议有关的内容，我就不好奉告了。"

高平微微笑了一下说道："我要你对接的是海外部分，你和赫兹继续你的国内服务，好像并不冲突。"

"是这样的，"霍顿指了指电脑上的日历，"我和安德森的协议，本来也没什么特别的结果。再过37天，也就正式到期了。到时候如果您需要，我会把国内有意向收购赫兹的相关信息透露给您。37天而已，并不算久。而且我和安德森也没有签什么保密期限，所以我做的都是合法的。"

"嗯，霍顿，我忽然觉得我们的合作可以扩展一下，我们再签一份赫兹公司国内收购意向调查的合同如何？金额你来定吧，我们随时可以付款。"

"高总果然痛快，这样最好了。这样的话，在37天之后，我就可以告诉您，除了北斗星，还有尚达有意收购赫兹。"

几个月之后，高平依然待在美国未归。

北方某市交通局运营处，处长和几名技术人员以及多名驾校校长聚在一间会议室。众合的销售主管李梅正在介绍他们的智考系统和智能训练系统。

"通过双天线的位置和方向，我们可以准确地确定汽车的位置和姿态，这是可视化界面，内置了考试场和训练场的地图。无需任何专业知识，都可以清楚地看到驾驶员的精准行驶轨迹，配合传感的使用，这就构成了一套很完整的系统。各位领导，请问还有什么关心的问题吗？"

处长摆摆手，让李梅坐下。

"辛苦了，李总。各位，"他目光看下大家，"有什么问题或者意见，需要和众合的工程师交流吗？"

大家互相看了看，没人说话，处长明显有些不悦，说道："怎么？华中地区都快普及了，我们这里连问题都提不出吗？"

终于一名校长举起了手问道："领导，来我们这介绍的这是第几家了？我们不是没有问题，而是问题之前都已经问过了。我也看了，每家的方案大同小异，说来说去，都是这些东西。车里放一台接收机，车顶放两个天线，然后给车作图，给场地作图。不就是这样吗？"

"前两家已经在京海驾校测试过了，效果也差不多。这家之后的也会去测试吧？虽然我不懂，不好多说，但我猜效果应该也差不多吧。"

"既然大家都差不多，领导呀，您也就别再问我们了，您和他们谈谈价格呀，服务呀，然后您拍板定下来就行了。如果您觉得……李总是吧，李总他们的这套系统好，您就定他们的算了。"

处长怒火上升："你打住吧，什么时候这里变成一言堂了。该做主的时候，我当然会做主。可是你们真的什么意见都没有吗？"

会议室里又寂静下来。

无奈的处长叹了口气，重新转向了李梅。

"李总呀，现在的局面你也看到了。最终还是这样的话，最后只能你们几家来投标，大家拼一下价格。这个肯定是都不愿意看到的。这样，我问个问题，就一个问题。"

"处长，您讲。"

"你们的系统，和其他几家有什么不同的地方？你们有什么别人做不到的特别之处？"

"对，对，"立刻有人附和，"李总您就讲讲这个就行了。整套系统，我们实在听过太多次了。"

一丝得意的微笑悄然浮上了李梅的嘴角，她心里道："张邑，真有你的，果然被你猜得正着。"

"处长，您的问题太好了，我们的确有一些和别人的不同之处。"

众人精神一振，重新集中了精力，认真地看向李梅。

"大家只是注意了车上的安装部分和软件部分，所以感觉每家看起来都差不多。但是请大家注意几个部分。其他家是不是都需要一个基站提供差分信号，中间还有发射电台和接收电台进行数据通信。你们不觉得每次自己架设一个基站很麻烦吗？"

有一人举手道："李总，之前来的一家公司说过，不需要每次都架站。可以在驾校的楼顶上固定一个基站，长期提供服务。"

李梅笑着摇摇头道："换汤不换药。固定下来，也是架了一个站，而且固定楼顶，需要基建成本，需要解决供电问题，一个大功率发射电台，功耗可不低。"

"对不起，李总，我没听明白。你的意思是，众合的系统不要基站是吗？这当然是件好事。可是，我是懂一点GNSS原理的，当然，跟你们这些专业人士比，水平肯定低很多，有说得不对的地方，请您见谅。没有基站，你们如何差分呢？别和我说，你们单点的精度就可以满足。"这次说话的是运营处一名技术人员。

"您很专业，我们当然做差分，但是我们不需要自己架设基站。这样既增加了用户的成本，也使整套系统变得复杂。我们的差分信号，内置在接收机里，它来自天上。"

"李总，请您再说明白一点。"

李梅看着大家，高深一笑："各位听说过众寻的服务吗？众合是国内第一家内置了众寻服务的GNSS系统，我们不需要基站，而且在任意一个地方都可以正常工作。这就是引领全球最新理念的定位服务，来自互联网公司。"

李梅在交管局做了一次极为成功的推广，也是这个时候，大家第一次听到了众寻的名字。

不过，众寻的覆盖率并没有像李梅说得那么强大，所谓在任意一个地方都可以工作，不过是一句愿景。

要覆盖中国绝大多数经济地区，大概需要数万个站，而如今的众寻只有区区几百个站。但幸运的是，刚好有几个站就在京郊的驾校附近，可以给李梅的系统提供服务。

而众寻这几百个基站，来自张邕亲手设计而汤力维认为丑陋不堪的接收机。

这就是赵爷猜不到的秘密，也是汤力维不理解的设计。极其简单的硬件系统，但配上功能强大、设计精良、界面友好的网络软件，立刻组成了一套强大的系统。

而这几百个站的系统，足以证明众寻的理念是可行的，这的确代表了未来的方向。

同时，现有系统也向投资人证明了刘以宁的能力，不仅是理念和科技能力，同时也证明了众寻有搞定硬件的能力。众寻的账目，清清楚楚反映了整套硬件的成本。这不是一套两套拼凑的系统，而是几百个可以连续运行的基站,这种事实面前,刘以宁已经无须过多解释。

刘以宁与张邕唯一争论的,是基站天线系统。

他之前的所有计划里,都是NASA的扼流圈天线。没有特别原因,因为他所看到的所有参考站网络系统,无论是张邕在特区建的站,还是Skydon在全国建的站以及工程中心购买的上千台设备,都是这种天线。

一台扼流圈天线折合人民币两万多元,这已经超过了他每个站的所有其他费用总和。

"张邕,我需要一个国产的,或者不是国产的也行,一定是低成本的天线。否则众寻无法继续。"

"相信我,"张邕很认真地说,"我们根本用不到扼流圈天线。"

第173章　众寻崛起

"扼流圈天线的扼流圈,深度一般为工作波长的四分之一,即$h = \lambda/4$。通过控制深度h,可以实现对不同频点的电磁波杂波消除,实现宽频工作效果。电磁波入射到扼流圈上之后,在宽度为W的槽内,被反射的电磁波形成和λ射波相位相反的电磁波,从而消除干扰电磁波。天线扼流圈表面附近呈现高阻抗特性,防止电磁波在其附近形成表面波,从而防止杂波改变GNSS天线的增益分布。同时,扼流圈可以降低天线的后瓣以及旁瓣,达到抑制多路径效应。"

刘以宁对着一份资料,读得字正腔圆。

张邕忍不住笑出声:"大哥,你是百度来的吗?同为互联网公司,你A出身的,用着B的引擎,不觉得有点羞愧吗?"

"我不专业,但不代表我完全看不懂。我只是不理解,一个抑制板而已,是形状特别,我们加工工艺达不到呢?还是材质特别,我们生产不出来?这东西只有JPL能做?华强北几乎可以山寨任何东西,难道你们一群卫星导航专业人士,连个没有任何电子元器件的金属板也做不出来？"

"当然不是，敢不敢打赌，不出一年，JPL天线将在中国失去市场，各种国产扼流圈天线马上问世。"

"哦，"刘以宁来了兴趣，"这么肯定。"

"JPL扼流圈很快成为过去了。Skydon和派森都在发布自己的扼流圈天线，这一旦形成气候，国产天线马上就会跟上。这东西我从来不觉得有多难，一个抑制不同波长信号的金属板而已。但这不是我要说的，我的观点是，你根本不需要这块抑制板。当然如果成本足够低，你可以配一块。但不必如此。"

刘以宁认真道："我需要低成本解决方案，但不是要效果打折扣，既然所有参考站都是扼流圈天线，我们肯定也要。"

张邕打开电脑，调出一份资料说道："这是Skydon最新的一篇测试报告，证明他们的基带天线抑制多路径效果几乎和扼流圈天线不分上下，我看扼流圈恐怕要退出历史舞台了。还有，众寻走的路不是传统的GNSS参考站之路，所以你也无须像之前你见到的所有参考站的规格来要求自己。只要是测量型天线就足够你用。"

"美国Aerial？"

"不，太贵了。当初Mag的手持RTK，我们配的都是一款深圳产的国产天线，价格快接近进口的十分之一了。以你数百个的订货额，我估计成本可以到1000元以内。"

"真的吗？"刘以宁一跃而起，"效果如何？"

张邕道："你先买100个测试吧，效果不够的话，转卖给我，我全收。"

当几位金融大佬对众寻的财务进行尽调之后，他们确信了，刘以宁已经颠覆了这个世界，整套系统的成本居然真如刘以宁所说，没有掺杂任何水分。

这让他们对刘以宁的人品也有了更多的好评。在此之前，他们几乎每个人手里都有一份由自己的调查团队对众寻系统做出的评估。他们几乎一致认为，众寻的投资额度只有是天文数字才能维持运转。整个投资额甚至比他们刚刚拿到的某共享单车的额度还要大。

当然，二者还是有区别，单车的维护费用是一个长期的投入，众寻的北斗基站可能是前期的投资额度很高，但每个站的持续投入并不是很大。

因为自己团队这份可信的报告，几名大佬并不很相信刘以宁的话，认为他的成本预估水分太多。

直到众寻数百个站开始运行，并已经开始提供服务，特别是已经和一家叫众合的上市公司签订了长期战略合作协议，大佬们敏锐地捕捉到了众寻的未来和无限的潜力，但是依然对刘以宁的数字有所怀疑，直到这次尽调之后。

他们发现自己尽职尽责且无比专业的调查团队，并不是自己想象的那么可靠。

很快，以亿为单位的数笔投资打入了众寻的账号。

于是在地理信息和北斗导航圈，一个叫众寻位置的陌生公司一夜之间崛起。

这是一个有别于传统的仪器销售和项目服务的公司，而是专为高精度卫星导航用户提供差分信号、以服务费为主营收入的企业。

而且有别于之前各个城市的参考站系统，包括Skydon和M大合作的第一个特区网络。众寻服务不以城市为单位，而是覆盖全国，不分地区。

同时众寻的服务费也远远低于之前的参考站网络。而绑定了众寻服务的厂家，则直接在设备里内置了众寻账号，用户买来就可以使用。只是3个月的免费期限后，要自己付服务费。

和所有的移动互联模式一样，上市之初，众寻发放了大量的免费测试账号和低价套餐账号，以及给各个硬件厂商的大量短期测试号。

张邑对李察讲的自由与梦想，终于梦想成真。这种无限的自由，用户们无法不对其上瘾。所以一旦免费账号到期，用户们便主动开始付费。

大多数国企用户并不缺钱，而且使用众寻服务后，可以减掉参考站的费用，可以去掉一个外业人员，整个成本是降低的。但还是出了一些问题，因为国企和国家机关严格的财务规定，他们可以花钱买设备，但却没有预算付服务费，哪怕金额并不高。

但人民群众的智慧是无穷的，很快包含了众寻账号和1年、3年、5年服务费的接收机开始出现在市场上，用户可以一次性购买。

众寻模式很快引起了主管部门的注意，它们太过耀眼，几乎不可能不被注意。于是一场关于众寻模式是否合法以及如何监管的讨论，在部委、国家局、主管部门内迅速展开。

张邕很忙，他接手了高平要他做的赫兹平板ODM项目。

有了之前Mag手持RTK的经验，一切进行得还算顺利。其实二者本就是同一类产品，只是随着终端技术的发展，之前的Windows CE系统的PDA换成了可以触屏的Windows以及安卓平板。赫兹的板卡当然达不到DM800的效果，但和DM100的性能相差不多。这一款手持平板，很像关鹤鹏涉及的那款手持产品的升级版。

作为对张邕的回报，众寻对这一批平板提供了一年免费的服务账号。

张邕有点恍惚，他感觉一切又回到了从前，他做的事情几乎完全一样，只是手里的设备更先进。

他把改造完成的几套样机分别寄给了华泰、东方和尚达。

"张邕，"他最先接到了赵爷的电话，"该怎么评价你呢？你做的东西都很好，但每次都不能长久。我们可是刚刚停了你的板子，你的手持RTK的库存也要消化光了。此时，你又送来了这款平板。我个人很喜欢，人类是有共性的，我猜用户也会喜欢。但是这次你又会坚持多久呢？我觉得你的产品适合晓卫，他总是赚一笔就走。而做一个企业，我希望一个产品能够持续发展。直到有一天，被新的技术而取代。而不是因为技术之外的原因，忽然不见了。你的平板是谁的内核？"

张邕无奈道："谋事在人，成事在天，老大，我辛辛苦苦做的事，刚刚出了成果却不能继续，我比你还难过。这款产品我也不敢完全保证，但是我觉得这将是一款可以长久的产品。你说对了，内核来自美国，但是未来也许会成为完全自主的中国产品。"

"赫兹？"

"什么都瞒不过赵总。"

"霍顿找过我，我知道了一些事。"

"你如何看赫兹？"

"那要看从什么角度。如果单一评价产品，我觉得不错，在同类产品里占优。但是如果为了验证你和高平在德国说的话，赫兹的成色还远远不够，离双频高精度产品还有一步之遥。但是这一步，是很多企业穷极一生无法跨越的距离，所以我无法评价，也没有建议。我只能祝你好运。还有件事，我猜到你的DM800板子都去哪了。恭喜你，你又领先了我们一步，是在意识上超前了一步。不当面恭维你了，有时间我会去找你和师兄，我们背后夸夸你，免得你骄傲。"

"我很谦虚，从不拒绝当面的夸奖，赵总你其实不用客气。"

赵爷笑道："唉，还是学坏了。这样吧，我可以订一批手持平板，但我要价格比东方和尚达都低10%。"

"不公平吧，为什么你比他们价格好？"

"很简单，你的平板一定会卖给三家的，不是给我独家，对吧？那么如今他们都在观望，但如果我现在订货了，他们一定也会订，这是有趣的游戏。但我想在这个游戏里得一点福利，第一家，所以我要比他们便宜。"

"平板价格本就不高，低5%吧，另外给你3个月账期。"

"好，"赵爷很痛快，"成交。平板外壳我要蓝色的，标识还是之前的。华泰的软件马上发给你，有不兼容的部分，你测试后反馈给我们研发部门，我们马上修改。既然我是第一个，我至少要比别人提前一个月上市。"

"好，全力配合。"

张邕又想起一件事："你对众寻位置怎么看？"

"很好，我们愿意和众寻展开合作。"

"但是，众寻去了东方和尚达，都被拒绝了，你怎么看？"

"我能理解，庞德在业内一贯强势，他不会允许一个圈外的公司来抢他的生意。东方这些年也建了很多自己的站，而且他们用户最广，分公司最多，又是他们自家的硬件，建站成本没那么高，他可以继续建站，所以他一定是想建自己的网络，与众寻抗衡。而尚达呢，追随东方，既然庞德这么做，他们也会这么做。"

"你会不会改变主意，做和他们一样的事？"

赵爷果断道："不会。这在技术上没什么特别，大家都可以做，而且我们比他们更专业。但这个模式对我们是全新的，这根本不是传统测绘，而是互联网的模式，对此我们根本不专业。而且我们的资金流和别人比，也完全不是一个级别的。这不是我们能对抗的，顺应潮流才是真的。未来能和众寻抗衡的，应该也是互联网行业的公司，比如腾讯系的。好了，不谈他们了。帮我约一下众寻的人，我们与那两家不同，我会愿意全线产品绑定众寻服务。"

"好的，没问题。"张邕点头，赵爷永远是那个看着憨厚，其实远比别人看得更通透的人。

一切都如赵爷所料，在华泰与张邕签订了订货合同后不久，陈锋就找到了他，然后是东方公司的郭湛清，各家都定制了自己的型号，以及测试了自家的软件。没人知道，赵爷暗地之中已经给华泰拿到了5%的福利。

Skydon中国的高精度部门销售会议，依然是由董彬主持。此时的他已经不是首席代表，也不是中国区的最高长官。中国区有自己的总裁，他只是GNSS高精度部门的负责人，似乎级别低了，其实业务范围还是一样的。

"为什么我们的GIS业务下降了这么多？"他有些不悦地看向在座的代理商。

短暂沉默后,一个声音用一种不友好的语气回答道:"为什么下降这么多?这个你应该问问你们Skydon的人。"

董彬顺着声音望去,是米河的韦少。

第174章 三堂会审

张邕用赫兹的板子,做了一台GNSS接收机,然后用手中的众寻账号开通了服务。

半小时之后,汤力维实在忍不住爆了粗口:"老大,这不行呀,什么玩意儿,和手持平板的水平是完全一样,不能作为高精度使用。"

张邕点点头道:"任重道远。"

电话响起,他看了下,是一个法国号码,他心中一动,很久很久没收到这边的电话了?

他接起,一个熟悉的法国口音:"邕哥,你好吗?"天哪,是大色娃。

"我下月会到中国,你来Skydon北京办公室,我们见一面。"

"好的,老板。"

他刚挂断,电话再次响起,北京号码,接通,依然是一个熟悉的声音。

"张邕,你的麻烦来了。小心吧!"是宫少侠。

"宫少,酒家不曾少你酒钱,又为什么来找酒家的麻烦。"

张邕没有等来宫少侠放肆的大笑,宫少侠少有地严肃说道:"办公室楼下咖啡厅,你过来,我们详谈。"

张邕赶到咖啡厅,忽然觉得有些滑稽。宫少侠找了一个安静的角落,点了一壶红茶,一本正经的样子,在张邕眼中不无喜感。

"宫少,什么情况?"

"我没开玩笑,你真的有麻烦了。昨天会上,米河的韦少举报了你。"

"米河？"张邕多少有些意外，"宫兄，我做的事情，无愧于心。但是的确不是都合规的，只是我既不敢越过雷池，也没有得罪外面任何一家国际和国内的企业，我确实没想到，米河会来告我，为什么？"

"为什么？你知道Skydon的测量业务缩水严重，国产接收机成了市场主流。虽然依然是Skydon的生意，但是OEM部门是另一个部门，大家各自结算的。那边的成功，并不能成为测量部分业务一直收缩的借口，所以无论Skydon还是米河这样的代理商，都对测量之外的相关业务也相当看重，比如GIS业务。"

张邕大概明白了一些，但没多说："如今Skydon的GIS业务很差？"

"不是很差，而是没达到预期。本来Skydon发布了手持RTK来做GIS采集，结果你在Mag也搞出了一个同类产品。谁都知道Mag的销售一定不如Skydon，可谁知道你给国产厂家提供ODM，让东方他们来和Skydon竞争。Skydon价格没有优势，整个业务都被你压制。那时候，米河就已经恨你入骨了，只怕你根本没有感觉。"

张邕苦笑道："我当然没有感觉，我根本没有直面他们的竞争，只是幕后而已。"

宫少侠继续道："唉，你无意杀人，一样是罪呀。我很怀疑，那时候米河就向Mag举报了你。"

"不会吧，"张邕觉得无法相信，"他们不在生意上想办法，却想干掉我吗？"

"李文宇一直都是政治家，你应该知道的。但Mag很显然没有听取米河的举报，对你依然信任，李文宇是不是向TS投诉你了都未可知。"

张邕确实没想到，自己居然无意中惹了这么个故交仇家，自己却还一无所知。

"好在Mag很快就被Skydon收购了，Mag系列产品也很快并入Skydon，你们的产品被Skydon编入了旗下品牌，作为第三第四品牌出售，主打的依然还是Skydon的手持设备。米河也就不再和你纠缠了，专心于自己的业务。唉，张邕，可是你太能干，也太能作了，这还不到一年，新的GIS触屏平板又面世了，还是几个国产厂家围剿Skydon，米河的GIS业务又一落千丈，他们当然又急了。"

张邕微微笑道："我的价格可能会比Skydon低，但没有低很多。而以Skydon的品牌，价格比国产高个50%，也应该还有销路吧，我看是米河自己不够努力而已。"

宫少侠有点意外地看着张邕说道："大哥，你可是做国产的，真不理解庞德他们的做派吗？东方公司的出价，大概比从你的拿货价还要低，这个价格就算米河不挣钱也做不到。何况Skydon的代理商，都是要挣高利润的。"

"比我的拿货价还低，那东方岂不赔钱？"

"就是赔钱呀，但东方会配两台电池，配个包，配个支架，平板平价出，就是挣个附件的利润。这让进口品牌根本无法竞争呀。"

张邕倒吸一口凉气说道："这也太狠了吧。"

"国产品牌都这样做，自己脚底下垫一块砖，然后放水淹到自己鼻孔以下，自己艰难活着，将对手全部淹死。"

"米河告我什么？他们怎么会找到我的？"

"我不知道这事和你有关，因为我们听说是众合提供的ODM，但米河坚持说是你做的，我猜他们有证据吧。到底是不是你做的？"

张邕笑笑，没直接回答："如果是我做的，我也不会留下证据。"

"好，"宫少侠点头，"这样就好。我不管是不是你做的，Skydon对我只是一份工作而已，没那么重要。但你要真的做了，东方这几家内部一定会有人知道。那这一切就都是公开的秘密了，米河一定会知道。他们生意受了损失，同时也急需给Skydon一个理由，所以重新举报了你。当然还有一个重要的原因，你应该知道是什么。"

"我知道，李文宇一直不喜欢我，当然还有韦少，毕竟当初我没有把那份测试报告卖给他。"

"你知道就好。但这次米河的举报非同小可，不要以为Mag的人没有

1063

动你，Skydon就不会处罚你。你离开太久了，不知道米河在Skydon的位置。如今我们宁可得罪老板，都不敢得罪李文宇。"

"这么厉害？"

"你是不知道。老赵在的时候，虽然实力不及米河，但天石也算是勉强可以和米河抗衡的公司。老赵一走，天石生意依然不错，但和老外打交道的能力毕竟还是差了些。而李文宇这些年一直是Skydon全球最大的代理商，而且Skydon任何一个部门的业务米河都有参与，无论是OEM、精准农业，还是海事。李文宇如今和Skydon老大史蒂夫和保罗的交情都非同一般，老大们来了中国，即使不来Skydon办公室，也会去一趟米河，你说厉害不厉害？李文宇投诉任何一个Skydon员工，这个员工都死定了。何况你如今本就是个边缘人，还有，米河投诉你的可不全是诬告，无论证据是否确凿，我觉得你这次麻烦大了。"

张邕想了一下说道："宫少，谢谢你私下提醒我。可能你不知道，在Skydon正式合并Mag之前，我就准备辞职的，但老板留住了我，让我等一等，看下Skydon如何做。现在就算米河找我麻烦，最严重也就是我离开Skydon，这没什么可怕。"

"没什么可怕？大哥你真是不知道江湖多险恶吧。先不说你做的事是否会涉及法律问题，就是一条你在职期间利用职务窃取公司资源，擅自研制自己的产品，然后因此被公司开除，你还能在这个行业立足吗？如今北斗三代已经上天，正是中国的卫星导航产业最好的时候，你厚积薄发，积攒了这么多年的人脉和资源，要是在这个时候离开这个行业，告诉我你会不会难过？"

张邕笑道："宫少，打个赌。我可能会离开Skydon，但绝对不会离开这个行业，而且也绝对不会因为过错而被Skydon开除。如果还是在天工的时候，我可能会有一种好汉做事好汉当的豪迈。但现在，我知道我应该做什么，我不会让米河和Skydon找到我的把柄，更不会让他们强迫我离开。"

这番话说得斩钉截铁，宫少侠觉得自己全身一振，他重新打量张邕，有一种不太一样的感觉在心中升起。眼前的张邕，似乎根本不怕任何人，也不用任何人替他担心。

宫少侠站起来说道："工作时间，我回去上班了。你没事就好，无论你是否离开，记得路过这里的时候，上来和我喝杯茶。"

Skydon中国的一间会议室，中国区总裁路易、测量主管董彬、张邕老板卡梅隆、雪莉·杨、大色娃，还有一名美国来的法务，一群人坐在一侧。而另一侧只有一个人，张邕。

率先开口的是中国区最高长官路易："抱歉，邕。你来到Skydon很久了，我们一直没有时间好好聊聊。"

张邕微笑道："你不用客气，知道你很忙，我也没什么事需要越过老板向你汇报。"

雪莉一改往日亲和，略带严肃地说道："张邕，抱歉让你久等了。我们上一个会议延误了一段时间。因为我们做了一个令人沮丧的决定，我们刚刚开除了激光部门的主管李斌。"

"哦，"张邕微微点头，"没事，我等得不算久，刚才的时间刚好和同事们一起喝杯茶。"

"知道我们为什么开除李斌吗？"

"不知道，也不关心。Skydon有自己规则，开除一个员工一定有自己的道理。"

雪莉本是第一个对张邕出拳的人，这也是他们之前商量好的顺序，没想到这一拳落了空。

没人注意到，坐在最边上的大色娃嘴角一丝笑意。他胸有成竹，一点也不为对面这个家伙担心。

雪莉无奈只好自问自答，自己把话说完。

"李斌自己在Skydon之外成立了一个公司，公司法人就是他本人。同时他利用手中的资源，将代理商的业务拿到自己的公司去做。如今证据确凿，我们将其开除，没有任何补偿。而且我已经向行业内所有公司发了公告，告知他的劣迹，他在本行业的前途已经彻底失去了。"

张邕点头道："他应得的，没什么可惜。祝他好运。"

"张邕，"董彬见到张邕一脸轻松，不为所动，严厉地接过话头，"我也希望你能好运。我收到投诉，说你在Mag和Skydon的任职期间，在Skydon之外做了一款自己的设备，然后以ODM的方式提供给中国制造商，并和Skydon形成竞争关系，你有什么解释吗？"

"没有解释。中国的法律说，谁主张谁举证。谁举报我的，谁提供证据。你连证据都没拿出来，我要解释什么呢？"

雪莉微笑道："因为你是Skydon员工，我们信任你优于来自第三方的举报。如果你能够解释清楚最好，我们就可以省略举证的环节。"

"好。我说一下Mag的事吧，Mag手持RTK的ODM是我提供的，这是我老板弗朗索瓦批准的，同时是产品负责人荷内支持的。我认为我做得很成功，虽然那只是Mag的业绩，但如今大家是一家人，你们应该对我的贡献表示感谢，而不是质疑。"

大色娃同样微笑道："我一直都有向你表示感谢，如果你需要，我可以再说一遍。做得好，邕哥。各位，邕哥最近做了什么，我不知道。但如果谈到Mag期间，我建议大家还是忽略这一段吧。我可以作证，邕哥所做的一切都是合理合法的。"

"合理合法？"董彬冷笑一声，"我可不这样认为。我们和荷内沟通过，他手上根本没有ODM方案，他说ODM所有的一切都是邕在中国完成的。"

"嗯，"大色娃又一次笑着看向张邕，"做得好，邕哥。"然后转头稍稍看了一下董彬，"你需要再给邕哥一次嘉奖吗？我觉得不必，他在Mag的时候，我们已经奖励过他了。"

董彬面沉似水："弗朗索瓦，我不能理解你法国式的幽默。Mag北京办只是一个销售办公室，我问过杨波，他们也没参与过ODM的开发，我想知道，张邕的方案是怎么做出来的？"

张邕突然转向董彬，眼中一丝厉芒闪动，董彬没来由地心中一寒。

"董彬，你是中国人？能听懂中文吗？"

"当然，我是中国人。"

"好的，"张邕转换语言频道，用中文对着董彬道，"你管我怎么做出来的呢？"之后又切回英文，"it's not your business。"

"你！"董彬一下涨红了脸，一群不懂中文的老外看向在场的华裔们，却发现雪莉捂着嘴似乎在偷笑。

"他们刚才说了什么？"

"我来告诉你们，我告诉董彬，我怎么做出来的，不关他事，他根本无权过问。甚至我的老板弗朗索瓦也没问过我。我为公司做成了一件事，有人却因此审问我。我不能理解，这是Skydon的理念吗？"

"当然不是，"那名法务终于忍不住开口，"但我们怀疑，你拿Mag的ODM赚取了自己的利益。"

"怀疑？证据呢？没有花Mag一分钱，却搞定了OEM的方案，这个不算你的证据，而是我的功绩，懂了吗？"

法务终究不像董彬那样外行，说道："你的ODM并不是直接卖给中国公司的，而是通过了一个第三方公司，我们怀疑你和这个第三方公司有利益往来，甚至他就是你的公司。"

张邕扫了一眼法务，目光又重新回到中国区总裁路易身上："总裁先生，今天的会议，我们有录音吗？"

一直没有开口的卡梅隆忽然道："我这里在录音，邕，我的目的很简单，我相信我们OEM部门人的清白，所以更想留下一切今天讨论的证据。你觉得有问题吗？要我关掉吗？"

"不需要，谢谢老板。我只是想会后向您要一份拷贝，如果这个会议的最终结论，我是清白的，我需要这份资料让这位女士，"他指了一下那名法务，"向我道个歉。"

法务有些发怒，她的职业注定了她是一个很会管理自己情绪的人。但是眼前的这个中国员工很骄傲，这与她以往的经验不同，让她心中非常不爽。

路易双手做了一个下压的手势，说道："好了，邕，平静些，这只

1067

是一次内部的询问。根据Skydon的原则,有人举报,我们就要调查,不用太过激动。我们还是回到证据上面来吧。"

"第三方公司中间牟利,这本身就是证据,无论你说什么,这都是不合理的。张邕,就凭这一条,我们可以申请司法介入。"

路易转头,用眼光制止了法务,这里是他的地盘,是否司法介入,不能由一个美国来客说了算。何况,如果不是米河这一状告得太大,惊动了史蒂夫,他这里根本不需要一名来自美国的法务。

"律师小姐,刚才董彬说了,荷内手里根本没有ODM方案。所以你说的这家第三方公司,作为Mag的合作伙伴,他们完成了ODM的事,然后将方案提供给中国制造商。这有什么问题?"

"哈哈,"法务冷笑,"张先生,你很聪明,你这套说辞看似也很合理。但是,既然是合作伙伴,我们应该和相关的合作方签订协议。"

她说着,将手中一沓文件重重地摔在了桌子上。

"这些是近5年来Mag移交给Skydon的所有关于中国的合作协议,很抱歉,根本没有出现过这家第三方公司。在Mag的财务报告上,没有把这家公司当作客户,只是当一个代理来处理的。让我们先暂且相信你的话,这家公司是Mag的ODM伙伴,但没有任何合作协议,你依然是违规的。因为涉及财务,你的违规很严重。同时,如果你再和这家公司有利益往来,那么只怕你做的事情已经超出了Skydon内部处理的范围了。"

法务一脸的得意以及狠厉。

"给你一分钟,你想到足够好的理由再和我们说。虽然,我不信你还能有什么理由。"

"我当然有。"张邕一脸轻松看向大色娃。

大色娃回了一个微笑:"是的,邕哥,没问题,你直接告诉这位律师小姐吧。"

第175章　赫兹之争（六）

"律师小姐，你那堆协议里的确没有关于这家公司的内容，因为这家企业是TS，也就是Mag的前东家直接授权的。Mag和TS授权的伙伴合作，你觉得有什么问题吗？"

法务显然对此完全没有准备，她一下蒙住，顿了一会儿才道："你说他们和TS之间有合作协议，你能提供证据吗？"

张邕摇头道："不能。TS的协议无须通过Mag，所以你可以直接联系TS，或者这家中国公司。需要我帮忙，说一声please，我可以帮你联系。"

"协议不通过Mag，你怎么会知道？你怎么会和他们合作？"法务的心思缜密，而且反应很快。

"因为Mag中国办公室曾经归TS直接管理，我的信息来自TS。还有问题吗？"

法务没词了，张邕和大色娃对视一下，大色娃暗暗向张邕竖了一下大拇指。

董彬不肯罢休："张邕，就算这家中国公司有TS的授权，但如今这份授权对Skydon无效。"

张邕点头道："所以，当Skydon收购Mag之后，我就再没有和这家公司合作过。我的一切都是向老板卡梅隆汇报的。"

卡梅隆不置可否："我没发现邕和其他公司的合作。"

事实上，张邕没为他做过任何事，他可以说张邕没有履行职责，但是张邕绝对没犯错。毕竟只有做事的人才会做错事。

"这家公司如今的确停止向用户提供ODM了，但是，"董彬严厉地盯着张邕的眼睛，"现在向中国制造商提供GNSS平板ODM的，依然是这家公司。张邕，你不需要为此做出解释吗？"

"清华一个女留学生为美国破解了北斗系统导航编码，董彬，你怎么看？不需要为此做出解释吗？"

董彬被张邕无厘头的提问搞得莫名其妙，F开头的字母几乎脱口而出，最终还是忍住。

"这和我有什么关系？为什么要我做出解释？"

"哦……"张邕一副我明白了的表情和语气，"我没问题了。"

雪莉忽然站起身，面无表情道："对不起，我去一下洗手间。"

在她走到会议室门口的时候，终于再也忍不住，她捂住了嘴，后背剧烈抖动，加快脚步跑了出去。几乎所有人都感觉到了她强压在心里的笑声。

"你！"董彬又一次几乎骂了出来，他刚明白张邕的意思。

最终还是中国区总裁路易开口了："张邕，其实这次只是一次内部的例行询问，因为的确有人举报，而且举报的人……"举报的人地位非同一般，这句话他咽了回去。

"有举报就有询问，我只是想听到你的解释。不涉及法律层面，甚至没有什么举证的必要。只是我们内部一个沟通罢了。"

张邕看着眼前强大阵容，特别是愤怒的董彬和愤愤不平的律师小姐。

"这个内部沟通，未免阵容太强大了，聚齐了三大洲的人。"

"没办法，"路易耸耸肩，"你的身份也比较特殊，如果没有合并，你我同为不同企业的中国区最高领导，我们是平级。"此话一出，大色娃和卡梅隆都露出了笑意，笑场后刚刚恢复平静后的雪莉也又一次笑了，她从没参加过如此有意思的调查会议。

张邕也笑道："现在我们也能面对面坐在同一间会议室里。"

"所以，我们大家都不要太激动，我们只是听听彼此的话，有提问有回答，不需要证据。张邕，现在我问你一个问题。有人举报，你帮着其他家做ODM，影响到了Skydon的业务。所以我问一下，这和你有没有关系？"

"总裁先生，这个举报有些荒谬。我提供Mag ODM，是因为背后有

Mag和TS支持。如果我个人能做一款超出Skydon水准的产品，我不知道举报者是太过低估了Skydon，还是太过看好中国制造和我本人。"

路易不为所动："我说了，我们不需要评估和证据。所以你的答案是No？"

"是的，谢谢总裁。"

"好了，就这么简单，我没问题了。你们各位谁还有问题？"

董彬显然不能服气："这就完了吗？我们什么结论都没有。"

"你没有问题，调查就结束了，结论待会我们来做。如果Skydon的业务遇到麻烦，我们就怪罪在别人头上，这才是我们的问题。"

这句话不轻不重，点了董彬和米河的名，董彬识趣地闭嘴了。

"邕，你先出去吧。我们需要做一个内部的讨论，有什么结果，雪莉会你和沟通。"

"好的，总裁先生。"张邕站起身，向卡梅隆和大色娃道，"二位都是远道来的，无论今天结果如何，我个人做东，请两位吃饭。律师小姐，如果你愿意，我欢迎你参加。"

路易道："张邕，这是Skydon的公务出差，Skydon中国不至于连一顿商务宴请都付不起，你目前依然还是Skydon员工，我不想听到什么你个人做东。"

"好的，总裁先生，我明白了。"

片刻之后，雪莉在小会议室里见了张邕，此时她已经平静下来，不再笑场。

"你的调查已经结束了，美国来的同事明天就会回去汇报。他们，注意，是他们，不是我们，我们从来没有对你进行过公开询问，他们没有找到任何不利于你的证据，所以举报的事情很快就要过去了。你别以为路易对你的宽容只是出于信任。我可以私下告诉你，米河，你猜你一定应该知道是他们举报的你，在米河举报你之前，Skydon中国就对你进行了一番调查。我们知道的事远比你想象的多，众寻网络基站用的谁的产品？你以为我们真的不知道？路易已经做了一些调查，甚至你出售的板子，我们也调查取证了一部分。路易对你的信任，是因为他的确没有发现你任何触犯法律的问题，你的每一块板子和芯片都是在Mag登记的，所以没人能真的控告你。同时路易对某些公司用Skydon高层来调查中国问题，非常不满，所以这件事一开始，他就站在了你这边。我的立场自然是和我老板保持一致的，只是董彬有一点不识时务，他和米河走得太近了些，这对他不是好事，很可能会影响他在中国区的前途。至于你，"雪莉·杨正视张邑，"我们确信你没有违法，也确定你很聪明，你做的事不会被人抓住把柄。同时，你做的很多事至少对Mag是有很大帮助的，所以在中国区，没有人会处罚你。但是，没有违法，不代表你做的事是合规的，你的很多行为并不符合Skydon的准则，而且最近做的事，对Skydon的确是有影响的。只不过路易认为，这不该成为米河业绩不佳的借口。刚才，路易已经和卡梅隆沟通了，未来的Skydon中国应该没有你的位置了。但我们不想你离开公司的事和这次的举报联系起来，更不想再看到中国区员工因为品德问题离职，你能理解吧？"

"理解，需要我做什么？"张邑问道。

"你很平静，看来对这个结局你不意外？"

"我在Eka经历过比这激烈得多的离职，所以如今的局面我激动不起来。"

"好吧，张邑。路易和卡梅隆希望你在3个月后主动辞职，你的赔偿条件，我稍后会做一份计划给你，我想你会满意的。你接受这个建议吗？"

"我接受，谢谢路易，也谢谢你。"

"不客气，张邑。其实你从未真正融入Skydon这个大家庭，可能你第一次离开Skydon的时候，你和Skydon的缘分就彻底断了，这个结局应该是最好的。Skydon有很多出色的人才，但并不是所有的人才都该属于Skydon。好运，张邑！"

张邑的晚餐只请到了大色娃一人，卡梅隆去和路易共进晚餐，而高傲的律师小姐拒绝再和张邑有什么接触。

大色娃显然对今天的会议非常满意，他捧着一卷北京烤鸭，吃得津津有味。这是他的最爱，怎么也吃不够，每次来北京都要再来一次。

"老板，谢谢你的支持。干杯。"

大色娃笑道："很庆幸，我当初留下你，并没给你造成什么困扰。现在看，一切都很好，比你当初拒绝我的任命就离开似乎更好一些。你说呢？"

"是的。大家都知道我在Mag做了很多事，特别是做成了很多根本不是我该做的事。有人赞许，也有人就像今天一样在背后控告我。我可以不在乎别人，但是我必须感谢你，其实我做的一切都在你的领导之下，你控制了大局，我只是顺应了局势而已。"

大色娃吃完了一卷烤鸭，拿纸巾小心地擦了擦嘴角。

"邕哥，你不用感谢我。我们在各自的位置上做得都很好，可能是太好了，所以上帝终止了我们的合作，让我们分开来独自做事。你有什么打算？"

"有一些，但还没有完全捋顺，需要再想想，我会随时和你保持沟通。"

"好的，邕哥，我相信你做什么都可以做好。还有，你最近联系过弗朗索瓦吗？"

"还没顾上，最后一次联系，他说已经离开Mag，有了一份和中国有关的新工作，但当时还不方便透露。"

"他居然还没告诉你吗？他如今是一家中国公司的全球销售总监，负责他们中国本土之外的海外业务。他联系了Mag全球的代理商，一一把他们归入中国公司门下。这一年以来，这家公司的海外业务增长迅猛，已经快追上了你们最强的本土公司——东方公司。"

张邕马上意识到了什么，他想起了INTERGEO上赵爷和小色娃的密谈，想起了上次和赵爷通话时，赵爷说："什么时候来上海，一个老朋友要见你。"

"原来他去了华泰，我居然还不知道。"

1073

"哈哈，因为你就在中国区嘛，所以他并不急于联系你。我猜你们以后会有很多时间打交道。"

"一定会见面的，只不过以后是合作还是竞争很难说了。"

"怎么会这样？"大色娃有些不解，"弗朗索瓦私下和我谈过，他的新公司和你关系很密切。未来可能有机会继续一起工作。如今你的想法变了吗？"

"他没说错，我的确和这家企业关系密切。但并不是我的想法变了，我一直也没做过决定，但现在我想做一些不一样的事。可惜了，不能和弗朗索瓦一起工作了。但我真的还是要再感谢你一次。你让我自己搞定Mag板卡，带我走进了一个新世界。"

美国时间的晚上，忙碌了一天的高平和霍顿一起结束晚餐后，回到了自己的住所。

他和家人通了电话，刚想去泡个热水澡，就在此时接到了张邕的电话。

"高总，一切可好。"

"非常好，霍顿帮我对接了很多资源，他有专业的律师团队来帮我们处理一切海外收购事宜。你这么早打电话给我，有什么重要的进展吗？"

"您已经开始在海外布局，我不想让您的布局落空。如果您现在收购赫兹，我愿意处理赫兹板卡芯片的一切事宜。"

"你做决定了？张邕，是你师兄他们对赫兹板子的再开发做了更准确的评估了吗？"

"抱歉，并没有。我只是发现了一件事，我们根本等不到更准确的评估，大家的结论都很一致，都很保守。没人say no，没人say yes。我今天想明白了。世间根本没有百分百的事情，如果我们确认了百分之百的把握去做事，我们根本就是什么都做不成。我评估了赫兹，觉得它还达不到我们的要求，但是有可能我们可以进一步开发和提高它。还有，目前在市场上，我们几乎看不到更多的选择。Mag都收购了，派森对我们狮子大开口。赫兹是我们为数不多的机会，如果放弃，我们可能就没更多的机会了。我和您在德国说的话，就成了一句空话。而且我们不能再等了，我们越评估，就会越犹豫，这不是做事的态度。高总，收购是您的事，我的意见只能辅助。所以我必须和您讲清楚，我现在的把握并不比几个月前更大，我只是想通了而已。"

"很好，张邕。很高兴，和德国一样，我们又取得了一致。"

"您什么意思？"

"其实从我布局的那一刻起，我就想明白了。我只是想看看，你几时能下决心。我想你做决定可能比我更困难，因为同样是赌，你赌的却是别人的钱。一般人用别人的钱都会比较大方，但我猜你不同，你的心理压力反而会更大一些，所以你才拖了这么久。很高兴，你过了自己这一关。张邕，恭喜，以后我们就算是搭档了。"

第176章 赫兹之争（七）

又一年的CHINTERGEO大会，引用一下当地电视台对大会报道的新闻稿："此次大会群英荟萃，盛况空前。"

所有厂家依然照例拿出了自己最强阵容，除了国际化的整体氛围比不上INTERGEO，整个CHINTERGEO的规模，无论是参展商还是参展观众人数，都已慢慢接近了INTERGEO的规模。

展会上除了为人熟知的传统制造商，多了很多新面孔。与过去那种小厂家从小展台开始慢慢成长的故事不同，这些新面孔很多一进门就展现出了霸主的姿态。

张邕依然没有自己的展台，他只是数千名观展人士中的一员。他几个月前和Skydon签下了一份和平的离职协议，他属于主动辞职，但Skydon给了他应有的一切赔偿。他很感谢雪莉，这份赔偿补偿协议就像她向张邕承诺的："一定会让你满意。"

这个结局是最好的，当然也是张邕意料之中的，他毫不犹豫地签字，之后在办公室里和老朋友一一道别。

没人太在意，毕竟最后这年张邕除了领薪水和报销费用，几乎和Skydon没什么关系。

李可飞拍着张邕的肩膀说道："你又来告别？这一幕有点熟悉，不知道以后会不会再来一次。"

张邕笑道："我猜这应该是最后一次，不会有下次了。"

这句话说完，忽然一种莫名的伤感涌上来，他们都知道张邕这次和Skydon的缘分应该是彻底尽了，以后应该再不会打什么交道了。这也不是什么大不了的事，但是人的情绪有时自己都猜不透。张邕第一次离开时也没伤感，如今一直处在半离职状态的他发现自己再无法回到这个与自己纠结了多年的企业，居然生出几分难过。

虽然这个新办公室他来的次数屈指可数，但是以后再来，恐怕就要登记签字，拿了临时出入卡才可以进门了。他想着自己在楼下登记的样子，居然有了几分惆怅。

这种情绪连李可飞都感觉到了，他搂着张邕的肩膀聊起其他话题。

"怎么样？下一步有什么打算？我听说你和众寻走得很近，那可是个未来的独角兽，你会去众寻吗？"

张邕摇摇头道："未来不好说，一切都还待定。我确信未来可能会和众寻有很多合作，但要说加盟，机会可能不大。众寻和我们这些公司是完全不一样的企业，我不一定能适应。"

李可飞点头，然后压低了声音："你和老霍是不是在密谋一些事情？有机会让我参与的话，和我说一声。妈的，本来一直都是老霍欠我的。都是因为你的原因，如今变成了我欠老霍，每次见面，都是我请他吃饭。有一次在美国，他终于良心发现，带我去吃饭，你猜这混蛋请我吃的什么？"

"小龙虾！"

"对，对，你怎么知道？莫非……"二人相对大笑。

再没有身份限制的张邕，一身轻松地走在会场上，他深深感到了时代的变化以及新兴行业对传统测绘行业的冲击。

生产航模出身的制造商开始转向专业级测绘用的北斗导航无人机，并瞬间击败一众专业厂家，出现在展会上。一个新兴的名字，伴着光彩夺目的特装展台。

互联网背景的地图公司——在展会上亮相，吸引无数人的目光。

机器人公司，携带着移动测量车出现在展厅的场地中心。

所有的一切，颠覆着圈内人的思维，也包括张邕的。他忽然觉得，如今2B和2C的界限越来越模糊，这些民用厂家出现在专业展会，却有着一副我本就该在这里的霸气。

这些新面孔中，也有张邕比较熟悉的，比如众寻。

刘以宁将互联网公司发布会的经验用到了专业展会。科技感十足的魔幻风格的展台，异常吸引大家的眼球。展台没有一台硬件设备，庞大的计算机系统以及各种屏幕以及光影的组合，诠释着众寻的理念。

整个产业的快速变化让很多传统经销商感觉迷茫，就连这行业的第一人——"神一样的存在"的庞德，他的年度报告也或多或少受到了影响。

东方的发布会或许已经不比往年，但依然是大会上的热点之一，依然是人满为患。

张邕和刘以宁坐在东方发布会会议厅的最后一排，如今众寻横空出世，一夜成名，但认识刘以宁的人并不多。

张邕很意外地没有看到赵爷的身影，甚至仲海军也没有到场，看来大家的眼界已经不再只聚焦在彼此的竞争上。虽然，三家的竞争依然无比激烈。

"庞总，我有一个问题？"

刚刚做完报告的庞德，接到了听众的提问。

"请讲。"

"庞总，东方公司如今开始自己建站，并向用户提供差分信号服务。这是不是受到了众寻模式的启发？"

一丝愠怒出现在庞德的脸上："这位同人，我理解你的提问。但你是否了解我们行业。无论是从最早的Skydon，到现在的东方，我们一直都在向用户提供这一类的服务。那时候，你口中的众寻在哪里？你知道吗？众寻自己知道吗？所以谁受到了谁的启发？谁在向谁学习？"

"那么为什么众寻的影响力如此之大，以至于我们都以为这是众寻开创的模式。"

庞德第一次在自己的会上感到一丝无奈："那只是资本的力量，这并不是我们测绘人擅长的。但在专业领域，东方依然是走在最前沿的专业企业。"

"庞总，您能否评价一下众寻这个企业以及他们的服务模式。"

"抱歉，我无法评价一个不具备资质的企业。从国家法律来说，他们没有资格提供高精度数据服务，甚至他们的用户所获取的成果也应该属于非法测绘。我们已经通过正式渠道向主管部门进行了反映。我们是一个有着严格管理和界限的行业，众寻这样的企业行为，必须纳入合法的轨道上来。"

这句话立刻引起了巨大的反响，满场充满了嗡嗡的议论声。

"庞总……"

张邑听着庞德的发言，扭头看向刘以宁。

"刘总，你们的资质问题怎么样了？"

"我们正在申请，以众寻现在的实力，我们很容易满足绝大多数条件。高级和中级证书的专业人员，我们要多少有多少。"

张邑点头，资本就是人才收割机，众寻已经笼络了一大批职业精英。

"至于各种精度的设备，就更不是问题，除了我们拥有的上千套参考站接收机，我们购置了相应的光学设备、RTK终端、软件平台，甚至移动测量设备。"

"唉，"张邑不得不羡慕，"有钱真好。"

"但有一点，我们就太难了。"

"什么？"

"就是以往的业绩，我们不是业内的公司，怎么会有测绘的业绩？而我们现在提供的数据服务，因为我们没有资质，所以都不能算现在的业绩。这成了一个死循环。"

张邕问："有办法破局吗？"

"正在进行中，我们已经得到了地方政府和部分央企的支持。有些领导已经在向部里反映，新时代的新兴事物，希望能够特事特办。"

"机会几成？"

"希望很大，只是时间问题而已。就像我说的，网约车、共享单车，甚至Airbnb这种新兴的旅馆业，早晚都会成为合法的存在。我从来不为众寻的前途担心，只是希望一切都能够尽快。"

张邕不再多问，他相信刘以宁所说的，这是当今的大趋势，谁也无法阻挡。庞德之所以回答问题时会有情绪，也许不是因为众寻不行，而是他早早看明白了结局。

"正式的资质下来之前，我有个想法，你可以考虑。"

"什么？"

"去收购所有的现有网络，Skydon之前建的那些，全部拿下。另外，我介绍你去工程中心谈一谈，他们数千个高精度站，中心领导一直有向社会提供服务的想法，如果他们可以加入，将瞬间提升你们的网络的规模。最重要的是，他们的网络都是合法的高精度永久性参考站，至少在数据源上，你们是合法的。"

刘以宁眼睛一亮："好呀。工程中心的事可以去沟通，但收购Skydon现有网络是不是太难了？这些业主都是国企，这些都是国有资产，或者地方市政部门的社会公共设施，收购只怕不易。还有，他们有什么理由要出售这些网络呢？"

"理由？"张邕忍不住笑了，"你们众寻横扫一切，让政府重金打造的网络都成了摆设，每年却要花钱维护，你收购，他们只怕高兴还来不及呢。如果国资不能收购，就去谈合作好了。就像你说的，一切早晚都会成为合法的存在，也许只是需要一点时间。"

"说得不错，展会结束，我马上去安排。还有，你的接收机造得如何了？你第一批给我的500台接收机，已经全部上线。之后我们又采购了多家的设备，虽然众寻如今的现金流很好，但我们还是期待更好的解决方案。不瞒你说，虽然我很感谢你这500台设备帮的忙，但你后继无力，众寻无法一直等待，我们和北斗星和众合都签了合作协议。你永远拥有众寻的优先权，只是你不要让我们等太久。现在如何了？"

"我理解，你签吧。就算我的产品现在拿出来，也挡不住你和其他家签协议，大家最终都是要通过实力竞争的。高总正在美国布局，赫兹那边已经确认不在美国商务部管控禁止出售的名单内，而国内这边，众合也向商务部递交了收购申请以及海外全资子公司的申请登记。所有手续都差不多齐全了，资金也基本到位，所以应该快了。但我需要你的帮助。"

"没问题，但是我能做的已经不多了。需要我做什么？"

东方用户大会之后的当天晚上，庞德在酒店餐厅的一间包房约见了尚达掌门人仲海军。

"老仲，我听说，你们最近有一些海外收购的计划。"

"哈，"仲海军打了个哈哈，"庞总哪里听来的消息？尚达自己的事还应付不过来。"

"不用瞒我了，我庞德没有把握一定不会随便问你。这件事我知道与否，对你没什么影响，我约你，是希望可以帮忙，而不是要破坏你的计划。"

仲海军半信半疑，庞德说得不无道理，但面对这个竞争了数年的对手，他始终有些不放心。

"其实我们对这次收购只是有意向而已，并没有特别热衷。而且董事会内部的意见也不是特别统一，真正有意做此事的是众合的高平。但让我们真正对这件事有兴趣的，也是因为高平。庞总，我知道你们和指南针签了一份合作协议,而华泰的老赵则是和北斗星签了几乎一样的协议,你们都在一起研发GNSS板卡芯片。虽然你们都没取得什么进展,但很难说你们什么时候就能用上一片自己的芯片,到那时候我们就被动了。所以,尚达现在居安思危,也在加紧找自己的路。赫兹的东西,我们在德国见过,甚至我们还卖过一些,我们从没觉得他们的板子能用在高精度上,无论是Skydon、Mag,还是捷科,都远比他们强得多。但是我们不得不考虑一些技术评估之外的理由。"

"哦,什么理由?"庞德问道。

"就是晓卫、张邕和高平,都对这家公司感兴趣。"

"这三个人的眼光你是知道的,如果一个人看走眼还情有可原,但是三个人都参与进来,我们不得不重新考虑这家公司的价值。"

庞德点头道:"你考虑得没错,如果这三个人同时对一颗螺丝表示兴趣,我们都该把螺丝取回来研究研究。"

"但收购的事,我想我们已经落后了。之前我们是通过一家叫霍顿的商务咨询公司介入的,但后来这家公司再也不与我们沟通。我相信,他们一定和某一家有了新的协议。我不知道是谁,但这也更引起了我们对赫兹的兴趣。现在我们自己在跟进,也向商务部递交了申请,但实际进度一定是落后于众合了。"

庞德端起精致的茶杯,极认真地将杯中茶一饮而尽,然后对仲海军道:"你应该知道,东方是最早在海外开设分公司的,本行业的中国制造商。我们在美国也有自己的公司,所以有些事可以帮忙。今天约你来,我只有一件事要告诉你。"

"什么?"

"如果你要收购赫兹,东方公司会全力支持你。我们会动用我们境内境外的一切资源,包括资金,来帮助尚达完成收购。"

第177章　赫兹之争（八）

仲海军不相信自己听到的话，特别是出自庞德口中。

"没道理。老庞，你帮我干吗？"

"东方如今股东结构和公司架构都很复杂，我们自己还没梳理清楚，根本无法进行任何收购。否则，未来的归属权和结构依然是大问题。所以我们只能转向支持尚达。"

"东方不能收购，并不是支持我们的理由。庞总，恕我直言，东方和尚达，过去、现在、未来都不是朋友。你帮我们，没理由，而且我从中看不到东方能得到的好处。"

庞德道："孙刘两家也不是朋友，却可以一起抗曹。事实上，若不是两家愚蠢，只怕三国结局都要修改。"

"孙刘有共同的敌人，那我们的曹魏是谁？老赵虽然能干，但以华泰的实力，似乎还不值得我们两家联手吧。"

庞德摇头道："老赵是个人才，如果华泰最终有天超越你我，也属正常。但这都是我们常规的竞争，不值得我们两家联手。现在我们要联手对抗的，是来到了家门口的野蛮人，也是一群根本不属于这里的陌生人。"

仲海军明白过来："众寻？不值得你庞总如此看中吧，只是一个卖差分信号的公司，没有自己硬件，最后还不是为我们服务的，好像什么都没影响到我们。而且卖信号的生意，我们不是一样可以做，建站而已，谁不会呢。"

庞德心里叹了口气，他看到很多仲海军无法看到的东西。

"能拿到数亿的投资，你以为他们只是卖信号那么简单。而且这一些只是个开端而已，就像一切互联网的生意，他们做的只是流量和平台，等他们成了气候，等用户习惯了他们的服务，只怕我们这个行业所有的项目，他们都会插上一手。到时不是他们服务我们了，而是我们辛辛辛苦苦做的一切,都是为他们服务了。"

仲海军不以为然地说道:"你是不是太过小心了,我看不出众寻有这么大的本事。先不讨论这个,这和你支持我们收购赫兹有什么关系?"

"你刚才说,一个卖信号的公司,没有自己的硬件。这话不无道理呀。我之所以支持你收购赫兹,就是不想某一天,赫兹成为众寻的硬件。"

仲海军对一切远没有庞德想得透彻。

"众寻要收购赫兹吗?我的消息里没有他们呀。众寻要硬件做什么?还有,赫兹的东西,做做亚米差分和应用还可以,但做高精度设备他们不行。我们收购的意向,主要缘于之前谈的技术之外的理由。但庞总你如此看重此事,我想我们有必要认真地重新考虑一切。但是,庞总,你怎么确信,尚达如果有意收购赫兹,就一定需要你的帮助?"

"我不确定。只是想告诉你,需要的时候我们可以提供帮助。你如果定向增发股票,申请不过怎么办?股东会不通过怎么办?周期太长,赶不上收购怎么办?以及美国那边的事务处理,诸如此类的事,我们都可以帮忙。"

"庞总,如果赫兹真的有你说的这么重要。我们拿在手里,你就不在乎尚达和东方的竞争吗?"

"你信我吧,你我之间,不过是一城一地的竞争,今天你拿我一块,明天我拿你一块,拳脚往来是打不死人的。众寻这种是一个行业跨界对一个行业的全面冲击,是来夺饭碗的。不只是你老仲,为了对抗他们,我还可以拉老赵一起合作。"

庞德和仲海军的沟通其实还有另外一番深意,仲海军虽然阴差阳错捕捉到了赫兹的机会,但对于赫兹收购一事对市场的深远影响,仲海军显然估计不足。他需要坚定仲海军的信心,然后用自己的海外储备资金帮着尚达与众合一战。

仲海军连赫兹和众寻未来的关系都没想清楚,如果他不在背后推一

1083

把的话，面对众合的竞价，最终仲海军的选择肯定是退出。但现在，也许仲海军会愿意与高平一较高下。至于东方的支持，看似诚意十足，其实东方并无太大损失，借款而已，早晚还是要还的。

他对仲海军唯一的条件是，如果有一天尚达研发出了双频北斗板卡，不要和众寻有深层合作。

他当然知道，有意收购赫兹的还有北斗星，但他不在乎，只要不是众合就好。

结束了和仲海军的会谈，庞德心中依然没有任何满足感，想起众寻的强势，他心上始终有一层阴影挥之不去。

展会结束之后，回到公司的仲海军快速地召开了高层的闭门会议。一路上，仲海军思考了他与庞德的对话，他或许不如庞德那样先知先觉，但对事物的深层思考不会输于任何人。结合最近的一些动态，他很快理解了当前的局势以及庞德的担心。

"各位，之前我们初步讨论过收购美国赫兹公司的意向。但我们意见并不统一，支持与反对大概一半一半，我和陈锋投的都是支持票，我很高兴看到不同的意见。今天，我需要的不是做最终的决定，而是只和大家商量一件事：赫兹的价值究竟如何？包括我们收购之后对整个尚达的提升。"

对于仲海军忽然又一次正式地和大家讨论此事，很多高管准备不足，会议室一时有点冷场。

毫无意外，又是陈锋打破了沉默。

"霍顿商务给了我们一份关于赫兹的商业价值报告，从营收的角度来说，这点数字对我们没什么意义，所以无须过多考虑。所以我们现在需要的只是对其技术的评估，以及对我们自己团队开发能力的评估。所以，包总，你的意见至关重要。"陈锋说着，看着一个戴着眼镜的高管。

研发副总裁包洪波有些为难地皱了皱眉道："这次的意见，和上次的意见不会有太大区别。我手里有一份赫兹板卡的详细测试和评估报告，这是M大做的测试，我通过我读研究生时的师弟拿出来的。整个报告客观而详细，我们自己评估也不会比他们做得更好。但是，只有对现有产品的评估，没有对未来二次开发的任何结论。我这样理解，基于现在的产品以及公开的资料，我们无法对赫兹产品的高精度潜力做准确评估。从我个人的角度来说，基于这样一块板子，加入L2信号，以及北斗的B1—B3信号，我们一定可以做到。但要做出一款成熟稳定的产品，我无法做到确定具体的开发时间，也许3年，也许5年。技术部门一直都是这样的结论，我无法提供其他意见。这件事可能还在于蒋总那边，从投资并购的角度来分析吧。"

大家目光又转向蒋总。

"这种收购之后，要多年之后才能逐渐见到利益的案子，我们无法独立评估，还是要大家一起讨论。"

"够了，"仲海军制止了众人和之前几乎没有变化的讨论，"小蒋，给我一份关于赫兹高精度部门具体商业价值的评估，包括上次通过霍顿沟通时大家曾经谈到的每一个价格。尽你最大努力给我尽量准确地确定，如果我们收购可能要付出多少。"

"好的，仲总。3天时间，可以吗？"

"好，"仲海军点头，"还有一件事，我需要一份调查，如果众合要在海外收购赫兹，那么他们现在可以调动的现金上限是多少？"

蒋总有些为难道："这个我们可能需要一些商业咨询公司的帮助，我们需要一些时间，需要付出一笔不小的代价，而且结果未必准确。"

"这笔付款我批了，数字尽量准确吧。抱歉紧急召开大家开会，今天就到这里，散会吧。"

仲海军回了自己的办公室，剩下的人有些蒙，这就结束了吗？这个会的意义在哪？

陈锋进了仲海军的办公室，说道："大家都有些疑惑，基本上会议没有结论，结束得太仓促，几乎还没有讲几句话。"

"够了。因为再多讨论也不会有结论的，干脆这个结论你我来做吧。只要我们俩一致，董事会上一定可以通过决议。既然众合想要，我们就抢回来，让他一定拿不到。这么简单的事，还是不要搞得太复杂。"

几天之后，两份报告准时放在了仲海军的桌上。仲海军拿起报告，从目录上找到结论部分，直接打开。

稍后，他电话打给了庞德。

"这是我们的结论，庞总如果觉得不够准确，我真诚地欢迎你能提供更准确的信息。基于当前的分析，如果我们出价在A水平，众合将无法与我们竞争。这个出价，我需要东方帮我提供三分之一的境外资金，不知道庞总这样可有问题？"

"没问题，我可以再多加100万美金给你，只要你能在收购中击败众合。"

仲海军冷笑道："一切事到最后还不都是价格问题。我知道高平布局很早，而且很聪明。他拿到了赫兹的独家代理协议，不止一个部门，不止一个产品。但这又能如何，只要我们的价格足够高。美国人当然会选择出价最高的一方。"

庞德很满意地说道："说得对，资金我给你留着，需要的话还可以再加。众合想从海外收购，不给国内公司增发的时间和机会。那我们就准备资金，在暗处伏击他。只要他报价，我们就比他高，逼得他无路可走。"

至少在过去的20年中，庞德和仲海军从没有像今天一样取得这样的一致。这也几乎是为数不多的两人能够一起笑的情景。

高平回到了北京，因为签证的问题，他几乎在美国待了整整半年。

在飞往中国的飞机上，他细细地回顾了自己的每一个布局。一切天衣无缝，只怕国内这些公司还没反应过来的时候，他就能完成对赫兹的收购了。

他很自信，对自己所做的一切也非常满意。

只是他不知道，他已经被尚达和东方悄悄盯上了。两家一起，正在悄悄准备资金，准备在开牌的最后一刻才亮出自己的獠牙。

众合一定不能收购成功，最终所有的布局都成为高平永远的痛。这是庞德和仲海军共同的心愿。

与此同时，北斗星的收购计划则遇到了很大的阻碍，董事会上争论异常激烈。

"范总，定向增发收购一家合适的企业，我们没有问题。但这家企业与我们之前的布局太过重复了。几年后，股东们才能看到效益，但如果几年后陈小明博士的产品出来，我们岂不是自己在和自己找麻烦。这个收购有可能会影响股民对北斗星投资陈小明博士的信心，甚至怀疑陈博士的能力，以及我们之间的关系。还有就是，关于收购高精度板卡布局的红利，我们在投资陈博士时候已经用过了。如今再次收购，已经没有任何意义，不但无法带来利好消息，还可能破坏之前的热度。所以，这件事请范总和大家都慎重考虑。"

"如果我们做海外收购呢？"有人问。

"那就让投资战略部的人来评估吧。"

范明轩听着大家的讨论，知道收购的申请只怕最终要作废，无法实施。

张邑也结束了自己的INTERGEO之旅，他如今不需要再去Skydon，所以没事的时候他会坐在汤力维为他准备的一间小办公室。

回来之后，他一直在忙碌，相比之下，办公室其他人几乎无事可做。Mag板子的业务已经没有了，本来还可以支撑一段的Mag板子被张邑一次性全部给了众寻。

不止一人找到汤力维问："头儿，我们现在该做什么？"

汤力维心中也在迷茫，但不想在手下人面前表露出来，回答道："没事做就休息，公司可没少发你们一分钱的薪水。你们有什么可着急的？"

"不是的，头，"为首一名工程师一脸的认真，"我们都知道老大离开了Skydon，之前做的事其实都是借助厂家背景的。如今这些业务都没有了，我们不知道老大怎么想。你能去问问老大吗？如果这边已经没事做了，我们并不想白拿工资在这里。老大也不用不好意思开口。这些年我们跟着老大，收入都还不错，做的事也算开心。如果这一段旅程正式结束，我们就奔向下一段职场生涯，绝不会给老大惹麻烦。"

"麻烦，什么麻烦？"一个声音忽然从几人身后传来，几个人一惊，赶紧转过身，看着张邕慢慢地走到大伙中间。

"要做的事很多，我们没有结束，也不会有麻烦，但都比较辛苦是真的。"他抛给汤力维一个U盘，"我设计了几款接收机，都是草图，你们现在就开工，把它们都变成完整的产品。"

"老大，你又设计接收机？"汤力维想起张邕帮众寻设计的两款产品，一脸苦涩。

第178章　赫兹之争（九）

几名工程师打开张邕的草图，立刻把汤力维拉了过来。后者则一脸的无奈与期待，无奈是因为如今已经可以确定，老大又搞了个奇葩出来；期待，则是对张邕的奇葩设计充满期待。毕竟，上一款被他批评得体无完肤的参考站接收机已经上线工作，并为众寻拿到了数以亿计的投资。

但即使有了心理准备，汤力维还是被张邕的设计惊到了。这是什么？一个小黑盒子。

"抱歉，兄弟们。这只能让老大来亲自解释了，我看不懂，也不知道这个用来干吗。"

汤力维走进张邕办公室，发现张邕正在试飞一架小型无人机。封闭的空间使得旋翼的噪声格外大，汤力维不禁皱了皱眉。

张邕却兴趣十足地在苹果手机上滑动着屏幕，随着他的滑动，无人机升高、降落、前进、后退、左旋转、右旋转、拍照、录像。一种久违的天真表情出现在张邕脸上，连汤力维看了都愣了一下，他没有打断老大，让这个已为人父的大孩子在这里放飞自我。

可惜张邕并不争气，他玩得高兴，无人机不知不觉靠近了墙壁，接着钻到了一个可移动的白板后面。白板遮挡了张邕的视线，而手机屏幕上只有白墙和白板，除了嗡嗡的轰鸣声，根本看不到无人机的踪影。

汤力维好心地想上前推开白板，却被兴致正浓的张邕挥手制止。他略一思索，凭着感觉将无人机转了一个角度，然后手指向上一划。

只听"啪"的一声碰撞声，螺旋桨的轰鸣立刻终止，无人机迅猛地扎向地面，又是一连串的碰撞和翻滚。等汤力维过去推开白板，无人机旋翼折断，软塌塌垂下来，轻微地摆动。

汤力维忍住内心的幸灾乐祸，一副无比遗憾的表情："老大，你为什么不去室外飞？"

"无人机里内置了北斗芯片和禁飞区地图，北京市内根本无法起飞，我只好室内过过瘾。喂，汤力维，你的脸最近变得有点大，要注意控制。"

汤力维猜测，一定是张邕看穿了他内心的喜乐，所以报复他。等他走过去才发现，无人机虽然不能飞行，但摄像头并未关闭，刚好把他的脸投在张邕的手机上，所以被老大嫌弃脸太大。

"好了，把无人机带走吧，帮我联系厂家，看怎么维修。如果你是来问我那个设计的问题，这个无人机就是答案。"

"什么意思？"汤力维依然不明白。

张邕把自己的手机扔给了汤力维："手机喽。"

"手机怎么……"汤力维说了一半，忽然明白了。

"你设计的接收机是和手机一起应用的？类似一个带无线interface的传感器。"

"嗯，"张邕点头，"你不是很聪明吗？不需要问我。"

汤力维觉得一切豁然开朗："手机APP替代RTK的控制系统，手机无线方式与主机连接，用手机的通信功能来为系统获取差分信号，数据存储也是放在手机内存。所以接收机本身可以最简化、最小化，便携，而且低成本。在智能手机普及的今天，无须再配厚重且昂贵的外业手簿，即使手机出了问题，换一部手机就可以了。天呢，老大，你怎么想出这么天才的设计？"

"这难吗？玩无人机不就玩出来了。"

汤力维挠了挠头，第一次看见无人机飞控是用手机APP的时候，他也无比感兴趣，但很快就习惯了。但从来没有想过，用这样的方式做一款接收机。

"老大，很佩服你的天才设计，但是似乎意义不大。"

"为什么？"

"再好的设计，只要你做出来了，就会有人模仿。这个产品如果上市，我猜不出半年，东方就会拿出同类产品，不出一年，满大街都是这一类产品。最终又回到了比拼价格的老路。"

"你确定吗？你没注意设备的尺寸吧，谁家板子能装进我的设计里？"

汤力维估了一下，的确如此。

"可是，别人要是做不到，我们也一样做不到呀。"

"我的计划是内置赫兹的双频芯片。"

汤力维苦笑道："老大，看来一切又都是幻影，都还早吧，而且能不能实现都是个问题。"

张邕对汤力维正色道："从现在起，你和你手下人都要坚定一种态度：一、众合在美国的收购一定能成功；二、双频板子的研发一定可以成功。我们就按这样的信念来做事，不要再有其他顾虑。"

汤力维看着张邕少有的严肃，想回答一声好，但终于还是忍不住质疑："老大，做事是需要投入的。我理解这样的信心对我们有多重要，但是如果将来达不到预期，现在的信心有多强，失去信心后，大家就有多弱。我们的队伍可能会直接垮掉。"

"并非如此。我做这个决定，其实已经想了很久，高总一直给我时间，等我确认。我摇摆不定，这已经快一年了。我忽然明白自己错了，做什么事都有风险，都要面临取舍。我一直想确认这件事的机会在70%以上，但就是没有人能确认。这种情况下，继续等待和确认才是愚蠢的，我们需要决定，或者放弃，或者继续。所以我们选了继续。既然已经选了，就不能再犹豫，你们必须和我一样有信心。如果未来达不到预期，你所说的信心垮掉只是最轻微的结果，我们会遭遇更严重的问题。我无法保证坏结果一定不会发生，但是至少，我不会为现在的选择而后悔，因为我已经想清楚了。明白我的意思了吗？"

汤力维点头道："我明白了，我会和你一样保持信心。但我想问问这个接收机的未来在哪里？继续给这三家ODM吗？这倒是个不错的生意。"

"不一定哦，未来也许会有更好的生意机会。这台连接手机的接收机怎么看也不像测绘产品，它未来的应用应该更广泛，我们也把眼光放得长远一些。"

"好的，我没太懂，但这些事你考虑就可以了。我出去了，我们研究一下你的设计。但最终定稿需要你拿到芯片之后，我们先一一消化你所有这些天马行空的概念吧。希望我能自己理解，不再过来提问。"

美国来电，张邑看了号码，脸上浮现一丝笑意。他发现，霍顿的每次出现都令他很开心。

"老霍，有什么好消息？"

"张邑，你是不是我的私人朋友？"

"什么意思？"

"很重要，回答我，Yes or No。"

"当然Yes，老霍你一直都是我的好朋友。"

"哦。"张邑感觉到，霍顿那边似乎松了一口气，什么时候，他对张邑这个朋友这么在乎。

"高总让我做一份中国国内对收购赫兹意向调查，我已经完成了。但当时我和赫兹还有未完的协议，所以我的结论只能是在37天后才能告诉高总。当然，如今我和高总的这份调查合作已经完成了。所以不影响我接到其他家公司相关的委托，你说对吗？我的朋友。"

从霍顿看似无序而且有点混乱的话语中，张邕知道，老友霍顿又是接了多方的委托，但并不想违背任何一方的原则，至少表面上如此。而打给自己的这个电话，也一定饱有深意。

"我知道，我的朋友霍顿，一直都是一个有着良好职业道德和操守的人。"

"哈哈，"霍顿满意地笑了，"所以在告诉高总国内有人有意向收购赫兹之后，我又接受了国内这家公司的委托，对赫兹高精度部门的价值进行了评估。你要相信我，我们的评估绝对是最专业的，不会受任何人影响。如今高总的委托已经结束，我不方便告诉他任何事。这有悖于我的原则。所以只能是和朋友聊天的时候，偶尔聊聊此事。"

"不错。我们一直都是好朋友。"张邕赶紧表白。

"是的。而且即使是朋友，我也不会透露任何具体的信息，特别是数字。只能告诉他我帮这家做了这份评估，评估依据之一就是Skydon收购Mag的价格。作为朋友，你觉得我这样做合理吗？"

"这样不合理，世界上就没有合理的事了。老霍，我对你有一个请求。"

"朋友间两肋插芯片，有什么话你直接说。"

"我离开Skydon的时候，和李可飞聊起了你。他说他因为我，现在反而倒欠你的，所以我的请求是，以后无论在哪里遇到李可飞，都是你来请他。"

"Your father's elder brother，凭什么？"

"因为李可飞欠你的一切，都是从我这里来的。所以一切都要记在我的账上，都算我的。至于我们俩之间，只要你来中国，be my guest！"

霍顿电话中透出一丝夸张的哭泣之声："张邕，我等这一天很久了，我等你这句话很久了。你等着，我会尽快安排中国之行。对了，还有一件事。还有一家中国企业对赫兹的收购并没有表现出兴趣，但是也让我做了赫兹的价值调查，一份报告卖两份钱，我何乐而不为。当然，我依然不会告诉你这家公司是谁。你自己猜到了，与我无关。我只准备着好好吃你一顿。拜拜。"

"高总，有没有时间？"

"张邕，我在国内待的时间不长，正想约你见一面呢，你方便的话，现在就过来吧。"

张邕走进高平办公室，高平顺手扔给他一个盒子，张邕看了一下，是一副蓝牙耳机。

"这是你从美国给我带回来的礼物？"

"想得美，我连家人的礼物都没顾上。这不是我的，是李梅送给你的。她做梦都没想到，尚未成型的赫兹产品，她只是听了你的建议，加了一个众寻服务作为主打，就拿下了驾校的项目。其实众寻服务是开放的，当别人向用户说他们也可以提供一样的服务时，用户发火了，为什么你们不早说，如今众合绑定了服务，你们却过来说也可以做到。你们没听过哥伦布立鸡蛋的故事吗？"

张邕笑道："这个领导很有文化呀，这个比喻很有趣。"

"是呀，"高平也笑道，"可是对方这几个销售却没什么文化，他们问，处长，哥伦布立鸡蛋是什么故事，处长生气了，把他们都赶出去了。哈哈。"

二人一通大笑。

"所以，这是李梅作为感谢给你的礼物。这姑娘恩怨分明，虽然有时太过执着，但是个好销售。我和她说了，遇到难题可以多和你聊聊。这个蓝牙耳机算是给你的敲门砖吧。"

"我用什么敲门砖，大门常开，一板砖能从大门扔到我头上。我收下了，替我谢谢她。"

二人闲聊几句，很快进入正题。

"霍顿刚刚给我打了电话。"

"这家伙从众合拿走了很多钱,恨不得每句话都要按字数算钱。但是从结果看,付给他的钱是值得的,我喜欢这个家伙。他把中美文化都研究透了,明明每天偷鸡摸狗,却偏偏都是正经生意,一切都合规。"

"他告诉我两件事,之前透露过给你,要收购赫兹的中国公司正在评估赫兹高精度部门的价值,而另一家无意收购的也在评估。您想到了什么?"

高平闭上眼睛,靠在了自己的老板椅上,片刻后他睁开眼睛。

"第一家是尚达,霍顿在他与赫兹协议到期前的37天,就告诉我了。至于没有意向去调查市值的公司,一定不是北斗星,你猜是谁?"

"东方。"

"理由?"

"您上次告诉过我,不是什么事都要理由,我的直觉就是东方。特别在今年的CHINTERGEO上,他被提问了关于众寻的问题,表现得很不开心。我猜他会有所动作,阻击众寻。而众寻和众合的合作协议,早就曝光,众人皆知。"

"同意,你的想法和我一致。但这的确有一些麻烦。"

"麻烦在哪里?"

"我在准备海外资金,这本就是一个时间差,他们在国内定向增发需要时间,现金出境在外管局审批需要时间。所以在他们陷于各种讨论和审批的时候,我们一旦出手,靠境外资金一举拿下。但如果尚达也在准备海外资金,且又有了东方的支持,我之前的布局就没太大意义了。又到了要比拼价格的时候。但仅仅是比拼资金,我并不怕他们。尚达背后有东方,我也可以找到其他家帮忙。如果按历史交易评估,Mag才卖了5000万美金,赫兹一个部门,Mag价值的十分之一已经很高了。所以这点钱并不是问题,我不怕尚达和东方联手。但这里只有一个问题。"

"什么问题?"

"我不可能高溢价,因为赫兹根本不值这么多。"高平皱眉道。

第179章 草场之争

"无论你出多少,我比你多1美金。尚达会不会做这样的事?"

高平道:"他们百分百会做这样的事,可能不是1美金,而是1万美金,10万美金。我想基于我们现在和赫兹的合作关系,他们的出价要高于我们5~10个百分点,赫兹才会考虑。美国人未必会答应他们的出价,但一定会用这个价格来压我们。我不想成为冤大头。如今,很多中国公司入手国外企业,动辄就是数亿数十亿的收购。导致老外们相信中国人中国企业都很有钱。我们高精度GNSS是个小行业,数千万的并购已经算大手笔,不能和家电、游戏、体育、地产这些大众行业相比。但显然,老外的胃口被吊高了。一个不挣钱,连年亏损,连自己企业都不想使用其产品的部门,本来想甩掉还债就行,如今居然还想卖个高价。"

张邕道:"的确如此,而且美国本土找不到买家,但中国公司的态度给了他们太多的自信。您对赫兹最终的价格估计是怎样的?"

"如果能达到Mag价值的十分之一,那么赫兹一定很愿意接受这个价格。我们海外账户的资金准备也是足够的。除非尚达出到600万以上,否则他们很难有机会。但600万是我愿意出价的上限,赫兹根本不值这么多。"

"高总,赫兹值多少钱,不在于他们本身,而在于你的需求程度。刘以宁说,一个芯片板卡的研发人员就值5000万。"

高平不置可否:"他们互联网行业有钱,也见过大手笔。但就专业领域来说,显然并不精通。他的理论不错,但是芯片研发是一个系统工程,并不是一个人可以做到的。如果付给陈小明5000万,他可以搞定一块板卡,我会毫不犹豫。但问题是,给了他5000万,还是要几个亿砸进来,养一支团队才行。众寻或许有这样的手笔吧。众合做不来。同理,我收购赫兹只是投资的开始,这笔钱我必须计划。另外,我不想让美国人觉得我们人傻钱多,可以任意敲我们竹杠。"

"和仲海军谈谈？"

"只怕很难，尤其是如果他背后还有庞德。另外，他们针对的目标不是众合的话，我谈什么都没用。"

"赫兹那边如何？"

"他们的手续和商务申请应该都做完了，很快就会挂牌叫卖了。我也不想拖下去，再拖，国内的资金经过外管局审批很快就会过来。我们看到的北斗星只是业内的企业，很难说还有很多我们不知道的行业、其他的企业会参与竞争。我在美国准备的团队和资金就是为了避开他们。"

张邕忽然问了一个不是很相关的问题："您的精准农业业务怎么样？"

"还不错。对了，我们在山东有一个项目，很有意思，正在和Skydon竞争。有时间有兴趣的话，你可以过去看看。如果这个项目拿下来，我们精准农业这一块就算站稳脚跟，再没有问题了。"

心中还在算计赫兹收购事宜的高平，对张邕的邀请只是一句敷衍而已。没想到不识趣的张邕居然立刻答应了："好呀，高总，能尽快安排吗？我想过去看看。"

高平有点诧异地说道："好呀，我安排销售经理陪你去。但你这次过来不是谈赫兹的事吗？怎么又跑到农业赛道去了。"

张邕没直接回答："您准备什么时候再去美国？"

"我和安德森一直保持着联系，基本上一切条件都谈好了。现在只要他开始出售，我们就第一个站出来，我马上就过去。"

"您可以提前一些过去，既然尚达可能入局，形势有变化，您过去可以早一点应对。"

高平点头表示同意，但心中微微有一点不悦。他很看重张邕，德国打赌时张邕和他站在一起，赫兹的事情也是由张邕而来的，但是他的行程大概还轮不到张邕来安排。

当然以高平的格局，倒不至于因为这种事不高兴。除了他自己，没人能真正安排他。他只是觉得张邕忽然跑题了，没给他任何建议，却要他早一点过去。

张邕感觉到了高平的情绪，他微微笑了一下："高总，我有个想法……"

"……"

"……所以，等山东归来，我们就可以完全确定下来。"

高平眼光游离不定，有些兴奋，又有些犹豫。最终，他对张邕道："给我3天时间，我好好考虑一下。但不影响你的行程，你快去快回。无论你什么时候回来，我不等你，如果我想明白了，我就立刻再飞美国，提前布局。晓卫那边你有把握吗？"

"晓卫的思维方式和所有人都不一样，我们没人能算计他。和他交朋友和做敌人都不容易。但并不是一个不能打交道的人。其实他做事的原则并不是利益第一，而是老子高兴，这才重要。多数时候，利益和他高兴是一致的，但有些时候，他会做一些别人想不到的事。而且我相信，高总你出手，绝对不会让他吃亏。这件事我有八成的把握，他会支持你。"

"好，3天后我给你打电话，今天到此为止。"

"张小泉？你家里祖上是卖剪刀的吗？"

"张邕，别开玩笑了。我叫张晓全，全心全意为人民服务的全，不是泉水的泉。"

山东项目负责人张晓全正驾车带着张邕奔向山东滕州。

张邕对精准农业很熟悉，但只是概念上很熟悉，这也是美国人提出的概念和理论，但他并没有目睹是怎样的一种精准。他往返欧美多次，确实见到人家田地的管理有序，而且风景如画。他才理解，为什么国外乡村的油画那么好看，原来实景就是如此。

他很少见到有农民在田间地里忙碌，只有牛羊在悠闲地吃草，偶尔会见到各种农机。而一到冬天，庄稼就被收割干净，干枯的麦秸一类被卷起压实，一个个巨大的草卷蛰伏在田地中，整整齐齐，显然不是人力做到的。

中国的农业可以到这种地步了吗？他脑海中为数不多的中国农村印象——联系起来，还是想不出中国的精准农业会是怎样的场景。或许在新疆和东北，有大片土地的地方可以这样做吧，山东有这样的土壤吗？如今的地不都是分到每家每户了吗？如何实现大规模精准农业？

所谓精准是以信息化为基础的，而信息就包括了空间信息，这就决定了定位的重要性，所以精准农业就无法离开卫星导航。只不过随着技术的发展，对GNSS接收机的要求也越来越高了而已。

车子开始驶入滕州郊区，张邕立刻被眼前的风景所吸引，大片大片的草场，绿草如茵，和欧洲一样的风景如画。他有点看呆了，这么好看。

"这里种的好像不是庄稼。"

"当然不是，庄稼哪有这里的草金贵。"

"为什么？什么草这么值钱？"

"这是足球场专用的草坪，是按每平方米付钱的。"

"天哪，你说的精准农业项目也是这种种草的？"

"当然了，玉米小麦哪用这么高端的设备？"

车子驶入三牧集团场区，张邕再次被颠覆了认知。

这是一大片正在开垦的土地，若干辆平地挖掘机正在紧张忙碌着，而这些机器是清一色的美国大牌庄鹿，而且还是最新型号。

而驾驶农机的也都是面色暗红、金发卷曲的白人，这哪里是中国山东，分明是美国得州。

一台农机停在了几人附近，一个白人驾驶员咆哮着下了车，外面橘黄马甲里面套着格子衫，肥大的牛仔裤，张邕一时恍惚，以为是田晓卫在开农机。

白人驾驶员用英文大声吼叫着，来到了两个中国人面前。一个是颇为威仪的中年人，依稀让张邕想起Tiger，还有一个是戴眼镜的青年，看起来很斯文。

隔着一段距离，张邑依稀听到，老外在怒骂，问谁动过他的车。

"那个中年人，是这里的老板李牧之，那个戴眼镜的青年，是这里主管李小龙，来自北大的高才生。李总因为长期在日本，所以特地聘了一个熟悉中国国情的本地主管。那个老外，是随这批农机一起过来的驾驶员和机械师。这种场面我见得多了，这里的农机只能由他们驾驶，所以一个个惯得脾气极大。好吃好喝好待遇，还动辄发脾气，稍有不顺，就拿回国相要挟。这次争吵的理由和之前几乎一模一样，说自己不在的时候有人动了他的车。"

张邑不解道："这车应该是三牧的吧，一个机械师是不是没把自己的位置摆正。"

"就是如此，但既然我们拿他们没办法，他们就把一切东西都当成自己的了。"

张邑摇摇头道："李老板和李主管应该都是很了不起的人，但他们至少在和这批老外相处的方式上犯了错误。不该这么惯着他们。"

"李老板砸了大把钱在这里，希望尽快完工，不想惹不必要的事端。就是要收拾这帮老外，肯定也是要完工之后。而且这批老外，对我们的业务也有很大影响。"

"为什么？他们再不讲理，也还不至于影响老板的采购吧。"

"当然。但是你回头看看车就知道了，他们不让别人动车上的东西，我们就很难介入。如今能相持在这里，要归功于米河和Skydon的人支持力度不够，否则我们早出局了。"

张邑看到了车上一个熟悉的标识，点点头，没有追问为什么，他已经明白了大概。

"也许这也是好事，老外们的蛮横可能会让李老板对使用Skydon设备有心理压力。"

张晓全眼光一闪道："不错，你说得也有道理。走，我带你过去和他们打招呼。"

这一边，二李小心地劝走了老外，老外一边嘟囔着F打头的单词，一边以胜利者的姿态离开。

"二位李总，这是我们的技术顾问，张邕。GNSS技术专家，他来看看如何解决咱们的问题。"

李牧之还沉浸在和老外争吵的坏心情中，简单向张邕点了点头。李小龙和张邕握了下手，说道："欢迎，走吧，屋里谈。"

几人进房间坐下。张邕道："我今天大开眼界，从来没见过这么多新型号的庄鹿农机。美国的一些大型农场里可能也有这么多机器，但是都是多年累积下来的，两三年买一台。所以有多种型号，参差不齐。您这一看就是一次性买的最新型号，我看全世界范围内大概也是唯一了。李总，了不起，佩服。"

李牧之的心情立刻好了很多，他是实业家，当然不是只听好话，但张邕的夸赞都是基于事实，他有这样的手笔和实力，有人认可当然高兴。

"没办法，想做事，总要付出代价。庄鹿虽然贵，但只要能解决问题，那就值得。"

"您说得非常对。不过今天这个老外让我开了眼了，怎么狗咬起主人来了。"

张邕用到狗这个词的时候，心中微微有些紧张，他观看二人的情绪，发现二人并没有对这句话不满，知道他们对这群老外的忍耐只怕已经到了极限。

李小龙道："今天的争吵你都看到了，晓全看到的更多些。当初这批农机一进来，我们的机械师一看就傻了，上面都是各种设备和屏幕，和他们常用的国产重型农机完全不一样。而且一听说这一台设备都是上百万，就越发紧张，根本不敢动。于是我们联系厂家，结果调来了这批大爷。刚开始还很规矩，之后他们发现这里无人管束，就越来越过分，拿着高薪，不加班，每天两次茶歇时间，然后夜夜歌舞升平，倒是给周边的经济做出了不小的贡献，但干活的进度远低于我们预期。最早让他们来的初衷,是培训一下我们的机械师,结果他们这群家伙一看这里日子这么好过,就开始混日子,也根本不认真教我们的机械师。农机驾驶员素质都不算特别高,又不懂英文,这些老外又藏着重要的信息根本不培训他们,倒是三天两头训斥中国驾驶员。人都有自尊,也有脾气,时间久了,就没人真的和他们学了。他们目的达到了,就越发肆无忌惮。刚才的争吵,说什么有人动他的车了,其实是怕中国驾驶员自己学习开车,最终可以取代他们。我们是鼓励中国驾驶员这样做的,但在他们没有完全掌握驾驶之前,我们不敢公开支持,只能先安抚这群老外。"

张邕叹了口气表示同情:"理解,一切以大局为重,不过总这样下去,也不是办法,需要改变。"

李小龙道:"是的,我们也在想办法,一台农机而已,有什么难,要是我能开,早顶上去了。"

李牧之摆手打断了他们:"好了,张邕刚来,别和他发这些牢骚了。也是我们最初的决定和管理失误,纵容了他们,现在不好收场。张经理,抱歉,可能让你们白跑一趟了。不是我要折腾你,你们启程之前,我们还没做决定,那时也没收到米河那边的确认。如今不一样了,米河的韦总确认,他们最迟下周就和Skydon的专家一起过来。他们说,Skydon和庄鹿设备的方案是现成的,很快就可以用起来。而且,我们又评估了费用,我想Skydon的成本一定比你们的更便宜。所以……抱歉了,这事真的很对不住。"

第180章 又见韦少

张晓全难掩失望,但还是想争取一下,但还没开口,就被张邕暗地里挥手制止了。

"李总,我觉得您如今下结论还有点早。不如等您和米河的人交流完,再最后确定。我和晓全可以暂不回北京,我们等在这里。也许您和米河的人谈完之后,还会想和我们谈谈。"

"你们愿意留下,是你们的自由,但我的决定很难改变,不要浪费你们的时间。"

李小龙补充道:"其实这个项目我们一直都定的Skydon的设备,但因为米河和Skydon的动作太慢,所以我不得不寻找替代方案。众合的方案很专业,我们很感谢你们的参与,但如今Skydon带着方案来了,恐怕我还得坚持我们最早的选择。二位还是先回北京吧,等在这里意义不大。如果真有变化,我会随时联系晓全,到时我们再沟通不迟。"

张邕道:"刚才交谈比较仓促,我介绍一下我自己。我是Skydon中国的第一批员工,如今也是刚刚离开Skydon,所以我对Skydon的一切都很熟悉。我今天晚上可以给您提供一份Skydon的方案,但二位不用急着下结论,你们可以等到米河带Skydon的人来了之后,对比一下,看看我的方案和他们有什么不同。我猜,他们的方案会和我的完全一样。当然我的方案不包括价格,因为我不是Skydon的人,我的报价无效,但我可以做一份众合的价格对比。我有一个感觉,李总,Skydon的方案也许价格没有您想象的那么便宜。"

李小龙道:"不可能吧,你要知道……"

李牧之却对张邕的话很感兴趣,一个同时可以提供Skydon和众合两种方案的人,他觉得至少可以多听听他的意见,而且他敢把自己的Skydon方案拿到Skydon面前,应该是有足够的信心的。

所以李牧之打断了李小龙的话:"别急,我们听听张先生怎么说。"

"您别客气,叫我张邕就行。您之所以认为Skydon的东西便宜,因为庄鹿的车上本就安装了Skydon的设备,是作为机械车的标配一起出场的。只是没有开通服务,对吧?"

二李对视了一眼,也许这个张邕真的有些特别的本事。

"所以你们优先选择Skydon也是如此,不用购买车载硬件,不用重新安装。只需要开通Skydon的服务,机械就可以精准控制了。对吧?"

"嗯，"李牧之点头，"我这里几十辆车，就是几十套硬件，就算你们的成本再低，也不会弥补这些硬件的费用。所以，只要我们获得Skydon的支持，就不会再考虑其他家。"

张邕转向张晓全说道："你给李总的方案在吗？"

"在。"张晓全迅速打开背包，从一个文件夹里取出一份文件递给张邕。

张邕用几秒钟的时间看了一遍，然后直接翻到最后的报价部分："笔。"他向晓全伸手。

接过笔的张邕，画掉了文件上的报价，自己写了一个数字上去，然后递给了李牧之。

"李总，这是众合的价格，您先不用管。等和米河谈过之后，如果他们的价格高于我们的，您再和我们交流。"

李牧之和李小龙看着一脸平和的张邕，没来由地对他的话生出很多信心，莫非这个张邕真的能说中？Skydon的价格会比众合还高？怎么可能？

张邕说罢就开始和张晓全收拾自己的东西，文件一一收起装进包里，做出了一副告别的样子。

然后他们站起身，张邕似乎想起了什么："还有一件事。我今天看到那些美国驾驶员根本不让中国机师动他们的车，这可能更坚定了您使用Skydon的决心，换装其他家的设备，这些老外很可能会不同意。"

李牧之二人都没有吭声，显然张邕说中了。

"难道就让这些美国牛仔和Skydon一直掌控你们的设备吗？我觉得不如趁早一起解决。我不确定您未来是否一直使用庄鹿的设备，但我可以想象，未来中国制造的全自动机械车一定会很快上市，到时您继续使用Skydon，成本反而会增加。如果为了回避眼前这点麻烦，未来多了更多的麻烦，肯定不值得。"

李小龙心中一动："张邕，你有办法解决庄鹿设备驾驶的问题吗？"

张邕没直接回答："不好说。一切等到你们和米河谈完，然后再次沟通的时候，我们深谈。"

张邕随着张晓全到了张晓全常住的酒店，办了入住的手续。

"今晚，我请你吃饭。我想听听，你怎么知道我们留下，李牧之一定还会找我们谈？Skydon那一堆硬件都在车上了，价格怎么可能比我们贵。"

"好。今晚带我去吃这里最正宗的菜煎饼，只要美食对我胃口，我就知无不言，言无不尽。"

色如金薄如纸的大煎饼，张晓全专门点了几道可以卷饼的菜，但这些菜是配角，山东大葱的葱白，切成的雪白的葱丝，配上甜面酱，才是煎饼的灵魂。

见张邕吃得高兴，张晓全忍不住提醒道："这东西，你不要吃太多。你放太多葱丝了，小心晚上烧心。

张邕问："我看你也吃了不少，咋不少吃点？"

"我？我没事，我们从小吃惯这些东西的。"

张邕笑道："你这分明是地域歧视，谁说住在城市就连葱都不能吃。"

"不扯了，告诉我，Skydon的价格你真的知道吗？"

"我早离开Skydon了，最后这一年也根本没参与Skydon的任何业务。即使我在Skydon真正做事的时候，也不是负责农业，那时候Skydon也根本没有精准农业部门。我当然不会知道Skydon的价格。但是我了解米河……米河迟迟没有来，甚至让李牧之他们等不下去而去找你们，说明米河对这块业务根本不熟，他们在等美国的技术支持过来。所以米河动作虽慢，其实付出的代价可不小。如今Skydon的技术支持都是绩效管理，就是给你打个电话，也要记下来说了几句，这都是他们业绩，也是要付费的，何况一个美国人飞过来呢。这也说明了米河对农业市场的重视，希望借这个项目，能够搞明白一切。但米河的李文宇从来都不是肯吃亏的人，在Skydon这一块业务上，他的话语权之高，甚至都引起了中国区总裁的不满。那么米河花代价做事，就一定要从用户那里挣钱。很显然，这个项目对米河并不是一个高利润的项目，硬件销售几乎没有，服务的事情倒有一大堆。米河既然接这样一个差事，就一定要从中谋利。硬件没利润怎么办，软件、服务，加上参考站，一定会把价格提上去，把硬件的利润补回来。所以李牧之以为他节省的成本，在米河的计算中，都已经拿回来了。而且正如我所说的，既然在庄鹿上面Skydon是标配，米河一定信心爆棚，确信用户只能用Skydon的方案，那他们怎么可能会降价呢？这就是商战，有时候你会被自己最大的优势拖累，其实没有什么优势是永远的。"

"有道理呀！"张晓全一挑大指，但似乎不能完全信服，"你说得都对，但是你怎么能精准估计价格，包括我们的价格呢？"

"这个出于经验，以及……"他顿了一下，"感觉。你们高总告诉我的，不是什么事都一定要找到依据。我就是依靠自己的感觉做出的判断，而且我相信……"他看着张晓全的眼睛，"我没有算错。"

张晓全忽然感觉自己充满了信心，张邕一定是对的。在这里踏踏实实休息一周，等下周的结果。

张邕意犹未尽地吃完了手里的一块煎饼，看着剩下的饭菜，长叹一声，似乎格外惋惜："可惜，吃不动了。"

张晓全忍不住笑了，李梅和他讲了很多张邕的神奇故事，所以他对这次和张邕的共同行动充满了期待。但实在没想到，张邕居然是个这么有趣的吃货。看他对食物的深切情感，很难把他和刚才那个侃侃而谈、运筹帷幄的家伙联系在一起。

张邕则看了看时间，然后拨通了霍顿的电话。

"精通庄鹿设备的驾驶员，最好是华人，能讲中文，嗯，有时间，有现成的工作签证，近期，最好下周，就能去中国。嗯，就这么多。张邕，你还觉得这不够多事吗？这次我可很难帮到你，我是商务咨询公司，不是寻人处和失物招领。你觉得找这样一个人，对得起我的时间吗？"

张邕笑着道："老霍，别生气。这件事办成后，你可以出两份账单,一份寄给众合的高平,如今你们本就是亲密的合作伙伴,另一份账单你寄给三牧集团老总李牧之。找一个人而已,同时收两份钱,你觉得还不够吗?"

霍顿立刻就平和下来:"钱不钱的,有那么重要吗?两份账单,三份又能怎样。霍顿商务,解决一切与中国相关的问题,这是我们的服务宗旨。当然,更重要的还是,你和我是朋友,就算帮忙,我也是愿意的。"

说到这里,霍顿自己似乎有些要笑场,于是马上接着长叹了一声:"邕哥,给你做的事不少,也每次都能收到钱,但都是别人付的钱,唯一真正从你这里拿到的,就是那10片芯片的几千美金。什么时候能真的从你这里挣一笔钱,我就真的开心了。"

"李可飞的饭钱都是我出的,满足吧,老霍,李可飞都没直接吃过我一顿。"

清晨,睡得迷迷糊糊的张晓全被敲门声惊醒,他带着起床气开了门,发现张邕穿戴整齐地站在他面前。

"这么早,你干吗?今天不是没事吗?"

"哦,没事了。你既然还没起,就回去继续睡吧。"张晓全睡袍全开,里面只有一条内裤,一身蒜泥白肉让张邕不忍直视。

"张邕,你有病吧,折腾醒我就没事了。"张晓全床气全部发了出来。

张邕耸耸肩道:"就是告诉你一声,对手来了。看来你选的酒店不错,米河也选择住在这里了。"说完他转身回了自己的房间。

张晓全愣了一下醒悟过来,他关上门,跑到了窗前,拉开了窗帘。

两辆京牌的轿车停在酒店门口,几个看起来有些面熟的正在从车上往下搬行李,他确定这都是同行,大概展会上打过照面。

一个衣着考究人也帅气的中年人,他不知道这是不是韦少,但能看出这一定是职位最高的人,一个和庄鹿驾驶员看起来是同款的老外,正借助翻译和韦少沟通。

"米河的人来得这么快。"张晓全暗道了一声，然后拿起座机，拨通了隔壁间张邕的电话，"他们来得好快，你有什么打算？"

"没有。今天的主角不是我们，但如果你可以起床了，我们悄悄出去，开车出去四处逛逛，然后把车停得远一点。"

"为什么？"

"我刚才看了，他们还没注意到你那辆京牌的车。但很难说他们一直不注意。这里京牌不多，被他们看见了难免多想，也许有十分之一的可能，会想到我们在这里。既然做事，就小心点，我们尽量把这十分之一的可能也扼杀掉。"

张晓全点头道："张邕，真有你的，考虑周全。我一会就下楼，避开他们，然后我带你去微山湖。"

"好呀好呀，带上我心爱的土琵琶。"

张晓全笑了，他越来越喜欢张邕的性格。

张邕多虑了，韦少一行人并没有发现他们的踪迹，其实就算是发现了，也没人在乎。米河如今在Skydon顺风顺水，并不太重视别人。至于三牧集团的业务，这分明就是上天赐给米河的生意，所有机械上都是Skydon的设备，就算他们不想做这笔生意，只怕都不行。

在这种情况下，本就骄傲的韦少是看不到别人的。

在张邕和张晓全离开后，韦少安排手下人以及Skydon技术支持韦德在酒店好好休息了一上午，享用一顿丰盛的午餐后，才赶往三牧庄园。

这场和李牧之的会谈，从一开始就不顺利，只是志得意满的韦少并没有感觉到。

他们进了庄园后，刚好一辆庄鹿的车停在了田边，老外正靠在车轮上抽烟，韦德上前打招呼，两个美国人一见如故，于是聊了很久，交流了在中国特别是在山东的生活经验。

两人聊得热切，反而把主人李牧之晾在了一边。李牧之保持着在日本养成的礼貌，李小龙则恨不得使出自己同宗创造的截拳道。

会谈终于开始，在技术方案部分，李牧之是满意的。

美国人的专业以及良好的口才,将整套系统介绍得非常清楚,无论是整套系统的功能,还是Skydon在全球各处的案例,都令李牧之暗暗点头。不愧是全球GNSS领导者,这套系统的优势有目共睹。庄鹿选择Skydon初装,是有其道理的。

韦德讲完,李小龙简单问了几个问题,美国人的回答也令他非常满意。

如果没有张邕的铺垫,这将是一次极其完美的技术交流。如今有一点美中不足的是,正如张邕所说,这套方案和张邕给出的如出一辙,只是少了韦德精彩的介绍而已。

"韦总,非常感谢,技术部分我们没什么问题了。现在,我想看看米河的报价。"

第181章 满分方案

张邕度过了快乐的一天,没有工作,没有压力。他逛了微山湖湿地公园,品尝了大闸蟹和麻鸭,二人又驾车沿着湖滩欣赏着微山湖风光。

可惜,可惜,张邕心中感叹,要是身边不是这个卖剪刀的,而是Madam和米其林,就完美了。

张晓全不知道自己被张邕嫌弃了,不过他始终心不在焉,对眼前的美景美食没什么感觉。他有点佩服张邕,这完全是一副出来旅游的架势,难道他这么相信自己的判断?张晓全做不到,他总觉得米河一行人可能这会正在签合同。

二人回到酒店时,天色已晚。张晓全问要不要把车停在别处,张邕想了想,算了,先回酒店看看再说,车子停得偏远些,别在正门口就行。

二人走进了酒店,穿过大堂正准备进电梯。

"张邕?"忽然有人叫他的名字。

张邕身子微微一震，看来还是被发现了，他转过身，发现韦少和韦德以及几名员工包括一名翻译，正坐在大堂吧喝东西。

"真的是你？"韦少眼中一丝寒冰，但却热情招呼，"好久不见，过来坐。"

"韦总，幸会。"

张邕走了过去，但临近几人的桌子忽然站住。他转身对张晓全道："我和米河的韦总聊聊天，你还是先回房间收拾东西，然后下来退房吧。稍微晚了点，和前台说说，还是按半天房费算吧，能省一点就省一点。"

张晓全一愣，什么意思？却发现张邕站的位置，刚好挡住了他朝向米河众人的脸，他的疑问表情没被任何人看到。于是也立刻明白过来，张邕这样做一定有他的深意。

于是他大声回答："对，对，你聊吧。我先去和前台说一声，然后再去收拾东西。本来想六点前赶回来的，没想到耽误了。希望不要收全天的房费。"

韦少将张邕介绍给韦德："张邕曾经也是你的同事，Skydon的员工，可惜，最近好像从Skydon离职了。对了，张邕，干得不是好好的吗？怎么就离开了呢？你回到Skydon，也没来米河看看老朋友。"

韦少英俊的面容泛起一丝真诚的微笑。

张邕也笑道："我离开Skydon是被迫的，好像是有老朋友背后举报我，说我侵害了Skydon的利益，所以我不得不离开了。"

韦少脸色稍稍变了一下，但很快恢复了平静："老朋友怎么能做这种事呢，不应该。那么，你是不是真的侵害到了Skydon的利益了？"

"亚马孙河的一只蝴蝶扇动翅膀，可以引起得克萨斯州的一场龙卷风。万事互相效力，这些影响总会发生。但我想躲避龙卷风，就会加固我的住所，而不是去亚马孙河上捉蝴蝶。"

"什么？"韦少皱了皱眉，他显然不明白张邕说的蝴蝶效应。而一旁听完翻译的韦德，则以美国人的豪爽肆无忌惮地笑出了声。

"哈哈，年轻人，你很有趣，蝴蝶效应这个比喻非常聪明。那么你来这里扇动翅膀，是想做什么？用龙卷风卷走Skydon的生意吗？"

张邕也笑道："本来是想扇一扇翅膀的，结果发现Skydon的设备都绑在了车上，怎么也扇不动。我们只好退出了。"

韦德端起手中的啤酒说道："Skydon中国还有你这样有趣的家伙，如果我是中国区领导，一定把你留下。"

"谢谢，韦德，如果你在中国区当总裁，我一定留下。"二人又是一阵大笑。

韦少则是通过翻译，大概知道了二人在谈什么，翻译顺带着稍稍给他解释了一下蝴蝶效应。

韦少眯起眼，用一种不信任的审视目光看着张邕："这么说，你真的是奔着三牧集团的机械控制项目来的？怎么，你有没有收获？"

张邕语气中不无遗憾："本来有的，但很可惜。韦少你的动作慢了一步，我以为我们得到机会了。可惜，Skydon一旦回来，这世界还是你们的。"

韦少眼中有一丝怀疑："张邕，我们第一次见面，你还记得吧。"

"记得，在敦煌的戈壁滩。"

"曹公公应该是要了你一把，把你自己扔下了，但你却坚持到了最后，甚至比老赵做得都好。那时候我就知道，你这个人，不能轻看。好吧，明人不做暗事，是我向Skydon举报你的，但你我都知道，我举报有私心，但内容并非全无道理。我还知道，你离开Skydon也不算被迫，你自己的选择。对吧。"

"的确如此，所以韦少把米河生意受到冲击归结于我做的事。而我离开Skydon，却是我自己的原因。是这样吗？"张邕一脸微笑，真诚发问。

韦少拒绝这样和张邕纠缠："我的意思是，你的出手，我们必须认真接招。你既然来了山东，我觉得你不会就这样轻易退出吧？"

韦少口中说着，然后仔细地观察张邕的表情。

张邕笑道："什么都瞒不过你韦少。我和三牧讲好了，他们先把Skydon的所有设备都从庄鹿的车上拆下来，当废品卖掉，然后让老外们停工，把我们的设备一一装上去。然后重新调校，然后装软件，调软件，等等等等，最后，就都变成我们的生意。刚才回来晚，就是因为在和三牧签合同。"

听完翻译的韦德又大笑起来："伙计，你不去说脱口秀都可惜了。不过你搞错时间了，我们比你回来得早一些，一下午我都在那里和李先生交流。好像他没时间去和你签合同。除非他还有一个阿凡达。"

张邕耸耸肩道："难说，也许我就是和阿凡达签的合同。"

韦少也松了一口气，张邕明显在胡说，三牧怎么可能拆下原装的Skydon设备呢。

"好吧，我给你点一杯啤酒吧，祝贺你签合同。"他故作风度地坐下。

张邕摇了摇头道："算了，酒入愁肠愁更愁，我待会还得赶路。韦少要是有心，帮我把房账结了吧。"

"对不起，我的善意就止于一杯啤酒而已。"

张晓全已经办好了手续，远远和张邕打招呼："走吧，赶夜路，这里我一天都不想待了。"

张邕起身和韦少与韦德告别："我先走了，有机会再见吧。"

待张邕和张晓全的身影消失之后，韦少向一个手下人示意了一下，那人点头起身。

片刻后他回到韦少旁边，低声道："他们真的退房了，账都结清了。也真的走了，开车奔向的是高速的方向。"

韦少终于放心了，看来是真的走了。

韦德一旁道："韦，你在干吗？你担心他们抢了我们的生意？你是不是太过小心了。庄鹿和Skydon是战略合作伙伴，全球范围内都是绑定在一起的，还没有谁在庄鹿的车上用过其他家的设备。"

"嗯，我有点多虑了。主要是因为，李牧之今天没有立刻答应我们的合作，说定下来再给我们打电话，我心里有一点疑惑。"

"签合同都是要流程的，我觉得他们对我们的方案很满意，这不会有什么问题的。"

韦少点点头道："说得对。我们不用和张邕一样赶夜路，我们今晚娱乐一下，再好好睡一觉，明天再回程。"

张晓全的车很快到了高速口，问道："怎么？真的要往回走？"

"当然不。绕回去，换一家酒店住，等他们走了，我们去找李牧之。刚才我和米河的韦少聊了几句，他很警惕，怕我抢了他的生意。所以，我确定他一定没有签下合同，否则没必要这么小心。也许，根本不用我们去找三牧，李牧之会来找我们的。"

二人重新入住了一家酒店，刚刚办好手续，张晓全的电话就响了。他看一下号码，立刻精神起来，看向张邕说道："是李小龙。"

张邕笑道："果然来了。"

"我怎么答复他？"

"他一定是约我们见面，你推到下周，就说我们准备了一个新的方案给他，多等几天，但一定会让他们百分百满意。"

"OK。"

张晓全走到一个相对安静的角落，接起了李小龙的电话。

回来的时候，似乎有些不开心。

"怎么？不是好消息吗？"

"是好消息。就是你说的，李牧之约我们见面，重新商讨我们的方案。但对我们推到下周的安排不是很满意。我解释了半天，最后李小龙说，希望你们真的拿出一个让我们满意的方案。我们的时间耽误不起，如果让我们失望的话，可能我们不会再犹豫了，会直接签下米河的这份合同。"

他抬头看向张邕问道："什么方案要等到下周？不如先过去谈谈，然后下周再说下周的事。别触怒了李牧之，他们改变主意可就不好办了。"

张邕平静地摇摇头道:"不用。已然到了这一步,他们就算不愉快,也会再等一等的。只要我们的方案足够好,一定可以马上翻盘。"

"好,"张晓全看着张邕,心底踏实了很多,"明天我们做什么?"

"除了微山湖,还有什么地方可以去玩?"

"这……"张晓全瞪大了眼睛,仿佛被卡住了喉咙,说不出话来。

离开北京的第三天,正像高平当初说的一样,"3天之后我给你电话",高平的电话准时打到了山东。

"张邕,我决定采纳你的建议。所以我现在不等你回来了,我明天就飞美国。但是你这边,我希望你能拿下三牧的生意。如果这一块市场打开,不只众合,就是赫兹也会有更多的信心。你这块的砝码对我们很重要。但我等在国内没意义,交给你了。我还要去找晓卫,我不确定,你在你前老板这里,面子够不够大。"

张邕道:"我在晓卫面前没有面子,我们讲的是道理。高总,我希望你的道理也能和晓卫讲清楚。"

新的一周,张晓全的车再一次驶进了三牧庄园。除了他和张邕之外,车上还多了一个文质彬彬的青年,也戴着一副眼镜,仿佛是李小龙同款。

几人进入会议室落座,耐着性子等待了一周的李牧之早已不耐。

"不用多说了,小龙说,你们发誓,你们的方案一定会令我们百分百满意。我从来不信世界上有百分百的事。我们已经等了一周,我只希望你们不要让我失望。"

"放心吧,李总。下面请我们的新同事来介绍我们的方案。"

文质彬彬的眼镜青年微微点头示意,然后打开了自己的电脑。

李牧之惊讶地发现,青年的电脑里储存了大量的庄鹿农机的图片,各种型号,每一代产品。整体图、细节图、外观、内饰、设备,应有尽有。他相信,这些图片绝对不是从网络上下载的。他之前的不满立刻消失了,这些图片引起了他极大的兴趣。

"这款农机是你们在用的一款,刚才我在庄园里已经看到了。这是这款农机内Skydon设备的安装图,这张是GNSS走线图。其实在庄鹿上换装其他家的设备,并不需要将其所有系统都拆下来,很多部件我们都可以保留,内部线路部分,更是不需要变动。我们依然采用Skydon的天线和电缆,这一部分甚至连接口都不用改变。机载电脑,通用的,不用改变,我们只需要打开电脑的输入输出部分,这样就可以安装我们的软件。"

李小龙插话问道:"怎么打开?"

"这款机载电脑是台湾洋葱科技的产品,从市场正规渠道买到他们的输入输出设备,不难。"

李小龙点头,只要知道了对应型号,这并不是什么复杂问题。

"这一部分,"青年又打开一张照片,"这里,其实是可以打开的。打开之后,里面是Skydon的传感器,所有的线路都是接到这里的。Skydon在这个传感器上用了自己的数据格式,想控制它需要Skydon指令。如果不用Skydon,就在这里把它完全换掉。把它的安装架也拆下来,根据要替换掉传感器的尺寸和位置,在安装架上重新打孔或者改造,就可以完成新的安装。电缆线的接口多数都是标准的,个别不一致的,可以加转换头,这也不难。这样,整个硬件的安装改造就基本完成了。"他又换上一张照片,"这一部分,就是电台部分,从这个孔走线,一直通到车外的UHF天线。这部分我们全部拿掉,你们愿意,可以继续保留在车上。如果不愿意,就把它拆掉。我们会换一个GSM模块在这里。"

"GSM通信?"李牧之皱眉,"这需要费用吧,为什么不继续使用电台?"

青年胸有成竹,回答道:"与Skydon方案最大的不同是,我们在这个模块里内置了众寻的服务,这样我们不再需要Skydon的基站。所以,您每个月只要花几十块的通信费,但是可以省下数万块的参考站接收机费用。还节省了您架站时间以及维护的费用。所以,即使您换了Skydon的传感器,您也不需要多花钱,反而节省了费用。"

"众寻是什么？"李牧之又问。

这次没等青年回答，李小龙低声地把众寻的服务向李牧之做了一个介绍。

李牧之瞪大了眼睛说道："国内还有这样的服务？难道Skydon不该兼容他们服务吗？"

张邕笑着说了一句："谁都可以兼容众寻服务。只是，Skydon可能还没想清楚。另外，这些设备初装是在美国，他们大概没有料到中国有这样的服务。"

"基本这样，整套的硬件改装就结束了，我想如果提前准备好一切，您所有车辆的改造加在一起，一周时间就可以完成。再装上众合的软件，整套系统就完成了。关于软件的具体功能，还是由众合的同事张晓全向您介绍吧。我这部分这就结束了。"

"等一下，"张邕制止了要结束自己介绍的青年，"结束之前，你向李老板介绍一下你自己。"

青年点头道："好的。两位李总，你们好。我叫尹子昊，毕业于加州大学伯克利分校机械专业。我曾在庄鹿实习一年，对整个庄鹿的产品线非常熟悉。"

李牧之和李小龙同时眼睛一亮，张邕说的百分之百的方案难道是……

第182章　田晓卫与高平

众合的美国办公室，今天来了一个大腹便便的客人。

高平和田晓卫面对面坐着，都用一种特别的眼神审视着对方。

他们算是旧相识，但几乎从来没有像这样面对面坐在一起。他们两个无疑是国内最早开始GNSS业务的先行者，相比之下，无论是李文宇还是赵爷，都只能算后来者。只不过二人从事的是不同的方向而已。

就算是庞德，也不能和他们相比。庞德的东方公司或许更早，但东方是一家综合的测绘产品公司，最早的国产GNSS制造商，只不过参与GNSS业务的时间远在二人之后。

他们知道彼此，或许在内心也曾有过暗暗的比较，但他们都没想到，有一天他们居然是在美国坐在一起，试图达成一些合作。

高平自从众合上市之后，就永远西装革履，正式而得体。而腰围日渐增长的田晓卫，则彻底沦陷成一个美国的牛仔大叔。

截然不同的两个人，很难比较他们谁更成功，或许高平的企业更加成功，但田晓卫则是一个潇潇洒洒的人生赢家。

"高平，你知道我早期做生意，没花过自己的钱，都是拿着Skydon的钱在玩。"

"当然知道，那时候你知道我有多羡慕你。"

"但从Skydon离开后，我就成了暴发户一样的存在，喜欢用现金解决一切问题。比如我从你手里抢了派森，就是用钱砸出来的。"

"不怪你，是哈迪的问题，不过你想说什么？"

田晓卫耸耸肩道："当然不怪我，哈迪这个土鳖不讲义气而已。但我想说的是，如今现金流对我很重要，最早垄断市场的红利已经没有了。现在我是靠资本活着，所以我为什么要向你提供资金呢？"

高平道："晓卫你要知道，你的天工基本上已经沦为一个做小事赚小钱的企业，而众合在国内的财力你我都心知肚明。我并不缺钱，我只是需要用境外资金打一个时间差，避免和国内企业的竞争而已。你想挣钱，我可以从国内的渠道，以各种方式支付给你。只会让你赢利，不会让你亏本的。"

"我相信。"田晓卫点头，但还是一脸的意气风发，似乎对天工如今的堕落并无半分惭愧，"你当然不会欠我钱，而且可以从各种渠道补偿我。但这涉及另外一个问题：这钱是不是我想挣的？我喜欢挣钱的感觉多于钱本身。我不管别人怎么看，我从来都觉得自己是在靠智慧挣钱。拿走了你的派森，我不会内疚，只是觉得自己的出手狠准稳。但如果为你提供资金,这岂不是我放贷挣钱,我不做金融,不想靠利息活着。你明白我的意思吗?"

"那好,我们就谈生意,就谈你刚说的派森。"高平道,"我知道易目是个人才,但如今他只是一个光杆司令。邵文杰也在出派森的货,但他的主业是Mag的板子,如今已经和Skydon正式签约。而你晓卫,是从来不愿意下苦功,只是喜欢躺着挣钱的人。我没说错吧?按现在的局面,派森在中国的生意只会越来越小。我知道你不在乎,有一天这生意没了,你就扔了它,再去做其他事。但是,晓卫,我知道你很聪明,总能捕捉到各种机会。但如今世界,像当初Skydon那样的机会越来越少了,比如你想用同样的方式去拿赫兹,却没拿到,被我抢先了。所以,你应该开始考虑,把一个机会好好把握住。而且不要你来费心费力,我高平帮你把握住,如何?"

"听起来很不错,你继续说。"田晓卫难得认真听别人讲话。

"派森本来就是我们的,我们就继续做起来,但肯定不和易目竞争,只是继续帮你挖掘市场。而出货,全部通过天工。众合的销售队伍很强大,之前的队伍没有解散,正在寻找一些方向。我就让他们继续做下去。我老高带队伍帮你晓卫打工,你满意吗?而这个结果,我觉得就是你用智慧获得的,因为你足够聪明,所以众合为你打工。这岂不就是你的风格?"

田晓卫笑道:"这的确像是我喜欢做的事,麻烦给别人,自己躺着赚钱。老高,你怎么会想到这种条件的呢?这个行业里没人和我谈条件,都是我开条件,别人一肚子不情愿却不得不答应下来。你该知道他们背后叫我什么吧?"

"当然,A打头的英文字母,或者H打头的汉语拼音。"

"哈哈哈哈,"田晓卫大笑,"你怎么会和一个混蛋谈条件?"

"因为有个朋友告诉我,你其实是个很讲道理的人。"

"嗯,"田晓卫点头,"张邕其实是个很聪明的家伙。"

"你知道是他说的?"

"废话。全世界能说我很讲道理的，大概也只有他一个。"

"那我算第二个，"高平伸出手，"成交吗？晓卫。"

田晓卫也伸出手说道："我喜欢你的道理，我们合作愉快。"

二人很快签下一份协议，高平拿出一瓶干邑，倒了两杯，说道："庆祝一下。"

"晓卫，我有件事不太明白，你觉得张邕是个怎样的人？"

"好像他现在是在帮你做事，难道不是该你评价他吗？"

"他现在做的事，的确都和众合有关，但他并不是我的人。他做了这么多事，我自己也想不明白他要干吗。一般人的理解，他帮助众合这么多，一定是想在我这里多些人情，然后顺理成章加盟众合。不是我骄傲，能被众合看上，其实是件很光荣的事。他虽然能干，没有好平台，靠他自己，也很难有什么太大的成就。他策划的这几件事都非常成功，但是如果他背后没有众合这个靠山，其实他一样是做不到的。我觉得，他带着团队加入众合是件双赢的事。也许年轻人好面子，不好意思自己开口，在等我邀请他？"

田晓卫嘴角浮现出一丝揶揄的笑容："那你就邀请他试试吧。怎么？放不下你那上市公司老总的面子？"

"当然不是，生意做到我们这种程度，谁还在乎这种没用的东西。只是我不太想开口，因为我有一种感觉……"

"什么感觉？"

"他一定会拒绝我，虽然似乎没什么道理，但我的感觉就是如此，他从没想过加盟众合。所以我也看不懂，未来他想做什么。"

田晓卫放下酒杯，赞叹道："好酒，我还得来一杯。"然后换了一个更舒服的姿势，半躺卧在高平的沙发里，看得高平暗暗皱眉。

田晓卫的思绪仿佛回到了很久之前，他说道："他刚到天工的时候，遭遇过一次考验，米河韦少想拿50万买他手中一份报告。"

"90年代？50万？"高平低低地惊呼一声，"一笔巨款，可以在北京买房。"

"他拒绝了，但受了很大的刺激。后来易目告诉我，他好像哭了很久，而且申请了休假，在家里养了两个月才重新回到公司。"

高平叹道："可以理解，要是我，估计半年都起不来床。"

田晓卫则笑道："我就不会。因为我也许根本不会拒绝。"

"这是我见过他一生最迷茫的时刻，但从此之后，他对自己要走的路一直看得很清楚。某种意义上说，张邕其实比我还不好打交道。我们都是讲道理的人，只是我们的道理，外面人未必理解。我的道理其实并不复杂，老高你就很容易懂了。但张邕的道理，只怕连你我都未必能懂。他要是不想加入众合，一定有他的理由。不知道他的理由，你一定无法说服他。你觉得对他最好的结果，他却未必是这样想的。其实他和我还是有几分像的，快意恩仇，我不在乎恩仇，只在乎快意。但张邕，他没我这样洒脱，他也喜欢快意，但比我沉重。"

"我该这样理解，他比你更有责任感。对吧？晓卫。"

田晓卫咧嘴一笑道："随你怎么理解，我也有我的责任感，只是这世界值得我负责任的人和事并不多。对了，关于张邕的事，你可以找找他M大那个怒发冲冠的师兄，也许他的话，张邕会考虑。"

三牧庄园。

驾驶员芬利停下自己的车，又到了下午茶的时间。他下了车，看到田边桌子上预备的点心和咖啡，心中很是满意。

但很快，有些令他不满意的事情发生了。

他刚为自己倒了一杯咖啡，却看见一群中国机师以一个戴眼镜的青年为首，走向了他的车。

"喂，你们在干什么，走开，离我的车远点。"他立刻朝着这群人吼了起来。

与以往不同，这次众人没有被他吼得退开，而是站在原地看向眼镜青年。

那个青年毫不惊慌，好像还笑了一下，这让他心中有一点不祥之兆。

青年走向他说道:"你好,我能知道你的名字吗?"一口地道的美式英语。

"我叫芬利,你是谁?为什么带着这群人上我的车?"

"哦,先纠正一下,这里没有你的车,所有的车都是三牧集团的。至于我,我叫尹子昊,是李先生临时任命的农用机械主管。换个说法,你现在归我领导。"

芬利重重地放下手中的咖啡,大步来到尹子昊的面前说道:"我不管你是谁任命的主管,我不许你们动我的车。这些车很昂贵,而这些中国驾驶员水平很低,如果车被弄坏了,你要负责任。"

他比尹子昊高半头,站在并不算强壮的子昊面前,看起来压迫感十足。

尹子昊微微抬头,一脸平静地看着芬利,从容不迫中又带着几分蔑视:"我再强调一遍,我是新上任的机械设备主管。现在我要给我们中国的驾驶员做一些培训。如果你愿意参加,我欢迎你做我的助教,如果不愿意,就继续享受你的咖啡吧。告诉你一件事,对这个型号的农机,我比你熟悉得多。好了,希望你喜欢今天的咖啡。"

尹子昊说完,给了芬利一个得体的微笑,然后转身对着中国机师们摆手道:"走吧,我们继续。如果他敢继续阻挠,我不介意你们一起给他点教训。"

愤怒的芬利的确想伸手抓住尹子昊的后衣领,但他不知道这个中国人说了什么,他发现所有的中国机师忽然看向他,眼中有戏谑、愤怒,还有些不怀好意。他觉得心中一寒,立刻顿住,什么也没做。

尹子昊带着两名机师上了车,他熟练地操作着设备,然后机车轰鸣着,向田间深处驶去。

芬利愣住了,这时他又听到一个声音:"感谢主,你没动手。他刚才最后几句话是告诉那群工人,如果你有什么不礼貌的行为,他们会以十倍回报给你。"

芬利转身，发现一个中国人正坐在他刚才坐着的位置，享受着下午茶。

"你又是谁？"

"我叫张邕。放心，我是一个外人，和三牧没什么关系。我的同事正在里面和李先生协商，会把庄鹿车上的部分设备换成我们的。而我没什么事做，所以出来和你们一起享受下午茶。我只是有一个友情提醒，你最好听子昊的，李先生给了他足够权限，他随时可以解除你的职务，然后送你回国。据我所知，你们和三牧并没有工作合同，应该都是以培训的目的待在这里的。你应该没有工作签证吧？你是不是觉得只有美国才有移民局？你们能在这里干活，是因为李先生一直在保护你们而已。"

芬利脸色一阵红一阵白，最后他坐了下来，然后低声道："我们在这里其实只是工作而已，不想惹任何麻烦。我很喜欢中国，这里的人们其实很友好，如果可能，我愿意多待些日子。"

"你说得对，芬利，中国人很友好。只要你能表现出你的善意，我们自然会当你是朋友。"

张晓全开心地从室内走了出来，他和送出门的李小龙道别后，快步跑到了张邕身边。

"全搞定了，不只现在车上更换Skydon设备，装我们的。其他世界各地的车，也都会采用我们的方案。同时我们还将签下一份长期合作的战略协议，这个不是我能做主的，我要回去向高总汇报。"

"恭喜，晓全。不过你不用急在现在，高总已经去美国了。你把这个消息尽快告诉他吧，相信我，他一定会给你大大的褒奖。"

"哈哈，奖励就算了，但是开心呀。告诉你一件事……"

"什么？"

"米河的韦少又回来了，他刚才打电话给李总。被李总拒绝了，他不甘心，这会儿应该正在赶来的路上。"

片刻后，二人驾车离开庄园没多远，见到两辆京牌车飞驰而来，张晓全兴奋地按了按喇叭算是打招呼。张邕侧头，却发现对面车窗上，韦少英俊而愤怒的脸。

韦少在北京等了一周，没有收到三牧的任何消息，心中终于有些不安。

此时李文宇刚结束了一趟国际旅行，回到了公司。他听了韦少的汇报后，立刻严肃起来。

"你说张邕当众表示他们没机会了，然后在你们眼皮底下退房，并开车上了高速，是吗？"

"是的。"

李文宇长叹一声道："你尽快和山东那边联系吧，我想，我们可能已经失去机会了。张邕什么样的人，要离开肯定早就退房了，怎么会晚上赶回来，搭上半天房费，然后在你们面前离开。"

第183章　赫兹落地

韦少很快就知道，自己已经彻底在三牧失去了机会。

无比失望的他试图做最后的争取，于是他说："庄鹿上面的Skydon设备都是出厂前预装的，如果你们擅自改动，也许会破坏庄鹿机车的机构，那么会让你们在庄鹿的售后服务上遇到麻烦。也许，庄鹿不会再给你们的设备保修。"

这番话成功激起了李牧之的怒火，他起身道："我还有其他事，小龙，送客。"

而语言不通的韦德自始至终不知道发生了什么，只是知道这家用户买了庄鹿的机车，却用了别人家的方案。他想起了那个会说蝴蝶效应的Skydon前同事，他很幽默，但没想到他有这么大的能量，能改变这么多事。

"真的都是那个张邕做出来的？用户为什么会信他的鬼话，这里现成的Skydon设备不用,去用第三方设备?"

"这个张邕就是Skydon的灾星,他总是做这一类的事情。"事已至此,韦少觉得把一切都推到张邕身上,大概是他唯一能做的。只是有些事韦德不知道,他自己却很清楚,如果不是他报了一个很高的价格,张邕的机会其实并不大。

但如今再说这些,都没有意义。不得不说,张邕准确地估计了形势,包括韦少的报价。

这只是无数的项目竞争中的其中一个,但这个项目让Skydon失去了一个在中国快速推广精准农业设备的最好机会,也使得米河刚刚进入精准农业行业就遭遇到了短暂的挫折。

但对众合和高平来说,这场胜利则具有史诗般的伟大意义。他不仅仅得到了三牧的业务,打开了中国精准农业的市场,除此之外,他的收获还有很多很多。

赫兹终于完成了一切法律上的手续,出售一事正式启动。

而就在此时,北斗星等几家依然对赫兹充满兴趣的企业在经过众寻的一次发布会之后,彻底打消了这样的念头。

一家北斗新军,发布会却盛大无比,就连行业外的媒体也纷纷报道,能有这样待遇的北斗企业,大概只有众寻这样的独角兽。

曾经让汤力维无比困惑的产品设计,却在这里收获了无数的赞誉。庞德这些专业人士可以对这一类的GNSS盒子嗤之以鼻,但无法挡住媒体及大众的热情追捧。

"这是一项颠覆性设计,同时是北斗高精应用的一个里程碑。"一名高管在台上侃侃而谈。

"我们的测绘同行,太执着于测量土地,忽略了卫星导航高精度产品,可以有更多的应用,更多行业的应用。"

"这个产品像什么?其实有点类似雷军说的,小米是互联网公司,小米手机只是小米生态的载体。这个盒子将成为众寻服务和北斗高精度服务的载体。"

"我们可以把它放在测绘人的移动杆上，也可以放在车上，拿在手上，放在无人机上，以及多种需要GNSS定位的载体上。顺便说一下，我们已经和最知名的无人机厂家达成协议，他们会通过搭载这个模块来绑定众寻的服务。"

"我们的初衷，是让那些没有专业硬件设备的用户，通过这个低价的盒子，来享受北斗高精度服务……"

"从此高精度应用，将不再神秘化，不是专业人士的专利。用户不用设置任何参数，只需要从互联网下载APP，开通众寻服务就可以了。"

最后的互动环节，刘以宁被请上了讲台。

"刘总，你好。很荣幸看到了你们的新品发布，恭喜您，非常颠覆的一个发明。我想问一下，这个盒子的成本和价格远低于目前市场上的高精度产品。会不会对现在的北斗高精度制造企业造成冲击？"

刘以宁道："这肯定不是我们的初衷。而这个产品真的只是一个服务搭载平台，我们本身在硬件上是不赢利的。所以严格说，它并不是一台GNSS接收机，所以和目前市场产品的概念是不一样。我希望它不会影响到目前测地型GNSS接收机的市场，但你说的影响，我想或多或少都会有一些吧。只不过，时代在发展进步，我们的传统制造商也该多考虑一些未来的趋势。"

在自己办公室里的庞德，看到这个画面的一刻，一股怒火涌上心头，他狠狠地一拳砸在自己的办公桌上。门外的助理赶紧推门进来问："庞总，有什么事吗？"

庞德尽量让自己平静下来，他摆摆手道："没事，你出去吧。"

发布会还在继续。

"刘总，我有一个问题。之前众寻一直以提供数据服务为宗旨，如今忽然发布硬件。虽然您一直说这只是服务的搭载平台。但我们都知道，硬件就是硬件，它需要不同的技术支撑。我们想问一下，众寻是有了自己的硬件合作伙伴，还是众寻本身在发力，也参与到高精度北斗的板卡芯片的研发和制造上来。"

"想推行众寻的服务，我们就不得不面对硬件研发的境遇。之前我们和众合签下了一份合作协议，确立一些相关的研发。但如今看来这还远远不够，众寻将加大力度，开展对硬件的研发。对此，我的态度是不惜代价。"

提问媒体继续追问。

"您说的不惜代价，有什么具体的举措吗？这个行业内不乏10年以上的GNSS制造商，您的技术积累怎么解决？不惜代价投入的是资金、人才，还是其他什么？"

刘以宁微微侧头，做出一副潇洒的姿态："你这个记者怎么这么喜欢刨根问底，众寻的商业机密都被你问光了。好吧，既然如此，我就稍稍和大家透露一下。美国西部有一家传统的GNSS制造商，以海事产品、农业产品和高精度产品为主业。如今和这个企业正在出售，潜在买家主要在中国，我们是其中之一。我说的不惜代价，具体措施之一就是众寻为了发展自己的硬件，我们一定要买下这家企业。为了在和同行的竞争中胜出，我们为此准备了3个亿的现金。这一次我们势在必得，这就是，不惜代价。"

"3个亿？据我所知……"

没人注意到，坐在台上的张邕听完这一段话之后，悄悄向台上的刘以宁竖了一下大拇指。

刘以宁的眼光掠过张邕的手势，但没做任何停留，他笑着环视一圈，然后将目光重新定睛在提问者身上。

北斗星办公室，建辉一脸的不可思议。

"我知道众寻的确融了不少钱，但也不是这样用的吧，这是疯了吗？3个亿？4000多万美金，Skydon收购Mag也就用了这么多。"

范明轩也叹了口气道："他们没有我们的工业基础，却有大笔的钱。选择这样的路倒也可以理解。这也算好事吧，省得我们费力去说服董事会了，还是全力支持小明博士吧。其实在我看来，众寻收购赫兹，未尝不是一个最好的结果。"

"好在哪里？"

"众寻这种企业，顺风顺水，该有的都有，一步青云的感觉。但终究是缺乏基础，赫兹并不是Mag这样有成熟产品的企业，还需要持续的投入和研究，众寻有钱却未必能做到最好。陈小明博士为什么这样值钱，为什么整个研发计划滞后了这么多，我们依然选择支持他，就是因为世界上像他这样的人并不多。很有可能的一种局面，就是众寻3个亿，买来一堆无用的东西，一直烂在库房里。"

同样看到这一幕的也包括尚达的仲海军，他第一反应是拨通了庞德的电话。

"庞总，我们海外团队已经和赫兹接洽上了。但谈判似乎并不顺利，感觉赫兹已经心有所属，沟通不是很认真。只是强调了，他们想在未来3个月内完成此事。刚才众寻的发布会你看了吗？什么感觉？我有点疑惑。"

"我看了，但我不信。我知道这些互联网大佬有钱，他们对钱的使用和我们传统行业完全不一样。但要说花3个亿买回一块不怎么能用的GNSS板卡，我觉得没有可能。对互联网企业的个性我了解一些，你要说他们花10个亿买回Mag，我觉得可能。因为那还是一个成熟的产品和成熟的体系，他们只需要付出资金，没有其他的风险。但3个亿买回半成品，再花7个亿把它打造成成品，这绝对不是他们做的事。而且你刚说了，赫兹想3个月完成此交易，除非众寻在海外有足够的财力，否则外管局这一关，他们的时间根本不够。不要被他们干扰，继续按我们当初商议的进行。赫兹认不认真没关系，等你的价格报过去，他们会开始认真的。"

仲海军放心了，他也有同样的感觉，只是需要庞德能给他更多的信心。

两人结束通话前，庞德加了一句："我让我们南美和欧洲公司都准备一些备用金给你。我不知道高平有多少钱，但这个出价，我猜他不会答应。每个人都有自己的心理价位，高平也一样。"

3个月后。

国际专业媒体《GNSS世界》突然发布消息。

"来自中国的卫星导航公司众合，全资收购美国传统海事GNSS公司赫兹……"

这一消息迅速被国内媒体纷纷引用，在业内引发一系列震动。众合成为中国第一个收购国外卫星导航公司的企业，声名鹊起。高平频繁地出现在各大媒体包括电视媒体前，接受各种访问。

有媒体挖出了之前众寻刘以宁在发布会上的言论，并且再次连线了刘以宁。

"哦，的确如此，我说过我们为此准备了3亿现金。但收购最终没有达成，如今现金还在我们的账上。你问我为什么没有达成，这个说起来会比较复杂，一个企业做这样一个决定，是要考虑多方面因素，我们做了决定，也试图去实施，但最终没有做到而已。其中很多细节，抱歉，我无法奉告。但众寻本来就是众合的合作伙伴，所以我借助你们媒体，向众合和我的好友高平，说一声，恭喜！"

北斗星的范明轩摇头道："妈的，众寻给老高当了一回托儿，算了，我们不要分心了，继续全力和小明博士合作吧。"

而在众合正式收购的消息发布之前，在竞争中失败的尚达第一时间就向仲海军做了汇报。

"怎么会这样？老高，你下得一手好棋呀。"仲海军狠狠地咬了咬牙，然后拨通庞德的电话，二人竞争多年，但作为在收购赫兹一事上临时的盟友，总要给个交代。

"怎么会这样？"庞德的第一句话和仲海军一模一样，"发生了什么？"

"众合出价3000万，我们最多可以筹到1000万，所以筹码远远不够。而且，就算我们有足够的钱，对此事也要重新评估，不可能在3个月内就能得到结论。"

"高平疯了吗？他肯出近两个亿，来购买一个半成品？"

"不，他完全没有疯。只是玩了一招瞒天过海。"

"2个亿，他收购的不只是赫兹的高精度部门，而是包括农业和海事在内的整个赫兹公司。"仲海军一字一顿，将这句话讲得清清楚楚。

"赫兹的确是只想出售他们的高精度部门，那是他们的负资产，想尽快甩掉。我们一切的准备，也都是围绕这个部门来做的。谁想到老高背地里下了这样一招暗棋。我现在才明白，当初他签下赫兹全系列产品代理的意义。他先是签下代理，然后不知什么时候，悄悄说服了赫兹的董事会，将部门出售变成公司出售，在我们都还没反应过来的时候，将整个赫兹公司全部收入囊中。

"我们都被耍了，这就是目前的局面。"

高平和赫兹第二轮的正式协商是在张邕的山东之行之后，他从张晓全口中得到了三牧集团的好消息。

高平无法压抑内心的喜悦："我现在去美国，这一段时间都不会回去。你立刻与黄总联系，让他来安排一切，马上和三牧集团签下一切合同和协议。"

接着，他来到赫兹拜访了安德森，安德森对高平突然提出收购整个赫兹并没有心理准备，最初听到这个计划的时候，甚至有一些愤怒。

但高平给了他一些不错的理由："赫兹精准农业的最大机会是在中国。我们已经取得了巨大的突破，给你看一份协议。三牧集团已经同意换掉他们所有庄鹿农机上的Skydon设备，换成自动。我毫不怀疑，未来我们还会有更大的收获。但是，拉塞尔，你真的愿意，我们如此出色的解决方案却不得不使用捷科的板子吗？那么这种成功是赫兹的,还是捷科的？我理解现在赫兹高精度部门的困境，但当初的产业布局是非常高明的，为什么要毁掉这一切，而依赖于捷科或者其他厂家来发展呢？如果有一天，庄鹿上面集成的不是Skydon而是捷科，那你要怎么竞争呢？难道，你真的舍得你精心布局的一切，被分成几个部分，自己却要依赖于别人的发展。你确定，这是你想要的吗？"

这当然不是安德森想要的。没有底层技术支撑的解决方案，一样可以有价值，却很容易被人复制。他们一直不采用Skydon的板子，最主要的原因就是，Skydon也在开展同样的业务，如果拿着Skydon的板子，去和Skydon竞争精准农业业务，结果可想而知。

如果有一天捷科也开展同样的业务，那么赫兹又该何去何从呢。

甩掉高精度部门，并不是他们想要的，只是不得已而已。但甩掉了这个包袱，自己也就缺失了一条腿。

"高先生，我想你近期不会离开美国吧。我们会马上召开董事会协商此事。另外，我想问一下您的出价以及可以支付的时间。"

"我预估的赫兹的价值，是在Mag的三分之一左右，但我可以出到一半。同时你和晓卫之间的外债也由我负责。如果你们同意的话，我们的财务和法务团队现在就可以进场调查和协商。等到你们一切手续完毕，我可以在一个月内支付全款。"

安德森点点头道："给我们一周时间吧，高先生，未来你可能会成为我的老板。"

一场不算轰轰烈烈但依然充满了曲折的赫兹之争，在这一个时刻就已经定下了基调。

庞德一切细节算得都很准，但是算漏了大的方向。

第184章　再聚首

几个月之后，特区的一间大排档。

"可惜，本想在同一间大排档找找当年的感觉。可惜这里变化太大，一切都物是人非，排档是找不到了，不知道食物味道是否还和之前一样。"刘以宁感慨着。

"食物也许没变，但人都变了，味道自然就找不回来了。"说话的是怒发狂人。

"人哪里变了，这不是还是我们三个吗？"

"没变吗？看看张邕，那时候不过是个傻里傻气的只懂技术的小屁孩，如今已经成了一方豪杰，这气场多强大，刚才老板娘一直偷偷对着他笑，别以为我没看见。至于刘总你，那时候我不记得你，你只是一个偷听我们谈话的边缘人物，即使后来你在互联网界能呼风唤雨，也不会与我们有任何交集，可如今你一夜之间成了北斗领域的独角兽企业。你觉得一样吗？纵然一样的肠粉、烧鹅，如今只怕也能品出不一样的味道。"

"师兄，你也一样呀。那时候天上只有3颗北斗一代卫星，只能看看而已，如今北斗三代都快布满天空，北斗一代都已经退出江湖了。不过你人的确没怎么变，就是这头发好像垂了些，如今只见狂人，不见怒发了。"

"老子的怒发都随北斗卫星上天了。好久不见，喝一杯吧。"

三人碰杯，刘以宁道："没想到刘老师你也过来，真的多谢了。我敬你一杯。"

"唉，我过来也不是为了你，特区的网络总要有一个结果，M大作为这个网络的实施者，肯定要来参与一下，朱院士有事不能来，只能是我来代表了。另外，这是我和张邕一起联手打造的中国第一个永久CORS站网络，或许有些技术已经过时了，但建站的规格可不是你们现在众寻的基站可以媲美的。"

刘以宁道："当然了，你们的要求高呀，而且设计上就是一个永久基站，花的代价也大。"

怒发狂人摇摇头道："再高的规格，终究比不过众寻的新概念。我敬你，刘总，你颠覆了我们的行业，却让我们看到了未来。"

这顿晚餐之前，他们刚刚结束了和特区国土局信息中心的一场会议，讨论特区网络如何接入众寻，开始新的服务模式。

中心廖主任没有料到张邕也出现在这里，说道："你也来了？来得好，来得好，本来我也想邀请你，但知道你已经不在Skydon，我们不知道去哪里找你。至于如今的Skydon的负责人，我们不熟悉，这事其实和他们也没直接关系，就作罢了。你能来，太好了。"

他转向怒发狂人说道："我当初问你什么叫CORS，你说C意思是Continuous，所以这还是一套永久性、连续运行的基站系统，如今还不到20年呀。你说的永久性呢？"

怒发狂人道："并入众寻，它还在呀，还会继续运行呀。Continuous没有错，就像当初的小廖如今变成了廖主任，但还是你，只是你升级了而已。"

"升级了吗？刚好你和张邕跟大家讲讲，我们没明白，当初的伪基站技术这么快就落后了吗？众寻用了什么技术？这么快就超过Skydon了吗？如果是真的，这是好事，我们支持。就是心里面确实有些难割舍。当时我可是每天陪着你们，我们一起工作了一年多，如今就都落伍了吗？"廖主任的情绪明显有些失落，建站的时候他刚毕业，几乎全程参与整个过程，也没少和张邕一起跋山涉水，如今要把经营权让给众寻，整个国土局最舍不得的不是局长，而是他。

"让刘总再介绍下众寻的理念吗？"

"不用，刘总的理念我们都听过了，也很认同。只是我想听听，是我们的技术过时了吗？"

怒发狂人摇头道："多基站融合网络算法不会过时，即使现在我们也依然在做相关的研究。但只是研究，科技并不完全等于商品和应用。如今众寻的模式下，我们已经不需要这么高深的技术，当然这与这项技术的成本过高也有很大关系。未来也许众寻就会把多基站网络技术作为一种标配放在他们的网络中，而且不会向用户多收费用。有这种可能吧，刘总？"他看向刘以宁。

后者点头道："凡是可以促进众寻服务的技术，我们都会深入研究。如今的伪基站技术，软件许可证是按站的个数来收取的，Skydon的地位加上米河这些经销商的经营思路，使得价格高不可攀。如果按这个模式来覆盖整个中国土地，那成本将是一个无法实现的天文数字。

何况，就算我们有足够的资金，也不愿意把这么多钱送给美国人。您说呢。"

张邕见廖主任依然情绪低沉，他笑道："老廖，好像以前是叫小廖的，我有一个比喻，可能不太恰当，但大概可以说明问题。听听吗？"

"我倒是真怀念以前叫小廖的日子，你说说吧。"

"从前有个人，患有严重的心理疾病，夜里无法入眠，因为只要一躺下，就会觉得床下有人。他去看心理医生，医生认为他病情很严重，需要进行6—8周的治疗，每周2次，每次收取500元诊费。这人觉得太贵，没有同意就离开了。但一周后，医生在街头见到了病人，发现他满面红光，精神非常好。一问之下，病人居然已经痊愈了。"

廖主任见张邕讲起了故事，兴趣并不是很大，但逐渐却被吸引。

"医生很奇怪，问谁的医术这么高明？花了多少钱？"

"病人回答，是我门口的木匠，我给了他50块钱，他把我的4个床腿锯了。"

会议室里静了一秒，忽然响起了笑声。

"张邕，你个活宝，真能胡说八道。"

张邕却正色道："其实道理是一样的，伪基站是项有益的技术，但众寻用更简单的方式，一样可以达到目的。而且众寻做的事，并不只是锯了4条床腿这么简单。他们首先要做到的是，把整个基站设备的价格降下来。这才能保证他们的网络和理念成为可能，其中付出的努力和科技含量，其实一点都不比多基站技术低。我们很多行业，面对互联网的冲击，都说狼来了，认为这样跨界带给传统行业巨大冲击。其实他们之所以能带给我们这个行业冲击，就是因为他们有更先进的模式和理念，我们应该更多地考虑他们带给我们的启发和益处。"

"好了，张邕，你不用多说了，"廖主任打断他，"其实道理我们都懂，就是有点舍不得。而且我们也没有把公共设施交给民营公司运营的前例。局长和大家开了很久的会才定下来。不耽误时间了，刘总，如果这第二稿协议没什么问题，咱们就开始签约吧。"

三人在会后拒绝了国土局的晚宴，一起来到了街头的排档，寻找当初的感觉。可惜，感觉或许还有，但排档早已不是当初的模样。

"张邕，喝一个，为你今天锯床腿的故事。"

"哈哈，不错，为这个故事，我也陪你们一杯。"

"刘总，现在你几乎将全国的公共网络也都接进众寻网络了，下一步你要做什么。"

刘以宁道："很多，也可以说没有。因为众寻的服务大家已经看到了，大方向未来不会变的，我们所要做的就是在这个方向下进一步细化。细分市场，细分服务，像绑定无人机制造商这种服务，我希望能越来越多，当然……"他看向张邕，"如果做到细分，那么服务的载体也是非常重要的。张邕，我什么时候能真的拿到你说的这些产品呢？"

怒发狂人撇了下嘴，笑道："当你的发布会震惊全国的时候，我就知道，你这个产品只是理念和设计，不可能有实物，因为目前的技术还做不到。怎么，这个设计是出自小张邕之手吧？没做出来就忽悠，你还是我那个忠厚老实的小师弟吗？"

刘以宁也笑道："他可能没你和大家认为得那么老实，但绝对是一个可以信任的人。其实，众寻的服务已经得到认可，我们拿到的投资也足够。所以，我们并不需要拿一款只是设计阶段的设备在市场上宣传，吸引眼球。这件事是张邕的主意。当然我的条件就是，以后务必真的把这个产品造出来给我。"

怒发狂人眯起眼看着张邕说道："你躲在幕后，所以在乎的至少不是虚名。那么你的目的？我猜，会不会和众合的收购有关？"

"师兄威武，我敬你。"

"没人相信，如今的众寻会陪你演一出戏，所以大家一定都信以为真了。你们最主要的目的，是3亿现金收购，对吧？张邕，好手段呀。"

"我真的想做一款类似互联网应用的GNSS产品，但我需要芯片的支持。我手里的Mag是不能再用的，那么赫兹就是我的首选。我先要帮助高总拿下赫兹，自己才有的用。我手里有东西，才能帮众寻设计仪器。这

1133

是一个环,刘总愿意帮助我们闭环而已。而且这个硬件的理念,刘总本身也很喜欢,不然,以互联网大佬的无情,怎么会没有好处就陪我们一起玩?"

"张邕,这话好没良心。还记得我帮你升头等舱吗?我有什么好处?赫兹本来就是我的目标,让给你了,你居然说什么互联网大佬无情。"

"刘总,我的意思是,你见利而不忘义,始终能做出最好的判断,能够取舍,却也没有忽略朋友的交情。"

怒发狂人不停地摇头道:"完了,完了,师弟你是真的学坏了,这通恭维居然面不改色,像真的一样。"

"因为我说的本来就是真的。"三人一阵笑,又一起干了一杯。

怒发狂人严肃起来:"刘总能做正确的判断,这话肯定不错。但你呢,张邕,其实我们每个人都不知道你下一步要做什么。你帮众寻做事,也帮合众做事,虽然每一分成本你都会寄账单给他们,但终究不是在给自己谋利。我们都很好奇,你这样做的目的是什么?你要何去何从?今天我和刘总都在,你要说说吗?还有,众合的高总也问我了,他想了解你的想法。他手下的几名高管,都认为你一定会加盟众合,只是在为自己争取最好的条件。但老高没这么想,他觉得他若邀请,你很可能会拒绝他,所以让我来问问你。"

刘以宁接腔:"高总这么想,一点也不奇怪。因为我就是这样的想法,他为我们设计了几款接收机,包括最早的一批基站接收机。可以说,他几乎已经是众寻的人了,但是我从没感觉他有加盟的意思。我和高总一样,不知道怎么开口问。今天借着刘老师的金口,我也想听听他的想法。"

"就是,"怒发狂人点头,"这种事早晚都要面对的,如果你是在众合与众寻之间犹豫,那就同时谈谈,看看哪边的条件更好。另外,我这里还有一个职位给你。高平来了M大,和朱院士商量,一起搞一个北斗研究院。我肯定会在里面任职,而你,张邕,我知道你手下有一批人，还有现成的生产线。芯片的研究很需要你这一块，不如一起并过来，咱们师兄弟再次合作。你觉得如何？"

刘以宁道："看来我没有你们师兄弟感情深，但你师兄说的谈谈条件，我就觉得很对。我对出价一向很大方。"

怒发狂人继续道："又到了三选一的时候，和你在德国一样，不过那一次，你选择了高平。现在，众寻、众合，还有我，你选哪一个呢？"

第185章 北斗渔业

张邕默默干了杯中酒。

"师兄，在德国，你让我选一个最佳方案，所以我选了高平的收购方案。那其实不是选择，只是我的一点个人看法。于大局无碍，无论我选了谁，都不会改变格局，大家都还是会坚持做自己的事。但我的确没有想到，自己居然参与了这么多。也没想到会在去美国的飞机上被人莫名地升了舱……"他看向刘以宁，目光相遇，两人都笑了一下。

"但那终究是别人的选择，我选谁并不重要。但这次你要我为自己选一个去处，那就是我真正要做的选择了。但是我有一个问题。"

"你还有问题？你说。"怒发狂人笑眯眯道。

"我为什么要选？我从没说过我要选择你们呀。"

刘以宁和怒发狂人都愣住："都不选？那你要干吗？做自己的事？可你做的不都是和这几家相关的事吗？你怎么可能会离开这几家自己发展呢？"

张邕摊摊手，脸上的表情看起来像个涉世不深的孩子。怒发狂人心中忽然一动，他想起了多年之前的张邕，在GPS中心升级设备的张邕，在天工拒绝了韦少一大笔的张邕。他忽然发现，或者这么多年，张邕的确成长了许多，但很多东西，从来也不曾变过。

"我现在就没在你们企业里，做的也都是和你们相关的事。既然一样做事，为什么非要为我找个老板呢？"

刘以宁伸手拦住了还要开口的怒发狂人。

"张邕，如果你想的是自己创业的话，恐怕你想得太简单了。我承认，你很能干，无论是对众合，还是我们，你都帮了很大的忙。你的很多运作堪称神来之笔，非常了不起。但是，如果你以为你做到的一切都是你自己的能力，那你只怕有些高估自己了。你做成的这些事，其实都是因为背后有众寻和众合的平台在支撑。你那个美国朋友霍顿，每一次的服务，报价只怕都不低。别问我怎么知道的，赫兹当初突然拖延了我的收购协议，我就知道背后一定有故事，所以也做了些调查。还有，你运作得再好，依然是众合收购赫兹，不是你，你做不到。同样，众寻拿到融资，你也帮了很大忙。但是，没有众寻这个平台，你想融资，一样什么也融不到。想发展，你需要一个好的平台。之前你的Skydon和Eka的经历，帮你获得了很多资源，但是从发展的角度来说，远远不够。我是这几年才开始做众寻服务，但之前我在阿里的平台上工作了很多年。这才是我今天创业的根本。即使你只甘心愿意做一个小公司，只怕由不得你。如今北斗卫星上天，ICD对内对外都正式发布，中国境内会涌现出无数个北斗企业，都是国字头或者上市企业。你不能快速发展，只怕很快会被淘汰。如今这么好的机会，大家都欢迎你，你要这样放弃，就太可惜了。"

怒发狂人揶揄地笑着举起杯道："刘总说得非常有道理，我在一旁也受教了，我敬你。"放下酒杯，却笑道，"但我估计你这番道理没能说服这个家伙，想自己创业这个前提可能就不对。张邕对自己看得很明白，他当然知道想发展的话哪个平台更好。他只是还有一些自己的其他想法。我说得对吗？"

张邕感激地看了怒发狂人一眼，点了点头。

"刘总你说得都对，但显然我师兄更了解我一些。我的第一个正式的老板，应该算是晓卫，很抱歉，这个家伙给了我一些很不好的影响，我不知道对错，但我很喜欢。那就是，做自己喜欢的事。不管别人如何看，我高兴，我愿意，我喜欢，才是最重要的。我知道这并不好，但我看到过晓卫和人谈判的嚣张。那时我刚毕业，如果说我当时还是一张白纸的话，晓卫就用他这种行为在我这张纸上写了厚重的一笔，我到现在都擦不去。但我和晓卫也有不同点，晓卫喜欢挣钱的感觉，他的高兴与否是以最终获得的金钱来计算。而我喜欢做事的感觉，我不排斥挣钱，但光有钱不够，我喜欢一件事做成后的成就感和满足感。所以，刘总你说我做了那么多事，其实都是借助别人的平台，做的也是别人的事。但这正是我想要的，我既然可以在你们这些平台上做事，那我是否加入又有什么区别呢？我现在的庸人工作室升级了，变成了庸人科技，而与昆山制造的关系也更加紧密。现在我有一个团队，有生产线，板卡这边有众合芯片研究，有师兄你这边，研发接收机的市场，刘总，我就是在为众寻而做。除此之外，我还有李建他们十几个经销商，我有很多事可以做。其实我不是想独立发展，而是想和大家绑定，然后更紧密地合作。同时，保持我一定的自由度。"

刘以宁还是不以为然地说道："我知道这些年你挣了些钱，所以以为自己能够安枕无忧地做自己喜欢的事。但就连马云其实都做不到凡事都按自己的喜好。你如今做的事，既然涉及板卡芯片的研究，你就该知道，第一，这些事要花很多钱，每年都是数亿的资金投入；第二，这些事很耗时间。离你们德国打赌快过去两年了，这三家进展如何？你如果不在一个大平台上，你根本活不下去的。"

张邕脸上浮现一丝熟悉的刚毅表情："我可以试试。"

刘以宁摇头叹了一口气，像是看着一个要走上绝路，却怎么也拉不回的朋友。

怒发狂人却从张邕的话里捕捉到了一些更多的信息。

"你有很多事可做？你还要保持一定的自由度？是不是北斗之外，你又有了些新想法。"

张邕不自然地笑了，好像一个偷糖果被人抓住了的小弟弟。

"我在德国展会上发现了很多好东西，而且和一家法国公司已经达成了协议。正如刘总所说，未来这几年，可能会涌现出无数北斗企业，竞争将异常激烈。而对我来说，北斗的事都已经做到了芯片的地步，就已经差不多做完了。我想做点其他的事。"

张邑说着掏出了自己的手机，对着大排档的餐桌，从不同角度拍了数张照片。

接着启动了处理程序，一分钟后，他把手机屏幕送到怒发狂人和刘以宁面前，一个和实景完全一样的餐桌三维模型出现在屏幕上，随着张邑的手指滑动，缓缓转动着，展示着任何一个角度的数据。

"我想做一些三维建模的事情，其实这也不算很新的概念，我在Eka时，Eka厂里就常讲Modelling（模型化）的概念，只是那时候，我并不理解，如今却亲眼看到了。这也许是一个新的发展方向，我想试试。"

刘以宁对此很感兴趣，不过很快就放下了手机。

"你有自己的想法，很好。不过我再多说几句。我说过了，我做众寻，其实是得到了你们俩和那个德国人的启发。但是你们想过吗？我们第一次见面距现在多久了？10年，15年？为什么这么多年之后，我才开始做众寻服务。为什么不在听了你们谈话的第二天就开始？因为最早的时机，未必是最好的时机。那时硬件昂贵，通信设施昂贵，手机网络刚开始有GPRS数据通信，哪像现在有2G/3G网络。用户和市场培养得不够，而且投资圈的认知程度也远远不够。张邑，你这个真的很好，也许未来是方向，但现在可不一定是好生意。还记得中国第一家做VCD机解码器的企业吧，花了那么多钱，做得早，死得也早。但它死后，一批VCD机厂家如雨后春笋，纷纷发芽。除非你愿意成为三维产业的先驱，否则我的建议是，你不如晚几年再碰这一块。"

怒发狂人笑道："刘总，你说晚了。我相信你已经无法说服他，刚才他就说了，他喜欢晓卫那样，我乐意！还有，你知道他当初是怎样加盟Skydon的吗？很简单，我就告诉他有个参考站的技术，很厉害，你自己去看看。他去看了，然后动心了，然后就去竞争Skydon参照站主管的位置了。我以为这么多年，他至少改变这一点了，见得多了，对新技术的兴趣也就淡了。但连我都没想到，他居然还和多年前一模一样。也好，世界上是不是该多一些这样的人呢？"

刘以宁迟疑了一下，也笑道："好吧，那就多一些张邕吧。来，我们敬一下这个永远是少年的家伙，干杯。"

干了这杯，刘以宁认真地对张邕道："你喜欢做什么，去哪个公司，我管不了。但你答应我的接收机，我希望可以尽快上市。发布会是帮你搞的，你要帮我完美收官。"

两年之后。

中国南海海域，一艘中国渔船正全速向着祖国的方向行驶。不远处的海面，一艘某国的海岸警卫队巡逻舰正穷追不舍。

巡逻舰拉响了汽笛警报，喇叭中用英文和生涩的中文反复广播："前方的渔船听着，你们已经驶入了我国海域，严重违反我国法律，侵害我国领海权。现在命令你们即刻停船，关闭引擎，和我们回去接受调查。如果再不停船，后果自负。"

渔船虽然全速前进，但比不过巡逻舰的马力，双方距离越来越近。

渔船驾驶舱，船老大正紧张地驾驶着船只。

"老大，怎么办？越来越近了。"

"北斗的位置发回去了吗？"

"半小时前已经发出了，最初的回复是，最近的渔政船赶过来大概要一小时。"

"那我们就再坚持半小时，他们没那么快追上我们。"

片刻后，海面上突然响起了枪声，海岸警卫队开始鸣枪警告。

"老大，他们开枪了。"

船老大的表情，却似乎开始放松了。

"没事，他们开枪了，说明他们感觉到了危机，挺过这一刻，我们就自由了。"

话音未落，一声低沉但极有力的汽笛声远远传来，接着海平线上出现了一个巨大的船身。一艘至少2000吨级别的中国渔政船正缓缓驶来。

海岸警卫队的巡逻舰立刻减速，兜了一个圈子，掉头返航了。

渔船上，渔民欢声雷动。船老大暗暗擦了一把头上的汗水，这北斗定位太好用了。

在他身后的机柜里，有一台闪着指示灯的北斗传感器，上面一个熟悉的标识——北斗星科技。

同一时间，张邕来到了北斗星，正坐在总经理建辉的办公室里，听建辉讲北斗设备服务于远洋渔业的事。

"你之前是不是觉得北斗短报文没什么用？"

张邕点头道："一直都是。北斗一代因为没什么实际意义，只是一个尝试。所以我觉得，设计者也知道我们的主动定位没太大意义，所以加了些通信功能来弥补，看起来不至于太难看。"

"你呀，"建辉大笑，"如今看到了吧，茫茫大海，有了这个功能，虽然只是简单的信息，却能解决大问题。"

"用卫星电话不是一样的。"

"贵呀，这个免费。还有，你要是用卫星电话报告位置，那么长的经纬度坐标，一紧张报错了怎么办？北斗通信一体呀，定位后，位置直接就发回了。绝对不会错，这岂不比电话方便得多。"

"其实我不懂，"张邕问道，"我看我们渔民被抓也不是一次两次，最后都能妥善解决。关一段时间释放，我们接回家。这个北斗渔业设备，最大意义在哪？"

"你呀，技术通，但政治幼稚。抓与没抓到，不一样，甚至抓了，我们什么时候知道，这都大不一样。如今捕鱼越来越难，渔民们也越走越远。他们未必会故意进入别人海域，但茫茫大海，有时候很难分辨，这种事基本无法避免，何况，我们在海域划分上，和其他国家本就有争执。发生这种事，我们最忌讳的就是人被抓了，我们不知道，等对方审讯完了，拿着渔民证词出来，那就一切都晚了。你看过电影里审犯人吧，多大压力呀。何况这些渔民在国外，人生地不熟，语言不通。警察各种威胁恐吓，渔民一害怕就承认他们入侵了别人海域。到那时，我们的外交都没办法协调，因为是我们自己人招了。现在的北斗设备，遇到紧急情况，立刻把位置通过短报文功能传回来。如果渔政船能及时救援最好。如果实在来不及，我们使馆也可以快速介入，在对方审讯之前和渔民先碰面。有个依靠，渔民自然也就不怕了。只要没有口供，海域之上的事，就是互相扯皮，交给外交部去处理吧。"

"wow，受教了。了不起，了不起。不过你找我干吗，就是介绍你们的北斗渔业？"

"当然不是。其实不是我找你，是陈小明博士，他有事要和你谈。"

"小明博士找我？他人呢？"

"这会儿正在和前来调研的市政府领导和国家发展改革委领导座谈，估计下周你能在电视上看到消息。"

"wow，"张邕感叹了一声，"这么厉害。你怎么有时间陪我？"

"我刚出差回来，其实我可以早一点回来，但我不喜欢面对镜头，刚好这个时间陪你聊聊。"建辉说着看了看表，"时间差不多了，估计他很快就来了，我们去会议室吧。"

第186章　谁是赢家

张邕这次见到的陈小明博士，和在德国有很大的不同，他穿着得体的西装，因为要面对镜头的原因，化妆师给他脸上画了上镜妆。近看或许稍显夸张，但还是觉得人帅气了很多。

陈小明意气风发，加上本身那种桀骜不驯的开发者气质，越发像一个王者。

"小明师兄，少见，你好帅呀。"张邕由衷赞叹一声。

"张邕，几年不见了。我哪里帅了，再说，我这样的男人岂是一个帅就可以形容的。你可好？怎么我回国这么多年都见不到你，你在忙什么？"

"还是忙一些产品的事，有GNSS的，也有其他的。做不了你这样的大事，我们做一些小事情。"

"你做的事，我想应该是有价值的。但如果真的是小事，那不如停下来，你这样的人做小事可惜了。我们一起做点大事。"

张邕道："对大事还是小事，我的理解常和别人不一样。建辉和我说了，但我不知道你找我做什么，我能干什么？"

陈小明起身道："我先去洗把脸，戴着这个妆太别扭。等我回来，你先回答我一个问题，3年前我们在德国打赌，如今谁赢了？"

陈小明恢复了本来面貌，回到会议室，发现张邕悠然地品着茶，似乎没有思考他的问题。

他坐下说道："怎么？有答案吗？"

"还没有，现在下结论还太早。"

陈小明笑道："认赌不服输，可不像你。如今谁是赢家不好说，我和鹏总那边算是各有千秋吧。但众合的进度明显落后于我们两家的，所以，无论谁赢，你都应该输了。"

张邕摇头道："其实这个输赢对我根本不重要，因为比的是你们三家，我只是参与意见。所以若真输了，我肯定认。但现在说这个确实太早。我记得师兄你当初说3年的时间搞出双频高精度板卡，似乎也没实现呢。"

"我和指南针都发布了双频芯片，虽然从流片上看，这一代芯片有很多问题，但至少我们已经取得了初步成果。众合肯定是落后我们了，你连这个都不承认吗？"

"我承认众合落后了，但只是落后而已。既然都还没有跑到终点，不能因为中途落后就算输。何况，众合从这次收购中得到了太多的好处，而高总的目标已经不再仅仅是板卡，因为他收购了整个赫兹，所以现在的目标是学习Skydon，做全产业链。板卡上的进度落后，并没有影响他的业务推广和产品布局。"

陈小明有点无奈,他刚刚得到了市委领导和国家发展改革委领导的高度赞扬,也接受了电视台的采访,颇有些明星的感觉,却没想到在张邕这里反应比较平淡。

"想说服你真难。我承认,众合在布局上是成功的,老高作为第一家收购国际企业的北斗公司,这个利好让他股票大涨。同时他对精准农业和海事业务都推广得不错,甚至在驾校智能驾考这一类项目上,他们凭着赫兹出色的定向技术,也从指南针手里分到了一小部分业务。这都是好事。但是,如果我们今天谈论的是产品,不是应该从纯技术的角度出发吗?在板卡研发上他们真的落后了。而且收购赫兹之前,我猜不到赫兹带给众合怎样的改变,一切事我都不好预估。但如今收购两年了,这些事就很明了了。我觉得他们应该无法追上我们的进度了。"

张邕点点头,嘴角却又隐隐流露出一丝笑意:"好吧,师兄。你说得对,众合落后了。不过你找我做什么?"

小明道:"我可不是一个胜负欲那么强烈的人,把你约过来,只是为了证明你赌输了,那我就太无聊了。之所以问你,是因为我想要你做的事,和你对这件事的评价很相关。我知道你一直帮众合在做一些事,好像和众寻也有合作,对吧?但如今他们的产品滞后,双频板卡迟迟不能出来,你还要继续等待吗?也许还要3年、5年、10年。也许最终老高就放弃了。所以你不如提前考虑你的前途,我们可以合作。"

"到底要我做什么呢?"

"如今的北斗系统已经提供全球服务了。虽然我们的高精度还差一些,但导航芯片和板卡都已经非常成熟,而且在多个领域得到了应用。我们在渔船上的应用,你看到了吧?我猜建辉也和你讲了。"

"是的,"张邕点头,"非常了不起。"

"谢谢夸奖。所以呢,我们现在开始瞄向国际市场,想请一个负责国际销售的主管。在我认识的人当中,我觉得你是最合适的一个。你有国际背景,熟悉中西方文化,懂得如何与老外沟通,你又懂技术有专业背景，同时这么多年的外企生涯，让你积攒了不少的国外人脉和渠道吧。既然众合那边进步滞后，不如来加盟北斗星呀。你敢不敢继续打个赌，我们的双频板卡芯片，我是指完全成熟的产品，应该两年内就可以上市。我相信我们还是三家中最快而且一定是最好的一家。如果早两年，我们还没有合适的产品，所以我也没有办法吸引你。如今，你可以去我们的展示大厅去参观一下，我们现在有十几款产品，加工精度达到几十纳米。当我们生意刚刚起步，我觉得这是你加盟北斗星的最佳时机。考虑下吧。当然，最好的方式，就是别考虑了。你直接谈条件吧，要是你的要求我不能满足，我就直接去找老范。合作吧，师弟？"

陈小明说着，伸出了手，面带微笑地看着张邕，他觉得双方握手拍板的机会接近百分百。张邕有什么理由拒绝他呢？虽然他还没开出条件，但以北斗星如今的实力以及他现在求贤若渴的态度，待遇根本不是需要考虑的问题。

"对不起，小明师兄。众合或许在板卡研发上落后了，但没有影响我做的事，我做的事还在继续，而且无法停下来。谢谢你的好意邀请，但我现在无法答应。只能看以后是否有合作的机会了。"

陈小明有些尴尬地缩回手，说道："他们连板卡芯片都没有，你还能做什么？这么好的机会，我真没想到你会拒绝。"

张邕有些不好意思，虽然他从没想过加盟北斗星，也不觉得自己对小明师兄有什么亏欠。但别人的邀请，是对他的一种肯定，也是一番好意。拒绝别人的好意，总是件令人不太舒服的事。如果陈小明知道两年之前张邕已经拒绝过众合和刘以宁的话，他就不会对自己的邀请这样有信心了。

"抱歉了，师兄。有时候从无到有，也是一种乐趣，目前我还乐在其中。对了，美国的ION GNSS+，你去吗？"

"我肯定去，怎么，你也要去？"陈小明不无疑惑，"你去美国还有其他事吗？ION GNSS+虽然是卫星导航的盛会，但你似乎从没参加过。"

张邕稍稍犹豫了一秒，然后道："狂人师兄也去，我陪他去，给他拎个包什么的。"一如既往地，张邕说谎的表情总是瞒不过任何人。

刘以宁终于在电话里对张邕不再客气。
"张邕，告诉我你的进展。"
张邕无奈道："刘总，您每个月一次的例行询问没什么意义。有进展我会向您汇报，这个事情不是按月来计算的，只能告诉您，我们一直在努力。"
"我为了帮你，开了发布会。我料想到产品的滞后，也做好了一年的准备，但你拖了我两年，这恐怕说不过去了。如今媒体和投资人都在关注我们的进展，我的压力比你还大。实话和你说，很抱歉，张邕，我现在已经开始联系其他制造商了，看看谁能把你的设计做成产品。"
张邕道："我的确很抱歉，但是，刘总，我想您很难找到合适的伙伴帮您制造这样一款设备吧。我做不到，并不是我的能力问题，或者是我们没有尽力，而是整个产业的问题。我的设计并不是胡来的，我是研究了很多产品，确定这是可以实现的。但没想到，我们完成板卡芯片的周期居然如此之久。这事是我的失误，很抱歉，但我依然在尽力，现在我想到了一个新的方案，只是还需要一点时间，也需要众合这边的支持……"
刘以宁打断了张邕："我知道你在尽力，但我还是等不起了。你的方案是什么，我也不关心了，只关心你的产品几时能拿出来给我。我和华泰、尚达、指南针、北斗星都接触过了。虽然他们暂时也不能完全满足你的设计，但他们都对与众寻的合作表现出极大的兴趣。我现在退而求其次，如果你的设计太过超前，现在的工业水平达不到，那么我们就降低标准，让他们重新设计。我们已经初步达成了协议，他们正在准备他们的方案。也许几个月后，我就不再等你的产品了。张邕，再说一次，我真的很抱歉，但是这就是生意，你我都不能左右。人在江湖，身不由己呀。其实不仅仅是投资人的压力，如今众寻的服务已经覆盖了中国的各个行业，达到了顶峰。而我们要进一步发展的话，终端的研发是当务之急。你当初的设想是领先的，但现在执行已经严重滞后，我不得不采取广泛撒网的策略去大海里捕鱼了。"

张邕冷静了一下，语气里带着一丝自信的坚定："刘总，如果他们能在半年内拿出你要的终端，那你就和他们合作吧。但我相信，他们不会比我做得更好。我会争取半年内拿出产品，但即使我又耽误了，超过了期限。我也有足够的自信，等我们的产品上市，你就会放弃之前的其他选择，但对市场的影响，可能只能众寻自己去消除了。"

刘以宁深深叹了一口气："众寻如今如日中天，我不知道为什么这么相信你这个家伙。好吧，后面6个月我都不再催你，但我希望6个月后，你能不让我失望。"

"谢谢刘总理解，我会尽力的。"

张邕还是在Tutu的咖啡厅里，约见了匆匆从M大赶回来的怒发狂人。

"怎样了，师兄？"

"这一批流片，效果很不理想。但这成本太高了，虽然花的是众合的钱，但这样花下去，我都心惊胆战。"

"为什么指南针和北斗星的进度都比我们快？"

"怎么说呢，你在德国的见解是对的，收购肯定是一种更好的方式。但如果收购的对象是Mag，当然没问题。可是赫兹并不是成品，在赫兹产品的基础上，我们可以很快就搞出了导航芯片。这个时间进度，其实远比他们两家快。但双频芯片，我们遇到问题了。无论是鹏总，还是小明，他们都是从一开始就做的双频芯片的预期，哪怕只是单频芯片的设计，也考虑到了双频信号。而赫兹的产品，从根本上说就是一款单频芯片，他们试图研发自己的高精度芯片时，也是依靠这一款芯片。人都是如此呀，有了现成的基础，肯定舍不得丢弃。所以我们的问题就在这，基于这一款单频芯片去研发双频芯片，到了后期，远不如小明他们从当初就按双频设计得进展快。所以我们就滞后了。当然，还有一些其他问题。那两家都是专心搞板卡芯片的。而我们这边还有高平不时的其他产品需求,这个我想你也做了不少事吧。如今众合整个产业发展得很好,我们的进度却被耽误了。按现在的进度,我们和北斗星他们的差距可能不会很快缩小。抱歉,兄弟,德国打的赌,我没办法帮你赢下来了。"

张邑笑道:"大哥,研发板卡这么重要的事,你还考虑我的赌约干吗,我的事是最不重要的,好吗?"

"唉,话虽如此,我还是希望你赢。现在,我们有点骑虎难下,继续基于这个芯片搞,只怕进度会有问题。但若放弃了它,从头开始设计双频芯片,这个周期只怕会更长了。"

"师兄,我有个想法。既然赫兹的单频芯片没有问题,只是算法不够好,同时对双频芯片的考虑不够。那么为什么我们不用两个单频芯片来代替一个双频芯片呢?"

"这,"怒发狂人脑中划过一条闪电,"我们所有的研发,从来都没有考虑过这条路。你先别开口,我要好好想一下。"

第187章 口舌之争(一)

几分钟后,平静下来的怒发狂人说道:"这当然可行,两个单频芯片Die封装成双频芯片,成本会低很多。但是没有双频芯片始终是个问题,我们无法像北斗星和指南针那样,提供芯片级服务,这样的话,别人就会简单地认为,我们的技术比不上这两家。如果还是说德国赌约的事,你可能依然没有赢。"

张邑笑道:"大哥,从今天起,咱们不要再谈那个赌约了。那真的没意义,我们还是从做事的角度来考虑吧。我并不觉得这样做会让别人低看我们。双频芯片你可以继续研发,那个可能需要更长的时间,你慢慢来搞吧。一次MPW流片的成本有多高,你是知道的。如果总是花钱不挣钱,我怕久了,众合也撑不住。但众合的产业链和北斗星、指南针都不一样呀。他们都是专门的板卡芯片制造商，而众合做的是全产业链。所以，除了芯片级服务暂时不能提供。我们可以解决其他问题了，只要你的板卡可以用，好用，那么用户怎么会在乎你是一个主芯片还是两个。这样板卡可以尽快完成，而众合的全系列接收机都可以升级成新的双频板卡。我相信，高总一定会满意的。而从我的角度，只要你完成了芯片的Die封装，我不想使用板卡了，既然赫兹底层能力很好，我们就提高他的算法，我放弃板卡，直接用芯片来搭载众寻的RTK产品。本来众寻要的就是移动互联类型的RTK产品，越轻巧越简单就越好。而用户，谁还会打开设备看你里面用了几个芯片。即使真打开看了，他们应该也不在乎。这样的话，除了双频芯片我们不能提供，其实也不是完全不可以，封装的双芯片某些用户可能也会接受。其他的如板卡、接收机，我们就都做到了。我想，这样的话，我们的进度都会大大提高。你觉得一年时间，能出样片吗？"

"一年，"怒发狂人眼睛一亮，这愿景太美好，"一年很难，但18个月出样片，我想是可以的。但是你是有问题的，直接用芯片搭载RTK设备，想法很好。如果没有赫兹的技术支持，你自己是无法搞定的。所以我今天约你，就是商量这个事。如果你觉得这个方案可行，我们可以试试，那我们现在就去找高总，由他来协调赫兹那边吧。"

高平接到张邕的电话，没多说任何话："你和教授在一起？好，那就一起过来吧，我现在刚好有时间。"

高平无法责怪怒发狂人和张邕的工作，但内心的焦急却渐渐地压抑不住。

众合收购赫兹，在国内北斗圈掀起一场风暴，赚足了人气。但如今，收购的红利已经快用光了，板卡和芯片的进展并不大。当然，这场收购他是赚钱的，如今的精准农业等业务都非常成功。特别和三牧集团的合作，三牧终于开始尝试一些中国制造的重工，这就使得Skydon彻底出局。

但这些成功，均不足以弥补板卡上的进度缓慢。毕竟当初收购的时候,他曾对媒体宣称,收购将助力于众合自主北斗板卡和芯片的研发。

如今的状况,只要某个不良媒体多说几句负面的话,可能就会影响投资者的信心。

张邕和怒发狂人很快来到了高平的办公室,并阐述了新的想法。

高平有些欣喜,又明显有些犹豫。

他看向怒发狂人问道:"真的可行?"

"可行。至少,不会有什么问题。可以加快我们进度,同时降低了芯片流片的高额成本。"

"我做企业这么多年,从来不做投机取巧的事。我总觉得你们这是降低了标准,我不知道会发生什么,但总是不踏实,觉得你们在降低标准。"

"不,"张邕道,"您可以这样理解,我们在取巧,但并没有投机。我们只是选了一条捷径,但目标其实始终不变。既然大路走不通,我们就爬山,走小路,但绝对不会改变或者降低我们的目标。而大路这边,我们也没有放弃,师兄他们依然会一步步开拓,希望某一天可以畅通。这就是我们的初衷。"

"好吧,"高平不再犹豫,语气终于坚定下来,"需要我做什么?"

"需要赫兹提供底层的芯片支持,双方的研发要一起合作。这个需要您来协调。"

"好,我现在就协调。"

高平说完,打开了电脑准备发邮件,但想了想,他关上了电脑,抄起了电话。

但拨了几个号码之后,他又想了想,把电话也挂了。

"你们什么时间在美国?"他叫来助理,查询着自己的时间表。

"这样吧,这件事还是面谈吧。我会在你们还在美国的时候飞过去。我带你们去和安德森面谈。"

美国迈阿密的海悦酒店,ION GNSS+大会,最后一天的颁奖环节。

大会主席正在宣布奖项,张邕听到了一个熟悉的名字,他曾见怒发狂人乖巧得像个小娃娃走在这位泰斗身边。

"我都看到了中国北斗系统的崛起，在此我隆重地宣布，授予××ION院士称号，以表彰他在中国北斗卫星导航系统发展过程中的领导作用和技术贡献，以及在倡导卫星导航国际合作中做出的努力……，我们有请……"

泰斗并未到场，清华大学的一位教授替他领了奖，并代替他发表了答谢演讲。

"感谢在推动北斗发展和GNSS国际合作的道路上与我同行的每一位同事，这个奖项不仅仅是我个人的奖励，也是整个北斗团队的荣誉。我和我的团队将继续努力，进一步提升北斗的性能，加强GNSS国际交流与合作……"

"怎么如今的学者这么低调吗？获奖都不来参加。还有你们朱院士，多少次出风头的事都让给你了。要是你获了大奖，我估计想不让你来都不行。对吧，师兄。"

张邕高兴地随着众人鼓掌，但小声地嘲讽了身边的怒发狂人。

怒发狂人对张邕的挑衅不屑一顾："我要到了这个档次，当然和老师们一样低调。我现在不是还没有成就嘛，所以要是获了奖当然张扬。你先给我在国内评个院士，我自然就不会把外国的院士当回事了。"

张邕道："我要是可以帮你评院士了，我一定比你还低调。"

二人低声偷笑了一阵，张邕由衷地感叹："还记得当初我们在烧烤摊谈北斗的事，我认为至少要50年我们的系统才能建立起来。哪想到这么快，如今居然已经有中国人获得国际卫星导航领域的奖项，我为自己的肤浅向师兄你道歉。"

"嗯，知道自己肤浅还算有救。道歉免了，折现吧。"

"折现？大哥，你的双频板卡再不出来，我就要破产了。我总怀疑刘以宁会把我告上法庭，而且把他之前付给我的钱都拿回去。"

"我还真不信他会这样做，上了法庭，大家就会质疑众寻的专业能力。走，咱们出去。"

已经没有中国人的奖项了，怒发狂人拉着张邕低头走出座席，来到了外面的走廊上。

"最近除了院士之外，还有一个中国企业家风头更盛。你猜是谁？"

"老高呗，还能有谁。"

"非也，非也。老高收购赫兹，只是出现在了GNSS世界的新闻里，而这位大佬则直接占据了GNSS世界的封面，我想这肯定是有史以来第一个中国人的封面。"

"谁呀？"张邕的好奇心被勾了起来。

怒发狂人笑着从电脑包里拿出一本杂志，扔给张邕。

张邕接过，封面上，一个西装革履，但一脸忠厚的男人，微笑着看着他，笑也是笑得一团忠厚。

"赵爷！wow，赵爷好帅，以前怎么没发现。"

"男人最帅的地方永远是建功立业，你要登上这封面，也有无数人说你帅。"

张邕快速地翻了一下里面的封面人物简介，他点点头道："赵爷真配得上这个。当初他和鹏总分歧太大，吵过多次，最终分开。谁对谁错其实不是问题，但他们两个都很清楚自己要什么。鹏总就是要搞自己的板卡，做一颗中国芯。而赵爷给自己的定位就是国产GNSS接收机制造商，他也要搞板卡，但那不是目的，只是手段。有了板卡就可以降低成本做自己的接收机。如今，鹏总他们还在为板卡芯片而努力，赵爷却走得一路顺利，成为继尚达之后第二家上市的高精度企业。他把产品做到了极致，质量控制做到了极致，把销售也做到了极致。特别是海外销售，他聘用了小色娃，哦，就是我在Mag时候的老板，做国际销售总监，GNSS境外销售已经超过了东方公司，还拿下了整个法国的参考站项目。我看华泰就是专心于接收机，管他谁家板子，都要做到最好，师兄，考你一下……"

"哟，考我，有点紧张呀。"怒发狂人一副毫不在乎的轻狂神态。

"如果一幢高楼的墙根需要定位，但天线贴着楼梯，信号就被遮

1151

挡，收不到5颗星，无法进行RTK定位，你怎么处理？"

"RTK手簿上加一个测距仪，可以对墙体测距。如果知道方位，可以用偏移量来计算。或者在楼前开阔位置测两个点，通过测距后，做前方交会。"

"不错，M大学者果然高明。可惜，如今已经不用这些方法了。你用华泰的RTK，只需要把移动杆底部对着墙角，把天线伸出来，伸到有信号的位置就可以定位了。我们学校里学的对中整平，如今都已经废了，再也不用了。"

"这样吗？"显然对仪器本身并不熟悉的怒发学者瞪大了眼睛，"什么原理？"

"惯导，姿态测定。"

怒发狂人点头道："厉害。我喜欢这个设计，这不像某些产品的各种噱头，这个可是实实在在能帮用户解决痛点的设计。就冲这一点，老赵就该上这个封面了。"

"如今的中国制造已经成为全球最主流的产品，我们只是还差这最后一步，一颗中国芯。而且这一步我们已经跨出去了，只是还没落地而已。"

二人看着窗外聊天，身后走来两个参会的白人。

这二人也是边走边聊，经过张邕他们身边时，应该看到了二人的一头黑发，知道这是两个中国人。

一人忽然提高了调门："我真的很不理解，为什么要授予那个中国人院士称号，ION主席简直是疯了。不要说北斗背后的政治原因，就系统本身来说，其实对我们的GPS信号造成了很大损害。还颁奖给他们，我的天哪，我觉得该让中国政府赔偿我们才对。"

二人不但是故意说给张邕听的，甚至还停下了脚步，分明是带着挑衅的意味。

"师兄，这是故意挑衅的，怎么处理。要是动手的话，我还行，你一个教授和人打架，似乎不太得体。"

怒发狂人叹口气道:"国外这种会议开久了,就知道,虽然多数人都很友好,但总是会碰到一些这样的家伙。他们对中国根深蒂固的偏见很难这么快消除。别理他们了,随他们去吧。院士已经获奖了,他们也就过过嘴瘾。"

张邕点点头,他也并不想惹麻烦。

"嘿,麦克,这不是一个国际性的大会吧,怎么会有一些人不讲英文。是不会讲,还是觉得他们国家那个拗口的奇怪语言更好听。"

"可能两个原因都有吧,哈哈。"二人一通笑,然后准备走开。

"对不起。"身后有人叫住了他们。

二人不屑地笑着转回身,面对着两个看起来并不算愤怒的中国人,故作姿态地问道:"怎么了,先生们,需要帮忙吗?"

张邕同样客气地回道:"是的,你们肯帮忙,我会非常乐意。抱歉,我刚才好像听到了一些不礼貌的、关于种族歧视的内容。我想请你们解释一下。"

二人听到"种族歧视"一词,脸色都变了一下,他们没想到,这个中国人一下抓住了他们的要害。

"不,不会的。这是一个国际性的会议,在这里不会有任何种族歧视的言论。对吗,麦克?"

"是的,绝对不会。"二人立刻否认。

"哦,那我们听到了关于中国的话题,那是什么?"

见对方不再追究种族歧视的事,对方松了一口气。

"我叫汤普森,来自美国军方。我并不同意ION的某些做法,我认为,北斗信号破坏了GNSS卫星的系统,给GPS带来了更多的干扰。所以我认为中国应该赔偿我们。抱歉,我对中国没有任何偏见,只是单纯从技术的角度来说这件事。如果你们有不同意见,也从技术的角度来讨论,好吗?还没请教二位的大名。"

第188章 口舌之争（二）

张邕和怒发狂人对视了一眼，居然来自美国军方。他们当然不用在会上忌惮什么军方，但是如果真的争执起来，不知道会有什么样的影响。

怒发狂人带着一丝笑意向张邕努努嘴："你来吧。"

他的身份是大学的学者，如果这场口舌之争最终变成中国学者和美国军方的争论，这事可大可小，很难说会有什么样的影响。二人都没有什么外交经验，虽然对方口口声声说从技术的角度来讨论，但万一有什么不合适的言论，难免给M大惹麻烦。

所以这些事，最适合张邕这个没有官方身份的人。

张邕回忆道："你好，我姓张，你们可以称呼我邕哥。我是一名GNSS从业者和研究者，来自北京YR科技。"

他把邕哥的"哥"字特别加了重音强调，怒发狂人忍不住转身，悄悄把自己的笑意消化掉，才一脸平静地回过身来。

汤普森当然不知道张邕的公司只是一个十几人的工作室，看他的气度，觉得应该是家了不起的大企业。

"邕哥……"他顿了一下，没明白为什么刚叫出名字，对方便满意地点头答应，似乎很高兴的样子。

"美国的GPS一直对世界提供开放性服务，甚至我们还为此取消了SA政策。可以这样说，美国建造了一套服务于全人类的系统。中国人搞自己的北斗系统，我们觉得没什么必要，但我们理解。"

张邕插言道："你刚才好像说，我们只从技术角度讨论。"

"是的，我现在说的就是技术角度。你们北斗L1的中心频率比GPS L1频率只偏了5兆，难道你们不知道，这会对GPS造成信号干扰吗？就像我们建房子，美国人已经建好了自己的院子，你们却在我们大门前又建了一所更大的房子，还挡住了我们的阳光。所以美国人应该向中国索赔，难道没有道理吗？所以，我不明白。中国学者凭什么获得奖励，他们明明制造了麻烦。抱歉，邕哥，我对中国没有偏见，这只是技术立场。"

怒发狂人冷笑一声，先用中文和张邕说了一句："这要多不要脸才能说出技术立场的话。"

他转向汤普森问道："你对知识产权问题怎么看？"

汤普森愣了一下道："美国是世界上最尊重知识产权的国家。但我不知道这和我们现在讨论的问题有何干？"

"当然有。从北斗建设的角度，中国才是最尊重知识产权的国家。我们在北斗建设初期，就向美国递交了授权申请，申请使用同样的频率和信号格式，但被美国拒绝了。所以中心频率偏离5兆，其实是我们最无奈的选择。这直接影响到我们信号的利用率，你知道，中国学者为了弥补这一点，我们在数据的调制方式上做了多少努力。但我们不会向美国索赔，既然是你们的知识产权，我们尊重。但你们还反过来，责怪我们，就不合理了。"

张邕补充道："你刚才说建房子。美国人率先做了一个规划，中国人愿意在你们的规划下建房子，但你们坚决不同意。所以我们只能偏离一个角度，可你却反过来指责，说我们破坏了你们的规划。这个行为，在我们中国叫作，Pengci。"

怒发狂人差一点又笑出声来："大哥，你和他说碰瓷儿，这谁会翻译呀。"

汤普森有些理屈词穷，但依然坚持说道："我们不是说了吗？只从技术角度讨论，这些事情怎么发生的，我不关心。但你们对GPS造成信号干扰，总是事实吧？"

怒发狂人道："当我们开始使用不同的频率，美国人又觉得不好，所以最终授权了我们使用一样的频率和格式，所以在北斗三代上，这个问题已经不存在了。我知道美国的移动网络建设不是很好，可能会影响网速，但总不至于到现在你还不知道这个消息吧。何况，你既然来自军方,这个问题对你们军方信号完全没有影响,我很奇怪,你的气愤从何而来?"

"今天我们在讨论北斗,不是移动网络建设。还有,我说了,我们讨论技术问题,对于是否影响军方,也不重要。还有,就算你们现在北斗三代没有这个问题,难道你们所有的北斗二代卫星都停止使用了吗?没有吧?既然如此,就一定还会有相应的影响,不是吗?"汤普森心虚之后,语气反而开始严厉。

张邕道:"你知道吗?干扰是相互的,但中国学者就从没有抱怨过GPS的信号干扰。一个不同频率的信号,就会产生干扰,但干扰的影响多大,要根据多种因素进行判断,如今太空中布满了各种电磁信号,这个影响我们从来没有当回事。从另一个角度说,多了一个不同频率的信号,会提高整套系统的可靠性。这并不是坏事。我的理解是,多了一个信号,那么在处理算法上就会更复杂,要求就会更高。是不是你们在做算法上遇到了困难,所以抱怨?如果是这样的话,我们可以提供帮助,我们从来没有觉得这是个问题。"

"你有什么毛病吗?"汤普森火了,"我什么时候说我们遇到困难了,我们只是在讨论信号干扰问题。抱歉,我还有事。"

汤普森转身要走,一直没开口的迈克忽然开口道:"邕哥……"他看到张邕又是很得意地答应了一声。心中嘀咕,这个中国人好奇怪。

"你是说,中国人对GNSS算法的研究,比美国人做得更好喽?"

汤普森闻言,停下了脚步,想听听迈克是否可以为他扳回一局。

"不是的,"张邕认真地摇头,"我们的卫星导航研究其实刚刚ww础,为什么会揪着一点信号干扰问题不放。这在中国,没人觉得会有问题。"

迈克道:"你不用太谦虚,中国最近10年取得的巨大成就,我们都是看到的。只是我不理解,既然你们的算法水平这么高,为什么做不出自己的GNSS接收机?"

张邕笑道:"看来美国的网络真的不好,你难道不知道,中国目前可是全球第一的GNSS接收机制造大国。"

"哦，"迈克认真地点头，"的确很了不起。美国有一家叫Skydon的企业，你们知道吗？"

张邑感觉到一丝不妙，只好点头道："当然知道，这个行业里的公司，恐怕还没有不知道Skydon的，何况今天他们也在会上。"

"对，他们一定会来参加这个会的。我有个问题，自从中国的GNSS接收机制造业兴起之后，Skydon在中国的业绩不但没有降低，反而猛增，你说是因为什么呢？"

张邑和怒发狂人又对视了一眼，后者轻轻叹了口气，张邑也微微觉得气馁。他们当然知道为什么，中国制造商生产了多少台接收机，就用了多少块Skydon板子。中国企业成功，Skydon就跟着水涨船高，成为最终的赢家。

张邑转向迈克，以及一旁带着一脸不怀好意的汤姆森。

"其实你们都知道答案，问我这个问题，不过是想取笑我们，中国搞不出来自己的板卡，只能用一颗美国芯片。其实我们没有什么可惭愧的，美国本来就是世界第一科技大国，一直都走在最前列，这本就是很正常的事。甚至在我还没出生的时候，美国人就已经登上了月球。但是几十年后，中国的宇航员也一样步入了太空，登上了月球。一切都有一个从无到有的过程。如今我们的确还没有自己的高精度板卡，但我们很快就会有了。敢不敢和我打个赌，3年之内，市场上就能见到中国自己的GNSS板卡芯片，当然，都是具备北斗信号的板卡。"

"好吧，"迈克撇撇嘴，"那我祝你们好运。"

本来要走的汤普森插话道："中国人现在很有钱，或许你们可以通过收购美国的公司来达到目的。之前，你们不是收购了赫兹吗？也许你们还可以收购Skydon。哈哈。"

两个老外促狭而得意地笑了。

张邑淡然地回答道："如果有一天中国企业可以收购Skydon，那就太了不起了。只是我怕你们会舍不得。至于收购赫兹，这是符合中美两国的所有法律和规则,是正常的贸易行为,我不知道这有什么好笑的。"

汤普森不笑了,他皱了皱眉道:"我觉得美国商务部那些白痴对美国企业和技术的保护不够。像赫兹这种公司,本来就不该允许卖给美国之外的公司。这些事,我觉得早晚会改变的。"

张邕心中忽然有一丝很不舒服的感觉,隐隐感到一些不祥之兆。本就是一场无关紧要的口舌之争,但不爱服输的个性让他和怒发狂人在美国人面前火力全开。

本就是导航协会上的一场讨论,他没想激起中美间更多的口水。如今,他只希望这个汤普森只是军方无足轻重的小角色,不然真的会对中国的GNSS产业造成什么影响。

美国太阳城,众合北美分公司。只是,门口的招牌依然画着赫兹的标识。事实上,高平从没有想过放弃赫兹这个品牌,特别是国际业务,都依然使用赫兹的牌子,甚至,他做了一些品牌的扩展,把众合之前一些纯粹的本土产品也用了赫兹的牌子,然后推广到国际市场。

张邕又一次见到了安德森,这次是和怒发狂人以及高平一起。时过境迁,如今高平才是这里的老板,这个感觉很奇妙。

"高,你这种评价对我们是不公平的。你当然知道,我们在双频板卡的研发上并不顺利,更算不上成功,所以才会有众合的收购。如今我们和刘教授这边一直在积极地配合,但这是需要一个过程的。并不是有了众合的资金支持,就能缩短这个时间。目前我们的进度其实还算正常,并没有滞后。我觉得,你最好还是再多一点耐心。如今,这边的研发主要在精准农业上面,只有少数的工程师,在配合中国这边继续做板卡的研究,现在,我们根本也没有能力提供更多的技术支持。除非……"安德森顿了一下,"除非,你愿意放弃当前的产品研发,将所有力量投入到板卡上来。但我想,这一定不是你所愿意的。"

高平微微皱眉,这当然不是他想要的。板卡芯片固然重要,但众合的方向是全产业链,而且仅从生意的角度,当前产品的研发其实比板卡更重要。

"我们初步的想法是，越过双频芯片的开发，直接采用双芯片开发OEM板，同时用封装的双芯片直接来搭载RTK接收机。这必须得到你们的技术支持才可以进行。安德森，我知道你们的工作现在安排得很满，能不能至少抽出一名工程师，哪怕只是半年的支持就可以了。"

"老板，"安德森依然摇头，"你应该知道。众合收购之后，我们就进行了重组，如今的人员安排你最清楚，我们没有多余的人力。如果按最早的计划，我们只是把高精度部门卖给众合，那么这部分的工程师，我们就一个都不留了。还好你说服了我，和众合一起发展，我们也的确获得了成功。但对板卡这一块，抱歉，我们无能为力。除非，你批准我重新招人。"

高平摇头："新人上手要多久？6个月，8个月，还是12个月？"

"如果一个做过相关研究的工程师，应该很快，6个月可以的。"

高平道："你知道吗？我们的中国同事希望6个月就能完成这些研发，搭载芯片的接收机上市。"

"wow，"安德森吹了一声口哨，"中国速度的确令人赞叹，但有些事是不能快，也快不了的，我不会这样要求我的手下的。"

高平有些为难地看向怒发狂人，他心中有些恼火，安德森这样的态度，如果在中国，只怕早被他开除了。但在美国，他不得不迁就。

并不是他太过忌惮美国的法律和工会，而是安德森在美国人中已经是非常敬业的了，如果换个人，只怕会更糟。而且安德森不像Skydon的高管们，一个个口才过人，说话就是演讲，他还是个比较务实的人。

怒发狂人看向张邕说道："你能不能精简一下你的要求，把你最需要支持的部分列出来，然后让高总尽量协调吧。"

然后，开会的几个人同时注意到，张邕的脸上竟然浮现出一丝笑意。几个人相互看了看，各自耸耸肩，没人知道这有什么好笑，也不理解他为什么会笑起来。

张邕很快意识到了自己的失态，他不好意思地低头，咳了两声，算是给自己圆场，然后恢复了平静，一本正经地看着大家。

张邕笑的是自己，他想起了电影《哈利·波特》里那个倒霉的小胖子——Why is it always me（为什么每次都是我）？

第189章　昨日重现

不久前，他和法国拍档在研究一款不基于GNSS位置的三维激光扫描仪。谈到本地化，法国人说，资料可以给，但我们没有精力帮你做任何事，你自己搞定集成和数据，我们可以一起做后面程序的开发。

他觉得这就是他的宿命，一切都从大色娃让他搞定DM800板子开始，之后便一直这样的模式走了下来。他做了很多事，都是这样，没有支持，没有资金。

他曾以为，自己做了一些特别的事，但如今一切都不再特别，这种方式居然成了他生活的常态。所以他笑了，一切那么熟悉，yesterday once more（昨日重现）。

他知道自己的笑容可能引起了大家的误会，于是尽力恢复平静，然后认真地问道："安德森，我有一个问题。如果我们只要资料，不要支持，这事是不是可以继续。"

安德森看了看高平说道："如今一切都是属于众合的，只要高总能同意，我们当然可以提供资料。只要不用我们这边做太多的事，我这里都没有问题。"

高平转向张邕问道："有多大把握？"

"不知道。只是我做成过很多这样的事，做之前我都不是很有把握。这次其实把握应该更大些，因为不只是我们，还有师兄和M大在背后支持。我的想法是，芯片的集成和M大这边算法的提高同步进行，这样节省很多时间。让我们越过芯片、板卡和整机同时进行。机会肯定有，我觉得可以试试。"

高平不再说话，考虑了一会儿，又转向了安德森说道："让你的人准备保密协议吧，他们签了，就按要求提供资料吧。好了，不再讨论，今天的会议到此为止。"

　　晚上，5个中国人——高平、怒发狂人、田晓卫、张邕和霍顿来到了一家墨西哥餐厅。

　　本来高平是邀请安德森一起的，但安德森直接拒绝道："我不能和5个中国人一起出去用餐，这会让我有一种感觉，我的家乡被中国占领了。"高平大笑，同意了安德森的退出。

　　吃墨西哥菜则是张邕的主意，Madam很能吃辣，张邕的口味也在逐渐地加重。美国这一周，实在感觉口中"淡出鸟来"，中餐馆肯定是不去的，因为那只是一些美国人以为的中餐。而墨西哥菜，至少能有些辣滋味。

　　Taco（墨西哥卷饼）、玉米片、馅饼、薯条摆了一桌子，几人像吃中餐一样动起手来，边吃边聊。

　　张邕看着洒脱的田晓卫和一本正经的高平，忍不住问道："晓卫，和高总的合作，感觉怎么样？"

　　"好呀，和高总交流很顺畅，因为他同意你说的，我是一个非常讲道理的人。对吧，老高。"

　　高平也笑道："晓卫的确很讲道理。他的道理其实并不难懂，一个是，他要赚钱，另一个是，他要开心，缺一不可。"

　　田晓卫大笑道："不错，世界上两样东西是用钱买不到的。一个是正义，一个是老子不愿意。张邕，记得你上一次来的时候，我说过，我也吃过亏，比如赫兹的投资，很可能打了水漂。但如今，赫兹的钱我全部拿回，还有很不错的盈利。比起我要开心来，我觉得我和老高都开心，这才是更高的境界。"

　　霍顿道："其实，最讲道理的人，不是晓卫，而是张邕。"

　　"为什么？"

　　"他能和我这样的人讲道理，还能和晓卫这样的人讲道理，难道他还不是这世界上最讲理的人吗？"众人笑着举杯，喝了一杯。

怒发狂人道："他不止会和中国人讲道理，也会和美国人讲道理。"

然后将二人在ION GNSS+会上与汤普森他们的口舌之争讲了一遍。接着，他发现，现场忽然安静了一下。

田晓卫道："张邕还是年少轻狂，可教授你干吗不制止他，这种口舌之争没什么意义。你们看中国政府现在韬光养晦，只是低调发展经济，从不争口角。"

怒发狂人反驳道："晓卫，他可是你教出来的，他没有都学你，但这种不吃亏的性格，你才应该自我检讨才是。不过，我觉得没什么不好。"

田晓卫道："不然。你们都觉得我强势，其实就和你们说我的道理一样，我一切尽在把握，当然会尽力压迫对手，我是站在一个有利的位置上才会如此做的。如果我并不占优势，却依然强势的话，那就只有一个原因，我对结果不在乎。也许我会输，但输了我就放手，我不怕这样的压力。但无论是你还是张邕，其实都做不到这点，你们会不在乎吗？会愿意放手吗？如果不是，有些小麻烦，还是少惹为好。"

张邕点头道："好的，我知道了。毕竟，世界上只有一个晓卫，我做不了你。即使我想学你，也学不像的。"

高平很认真地问道："似乎是很平常的口舌之争，不会有什么影响吧。很难说未来美国商务部会对这一类的企业出售采取更严厉的控制。但赫兹我已经全部拿下了，美国人应该做不了什么吧？买定离手，美国人最讲契约精神，不会太过不堪吧？"

"契约精神，"田晓卫轻蔑地笑了，"美国网络上，你会读到各种关于契约的故事，让全世界误以为美国人是最守信用的。而中国人做生意不老实，也是西方媒体各种报道强加给西方世界的印象。但这一切都是表象，现实，可能比你想象得更不堪。美国人多数时候，的确很重契约。因为科技红利给他们带来了太多的好处，利益丰厚基础上的契约，他们当然遵守。就像我们和乞丐打交道，谁会愿意失信于一个乞丐呢？在西方人的优越感中，我们就是乞丐。但如果有人真的威胁到他们的利益，既然连发动战争的事都可以做出来，还有什么不堪的事做不出来呢？"

高平微微皱眉道："那我收购赫兹……"

田晓卫笑了笑道："我只是随便说说，你别想太多。来，喝一杯……"

放下酒杯，他对张邕道："对付这种强盗，有话语权的时候，不妨狠狠教训他们。如果不是，不妨闭口，将来一记重拳来代替今天的口角。"

张邕点头道："有道理，我记住了。"

半个月后，深圳华强北，还是那家熟悉的麦当劳。

背心拖鞋的刘芯，还是熟悉的蓬头垢面的样子，看得张邕又好气又好笑。

"刘芯，我一直有一个问题，你还有其他的衣服吗？我知道深圳一年都是夏天，但你夏天的衣服就不换吗？"

"切——"刘芯对张邕的问题表示出鄙夷，"知道最流行的风尚吗？等级富豪，同款衣服买上一打，别人以为他们低调不换衣服，其实他们不但天天换，而且都是定制的奢侈品牌。一般人怎么能懂这样的时尚呢？"

"这样？"张邕认真地打量刘芯身上的背心短裤，"你这是哪一家的定制款？"

"我又不是富豪，我这是路边摊买的，100块钱3件。"

"哦，所以你是3件轮换的，对吗？"

刘芯得意地眨眨眼道："当然不是，我另外两件还没舍得穿呢，目前只穿这一件。而且另外两件是不同图案，我怎么会买3件一样的衣服？"

张邕差点没被口中的可乐噎到："你说的富豪时尚和你一点关系都没有，你说他干吗？"

刘芯嘻嘻笑道："我没说有关系呀。你找我不是为了评价我的衣着吧，又要复制谁家芯片？你不是个好主顾，你的活都很难，但最后体量都不大。希望这次能有个不错的生意。"

张邕却不急："我问你的衣着，其实是关心你的收入。"

刘芯有些不耐烦地说道："收入是收入，衣着是衣着，有关系吗？快说，你要做什么？不说我就走了。外面阳光难得那么好，现在该是我睡觉的日子。"

张邕对刘芯的各种奇怪逻辑已经不再奇怪。

"愿不愿意做一份正式的工作？一身的本事，就永远做盗版吗？"

"你要没事，我就真走了。我现在这种状态很好，我自己很喜欢，不需要人生导师来挽救我。"

"好吧，"张邕只能服软，"我不做复制芯片的事，这次是正经事，我有全套的资料，但需要有人来帮我们解读，帮我们集成，未来还要重新设计芯片。我只是想，你现在做的事，未来只怕越来越没有市场，而且还有法律风险，不如我们一起做些符合法律法规，还有不错收入的事，如何？"

刘芯那双熬夜而通红的眼睛似乎闪了一下："我可以帮你做，但我不要什么正式的工作，我就还在这里做事，如果你同意，我就试试。"

张邕想了下说道："那我派几个人过来，在这里成立工作室，你和你的人随时可以过来面对面交流。"

这一瞬间，刘芯眼中有一丝感激之意，他继续道："这样很好。资料给我，我看过才能答复你。"

张邕扔过一个U盘说道："我挑选了一部分资料，这是给你的。注意不要外传。"

刘芯反倒愣了下："这么信任我吗？你应该知道，我只要不再出现在这家麦当劳里，你就可能再也找不到我。"

"防人之心我是有的，只是我知道如何评估。你要我的资料没什么意义，你最关心的点还是事情本身。资料看过，我们才可以谈条件，这都是你的原则。我尊重，也不觉得有什么不妥。"

"奇怪的家伙，"刘芯嘟囔一句，站起了身，"3天内给你结果。"

第二天，张邕收到一条短信："可以，我做。过来谈条件。"

半年之后的一个周末，张邕、Madam陪着米其林又一次来到朝阳公园。

米其林已经不是那个由父母带着逛公园的小娃娃，他来这里是参加北京市的一场少儿篮球赛。

孩子完美地继承了张邕的身高和运动天赋，但是很可惜，他没有继承父亲对篮球的热爱。

没办法，他们这一代人身边有趣的东西太多，篮球只是他的其中一个选择而已，他能够坚持训练，训练时认真完成任务，就已经是尽了最大努力。像张邕那样业余时间多数都泡在篮球场上，这对于米其林是完全不可能的。

张邕很不满，但并没有太好的办法，孩子是自由的，他无法把自己的意志强加给他。

比赛开始，锋线位置上，和米其林对位的，是一个明显比他年纪大，也比他更高更壮的孩子，那孩子口中一直在嚷着英文："Defense! Move! Nice shot! ……"

这种对位下，米其林很吃亏，但让张邕很不爽的是，高个男孩的侵略性明显优于米其林，而米其林却没表现出应有的强硬，面对男孩的各种贴身逼抢和身体对抗显得很被动。最让张邕恼火的是，米其林居然有意无意地躲避对方的对抗，象征性地防守，身体总是向后退。

Madam看着儿子满眼都是骄傲，不停地拍手为孩子助威，偶尔一转头，却发现张邕满脸官司。

"喂，你怎么回事？干吗呢？"

"这孩子，怎么畏首畏尾，一点都不像个男子汉。"

"哪有，我觉得挺好的。米其林，加油！"她向场上喊了一声，然后转回张邕，低声道，"把你的脸色舒展下，别在外面对孩子这样。你要是脸有毛病，我回去拿熨斗帮你熨熨。现在听我的，一，二，三，给老娘笑一个。"

张邕笑了，一只手搭上Madam的肩说道："你说得对。我不该这样，但我真的不喜欢他这样。"

"孩子有孩子的想法，其实他像你，很多方面都不会去争强好胜，除非他喜欢的事。只能很抱歉地对你说，篮球是你的最爱，不是他的。他现在是在为你打球，你还不满足吗？"

张邕做恍然大悟状："天哪，原来不是他的问题，是我的问题。是他在迁就我呀，警官，你这样一说我就明白了。"

队友传球，中间被对手抢断了一下，球从米其林和那男孩面前飘向界外。

两人同时追了过去，但发现追不上时，米其林停下了脚步，另外一个男孩则一个飞跃扑了出去，他空中将球往回一搂，自己重重地摔在场边观众身上。篮球则飞回场内砸在米其林的小腿上，然后再次出界。

"嘀"，哨声响，对方球权，男孩用自己的拼劲为自己球队争取到一次进攻机会。

张邕虽然听了Madam的劝告，放松下来，但见了此时情形还是暗暗地摇了摇头。

第190章　故人之子

比赛结束，结果并不算糟，米其林战队53：51以2分优势险胜。

米其林听完教练的总结后，第一时间跑向了父母，然后从妈妈那里得到了拥抱和祝福。张邕忍住心中不快的感觉，还是夸了米其林几句，然后道:"走,爸爸带你吃东西,你想吃什么?"

Madam却望向了球场的另一端,好像有什么发现。

一家三口走向公园大门口,张邑还是忍不住,尽量放平语气,问米其林道:"和你对位那个男孩,很凶,拼得比你凶,你好像有点怕他?"

果不其然,张邑遭到了Madam一个狠狠的白眼,他低下头,装作没有看见,只是认真地看着米其林。

"汤米呀,我才不怕他。我们单挑过几次,他稍强些吧,但等我长到他那么高,我肯定能打过他。"

"哦,你认识他。"

"嗯,一起参加过夏令营,他是美国回来的,能讲中文,但不会写。他特别争强好胜,每一局都要赢。单挑他赢得本来就多,但如果输了一局,就会拉着我继续,一定要赢回来。"

"我看你一直拒绝和他对抗。"

"也不是,他身材比我们都高大,教练说要是冲起来,我们没人能拦住他。而且他打球凶,对抗越狠,他越强。所以让我避免激怒他,就是各种干扰他就好了,不让他发力。他若冲起来,就让后面人堵。你看,今天我们赢了。"

"好棒,儿子,"Madam兴奋地拍了拍米其林的头,然后转向张邑,"瞎操心,知道了吧。谁说少儿篮球就没有战术的,一样斗智斗勇的。"

理亏的张邑耸耸肩道:"好吧,你们俩都对,我错了,中午我请吃饭。"

Madam忽然指向前方说道:"不觉得汤米很像一个人吗?"

不远处,汤米正和一个年轻母亲走在前方。张邑看着二人背影,心中忽然有了同样的感觉。他惊讶地看向Madam,Madam则向他点了点头。

"儿子,那是汤米吧。过去打个招呼吧。"

米其林迈开腿跑着追了上去,喊道:"汤米!"

汤米和妈妈一起回过头，喊道："米其林！"

张爸则看到了一张曾经无比熟悉的面孔，高琳。

几人来到一间比萨店，两个孩子早忘了球场上的交手，在一旁边吃边聊，很是开心。

而张爸看着高琳，彼此生出很多感慨，没想到这么多年，居然会因为孩子重新见面。

张爸看着高琳，感觉到很多变化。高琳依然很美，但再也不是年轻女孩的模样，而在张爸眼中，现在的高琳比在Skydon的时候给人感觉更好。那时候她无时无刻不在有意无意向人展示她的美丽与睿智。

无论是办公室还是会场，抑或酒店大堂，只要她出现在哪里，哪里就是她的舞台。只是她太年轻了，她的一切在李文宇这样的老狐狸眼中不过像小孩子的把戏。张爸的眼中则没有她，只是萍水相逢的Madam一瞬间就打动了张爸的心。而每天出现在身边的高琳，在张爸眼中更像一个美丽的装饰品。

或许，她唯一的忠实观众就是Tiger，但她带给Tiger的并不都是美好。

如今的高琳显然沉稳了很多，她很自然，不再做作。只是偶尔看向汤米的眼光，慈爱中带着严厉。张爸叹了口气，他终于明白，为什么汤米如此争强好胜。

"这是Tiger……的儿子？"张爸小心翼翼地问，已经过去了多年，如果二人间发生了什么变化，也是正常的事。

"你看呢？"高琳笑着反问。

与Tiger见面并不多的Madam立刻回答："肯定是。刚才在球场我就觉得这孩子好面熟，也许相貌还没那么像，毕竟他长得像他的漂亮妈妈……"Madam笑着道，"但他的表情，和说话的姿态太像了。我一直想，这谁呀，应该不是米其林的同学，我从来没见过，怎么神情这么熟悉？"

"Tiger在国内吗？"张爸心中有些激动，忽然很想看看自己的前老板。

"也许在吧，我们每个月都会见一面。"

看着张邕他们的表情，高琳笑了笑。

"是的，我和Tiger分开了，但现在还算在一起吧。说来话长，回美国不久，我就怀孕了，只能暂时辍学。你知道的，Tiger看似有地位，其实没什么积蓄。之前我们的一切费用都是Skydon支付的。我的学费，则是Tiger用了某些不光明的手段从米河和天石拿来的。他后来的工作都不太顺利，因为他总是试图找一份在Skydon时一样的工作。Skydon给他补偿还算不错，但毕竟不能用一辈子。有了孩子开销大了，收入不够，我们开始争吵，越吵越凶。老夫少妻嘛，这种矛盾根本无法避免。"

高琳说得很平静，也很淡然，就像说一件很平常的事，又像是在谈论别人的事。

"吵多了，也就分开了，孩子归我。我一边读书，一边做兼职带孩子。Tiger应该过得更苦，但每个月的抚养费都会准时打给我，不然我一定坚持不住。不知道是不是分开了，才意识到对方的好，我们一直都没再婚。我毕业后在一家通信公司谋得了一个职位，去年被正式派驻中国，我就带孩子过来了。Tiger也经常往中国跑，所以我们经常还会见面。"

Madam的女性同情心立刻被激活："都未婚？这对你太不公平了，他一个糟……年迈大叔，可你还年轻呀，又这么漂亮，还有事业，干吗要这样对自己呢？"

张邕少有地瞪了Madam一眼，后者则在高琳看不见的视野内悄悄给了他一拳。

"没有了，我没觉得委屈，我现在过得很好，身边有儿子陪着我。当然也遇到过追求者，但没有找到特别合适的，而且我常想起Tiger。人生很奇怪，那时候，都说我在傍一个有钱老男人，如今却都说他配不上我。其实，婚姻就是两个人过日子，我们的期许太高了。"

张邕不知道说什么，这些故事他想知道，但却不是他关心的话题，也不是他擅长谈论的。

"嗯，挺好，就是。对，对了，Tiger如今在干吗？"

"我没太关心，知道一点。他应该是在做一些芯片的生意。"

"芯片？"张邕的脑回路顿时接通，芯片，芯片，这是他半年来每天都听到数遍的词语，听到他疲倦、过敏，甚至要吐，但又偏偏不得不面对。

"什么芯片？"

高琳看着张邕眼睛放光的样子，笑了，她对Madam说道："你有没有觉得，你们结婚这么多年了，他是不是还和以前一样，一点都没变。"

Madam笑着点点头道："确实一直如此，不过还好，这就是我最喜欢的样子。"话语中几分得意。

高琳点头道："羡慕你们。"

"我猜你最近做的事情和芯片相关吧，这么敏感。不过你可能失望了，Tiger做的事和你不一样，他不过是做一些夹带的事。几十美分的芯片，他带到国内可以卖到几十块一个。我看过一次，他随身带几个试管，每个里面应该能装几百个，一次可以带几千个。除了芯片，他还会带一些其他的商品。收益应该不错，但每天飞来飞去的，其实很辛苦。如今他早已放下了首席代表的架子，虽然没钱没地位，而且一把年纪，但我忽然觉得他比年轻时候还可爱些。"

张邕递上一张自己的名片，说道："让Tiger联系我吧，老朋友叙叙旧。他这种夹带芯片的事，还是不要做了。如今的管控愈来愈严，他做了十几年都没事，也不代表现在就会没事。如果他同时违反了中美的法律，那恐怕这世界上就没有他容身之处了。我现在做的事，其实刚好需要各种芯片供应，让他来和我合作吧。他现在做的事，如果还要继续，就走正规的进出口渠道。为了省一点税，把自己搭进去不值得，我想这也不是你所期望的吧。"

高琳点点头道："我想他自己也知道，我们谈过复合的事，是他不同意，除了年纪因素之外，我猜他知道自己做的事情有风险，所以不愿连累我们。谢谢了，张邕，你一直都很帮忙，我和Tiger都很感谢你。虽然以前我们对你有很多误解。"

张邕笑道："有吗？我觉得你们对我都挺好的。Tiger虽然当初不希望我进Skydon，但并没有在工作上难为我，给了我很大的自由度。我也该说声谢谢。"

"哦，对了。如果，你和Tiger聚会的话，就你和他就好了，不要叫之前Skydon的同事，我猜他不想见他们。"

"我知道，赵总呢，以前天石的赵总。现在他可不一样了，是上市公司华泰北斗的老总。"

高琳神情略带一丝尴尬："其实，我说的Skydon同事，最主要就是李文宇和赵总，Tiger不想见他们。"

"和你说实话也无妨，你应该知道赵总的公司出过一次事吧。"

"我当然知道。我目睹了整个过程，他几乎就陷进去，走不出来。"

高琳苦笑道："那是Tiger举报的。"

"啊！"张邕和Madam同时瞪大了眼睛。

"那时Tiger刚离开Skydon，心中气愤不过，他知道是李文宇在保罗那里告了他，他就想回来报复。可惜，李文宇很高明。他的米河早就重新注册了，已经不是之前的公司，基本上已经完全洗白了，海关并未查出太多问题，也就是些小事，罚了几十万而已。天石不是Tiger的目标，却没想到，这一记重拳错打在了赵总身上。我想他也不愿如此。这事之后，他就断了和Skydon的一切联系。不是通信方式断开，而是彻底地不再想Skydon的事。所以，如果见见你，我想他是愿意的。但是赵总，还是算了。他自己心里有心结。"

"这样呀，"张邕长长舒了一口气，"真的没想到，这里面居然是这样的故事。"

张邕稍稍想了一下，对高琳道："有机会你和Tiger解释一下，过去的事就过去了。如果真的放下，就不用对这些事感到内疚。其实某种角度上说，他做的这件事，其实是帮了赵总。赵总那时已经想做自己的GNSS接收机，但整个大环境并不利于中国制造的发展。而Skydon的生意还是如日中天，天石的最主要的利润来源都是Skydon。在这种情况下，所谓国产只是想想，他根本无法下定决心完全投入。但就因为这件事的发生，他和Skydon之间有了很大芥蒂。所以最终，他完全地放弃了天石，将全部精力和财力都投入到国产制造上来。这才有了今年的华泰。我想，如果今天，Tiger真的与赵总会面，赵总可能说一声，谢谢，而且是真心的。"

高琳认真地点头道："知道了。我相信你说的，我会如实向Tiger说，其实不如等你和他见面，你直接和他说。"

"好的，我有点期待和前老板见面。只是又有点怕，当年的Tiger意气风发，衣着得体，是一个非常有魅力的中年男子，成功人士。女人喜欢他，一点都不奇怪。如今见面，我怕……"张邕忽然有些感慨。

高琳道："如今，他自己都不在乎了，你又何必怕。"

"Tiger如今进口的都是哪一类的芯片呀？"

"以通信和光学芯片为主吧，还有一些国内不好采购的料件。他有一个合作伙伴，是中国移动的间接供应商。最近，这个伙伴找他，问了很多GNSS接收机的事。Tiger虽然不算技术人员，但在Skydon待了多年，还是提供了很多专业信息，但是他拒绝提起Skydon的名字，所以说得并不算很多。"

"中国移动，GNSS接收机？"张邕在心里给自己加了个问号，但并未表现出来，也没有继续多问。

"世事难料，Tiger离开这么多年了，没想到又被人追问卫星导航的问题，看来都是缘分，有些事避不开呀。"

"是的，世界真小。"

和高琳道别分开后，Madam挎着张邕的手臂，重复着刚才高琳的话："世界真小。真没想到，在这里居然可以碰到她。而且你前老板居然也经常来中国。我没想到高琳居然变成了这个样子。我第一次看见她的时候,她像我这样挎着Tiger,一副高高在上的样子,仿佛左脸上写着我漂亮,右脸上写着我有钱。但当了母亲,就完全看不到当初的样子了。"

"是呀。"张邕问道,"你觉得她现在更开心呢,还是当年更开心?"

"这个很难说,我只能说她现在过得很好,对自己也满意。至于开心嘛,她不如我,我一直都这么开心。"Madam挎着张邕的手臂又紧了一些。

"嗯,我也是,要不是你把半个身子的重量都压我一只胳膊上,我会更开心些。"

"回家吗?还是去那逛逛,今天周末,难得你不加班,不要和我说工作的事。"

"回家吧,我不说工作,但我想查查中国移动和GNSS接收机有什么关系。"

第191章　中国移动

这是张邕和高琳的最后一次见面,这本就是件小概率的意外事件。

而张邕也并没有再见到Tiger,他没有讨要Tiger的联系方式,只是留下了自己的名片。很显然,他的决定是对的,他再没有收到Tiger或者高琳的任何信息。看来,Skydon的经历在Tiger的心中已经完全结束了,他不想再和故人有任何联系。

他只是一个私自夹带芯片在中美之间往来的老人,与这个圈子也已经再无瓜葛。或许张邕是他们在那段经历中唯一值得一见的人,但见或不见,又能如何。

张邕看着米其林,不知道他和汤米是否还有往来。但他没有问米其林，孩子的友谊与大人无关，还是让孩子们自由相处吧。

其实这是一个张邕心中预料到的结果，并不算意外。但他看到高琳似乎有意重新回到年迈的Tiger身边，心中有些许感动，这个世界至少还不算冰冷。愿他们都好运。

这次偶遇只是一个小插曲，见过也就过去了。

此时的张邕，想着中国移动和北斗接收机的事，却如同见到了一个崭新的世界，渐渐地不能自拔。

Madam对张邕这个样子已经见怪不怪，知道他又有什么新的发现。Madam督促儿子完成作业，便自己先去休息了。

张邕独自出门，来到院子的秋千椅上，看着星空发呆。

中国移动的网络已经覆盖了整个中国，就连偏远的农村也几乎不再安装固定电话，而是人手一部手机。

2G/3G的服务正在慢慢退出，4G网络已经全面铺开，全国大概有以百万为单位的基站数量。而以华为为代表的中国企业正在推广5G的标准和设备，应该在几年之内，中国的5G网络服务一定会像4G一样遍布中国。

移动网络本就有定位功能，只是精度不如GNSS，而且多路径的干扰比GNSS信号还厉害，毕竟定位不是它的主要功能，移动对此类的研究并不算多。

而随着移动互联的发展和众寻这样的公司崛起，定位服务越来越与移动网络绑定在一起。

那么如果中国移动考虑将GNSS北斗接收机引入移动的基站网络，绑定4G/5G+GNSS的服务，张邕觉得自己心跳得厉害。前景太过美好，他无法想象。

他忽然觉得自己很肤浅，依然是那个见识浅薄的家伙。他曾用自由与梦想来形容Skydon的基站技术，而且深深打动了李察等一批人。等他在飞机上偶遇刘以宁，才发现众寻似乎更接近他的自由与梦想的标准。如今，如果移动网络和高精度定位相结合，那该是什么？

他想了想，默默道，是自由，已经不需要梦想，这是绝对的自由。

想到众寻和刘以宁，他心中忽然有些担忧。众寻很强大，意识和模式都很领先，而且刘以宁有很好的吸金能力，这是传统的导航圈做不到的。而良好的财务状况，能帮助众寻走得更快，走得更远。但是……

如果众寻和中国移动比较起来，这就完全不是一个级别的较量。如果中国移动想提供和众寻一样的服务，那么他的竞争优势显而易见。他决定和刘以宁谈一谈。

第二天，还是在Tutu的咖啡厅，张邑对面坐着总算换了衣服换了鞋的刘芯。

刘芯拒绝了张邑的咖啡，自己要了一杯可乐。张邑才发现，每次约在华强北的麦当劳见面，唯一的原因就是刘芯真的喜欢可乐。

"从来不喝咖啡？"

"也不是，我曾经把咖啡当水喝，就像现在喝可乐这样，只是后来就戒了。"

"身体原因？"

"有这方面原因，但也不全是。"

张邑略带几分好奇地看着刘芯："我特别感谢，你居然来了北京。我以为你一定不会离开深圳。这次回去，想做什么？还继续泡在华强北那边发小名片，做盗版？为什么不留下来？我们还有其他事可以做。"

"有其他事你就再联系我，随时可以合作。这种生活方式最初不是我选的，也不是我情愿的，但如今我喜欢上了这种自由的感觉。没什么不好。"

张邑看着刘芯居然有几分整齐的发型，心中很多感慨，男人间其实不必说太客气的话，但刘芯真的帮了他很大的忙，甚至改变了自己的很多习惯。他知道这一切都很难得。而且他毫不怀疑，等刘芯回到深圳就一定还会变回那个邋里邋遢的"大仙"。

"这次合作得最久，能告诉我你的真名吗？难道你真的叫刘芯？"

刘芯看着张邑，口中滋滋地通过吸管喝着可乐，似乎在利用这个时间思考。

"我当然不叫刘芯,但我不能告诉你我的名字。与信任无关,混在街头做盗版芯片,并不是件光宗耀祖的事,我的名字以后都可能不再用了。不过,我可以告诉你一点我的事,你若不信,可以当故事听。我毕业于美国一家藤校……"

张邕倒吸了一口气,早知道这家伙不简单。

"后来在美国一家涉密的研究机构工作,我的回国并不容易,我付出了一些代价……"说着刘芯忽然低头,把头向张邕伸了过来,张邕一时不知所措,他第一反应是,刘芯是不是头痒,让他帮忙挠一下。

接着,刘芯分开了自己的头发,张邕这才发现,他长发中隐藏一个长长的伤疤,扭曲着向人展示主人不平凡的经历。

"这是我离开的代价之一,还有我一堆付之一炬的论文,以及被砸烂了的电脑。于是我回来了。那时都说中国在搞芯片,如果只说报效祖国,显得太虚伪。我想的更多的是,我可以有用武之地。但现实冰冷,我很失望。我也目睹了有人用芯片弄虚作假,从政府拿了大量的经费。总之,最后我就流落到了深圳,也爱上了华强北,或许我没有做成我心中的事业,但也算找到了自我。就是这样。"

张邕端起咖啡代替酒,说道:"谢谢你的故事,我敬你。虽然你没提任何细节,但我能想象你故事里的惊心动魄。"

"不客气,现实的故事永远比文艺作品还精彩。可惜,你只是个北斗从业者,你要是个作家,有一天,我可以让你写写我的故事。"他挥手打断了张邕的谈话,"时间差不多了,我叫的车来了,我先走了。有事随时联系吧。记住,你要我做的事,做完了。但后面的具体效果,要看你师兄他们算法的提高。目前看,不是很理想,所以我劝你,不要急着上市,当然……"刘芯忽然笑了笑,"你非要拿出去丢人也没什么关系,没人知道我的名字,不会把产品的失败算在我头上。"

张邕也笑道:"可惜了,我要知道你的大名,一定会把你的名字刻在每一款接收机上。一路顺利吧,南方待腻了,就来北京散散心,汤力维他们崇拜你不得了。随时欢迎你。"

"还是有事找我吧，我待不腻，有间工作室，有张床，有杯可乐，对我就够了，哪里都一样。走了，再见！"

送走了刘芯，张邕又续了一杯咖啡，然后等待刘以宁的到来。

"张邕，你好。你把我从上海喊过来，如果不是好消息，我和你没完。说吧，是不是你的接收机做好了？"

张邕有些尴尬地说道："接收机的确做好了，只是还不能用。硬件方面没问题，APP也很好，但芯片本身的性能还需要提高。你喝什么？拿铁？"

刘以宁坐下，先把面前的可乐杯拿开。

"好，就拿铁吧，这谁的可乐？"刘以宁喝着自己的咖啡，"你的进展其实还算OK吧，我去了北斗星和指南针，他们其实和你的进展差不多。双频芯片和板卡都已经初具雏形，但是性能不稳定，某些指标很差。现在看，你在德国打的赌估计不输不赢，这三家进度都差不多，很难说谁更快。但现在看，我估计一年半左右，就能分出你们的胜负了。"

张邕道："那我说一些好消息吧，我们可能比他们更快，我想半年就可以了。"

刘以宁并没有露出特别的兴奋表情："谢谢，我很欣慰。但你没什么骄傲的，你们研究的事，我不是很懂，但我还是知道，你们走了捷径。我只希望，捷径不是偷工减料。"

"当然不是，只是抄了近路。"

"那就好，到底找我干吗？"

"中国移动的事听说了吗？"

"哦，你说这个呀，难怪这么慎重，这的确是件大事。"

"你知道？"张邕有些奇怪。

"我不知道就怪了。中国移动已经开始和国内外的制造商开始接触了。我没猜错的话，未来一年内会开多场研讨会，会和多个制造商签订战略合作协议。对了，你多久没见你师兄了？"

张邕愣了一下，但很快笑道："多久，不知道，但是现在就见到了。"他指向门口，刘以宁回头，一个怒发冲冠的人影正推门走进来。

"渴死了，咖啡，再来瓶水。"怒发狂人大大咧咧坐下，直接给张邕下了命令。

"得令，稍等呀，您内。"张邕领命而去。

刘以宁转向怒发狂人说道："教授，你这师弟说他的工作做得很好，已经完成。现在是你们的研发进度滞后，影响了我们的接收机上市，是这样吗？"

怒发狂人怒发冲天地说道："呸，张邕这小子，无法无天了，什么都敢胡说。……"然后话锋一转，"不过，他说得对，是我们的问题。"

刘以宁无奈地笑道："进展真的这么慢？"

"也不是，按我们现在的做法，其实已经很快了。但后面就是耗时间的部分了，实打实地工作，反复测试打磨，一个个版本升级。这个月，我们已经升级了4个版本。但还是远远不够。"

张邕拿来了咖啡和水。

"师兄，中国移动的事，你知道吗？"

"不但知道，这次回北京，不只是为了你，也和这事有关。"

"哦？"张邕问道，"什么事？"

"看来你很久没和赵爷联系了？"

"华泰如今上市，他很忙，很久没见了。而且他还是上了《GNSS世界》封面的大人物，不好意思随便惊动。"

"切，王侯将相，宁有种乎？越是大人物，咱们越要高攀嘛，哈哈。"

几人笑过之后，怒发狂人道："中国移动成立一个通信加北斗定位联盟，华泰作为北斗企业第一时间加入了，明天是合作伙伴大会，老规矩，我代替朱院士代表M大参加。看来最近你忙于自己的研究，对外面的事关注不够呀。这事你怎么看？"

"我第一时间有两个想法。第一，前景不可估量，未来太过美好。第二，我们刘总会不会有麻烦？"

刘以宁大笑道："你是因为这个才约的我？刘教授，不得不说，你这师弟真的很够朋友。"

怒发狂人道："小张邑一直是个不错的朋友。不过，他的担心不无道理呀，刘总，你怎么想？"

"谢谢你们二位的担心，但我还没太在乎这件事。"

"哦，为什么？"师兄弟都对此来了兴趣。

"第一，这件事的进度恐怕没你们想象的那么快，国产接收机不解决自主芯片，恐怕还没机会。所以至少两年内，我是不用担心的。而且两年后，5G的普及程度到底如何？都不好说。第二，你们只看到了中国移动的强大，却没发现他们有着本身的劣势。想在自己的网络上扩展业务，一直都是他们的想法。他们做过通信软件，可如今你们都在用微信吧，他们做的那款东西已经很少有人记得了。所以最终提供服务，不在于你有多强大，还要回到服务的专业性上来。众寻的专业性，现在是中国移动所不能比的。"

张邑打断他道："但移动并不是只靠自己，他们成了联盟，召开了合作伙伴大会，就是拉这些专业公司一起来做事。"

刘以宁笑道："一群面和心不和的人组成的联盟，你觉得有多大的能力？联盟里的企业，都是竞争对手，关键时刻，他们只会算谁能多卖一些接收机给中国移动，谁拿的份额能更大些。这些公司当然专业，但是公司一直都在呀，从没影响过众寻的业务。现在我面对的其实不只是中国移动，东方公司在建自己的站，而腾讯也加入进来了，他们通过旗下的公司也开始进入这一块业务了。这就是一个竞争的世界，这种压力永远存在。"

"怎么？"他看了看张邑的表情，"你不信我？"

张邑没有犹豫地说道："我觉得你说的有一定的道理，但到了中国

1179

移动这个体量，似乎所有道理都不重要了。未来的事，我不好预测，所以不多说了。如果你对中国移动介入GNSS定位的事完全不担心，那么这里面有什么相关的事情是你现在能预见的，会担心，会对未来有影响的事？"

第192章　拒绝再等

"这个，"刘以宁严肃起来，"当然有，而且很重要。在北斗差分服务上，我们比移动领先了很多年，这个领先优势在他们的定位基站建成之前，还将继续扩大。我毫不怀疑，移动一旦启动服务，以他们的网络优势和政府背景，可能会走得更快。如果想不被超越，我们就需要提速，走得更快。而且要在不同的赛道加速，在同一个层面奔跑，早晚会被他们超越的。所以，又回到了我们刚才的问题，我要众寻的终端尽快上市。"

他看向张邕说道："你在德国打的赌，如今和你的关系可能没那么大了，对我却至关重要。第一，北斗星和指南针他们的高精度北斗版早一天上市，就意味着移动的定位基站可能早一天启动。第二，我需要众寻终端来扩展我们的服务，你们的高精度测绘市场已经不是我的目标了，这个市场早晚是几家分掉的。但需要对更多行业的支持，之前我们和无人机公司的签约只是开始，我们还会对精准农业、智慧城市，以及现在刚开始兴起的自动驾驶布局。张邕，这个不用我说，你比谁都明白。你设计的终端连存储都没有，根本不是一个完整的测绘设备。但你有数据流输出，这就足够了，搭载众寻服务的数据流，发给各种载体。这才是我们要的结果。而移动和其他竞争者，到最后也还是要走这条路的。我需要比他们走得更早、更远。现在的终端只是雏形，还不够，未来我们还会搭载更多类型的数据。这一步早日做成，我们就占据了绝对优势。甚至我的终端可以卖给中国移动的定位用户呀，所以你问我关心什么？我关心所有国产芯片的进展，以及你的终端的进展。作为一个中国人，我不能说让我们的国产芯片走得更慢一些，只能要求自己走得更快一些。"

刘以宁说完，开始享用他的咖啡。三人都有些沉默，稍后，怒发狂人道："6个月可能是我们能做到的最快时间，也许需要12个月。我需要更多的测试数据，和长时间的观测。"

"不，"刘以宁忽然放下手中的杯子，"我已经不能再等。所以我要求现在就要上市，我的意思还是，今天如果不行，就明天，这周不行，就下周。众寻接收机必须马上上市。你们都看到了，我并不是只从投资人的压力出发的，这是一个竞争的时代，我们必须保持领先。"

"我不同意，"张邕第一个表达了反对，"没有充分测试的产品，甚至我们自己明知道不完善的产品，急于上市是对用户不负责的。而且对众寻也不是好事。刘总，众寻如今可不是一个寂寂无闻的小企业，无数双眼睛都在盯着你。如果你这口碑和信誉出现问题，到时你的麻烦，可就不是和移动竞争这么简单的事了。"

怒发狂人立刻站队："我同意，刘总，知道你很急，但务必慎重，欲速则不达。"

刘以宁眼中有一丝笑意，似乎这并不是严肃的争论。

"我做的决定，有问题自然我负责，这不会影响你们的。张邕，我马上安排人找汤力维下订单，我要1000套终端，我想他会接受的。"刘以宁笑容中，似乎带着几分调侃和挑战的意味。

"我不点头，他不会接受的。你下订单可以，但我不卖。"

刘以宁终于哈哈笑出了声："不错，你们的职业道德和科学精神令我敬佩。可是，你们根本不知道我要做什么，别这么急于做决定。"

"无论你要做什么，这个产品现在不能上市，我拒绝。"张邕很坚定。

"倔强的理工男。"刘以宁摇了摇头，转向怒发狂人。

"你不是需要数据，需要测试吗？我来帮你，我让全民帮你测试。"

怒发狂人愣了下道："什么意思？"

"我自己花钱，来定制1000套设备，但我不卖，我会当试用品，将这1000套设备全部免费送给用户。"

张邕立刻明白了刘以宁的用意："刘总，好大的手笔，看来你的投资真的没少拿。"

"看来你懂了，接下来，你能为我做点什么？"

张邕立刻活跃起来："我会在APP上加一个后门，将所有测试数据自动回传服务器。"

怒发狂人也来了精神："我在M大搭建服务器。所有数据和反馈结果自动分类整理，整理成可查询报告。"

张邕道："我再加一个反馈界面，试用的用户可以把遇到的问题以及使用感受在线填写回传。回传信息自动标记在相关数据上。刘总，你还得付一点代价，凡是愿意提供意见的，众寻应该给一些奖励，比如10天的众寻账号。"

"一个月。"刘以宁认真地回答。

"还有一个问题，数据回传，会不会涉及用户隐私以及保密问题。"

刘以宁嬉笑道："哪个APP没有后门，大家谁不是这样做的。不过你说得对，为了不惹上法律问题，我会给所有参与免费测试的用户发一份告知通知，以及一份相关协议。"

"还有一点，"刘以宁又想到了什么，"如果用户一个月的测试时间低于20小时，我们将终止他的试用。"

张邕立刻道："反其道，测试时间长的就给相应奖励。"

怒发狂人道："我会给你一份清单，都是哪一类环境、哪一类应用，是我们的优先级。这1000台设备，要做到精准投放，效率最大化。"

三人进入了一种半癫狂的兴奋状态，各种想法纷纷而至。

最后，三人终于累了。

"走吧，吃饭去。今天谈的事，咖啡可配不上，要酒才可以。"

"同意,今天我想好好喝一顿,要最好的酒!"

正如刘以宁预料的一样,中国移动很快动了起来。在定位联盟成立不久,一场北斗战略合作伙伴的签约大会在某城市召开。

东方、尚达、华泰三家一定在邀请之列,除此之外,还有了指南针和北斗星,以及M大的学术研究机构。

受邀者的名单,本身就能说明很多问题。没有任何一家进口品牌获得邀请,包括Skydon这样鼎鼎大名的企业。

而受邀企业除了国产制造商,还有板卡芯片的供应商。这很容易让人明白移动领导者的想法,但并没有任何人做明确的说明。

经历了热闹的部分——领导讲话、专家报告、媒体提问、轰轰烈烈的签约仪式等等,待人都散去,召开几家公司的小型座谈会。在这些企业心中,这可能才是最重要的部分。

一名中国移动的中层领导简明扼要地说着自己的要求。

"你们看到了,我们没有选择任何进口品牌。但实际上,我们并不排斥国际品牌,过去的多年里,我们也用过思科、施瓦茨等一系列进口设备。只是随着国产品的兴起,再用国外的设备已经没有意义,所以我们主流供应商都是中国公司。而北斗设备的选择,也是一样的道理。我们不拒绝进口品牌,但有了在座各位的企业和产品,我们已经没有理由没有必要去选择进口产品。我知道,你们的国产化程度可能还没那么高,还在使用一些进口芯。这个我们理解,华为和中兴也一样用很多进口的芯片和零件。但我只强调一点,虽然我不可能在一期内,把所有的移动基站升级成北斗基站,比例甚至不到1%,但依然是一个巨大的数字,你们理解吧?所以未来的采购,数量将是以千作为最小单位,金额将是以亿作为最小单位进行招标的。我们的数量足够大,甚至各位不用担心你们彼此的竞争,这不是一家,甚至两三家可以吃下的采购。只要大家的产品够优秀,我想,每一家都有机会。我刚才说了吧,这数量其实还不足我们基站数量的1%。未来的采购可能仍会继续,如果有一天,我们的采购量达到5%,你们想过会是怎样一个体量吗?"

赵爷和关鹤鹏等人面色凝重，这对一个小众的高精度定位行业来说，的确是天文数字。

"所以，这么大的体量之下，我们要求的成本，你们应该也能想象。我说了，我不排斥进口芯，但是进口芯恐怕无法满足我们的成本要求了。"

陈锋举手，领导看到了，点头示意他可以讲话。

"成本应该由市场和需求共同决定，如果大家都做不到这个成本，那么移动这边到时候会考虑更多的投入来接受更高成本吗？"

"问得好。"领导点头，"我们做的每一个决定，都是经过反复调研和论证的。并不是随意做的决定，所以想更改，并不容易。我们的采购不会在今年，所以大家还有时间。看各位的本事，谁能尽快满足我们的要求。但时间不是无限的，也许明年，最迟后年，我们就会启动。这一切也不取决于我们，而是5G网络的建设情况。但我个人很乐观，5G的到来，很快，比你们想象得更快。"他顿了一下，含笑看着眼前的几家企业说道，"你们几家都是国内顶级的企业了，如果你们做不到，别人就更做不到了。我说了，这个项目可能不是一家能吃下的，但是谁能领先一步，就能拥有更大的优势。我就说这么多，你们都听清了吧？还有什么问题？"

赵爷回复道："没有了，你说得很清楚。5G建设迫在眉睫，中国移动不想再等了。其实我们也一样，我们也拒绝再等。我想在座各位和我想的一样，我们一定会在移动采购之前，拿出满足要求的方案。"

美国硅谷，Skydon总部。

卡梅隆略带失望地离开了总裁史蒂夫的办公室，他针对中国移动项目的计划被老板拒绝了。

"史蒂夫，移动已经明确拒绝了Skydon，所以我们只能寄希望于中国制造继续使用Skydon板子。但目前的成本恐怕他们无法接受，我想针对这个项目，注意，只是这个项目，大幅度降价。我不想让中国人的板卡取代我们，这个体量真的是太大了，我们不能放弃。当然，我还有其他理由……"

"什么理由？"

"中国人一直在研究GNSS板卡和芯片，这个研究在中国北斗三代发布后达到了顶峰。他们已经不再称之为GNSS芯片，而是一律叫作北斗芯片。我毫不怀疑，他们自主板卡芯片终究会上市。但我希望这个时间能更长些。如今，中国移动的项目对中国的GNSS芯片研究将有巨大的促进作用。这是我不想看到的，所以我宁愿用很低的成本继续供应Skydon板子给他们，也不想看到他们的自主芯片这么快崛起。"

史蒂夫没有很快答复，他拿出了一份保罗给他的文件。

"你看一下这个，这是来自澳大利亚的投诉。"

卡梅隆皱眉道："这关澳大利亚什么事？"

"中国的OEM板价格已经是全世界最低了。当然，基于他们庞大的市场容量，我对这个价格并没有问题。但是，我们的管控能力始终是有限的，这些低价的OEM板并没有都变成中国的接收机。有一小部分流到了中国之外。以中国的价格做基础，这些倒卖板子的公司收获颇丰。但是，我们的销售系统遇到了很大的挑战。这些板子冲击了当地市场，激起了其他市场经销商的强烈抗议。他们同时再追问，为什么来自中国的板子可以这么低价销售，我们给中国公司到底多少折扣。"

卡梅隆耸耸肩道："不同区域，不同市场，不同价格，我们根本没有必要向澳大利亚经销商解释。"

"我们不用解释，但OEM板的管控始终是个问题。卡梅隆，我理解你的方案。中国市场的价格政策，你一直制定得都非常完美。这次针对中国移动的再一次降价，但从这个项目而言，无论理由还是计划，都是非常正确的。我对你的计划表示欣赏。但是抱歉，我不能继续支持你的方案。中国的价格已经低到了超出我们行业的认知，如果在此基础上再次降价，恐怕我们要对董事会，对我们的财务报告做更多的解释。而且这个价格很危险，像澳大利亚这样的投诉，以后我们会接到更多，而且会更严重。至于你说的关于中国自主板卡的理由，你都已经说了，中国芯片早晚要面世的。如果我们不能阻挡它发生，那就让它来吧。让我们把眼光放得更远。中国的北斗系统很先进，但Skydon如今并不只是一个GNSS企业了，中国人可以在卫星导航方面追上我们，甚至超越我们。但我们在其他新的领域，依然保持着绝对的领先。我喜欢这种保持领先的感觉，而不是在他们已经追上来的领域里纠缠。你同意我说的吗？"

离开史蒂夫办公室的卡梅隆一声长叹："中国的北斗板卡芯片，已经无法阻止了。只是希望他们自己不要走得太快。"

第193章　庞德之计

江城的早晨，熬了一个通宵后，张邕和两个留校的M大同学从重点实验室走了出来。

"一起早餐？"

"去你大爷的早餐，我们回家睡觉了，张邕，你自己照顾自己吧。反正这里也算是你的主场，不需要我们带你找热干面吃吧。拜拜。"

张邕微笑着挥手告别，不忘补充一句："一个小问题，我没大爷。"

他回到母校与怒发狂人无关，这次是来请教一些影像三维的问题，这就是他自己找的新方向。

但北斗芯片的事，他也依然在继续，无论是汤力维、刘芯，甚至邵文杰，都在紧张地忙碌着一些事情。有些研究，连高平和怒发狂人都不是很清楚，而他自己则希望这些研究以后永远用不上。

正如同学所说，这里本就是他的主场，他一切轻车熟路。一杯热乎乎的蛋酒加上一份煎得金黄的豆皮，让他重新恢复了活力。

回酒店补个觉，还是去看看怒发师兄？他稍稍犹豫了一下，还是又向学校的方向走去。

并不意外地，他看到怒发狂人的教学楼下有几个学生在测试设备，他看到了熟悉的Skydon，而和Skydon对飙的正是他设计的那一款众寻终端。

类似的场景见过太多，他没上去打招呼，而是直接上楼。心中琢磨，好像早了点，不知道怒发狂人是否上班了。

他没敲门，因为不确定怒发狂人在不在，干脆直接推门，若是门锁了，就先回酒店睡觉。

门居然被推开了，张邕笑嘻嘻地想给怒发狂人一个惊喜，然而却大吃一惊。天哪，发生了什么？

怒发狂人虽有些狂放不羁，但只是性格上，平时的仪表还算注意。除了那一头永远不屈不挠向上生长的怒发，衣着都还算得体。

但此时张邕看到的怒发狂人，简直就是刘芯附体。

"大哥，你怎么回事？"

怒发狂人抬起一双通红的眼睛，似乎很久才认出眼前的人是谁。

"张邕，你怎么来了？妈的，刘以宁这条狗！"

"什么情况？他的千人测试计划搞砸了吗？"

"没有，很成功，但问题是，太成功了。我们都知道，算法需要磨合，需要一点点解决问题。所以我们需要大量的、反复的测试结果。我对刘以宁说6~12个月是个正常的周期。但他现在的做法，就是把这12个月的反馈和测试，直接压缩成了1个月。"

怒发狂人将办公桌上的电脑屏幕扭向张邕，上面密密麻麻的标红，让张邕也觉得头皮发麻。

"反馈铺天盖地而来，我们没完没了地加班，解决问题，修改代码。但初期的效率远比不上问题反馈的速度。我们一周解决了3个bug，不到反馈问题的十分之一，我说的还是主要问题，不是一些小问题。但这一周里，数据反馈出来的问题，又增加了一倍。我们所有人都疯了，这几周内没人睡过完整觉，都在玩命干活。"

张邕担心地摇头道："大哥，这样可不行，身体根本撑不住的。有结果反馈是好事，但解决问题还是要一点一点来。你要倒下了，朱院士少了一条左膀，中国北斗断了一条右臂。"

可怜的怒发狂人，此时居然连踢张邕一脚的力气都没有了。

"说得轻巧，换你试试。以前熬夜的日子，是不是自己不记得了。"

张邕想说，我也刚熬了一个通宵，但最后没有说出口，而是问道："有什么好的结果吗？"

怒发狂人有气无力道："当然有了，这就是拿生命换时间。但不得不说，刘以宁这招真的有用，如今的速度提高了3倍不止。我预计，3个月内就能拿出一个相对稳定的版本。6个月内，可以正式上市。不是说会完全没有问题，而是基本可以长时间稳定工作，小问题，发现了再解决。妈的，见到刘以宁的话，我想先跪下给他磕个头，表示我的尊敬，然后站起来，连抽他10个大嘴巴，来弥补我受到的伤害。"

"师兄，你真的要保重身体了，连续熬夜很可怕。但我不得不恭喜你，这个进展太惊人了。或许不久，我们就拿出了由内而外的中国GNSS北斗接收机。"

"由内而外，这词好。可是为了这由内而外，总得有人付出代价吧。"怒发狂人呈现出一种少有的认真表情。

同样在熬夜的陈小明，早晨还没来得及回家休息，就被范明轩和建峰叫去了总裁办公室。

"什么事，范总？很急吗？"陈小明打着哈欠睡眼蒙眬，范明轩看在眼里，心中那一点因为研发拖延引发的不满逐渐散去。大家都在玩命，至少北斗星也没落在别人后面。

"昨晚我接到了东方庞德的电话，他愿意用我们的板子，集成到他们的接收机，然后全国开始大面积测试。"

"真的吗？好事呀，可是……"陈小明立刻兴奋起来，却很快想到了一些问题，"可是为什么呢？之前是我们上门找他们，他们不同意，而是选择了指南针。这次主动找上门来，莫非……"

他迟疑着，有些兴奋又有些不太相信："莫非鹏总的板子问题很大,东方太过失望,彻底放弃了。这个……这个可能性应该不大吧。"

建峰一旁补充道:"庞总有条件的。"

"有条件?额,这才合理。他有什么条件?"

"庞德说,可以给我们更多的支持,进行更大规模的测试。同时,帮我们设计集成接收机,把他们的硬件无偿给我们ODM,做北斗星品牌的大地型接收机。"

陈小明皱眉道:"这也太好了,还是听听交换条件吧。"

"没其他条件,就是要北斗星和东方完全绑定合作,且是独家的合作。他希望我们立刻终止和华泰的一切合作,华泰、北斗现在和我们做的事,他都会接下来,而且一定会比华泰做得更好。"

陈小明眉头皱得越发厉害:"抱歉,两位老总。以一个工程师的思维,我无法理解庞德的意图。这条件很好,为此终止和华泰的合作,似乎也很正常。但我不明白,庞德为什么要这样做?这对他有什么好处?从东方的角度,指南针和北斗星能有多大区别?他这么好的条件,为什么不能和指南针继续合作?"

建辉道:"条件还不止于此,比你想象得更好。庞德说,他会把仲海军也拉进来,一起和北斗星合作。如果之前,我还有一点犹豫的话,现在就几乎完全接受了他的条件。华泰换成东方,我觉得相差不大,就算条件好些,我们和华泰合作了这么久,没必要折腾。但两家换一家,这条件几乎无法拒绝。"

陈小明也是深深地吸了一口气道:"的确无法拒绝,但我还是不明白为什么。"

范明轩笑了笑道:"既然无法拒绝,那就接受吧。庞德这个老狐狸,做事从来不吃亏,但这次他算计的不是我们。你们放心吧,这里没有问题,对我们就是一个难得的好机会。小明,你若不好意思和华泰谈,这事交给建辉吧。你和东方开始合作,早点把我们的芯片板卡都完善。"

陈小明疑惑看着范明轩,很明显,这位老大已经想明白了关键,但好像无意多讲。

"华泰那边不会有什么问题吧？当初也是我们找上他们，希望合作测试的。我们终止，他们也不会有太大反应吧？"

范明轩摇头道："不会。世界每天都在变化，当初是我们找他们，如今太阳从另外一个方向升起了。庞德算计的是中国移动的项目。"

庞德的决定，不只陈小明不理解，就连东方公司的人也不懂。

郭湛清来到了庞德办公室。

"庞总，我们和指南针的合作很好呀。为什么一定要换成北斗星？是不是您知道了一些事，指南针的技术有问题？但我感觉，北斗星的产品也一样在磨合，我不信会比指南针的更好。"

庞德摇头道："不是这个原因。指南针和北斗星谁优谁劣，应该你和你们部门下结论。我怎么会知道他们产品有问题呢？"

"那是什么原因呀？对我来说，用谁的都一样，现在还无法分辨哪一家的更好。但测试指南针产品，已经这么久了。忽然要换掉，推倒重来，浪费很多时间。这样的话，我们很可能会比华泰的进度要慢了。"

"放心，不会。我和北斗星谈过了，我们一旦开始合作，他们就会终止和华泰的合作。"

"对不起，庞总，我都被绕糊涂了。您能给我说明白点吗？"

庞德不动声色地点点头道："好。我问你，如今的局面，是不是指南针绑定了我们，北斗星绑定了华泰，大家的合作都是一边测试板卡，一边帮他们集成接收机。对吗？"

"是呀，我不觉得有什么问题，你非要打破这个合作，为什么？"

庞德笑道："那我再问你一个问题。华泰和指南针同在上海，他们当中很多人都一起工作过，为什么他们不直接合作，而是一个选择了广州的我们，另一个选择了北京的北斗星。为什么？"

郭湛清愣了一下，这个问题他从没想过，如今庞德问起来，他忽然感觉到的确有一些不合理。

这两家合作其实才是最便捷的，难道庞总心怀善念，想促进这两家的合作？以他对庞德的了解，他知道，这种可能性为零。

"其实很简单的理由，就是你们看不到。老赵和关鹤鹏，或者说华泰和指南针，他们的关系很不好。"

郭湛清疑惑道："好像鹏总离开，是二人商量好的。而且我们在德国见过，大家相处都很好，我看不出他们有什么问题。"

庞德道："有些事，不能光看表面。没问题，为什么不能合作？关鹤鹏离开东方，那时大家一穷二白，没什么好说。离开尚达，尚达是上市前期，他此时让出了自己的股份，只怕仲海军高兴还来不及。所以我们和鹤鹏，可能有不快，但没什么大矛盾，一样可以合作。而他加盟华泰，一定是老赵重金邀请并承诺最好的条件，他的离开会引发很多问题。同时，他从我们这里都是独自离开的，从华泰走却带了一个小型团队。而且离开之后，还有华泰的人跳槽去投奔关鹤鹏。毕竟人都熟悉，又在同一个城市，这种跳槽很容易见到，除了待遇不用考虑其他。而且，就算老赵和关鹤鹏没有矛盾，他们的手下人呢？其实之前我也不是很确定。关鹤鹏从上海飞来广州找我，他说是回家探亲，顺便看看我，我也没多想。但随后我很快发现，他和我谈的事也和尚达谈过，但并没有和离他最近的华泰谈，我隐约意识到，他们的关系没有表面上看起来那么好。"

"有道理！"郭湛清点头，但随后道，"但是我们和指南针合作这么久了，您忽然采取行动，要改变，为什么？"

"因为之前和谁合作都一样，他和老赵关系不够好，来找我很正常。我们也需要国产板卡，而且帮他集成设备是不错的生意。生意嘛，和谁做都一样。当中国移动的项目出来，这些事就变化了。

"移动没有明说，但其实表达的就是要国产芯片。从他们邀请的企业来看，也是板卡供应商和接收机制造商一半一半。那么想竞争这个项目，大家必须绑定合作。谁离开谁都不行。那么这种情况下，我为什么一定非要绑定指南针呢，我是不是可以考虑，把他们留给老赵呢？"

郭湛清恍然大悟道："庞总，太高明了。如今您拉着仲总和北斗星绑定，我们三家是一体。市场上就只剩下了华泰和指南针，而他们的关系并不好，几乎不能合作。哪怕到最后，无奈在一起合作，那么进度一定也落后我们。而且他们的合作未必能够顺畅。"

庞德咬牙道："中国移动的意思，摆明了就是我们几家分这个单子，不会一样多，但上下差别也不会太大。他们第一次做相关采购，又是大额采购，所以不想冒风险，这样最稳妥。但从我来说，如果是三家分，一定比五家分，得到的更多，我们为什么不想办法拿到更多呢。"

郭湛清暗暗点头，老板这一招棋厉害，同时对付了两个公司，让华泰和指南针都陷入困境。但随即他想起一件事。

"庞总，其实他们还有一个选择呀。众合的板卡是不是也快上市了？"

"中国移动没邀请众合，显然，老高虽然想做全产业链，但业内还是没把众合当作高精度导航公司。他们已经落后了一步。而且，如今他们和张邕以及众寻合作的方向好像不太一样。所以在中国移动项目上，未必会来竞争。不过，你既然提到了众合，刚好有件事，要和你商量。"庞德打开抽屉，拿出一个造型奇特的接收机在手上，是众寻的GNSS接收机。

第194章 身先士卒

赵爷当然很快就知道北斗星的决定，与陈小明博士不同，他第一时间就明白了庞德的用意。

赵爷笑了，笑容中带点无奈，带点鄙夷，也有几分钦佩。

庞德的招数永远是这样，看着并不高明，甚至被一些有识之士鄙视。但你不得不承认，它很有效，即使你看穿了他的招数，想破解也并不容易。

庞德中断华泰与北斗星的合作，从长远看，并没有任何意义。无论东方和北斗星绑定怎样的合作，北斗星始终是要向中国制造商提供高精度北斗OEM板的，所以一旦他们的板卡成熟，绝对不会对华泰实行禁售。就算赵爷没帮助他们做任何测试工作，只要华泰出钱，北斗星就会卖板子给他们。

最大的差异，也就是华泰会拿到板子晚一些，整个集成和制造接收机也会晚一些。这并不是什么大问题，如今的Skydon芯也不是就没有市场。

但小聪明和大智慧的区别，在于这个计划的时间点。如果中国移动项目一年内忽然启动，那么这一点时间点滞后很可能造成华泰出局。即使依然入围，华泰在份额上也不会占据优势。

赵爷在公司上市后，对公司的管理体系、国际化都做了大量的工作。这使得他对庞德的这一类"小手段"越发看不上，但他又不得不承认，这些"小手段"很有效。

而让他不得不佩服庞德的一点，是庞德居然敏锐地察觉到了自己和关鹤鹏之间的关系并不融洽。他和关鹤鹏一直维持着看起来还不错的友谊，公开场合也从不会讲对方的不好。在德国，他们还坐在同一张餐桌上一起用餐。

唯一觉得他和关鹤鹏关系不好的大概全世界只有庞德。

关鹤鹏离开时，双方的确是友好分手的，也对彼此的未来进行了祝福。但就和庞德预料的一样，两人之间的利益纠葛实在太大，已经不是谁对谁错的问题。关鹤鹏在华泰这几年，也是华泰高速发展的几年，当初的鸡毛蒜皮也成长成了良田千顷，而赵爷还要面对上市前的财务审查。

双方最终勉强算是达成协议，而和平解决问题的背后，则是相互间"老死不相往来"的心态。

谁也没表示过不满，甚至连争吵都没有过，但却彻底没了合作的基础。就像一对相互间伤透了心的夫妻，不吵不闹，只是离婚之后，便形同陌路，再无只言片语的交流。

赵爷心道："庞德，果然是神一样的存在，这样的事也能被你察觉，这个机会被你利用。"

所谓杀敌一千自损八百，庞德自己断开与关鹤鹏的合作，一样是有损失的。但庞德就是要挣这两百的差价，而这两百就是中国移动的采购。

赵爷也知道，庞德之所以突然采取行动，与最近的新闻有关。中美关于5G的标准一直在争论中，从没有达成协议。但最近的论调中，大家逐渐感觉到，无论双方是否可以在标准上达成一致，都不会影响中国的5G建设。那么这意味着，中国的5G网络建设可能随时会启动。那么和国产北斗芯的结合，也将是迫在眉睫。

赵爷叹了一口气，如今的华泰已经不在乎一城一地，哪怕完全失去中国移动的项目，也不会对公司业绩造成太大影响。但这与公司的信誉和形象以及股民的信心都是息息相关的。

最后，他对研发总经理葛荣道："没关系，接受北斗星的条件吧。合作本来就是相互的，不是单方可以决定的。但和陈小明说清楚，无论他与谁合作，只要他的板卡达到标准，我们会第一时间订货。"

"好的，赵总，明白。"

东方总部，庞德办公室。

庞德依然摆弄着那台造型独特的RTK接收机。

"知道这是什么？"

"当然知道，众寻移动终端。"

"我听说，他们的性能提升很快，基本上已经可以用了，是这样吗？为什么？"庞德语气中有明显的不悦。

郭湛清道："我也听说了，但没有亲自测试。您应该知道，这个接收机和我们用的测绘终端根本不是同一个东西，我们似乎没必要测试它。"

"那就测一下吧。如果他们的性能比北斗星的更好，我们要提早做出反应。"

"恕我直言，庞总。他这个是用芯片直接搭载的RTK接收机，这样做有很多好处。未来我们可借鉴，但这不是我们用的产品。而且，这个产品的成熟，也不代表众合的板卡就是成熟的。所以我们测试这台设备，意义不大。除非，您也想做这样一款设备。但目前我们做不了，除非北斗星给我们芯片的支持。"

"我很不喜欢这台设备。"庞德的回答中带着几丝恨意，"但是他们的性能几乎一夜之间就提高了，我想知道他们是怎样做到的？发生了什么？"

"这个，"郭湛清有些迟疑，他了解老板的性格，很担心惹来麻烦，但最终还是如实相告，"我知道一点，众寻用了典型的互联网模式。大量的免费试用机，把一年的测试打磨压缩到一个月，这很可怕，但也确实很厉害。"

然后他从老板口中听到了他最怕听见的一句话："我们可以做同样的事吗？"

"不，不，"他赶紧表示了拒绝，"这种模式我们学不了。第一，我们的成本比他们高得多，他们是把用户手机作为软件平台和数据存储的，天线也不是我们用的高精度基带天线。如果要做同样的事，我们的成本要高得多，根本撑不下来。第二，他们的模式本来就是卖服务，硬件只是载体。设备免费提供，只是前期投资大，后期一样可以收回成本。但我们的差分信号都是免费给用户的，所有的利润来源都是硬件，我们这样做，会赔到血本无归。第三，最重要的一点，众寻和众合是真正绑定的合作伙伴，与我们和北斗星的关系完全不同。我们花这么大代价，但最终是帮北斗星完善和提高他们的板卡质量。我们只是一个用户而已，这对我们没好处。板子一旦成熟，受益的不仅是我们，也包括尚达和华泰。所以，庞总，我们不能做同样的事。"

郭湛清迫切地向庞德建议，但他有些不好的感觉，他发现庞德似乎并没有听进他的话。

庞德沉默了一会儿，开口道："这可能不是东方一家的事，却是我们整个行业的事。如果我们不尽快搞定这颗芯，无法通过中国移动的测试，那么最终受益的是Skydon。与其如此，不如我们多做一点事，哪怕让其他家跟着一起受益，也比让美国人得意好。而且如果我们限制了老赵和关鹤鹏，我们的份额将增加三分之二，这个事我觉得可以做。"

郭湛清脸色发白："您的道理对，但我们的代价太大，这样的话，东方成了做公益，而别人因我们的公益而挣钱。"

"未必，"庞德摇头，"我从来不做没收益的事，这事拉着仲海军一起来做。大家合作，谁也跑不了。至于成本……"庞德慢条斯理地问，"记得当初我们如何与Skydon竞争的吗？"

"记得。我们用服务弥补质量的不足，实际上，付出的代价非常可观。"

"可观吗？我不这样认为。"庞德摇头，"工厂是我们自己的，设备回收，重新分解，能利用的二次使用，不能利用的直接废弃。板子送回Skydon维修。我们主要付出的是人力，硬件的成本其实并没想象的那么高。"

"但还是不一样呀，"郭湛清表示反对，"您说成本不高，是因为那本就是用户付了钱的。我们免费给他们更换新机，对我们来说成本不算高。但众寻是免费提供用户测试的，我们要是做同样的事，这个成本就高到了无法想象。"

"我们不免费送。一年测试，然后我们收回。这样，我们的代价没那么大，板子的成本肯定由北斗星负责，成本不是问题，但是现金流会紧张，我们需要咬牙坚持一年。"

郭湛清知道，老板一旦下了决心，就很难再改变。

"我觉得您在赌。如果一年后，没有达到预期，我们的投入就白费了。如果，您能收取北斗星的测试费，我觉得这是一件可以做的事。但现在，我们几乎是免费测试。我觉得何苦如此。"

"所有的投资行为都有赌的成分，想得到就要付出。中国移动的项目是实实在在的，借着这样一个目标来做成一件事，我觉得是值得的。就这样决定吧，还好东方公司一直是个一言堂的公司，我喜欢这样。"庞德最后笑着作了总结。

张邕在上海等了赵爷3天，第四天的时候，赵爷的助理终于打来电话："抱歉，张先生，让您久等了。您今天方便吗？赵总下午有时间，我可以两点派车去酒店接您。"

"我可以，来吧。谢谢。"

张邕挂了电话，对坐在自己对面的小色娃笑道："是你的老板乔治，我没想到见他比见院士还难，居然还要在上海等待。"

小色娃道："他不是有意这样，而是真的忙，这点我可以作证。除了我们的例会，以及提前安排好的会面，连我见他一面都很困难。他有没完没了的客人和没完没了的会。邕哥，我现在不知道当初来华泰是对是错了。好的一面是，这是一个成功的企业，我可以预见它的光明未来，而且我也做得不错。整个法国的基准站网络，我拿下了。你知道，除了中国本土，在GNSS网络业务上，能击败Skydon的可不多。但不好的一面，妈的，和乔治一起工作真的是太累了。他就是一台运转起来无止无休的机器，我们的会议一般都是从早上八点，开到夜里两点。每次我都像被扒了一层皮。而他又精神抖擞地参加第二天的会。今年，你知道我在中国待了多久吗？我算了一下，差不多4个月，我的天哪，我居然有三分之一的时间待在中国。乔治很幸运，他生在中国，如果在法国，我想他的职员会没完没了地抗议游行，工会会不停地处罚他。"

张邕对小色娃的印象一直是一个和善但又敬业的老板形象，而且也完全具备法国男人的优雅和淡然，很少见他这样吐槽，看来在赵爷手下，他吃了不少苦。

"这么辛苦，为什么还坚持？离开他回国不就好了？"他笑着问小色娃。

"唉，回去容易，但法国哪有这么好的工作。给乔治干活是真的辛苦，但也真的有不错的收入。而且乔治并不是一个高高在上的老板，他比我们还辛苦。对了，我学了一句中国成语。"小色娃认真地一字一顿说着一句中文，"身、先、士、卒。"

张邕笑道："说得好呀，你理解什么意思吗？"

"大概理解，反正说的就是乔治一类的领导。你一直没来乔治的公司，是不是同样的原因。"

"哈哈"，张邕笑了笑，"不全是吧。不过我虽然不怕吃苦，但不喜欢这样。和你说实话，我喜欢晓卫的生活态度。"

"晓卫，你和他还有合作吗？怎么你们中国人都是这样的怪胎。晓卫和乔治要是中和一下，就好了。"

"能做事的，有几个不是怪胎。他们俩不能中和，否则成了两个平庸的男人。"

"有道理。张邕，谢谢你的咖啡，我要回去上班了。下午你和乔治会谈完，有时间可以来我办公室，我请你吃晚饭。"

"多谢，老板，有时间我就过去。"

"再见。别叫我老板了，现在只有乔治一个老板。"

第195章 拼命依旧

赵爷没在会客室或者自己的办公室里见张邕，而是安排在公司内部的一家咖啡厅里。

"抱歉，让你等了。你要是心里骂我摆谱，我都接受。"

"我已经骂过了，你接不接受都一样。"

"喝什么，我这里喝东西不花钱。我记得你喜欢在咖啡厅里谈事，我其实很久没去过外面的咖啡厅了，约你在这里，也算表示下我的诚意。"

"你真的这么忙，3天时间，早晨，中午，甚至晚上，都抽不出时间碰个面？大哥，我没怪你，就是有些好奇。"

"是的，没有一点时间，你赶上了我们的季节总结。我知道你今天见了小色娃，他的会是昨天结束的，不然也没时间去见你。"

张邕微微欠身道："向你致敬，老大，你是我见过的最敬业的上市公司老板，也几乎是唯一关心业务超过股票价格的企业家。给我一杯拿铁吧，我希望华泰的咖啡和你们的北斗产品一样出色。"

咖啡上来，赵爷深深地喝了一口，然后闭上眼作陶醉状，似乎完全沉醉在咖啡的味道中。

张邕知道，并非如此，他只是太累了，这一瞬间，赵爷有了放松的感觉。

赵爷很快睁开了眼："说说吧，你来找我干吗？"

张邕变魔术一般，手中忽然出现一块GNSS板子，说道："需要国产OEM板吗？要不要测试一下？"

赵爷立刻进入了工作状态，他有些惊讶地接过了OEM板。

"赫兹的板子吗？进度这么快？张邕，看来德国的赌最终是你赢了。不过此时说输赢还是太早了些，要测试之后才知道……"赵爷忽然顿住，他疑惑举起板子，仔细地端详着某些位置，"不对，这不是赫兹的板子。这是鹏总的板子？"他最终确定，然后用一种很意外的眼光看着张邕，"你在搞什么鬼？"

"好眼力呀，赵总。你怎么看出来的？"

赵爷哼了一声，然后指着板子边缘一行白色的编码："我和鹏总搭档了那么久，他的编号规则我太熟悉了。看这个板号，绝对是出于鹏总，我不会看错的。你拿一块指南针的板子给我，是什么意思？"

张邕道："谁的板子重要吗？无论指南针、北斗星，还是众合的赫兹，都是中国产的板子，都可以用在你的接收机上，也可以用在中国移动项目上。我看不出有什么区别。如果说板子质量和性能有高低之分，那么也是要你测过之后才能明白。"

熟悉的忠厚笑容，又一次浮现在赵爷脸上。

"你说得对，本就没有区别。看来你知道发生了什么。"

张邕点头道："庞总的出手总是带着卫星定位一样，对打击目标精确制导。这一记重拳下来，你肯定不是最大的受害者，只怕鹏总才是。"

赵爷若有所思地看着张邕说道："说实话，我只想过华泰的处境，没怎么想过指南针的事。这一点上，我不如你，你总能想到别人。是呀，庞德一下把鹏总的两个合作伙伴都拿走了，而现在这个阶段，应该是鹏总板卡芯片研究的最关键期。他的产品会滞后，同时会失去在中国移动项目上的主动权。"

"庞德的计策很高明，但似乎破解起来并不难呀。板子给你了，你来测试吧。"

赵爷皱眉道："张邕，别说得这么轻描淡写。真这么简单，庞德何必出招呢。我为什么要测指南针的板子？"

张邕一副认真的表情，说道："似乎就这么简单，这哪里难了？为什么要测？因为你们彼此都需要呀，难道中国移动项目你们要放弃吗？"

"是鹏总让你来找我的吗？你不觉得，这种事，应该他关鹤鹏亲自来找我吗？这才是解决问题的态度。"

张邕笑得很像赵爷，说道："我不觉得，我只觉得你们把事情搞复杂了而已。解决问题？你们有问题吗？法律层面的？还是财务方面的？其实不是所有问题都要解决的，也不是所有关系都需要修复的。真等你们双方解决完问题，大概东方和中国移动的合同都签完了。如果我拿一块板子过来，比如赫兹，赵总你会测试吗？"

"当然会。"

"那就没问题了，这块板子就是我拿过来的。开始吧。"

"不，"赵爷有些困难地摇头，"这，这好像不太一样。"

"哪里不一样？鹏总让我帮忙测试板子，我一定会测。而我的板子，你也会测。所以我把板子给你了。真的不要想太多，简单些就好了。"

赵爷脸上浮现了一丝笑意，说道："有意思，你的逻辑总是很特别，但不得不说，你说得有道理。但我还有个问题，鹏总知道最终还是我们在测试吗？"

"他没问，所以我也没说。这种事，知道或者不知道，意义不是很大。不是每个人都要那么聪明，看一眼板号，就能知道一切。"

赵爷一下笑出来了，说道："对呀。这么聪明的事，应该是晓卫做的。我一直都是忠厚老实的那一个。"

"其实晓卫都在改变，所以你们有变化一点也不奇怪。你和鹏总可以继续'老死不相往来'，但很幸运，你们俩都是我的朋友。我会和你们都保持往来。不过，你这个朋友如今不太好见面，我在上海等了3天。"

赵爷的注意力已经回到了这块板子上，说道："你测过吗？性能如何？"

"和众寻RTK比较了一下，众寻的好些。当然，这两个并不是同一类产品，所以这个比较并不合理。"

"嗯，"赵爷点头，"我知道你们是怎么测试的，你和你师兄都不是人，太可怕了。"

"我们是不是人，也不重要。赵总，现在轮到你了。如今的局面是，你和指南针一组，东方尚达和北斗星一组，你们两组赛跑。庞德可能比我们更可怕，你会怎么办呢？"

"的确可怕，我得到了一些反馈，庞德直接复制了众寻的模式。谁都知道，他这样做的代价，比众寻大得多。而最终的最大受益者，却是北斗星。我不知道该怎么评价庞德，但至少，他的行动力和执行力都值得我佩服。但是……"赵爷脸上一丝坚毅，"我承认他很强，而且不按常理出牌，但要说一定能赢我，却也未必。其实在国内，有两个这样的顶级对手，对华泰是件好事。我们每一天都在警醒，这是我们前进的最大动力。"

张邑看着赵爷，又有了当初在戈壁滩上测试的感觉。他发现，其实赵爷和他一样，有些东西从来都没变过。

"怎么，你有什么好的方案，来回应庞总了吗？"

"有了。"

"愿闻其详。"

赵爷这次爽快地笑出了声："我们认识这么久了，你不了解我吗？我还能有什么特别的招式……"他的笑容逐渐凝结成一种强硬，"从天石，从Skydon，从华天，到现在的华泰，我们最擅长的只有一件事，拿命来拼。我没有庞德的手笔，花这么一大笔钱，我们的财务报表会出问题。所以我们只会自己来拼。我会集成一批测试机，与东方不同，他们给用户的，必须是完整的机器，我做的，给自己人测试，只是满足测试环境就可以了。我会把设备按比例发给几个大区，再由大区控制，由每个分公司进行测试。我的要求很简单，无论大家有多忙，业绩压力有多大。每个公司按员工数量计算，必须满足一定时间的测试，必须按要求上传测试数据，并手工填写测试过程。测试单元可能没有那么多，所以要不停地在大区里的公司内部进行传递，我们会定下规则，提高物流效率，尽量避免设备的空窗期。我们实力不够，也比不了庞德的决心。我们还是走拼命的套路，不增加人手，但我要相当于1000人的测试队伍。只有100套测试单元，但我要获得1000套设备的测试效率和效果。这就是我唯一可以做的。"

张邕看着赵爷讲话的神态，他像个暴君，又有点像个理想主义者。偏偏他很认真，而且看不到半点狂热，只是在叙述一件事而已。

张邕深深叹了口气道："这要是换个人说，我一定认为他在胡说八道。但你赵爷说的偏偏每一个都是认真的。佩服。那就这样吧，我等着看你拿命拼出来的结果。晚上不用管我，我和小色娃共进晚餐。"

赵爷却没准备结束这场谈话。

"你和谁吃饭，我不管。但我有问题想问你。"

张邕抬头，赵爷那忠厚的脸上，目光中却有一丝戏谑的光芒在闪动。

"张邕。我毫不怀疑，无论是我，还是鹏总，当我们遇到困难的时候，你一定会伸出援手。但这次你来，我绝对不相信你只是来帮忙的。"

"理由？"张邕一脸平静，心中却道，果然什么都瞒不过他。

"还要理由吗？你拿着指南针的板子来找我，但我不信，这是鹏总找到你，求你帮忙的。你来上海等了我3天，我很抱歉，也很感谢。但我不信，你没有其他事处理。我的推断，你来的时候就有目的，绝不只是为了促成华泰和指南针之间的合作。做一点最恶意的揣测吧……"赵爷笑得一点也不忠厚，看上去有点像怒发狂人，"我猜，在我和鹏总的交易中，你自己是有好处的。放心，我没那么小气，不会想着从你这里分利。但是我想知道，你做了什么？还在做什么？"

"赵总，"张邕语调里带着几丝委屈，"个人隐私呀，是不是可以不说？"

"个人隐私，当然可以不说，但我想一定不是你个人的事。"

"好吧。你测过我们的RTK吗？"

"我并不想测，无奈外面很多人都说，你们的性能不错。我只能安排人拿回来试试。所以刚才你说，比指南针的板子性能好些，我基本同意。"

"但那只是芯片的应用，我们在板子研发上其实差得还远。所以……"张邕笑道，"M大的潜力已经快到头了。怒发师兄和他的团队，这几个月来不眠不休呀。我这边，汤力维他们的状态和师兄差不多。所以我和鹏总做了一个小小的交易。"

关鹤鹏对庞德突然的举措有一些应对不及，也没想明白东方这样做的目的。

以关鹤鹏的科学思维，他第一时间觉得一定是自己的板卡出了大问题，或者北斗星取得了重大领先，所以庞德才放弃了指南针的板卡。

他很紧张，立刻召开了研发团队的紧急会议，大家吵作一团，却没有得出任何结论。

紧接着，尚达采取了同样的行动。关鹤鹏在3天之后才明白庞德的决定其实与板卡质量没任何关系。

关鹤鹏当然不笨，或者可以说，他才是高智商的怪物，但这是对技术而言。对人心的把握，比庞德差了太多。但只要他稍稍多用一点心思，就很快想明白了来龙去脉。

和赵爷的反应一样，他有些鄙视，又有几分佩服，无论如何，庞德下了一步狠棋。

鹏总又一次召开了会议："情况大家都知道了，庞总的用意，我猜你们大概也知道了。我们该怎么做？"

"该怎么做？玩命呗，我就不信，离了这些集成商，我们自己就不能测试了。"一名年轻的研发经理硬邦邦甩出一句话，透着一股不服输的气势。

"说得好！"鹏总点头赞许，"我们和这些公司都有区别吧，他们有的只会研究板子，有的只会集成接收机。指南针可不是这样的公司，我们研发板卡，但别忘了，我们可是做GNSS接收机出身。老子的外号很久没人叫了，都还记得吗？"

会议室的气氛立刻活跃起来："哈哈，当然记得，中国GNSS接收机第一人。"

"哈哈，都还记得就好。整机测试我们并不一定要别人帮助的，我们自己来测，可能我们没有那么多人，那么多设备。但我们每一个都是专业人士，我们靠质量取胜。现场测试的时候，我们在现场就直接把数据问题做初步分析，回来把整理后的结论给研发。我们靠专业来提高效率，和东方以及北斗星，拼一场，大家觉得可以吗？"

"当然可以，who怕who呀，干！"理工人的自尊心被充分地调动起来了。

就在这个时候，张邕来了。

第196章　谁是赢家

张邕并不算一个很讲究生活品质的人，但看着纸杯里泡的茶叶还是觉得有些别扭。

他的工作室里，咖啡用具和茶具都不错。他觉得喝茶的时候，可以专注地思考一些问题。但是如果总是提防茶叶流进嘴里，而不停地用嘴吹，就很容易分心。

但关鹤鹏和他手下看来对喝茶全无讲究，或许倒茶也只是给客人的一种礼貌而已。

"你这士气不错呀。好像东方公司的突然退出，并没有给您造成什么困扰。"

关鹤鹏起身，关上了办公室的门，重新坐下，然后一声长叹，整个状态和会议室开会时判若两人。

"怎么会没有困扰，但我也在学习如何做一个好的企业领袖。遇到什么事，领导者不能慌，士气更不能低迷。但是少了东方和尚达这个级别的测试伙伴，我们真的会很麻烦。庞德算得很明白，他不是要压我们一辈子，就是拖延我们的进度，那么我们很可能错失中国移动的合同。中国移动对华泰来说，只是一个不错的大项目，但对我们来说，意义就太过重大了。我们需要整个项目来证明我们的实力，让更多的人看到我们，来维系我们的发展。一步天堂一步地狱，有没有这个项目，对我们非常不一样。"

张邕心中一动："鹏总，你若信我，我来帮你测试。"

关鹤鹏的眼睛亮了一下，随即又暗淡下来："你知道，众寻模式不适合我们，我们也做不了。"

"不是众寻，就是和东方公司一样的测试。我保证，会让你非常满意，甚至会比之前做得更好。"

关鹤鹏似乎明白了什么："你是说……"

"我什么都没有说。"张邕微笑,"只要交给我就好了。当前这种情况,一切都不会更糟,你也不会有什么损失。"

"好,"关鹤鹏咬了咬牙,"既然是你说的,那我就接受。你有什么条件?或者什么费用?"

"费用没有,但条件的确有一个。鹏总,帮我看看我这块板子。"

又是魔术一般,张邕手中变出了一块OEM板。

关鹤鹏立刻明白:"赫兹,不,众合的OEM板,需要我做什么?"

"我们的芯片已经基本稳定了,效果还不错,我想您也应该听说过一点。"

关鹤鹏点头道:"想不听说都难,众寻的手笔,我们只能一旁羡慕,学是学不了的。"

"但严格意义上说,众寻只是芯片搭载RTK算法,我们板子还很不完善。我的怒发师兄已经被刘以宁折腾疯了,我被他抓了一把,回北京要先打疫苗。所以,鹏总,帮我们完善这块板子吧。"

关鹤鹏看着张邕,像看着一个傻子:"你和你师兄到底谁疯了?"

张邕认真地想了一下:"我觉得我还正常,要是您觉得我也疯了,可能是我们俩疯的程度不太一样,无论如何我都比他症状轻些。"

关鹤鹏被气乐了。

"少贫嘴。我知道你能做很多别人做不到的事。比如庞德断定,我和老赵一定不能合作,但你可能会让这事发生。但让我帮助众合完善这块板子,我是真的觉得,一个脑子正常的人绝对不会提出这种要求。我们在德国打了个赌,看谁能最快搞出一块板卡。虽然你是打赌的一方,但实际上,对这件事而言,你只是个看客,真正玩命较量的是我们三家。打赌对你而言,可能只是个玩笑,可你该知道,我们三方可没一家认为这事好笑。本来大家暗地里就在竞争,而这个赌又把这些竞争直接挑明了。外人只是看看,到底谁赢。对我们三家,却是发展与生存的问题。而其中,最困难的就是我们。两个实力雄厚的上市公司,要钱有钱,要人有人,国际精英团队,海外企业。还有众寻这种互联网怪物来帮忙。包括你，张邕，你和你师兄都在为众合和众寻做事吧，你帮过我吗？"

这话说得张邕微微有点脸红："鹏总，你最需要的，我帮不上忙。因为您和您的人已经是顶级的了。"

"鬼扯，信你才怪。"关鹤鹏给了张邕一个白眼，"但也不是全没有道理，我们当时是缺人也缺钱。我和老赵因为钱的事一直斤斤计较，闹到现在的局面。不是我贪，是我们真的需要钱。"

"理解，所以我说我帮不了。鹏总，我只是个穷小子。我猜您开发的智能驾考系统，帮您渡过了难关。"

"其中之一吧。我们是一个研究北斗芯片的企业，急于做产品其实也是无奈。所以，无论北斗星，还是众合，我们都是竞争对手，虽然不是一定要你死我活，但绝对做不到互助互爱。"他抬头看着张邕的眼睛，"你怎么会想到，让我来帮助他们呢？"

张邕稍稍脸红后，很快恢复了常态。

"鹏总，"他很认真地对着稍稍有些激动的关鹤鹏说道，"这不是帮助，只是一种交易，一种合作。"

"交易？用测试板子来做交易吗？这个测试肯定重要，但只是为了当前的项目。而板卡成功与否，则是涉及未来的发展和竞争力。这个交易不公平。刚才的会上，我已经正式动员了，我们自己人进行大规模测试。"

"是，但我刚进门的时候，您就说了，这对指南针还是太困难了。鹏总，您听一下我的建议吧。所有的竞争都是分阶段的，不同的时期有不同的内容。庞德孤立指南针，不是一定要阻碍你们未来的发展，他的目标只是中国移动，只是当前。少一家分，东方就可以多拿一些份额。长远看，东方其实是指南针的潜在用户，这个根本变不了。指南针、北斗星和众合三家的竞争，就像东方、尚达和华泰的竞争，除非谁退出，否则永远不会变。但现在东方和尚达却更像合作状态，为什么？为眼前的项目，为中国移动项目。所以并不是竞争对手就不能合作的。还有件事,您可能不清楚。这不是东方和尚达的第一次联手,他们曾经想合作收购赫兹。如果这事成了,那么您的竞争对手就改变了,已经不是众合了。所以我觉得为了中国移动项目,您不妨重新考虑一下此事。众合并没有受到中国移动的邀请,所以在这个项目上,你们没有竞争关系的。而关于未来的竞争,您看一下这块板子,这是封装的双芯片,来代替双频芯片,这和您的技术还有一定的差距。而且众合现在和众寻绑定,他们未来的发展方向和您有很大不同,很难说是否真的存在竞争。但您和北斗星的竞争,才是不可避免的实实在在的竞争。这样说吧,如今希望您从中国移动出局的,一定不是众合,甚至也不是赵总。这才是合作的基础。而就让您做的事情来说,已经不是这块板子最关键的部分了。随着芯片和算法的成熟,板子一定会完善的,只是一点时间问题。庞德给您的难题,也是时间问题。所以我们只是时间换时间而已,您帮我节约我的时间,我帮您提高测试速度,解决您的时间。是不是很合理?"

关鹤鹏愣了几秒,才从某种状态中缓过神来:"我还没听你讲过这么多话,口才居然不错,是和晓卫学的吗?"

"我不确定,晓卫教我的只是要讲道理。"

关鹤鹏大笑道:"一个业内公认最不讲理的家伙,你和他学习讲道理。难怪给我讲出这么多东西来。"他顿了下,"时间换时间,你的算法和逻辑很特别,不过你好像也真的有一点道理。板子和资料留下,我考虑一下。你离开上海前我答复你。你急着离开吗?"

"不,我不急。我还要去华泰拜访一下赵爷。"

逝者如斯夫。

人们普遍认为,随着年纪的增长,日子就过得越来越快。张邑对此深表认同,他觉得在M大毕业之前,人生的每一年都是有四季的。而如今的日子,似乎就是一个新年接着一个新年。

他很怕别人对他说新年好,因为他感觉上一次拜年的时候,似乎就在上个月。

汤力维拿着一款基于手机的全景设备给他看,他愣了下道:"这么快,不是要6个月时间吗?"

汤力维叫道:"老大,你是不是要去医院看看,你哪里出了问题。这已经7个月了,哪里快了?"

"真的吗?"张邕愣了愣,他看了看时间,天哪,距他上一次离开上海,最后一次和赵爷以及关鹤鹏的见面,居然已经过去了一年。

这一年里,其实发生了很多事。指南针、北斗星和众合的新一轮较量依然在紧张地进行。

这次没有人坐下来打赌,因为大家已经顾不上,当然也几乎没有坐在一起的机会。

从之前的结果来看,三家似乎打了个平手。三家拿出产品的时间差不多,很难说谁更快。从接收机的角度,众合似乎更具优势,但毕竟不是真正意义上的板卡的路子。

所以新的一轮竞争,比的是谁能尽快完善产品,拿出一款可用的高精度双频板卡。

如果从模式上对比,众合其实就是众寻的互联网模式。

东方庞德,则是花了更大的代价,用了和众寻类似的模式。

华泰,就是赵爷一贯的拼命模式。

每种模式都有自己的问题,评价优劣的标准只有一个,看结果。

某市勘测院的一分院,外业负责人怒气冲冲找到了分院长。

"罗院,东方那台新设备,退货吧,太坑了。多半数据不能用,三天干一天的活。"

院长则把眼睛一瞪道:"退什么退?怎么退?那本来就是人家给你白用的,没收你一分钱,还送你RTK账号。你的仪器够用吗?不够用就先用着,反正是白给的。重要项目不要用,但不急的项目,那些基础测图之类,有一台总比没有的好。有问题就和东方的技术支持联系吧,这是他们的问题,放心,他们会很乐意解决问题的。"

"好吧。"外业负责人来得快,走得也快。

这样的场面几乎在每一个城市每一个院里都在发生。

华泰测试的情况则有一些不同,某天,关鹤鹏给张邕打来了电话。

"张邕,收邮件,看我给你的图表。数据结果我们基本满意,但是有一个问题,你自己看。"

张邕很快发现了问题:"测试的时间段过于集中了,都是在……晚上。"

他很快理解发生了什么,华泰的工程师工作强度很大,工作量非常饱满。面对赵爷强行给大家压下来的任务,虽然没人反对,但都是在完成一天的工作后,才能开始。

这里不乏很多敬业的家伙,在和用户的晚餐之后,带着几分酒意,出来测试。所以时间段的相对集中,并不奇怪。

"你知道的,我们需要全时段,或者各个时段的数据。特别是正常的工作时间的数据,对我们意义更重大。我可不想做一款只在夜晚测得好的产品。"

"明白了,鹏总,放心,马上更改。"

赵爷毫不延误地采取了行动,一份更细的测试指南发到了每个分公司,详细规定了每个测试时间的比例。

这一决定,在一片吐槽和谩骂中得到了坚定执行。

于是带着测试设备出差,成了部分技术支持的习惯。当和销售们一起参加用户的交流时,一旦结束了技术部分,就会有人站起来说道:"不好意思,你们先谈,我还有些事要处理。"然后拿着仪器出门。

开车出差的则是直接把设备架在了车上,这其实是关鹤鹏最喜欢的数据源。

辛苦工作的背后,收获随之而来,经过了无比痛苦的阶段后,几家的板子以惊人的速度在提高着。

卡梅隆一直没有完全放弃对中国移动项目的希望,他可能是全世界最关注中国5G建设的外国人之一。

以他们一贯的思维,中国人想在短短几年时间拿出一块完善的自主芯片,几乎没有可能。这可是从无到有的过程,这个难度远远超过现有产品的更新换代。

OEM部门的报告上，频频出现北斗星和众合的名字，在导航领域，他们已经成为Skydon的正式对手，这个进展让卡梅隆感觉有些不可思议。

但这些报告上并没有高精度双频板卡的内容，当然也更不涉及中国移动项目的内容。于是他带人约见了董彬，想听听高精度部门的信息。

"卡梅隆，这就是我们总结的一些情况。自主板卡的中国接收机已经零星地出现在市场上，但并不成气候，主要都是厂家免费提供给用户测试的。我们的销售不止一次从用户口中听到对这些产品的负面评价，同时表达，还是Skydon板子更值得信任。"

卡梅隆微微舒了口气，以他的预估，中国移动的测试应该马上就要开始，如果国产芯片还是这样的状态，那么Skydon的机会就依然在。

然而他的好心情，很快就被封耘破坏了。

封耘补充道："这些情况大概出现在半年之前，但如今，我们听到的抱怨越来越少。纯国产接收机升级得很快，最快的时候，一周就是一个版本。这近一年的时间，可能已经升级了几十个版本。如今，虽然还没有大规模上市。但我感觉到，他们如今的可靠性已经非比从前。抱歉，卡梅隆，我觉得Skydon主板退出中国测绘行业，已经进入倒计时了。"

卡梅隆脸色发白："不到一年，他们怎么做到的？这怎么可能。"

封耘说了一句赵爷常说的话："他们拼命拼出来的。他们用各种手段压缩了时间，把三五年所做的事，一年时间做完了。这就是中国速度。"

卡梅隆狠狠爆了一句粗口，但封耘等人并没有生气，他们知道，卡梅隆骂的不是中国人。

"你说，他们谁赢了？"问这句话的是怒发狂人。

张邕摇头道："不知道，但从现在看，他们都不会输。"

"好吧，老外喜欢说win-win，那我们就让这三家win-win-win吧。"

"三赢，听着不错。你的双频芯片有进展吗？"

"不多，我们顾不上。我们的双频板子也需要测试，鹏总他们该做的已经做了，剩下的是我的工作。"

"你走的哪一条路？学的他们哪一家？"

"切，"怒发狂人撇嘴一笑，做不屑状，"靠山吃山，学校哪有财力和他们比，但我们有人呀。我就是靠学生，不只M大的学生，还有其他高校的。我想，我也不会输的。"

第197章　不是结局

澳大利亚维多利亚州首府墨尔本，布鲁斯正在等待他的中国伙伴温华。

布鲁斯就是被Skydon澳大利亚代理商投诉的公司之一，他专门倒卖Skydon板子，货源则是中国。

中国的GNSS接收机市场兴起，而卡梅隆为了一举击败捷科，做出了中国市场的特别价格政策。这个政策当然是正确的，也收获了巨大的成功。随着Mag的被收购，Skydon几乎将全部中国高精度板卡市场拢入自己怀中。

但没有完美的方案，一切计划都有不足。卡梅隆的计划唯一的缺点就是，造成了中国市场和中国之外市场的巨大差价。这也很正常，除了中国，世界上也再没有第二个这样的市场。

虽然卡梅隆做了很多预案，比如针对中国制造商的出货，是Skydon直接交易的，不通过任何经销商。

甚至学习Mag，在板卡中加了地域限制，只在中国本土内工作。但随着中国制造商的海外销售展开，这个限制只能取消。只是形式上严格要求，卖给中国制造商的板子禁止转卖，更禁止出口。

但没人太在乎这个禁令，因为违反这个禁令的处罚几乎不存在，对于每年数万片板子的采购，一直高高在上的Skydon也不敢强硬地说：

"你们违反禁售原则，我拒绝出售板子给你们。"毕竟，这样做的损失太大了。

幸好，主流的三家制造商并不是以倒卖板子为主业，更关注于自己的产品。但不可避免会有少数板子，因为各种原因，流入国际市场。

布鲁斯最早只是从Skydon经销商手里拿货，直到有一天，他接到一个叫田晓卫的中国人的邮件，给了一个他无法相信的价格。

他第一时间以为遇到了骗子，直到田晓卫带着一批板子直接飞到了墨尔本，他才相信一切居然是真实发生的。

但随后的日子，又有其他人找上门来，他才惊讶地发现，田晓卫给他的价格并不优惠，他自己从中赚了不少的利润。

于是布鲁斯开始认真地审视来自中国的货源，几次比较后，他和温华达成了长期的合作。

但近一两年，事情似乎在变化，中国的出货量在减少，价格也在慢慢提高，他不知道发生了什么。

温华风尘仆仆来到了他的办公室，没太多客套，直接打开了自己的手提箱，数十片密封保存的电路板整整齐齐地嵌在防震的泡沫中。

"我的朋友，请问这批货的价格是多少？"布鲁斯直接问出了自己最关心的问题。

"天哪，真的吗？"布鲁斯有些激动，他听到了一个远超自己预期的优惠价格。

"Skydon发生了什么？怎么会有这么好的价格？"

"不，不，不，"温华笑着摇头，"这不是Skydon的。我想以后很难拿到Skydon的货了，近一年来，中国市场有很大的变化。"

"不是Skydon？"布鲁斯失望中带着愤怒，"我倒卖板子，但可不卖假货。"

"这不是假货。"温华依然平静，"这是来自中国自主的品牌指南针，它的性能不会低于Skydon的板子，你可以测试。至于价格，他们的正常定价，就比Skydon要低。我想，"他微笑着，"Skydon的红利已经过去了，这是你新的机会。你要不要把握？"

中国GNSS板卡供应商，两年的疯狂竞赛，很难真的分出高下。或许就像怒发狂人所说的，他们都赢了。

辛苦的付出背后，中国芯的GNSS板卡纷纷正式上市。

随着北斗三系统的全面铺开，除了这三家之外，还有数十家北斗芯片供应商浮出水面，服务于不同的市场。有优有劣，有成功也有更多的故事。

Skydon板卡依然在中国市场销售，除了导航市场外，在接收机市场，除非用户专门要求Skydon板子，否则就都换成了中国芯。

从内到外的中国制造成了主流。而从用户的角度，已经不太计较是谁的板卡，曾经风靡市场的一颗Skydon的钻石心的广告彻底消失不见了。

市场上主流接收机，用的都是指南针或者北斗星的板子。

至于众寻，他们则是走了另外一条路。

"兄弟，我想买一台众寻的接收机，有他们经销商的联系方式吗？"

"要什么联系方式呢，去淘宝好了。"

众寻打破了专业产品与民用产品的界限，从GNSS终端到众寻账号的开通都出现在淘宝网店。

其实所有的专业级GNSS接收机都能在淘宝上看到，不同的是，他们的宣传作用远大于渠道作用。报价很高，但成交量为零。

专业产品还是需要专业的渠道，这是行业内的共识。高平曾经试过网络超市的方式，但最终并不成功。

所有的一切在众寻这里得到了彻底改变，去网络上买一台众寻接收机，开通一个众寻账号，多买几个账号申请些折扣，成了很多行业和用户的常规操作。

5G网络的建设终于正式启动，中国移动组织专家对入围的几家GNSS供应商的产品进行了专业的测评。

最后的结论是："恭喜各位，几家的产品都能满足我们的5G基站建设要求，技术上大家过关了。短短不到两年的时间，每家的产品都有了突破，谢谢大家的努力。这也说明，当初我们没有选错，你们都是行业里最顶尖的企业。后面就是商务条件了，我期待大家的报价和服务。招标流程很快就会启动，请大家关注我们的公告。我预祝大家，都能在招标中取得好成绩。再次感谢大家。"

庞德和仲海军微微有些失望，庞德发现，他的"小手段"似乎并没有真的对关鹤鹏的研发造成什么影响。

"时代变了。"庞德内心感叹，他还是被业内人看作"神一样的存在"，但他自己知道，如今这个行业的界限已经被打破了。东方依然是强大的企业，掌握着很多的话语权。但对新兴事物，东方再也不像以前一样，可以决定一切。

他曾经想通过自己建站来对抗众寻的服务，曾经想阻止众合的海外收购来阻击众寻的产业布局。而如今，他不得不承认，众寻这个外来者已经崛起，并在行业内站稳了脚跟。

而对指南针和关鹤鹏的态度，庞德从来没有拒绝合作，中国移动的事已成定局，没必要继续纠缠。

庞德的电话打给了关鹤鹏："指南针的板子发几块给我吧，我们试用一下。"

关鹤鹏当然没有拒绝，他笑着说了一句："谢谢庞总。"

众合除了绑定了与众寻的合作之外，在精准农业和RTK平板上也都取得了极大的成功。GNSS芯片直接搭载RTK的技术，顺理成章地移植到了RTK平板之上，成了此类产品的一个新的突破。

这个产品依然以ODM的合作形式，出让给合作伙伴。这个是除板卡之外，又一个对Skydon同类产品产生竞争优势的设备。Skydon的GIS部门对这个产品颇感头痛。

几个月后的一天，微信朋友圈出现了一个东方员工发布的一条消息，东方公司中标中国移动定位高精度设备采购项目，后面跟着的是一个巨大的天文数字。

1215

随后这则消息通过东方员工以及合作伙伴庞大的基数，而迅速在朋友圈转载发酵，在行业内引发震动，每一条消息下面，都是无数的点赞和留言。

消息当然也很快被其他公司看到，指南针一名副总拿着手机给关鹤鹏看。

关鹤鹏笑了笑道："这么好的消息，当然要让同行知道，你们还在等什么呢？"

于是，一则官方消息出现在朋友圈，四家北斗企业中标中国移动高精度定位设备采购项目。

原来东方只是赢家之一，新一轮的点赞和称颂又掀起，维持了很久，热度才逐渐散去。

中国移动的事，并没有随着采购的结束而结束，一轮5G+北斗的合作正式展开，每一家北斗企业都参与其中。

在采购项目的两年之后，中国移动发布了一则官方消息。

近日，中国移动完成了全国范围基准站的高精度定位坐标解算，解算结果经权威机构——国家测绘产品质量检验测试中心（英文简称QICS）——质检合格。目前，中国移动高精度定位平台已全面采用解算后的基准站精准坐标，向全国用户提供更精确的差分数据服务。此次对中国移动全国范围基准站的精确坐标解算，具有覆盖范围广(全国性)、精度要求高（毫米级）、技术难度大（站网统一解算平差）等特点。国家基础地理信息中心测绘基准部张处透露，此次基准站坐标解算采用了科学、合理的数据处理方法和策略，通过与国家大地基准框架站同步解算，实现了与国家坐标框架的一致性。

这则消息里没有提到5G，所以就是一则基准站差分服务的新闻，5G只是通信手段，这套系统中，北斗定位成了核心。

又是一年的INTELGEO，中国制造再次成为焦点。除了五花八门的创新之外，中国的板卡和芯片也摆上了展台。除华泰、尚达、东方之外，指南针、北斗星和众合的特装展台也吸引了无数人的目光。

张邕一直待在一家法国公司的展台，那是一副全新的面孔，大家并不熟悉。

直到展会的第三天，随着参展人数渐渐减少。一场场会议也渐渐接近尾声，赵爷他们才忽然想起，张邕怎么一直没在中国区这边，他哪去了？

当赵爷想给张邕打个电话问问的时候，发现后者终于提着一大堆资料袋出现在中国势力的范围内。

"跑哪去了？怎么一直没见到你？"

"好不容易参加一次国际展会，肯定是去看平时看不到的东西。你们的产品，在国内看就可以了。今年的德国机票，可是我自己花钱买的，花这么多钱，跑德国来还是看自己人，这有点不划算，对吗？"张邕笑得有点像怒发狂人。

"唉，我看你是长不大了，怎么这么多年，还处于算计机票的阶段。"

"也不错呀，男人至死是少年嘛。"

"今晚是北斗星建辉做东，还是牛排馆，去吗？"

"赵总你问的什么问题，机票我都算计，又怎么会放过一顿牛排呢。"

张邕说笑着，在展台找了一个座位坐了下来，他其实很累，这几天一直很忙碌，只是忙碌的事情，和GNSS关系不太大。

展台上来了两个白人，对华泰的接收机似乎很感兴趣，问了销售很多问题。

从口音和衣着上来看，张邕断定这是两个美国人，而且有些眼熟，他稍稍思索了一下，很快想起来了这两个人，他们彼此有过一面之缘。

"你们这个接收机，设计上和一家美国品牌有一些像，不知道你们用的是不是他们的内核？"

销售颇有些自豪地回答："不是，如今的中国GNSS接收机，几乎都是中国产的内核，我们很久之前，就不用进口的板卡了。"

"哦，很好，很好。你们会用他们的板卡吗？"老外指着斜对面的众合展台。

"哦，众合呀，他们只是我们的选择之一，我们还有其他选择。"

"好的，谢谢你。"

要离开的老外转身时，忽然看到了张邕，两人目光交集了一下，老外皱了皱眉，走了过来。

"你好，先生。我们是不是在哪里见过？"

"不，"张邕摇头，"我很少出国，如果你们没去过中国的话，就一定是认错人了。"

"哦，可能是认错了，抱歉了，再见。"

老外当然没有认错，张邕记得，这个老外应该叫汤普森，自己介绍来自美国军方，在ION GNSS+会上和张邕和怒发狂人有过一次口角。

从今天的结果看，应该是张邕赢了，他本该扬眉吐气，给两个老外狠狠打脸的机会。但张邕反而觉得这一切索然无味。他忽然越发深刻地体会到，一个真正的赢家，大概是不屑于口舌之争的。

柏林的一家牛排屋。

几张桌子拼在一起成为一张长桌，洁白的桌布、考究的餐具和空气中淡淡的烟火气息，让人无比期待要上桌的食物。

张邕喜欢这种感觉，这让他想起李察的那座庄园，明火烤出的牛排比煎出来更对他的胃口。

关鹤鹏和赵爷坐在了一处，关鹤鹏举杯道："赵总，喝一杯吧，我敬你。"

赵爷赶紧举杯道："客气了，鹏总，对了，要不要叫上那家伙一起。"他指向坐在另一端的张邕，后者似乎正陶醉在牛排的气息之中。

"算了，他是个自由人，会自己找酒喝的。"二人笑着干了一杯。

"张邕，我有点想你的怒发师兄了，他如果在这里，一定会追问，你们三家到底谁赢了。"

餐桌上响起一阵笑声，张邕回道："他已经没那么无聊了，我问过他，他说是Win-Win-Win。"

"wow，Win-Win-Win，这个厉害了，来，我们远程敬怒发老师一杯。"

众人放下酒杯，建辉忽然问道："这次展会，中国公司似乎出了不少风头，你们说，北斗三系统完全铺开了，地面的终端也都是我们自己的。这是不是意味着，在卫星导航领域，我们已经超越了美国呢？"

现场一阵沉默，但每个人都在思考之中。

关鹤鹏开口道："我们是后来者，不能说超越，至少，我们已经赶上了吧。"

"我不这样认为。"说话的是赵爷，所有人目光都投过去，静静地等着赵爷继续，"我承认，最近这些年，特别是随着北斗的发展，我们取得了很大成就。但与Skydon这样的巨头比我们的差距还是非常明显。或者可以说，我们只是从Skydon手里拿回来本就该属于我们的份额，但这还远远不够。我的预测，未来30年甚至50年，我们都很难产生一个能完全和Skydon以及Eka同量级的公司。华泰这些年发展得不错，也不过是百亿规模的公司，Skydon的市值差不多是我们的10倍。我们局部赢了一仗，但若因此就沾沾自喜，就太过肤浅了。在卫星导航产业上，就如鹏总所说，我们赶上来了。但什么时候，我们走在前面，让Skydon和Eka这样的公司，在后面追赶我们，我们才是真的成功了。"

短暂的沉默，然后有掌声。

"赵总，说得太好了。佩服你的眼光和格局，是的，有一天让别人在后面追赶我们，才算真的成功了。举杯，我们敬赵总。"

"敬我们的北斗和北斗人！"

这一晚，大家兴致很高，很难得，喝红酒居然喝出了醉意。

张邕酒醉前最后的记忆，是大家又一次斟满，跟着赵爷朗诵道："危楼高百尺，手可摘星辰！"

第198章　还将继续

　　浦东国际机场，张邕和Madam送别米其林，孩子要去美国读书。

　　托运了两个巨大的行李箱，依然背着一个硕大的背包。米其林隔着安检口向父母招了招手，然后带着满腔的热情和对未来的向往，大步走向了机场深处。

　　这一边，Madam看着儿子逐渐消失的背影，靠在张邕身侧，已经哭成了泪人。

　　"好了，"张邕轻轻拍着Madam后背，安慰道，"孩子大了，总要离开的。一年很快，暑假就可以回来了。"

　　Madam依然控制不住地啜泣："再回来也待不了几天，没良心的孩子，都没回头看一眼就走了。"

　　张邕笑道："多看你一眼又能怎样？想开点，永远离不开家的男孩子，怎么会有出息。"

　　"我不要他有什么出息，就想他和我们一起。"

　　"可以呀，但你我说了不算，他自己路自己做主。"

　　"唉，"Madam悠长地叹了一口气，"我一直觉得自己还很年轻，怎么一下就成了空巢老人了。"

　　"空巢老人！"张邕被这词逗笑了，笑过后，和Madam一样，有几分伤心。他也想儿子，只是没有Madam表现得那样明显。

　　"走吧，等在这也没意义。他到了转机的地方，会和我们联系的。"

　　"嗯。"Madam答应着，和张邕贴得更紧，他们忽然意识到，孩子走了，二人对彼此就更加重要。

　　在磁悬浮车站等车的时候，张邕接到了高平的电话。

　　"张邕，我刚给你推送了一则消息，你看到了吗？"

　　"是的，我刚看到。"

　　"这些媒体怎么这么讨厌，像一群苍蝇。"

"高总，别急。国外媒体一旦报道，国内媒体很快就会捕捉到热点。他们不在乎会带来怎样的影响，有流量才是硬道理。何况，您和这些媒体的关系似乎一直不太好，对吧。"张邕似乎还笑了一下。

"我怎么感觉你有点幸灾乐祸的样子？"

"不，不，"张邕赶紧否认，"我可没有。但这件事我也是才知道，但应该不是现在才出现的吧。多久了？"

"一年多了吧，一年之前，美国商务部突然提出对众合的调查，并对我们北美公司，也就是曾经的赫兹，进行审计。那时我们预料到可能会有一些不利的状况发生，这一年多，我们一直在多方面的沟通和努力。但没有收到效果，看来，该来的还是要来。"

"既然该来的总要来，您何必在乎媒体的报道。高总，我在上海，周末回北京。下周……四，周四吧，您方便吗？我带两个朋友去和您碰个面，看看我们该做些什么。"

高平一直焦躁的心情，忽然像得到了某些暗示一样，有一些疏解。

"张邕，你有什么好的应对吗？"

"不好说，高总，下周见。"

很难说，这事和那个自称军方的汤普森是否有关，是否和张邕和怒发狂人与其争吵有关。

但可以肯定的一点是，这事和Skydon多多少少是有一些关系的。众合在北斗平板上的强势输出，极大地影响到了Skydon同类业务，而与接收机和OEM业务的失守不同，这不在Skydon的计划之中。GIS数据采集和精准农业一样，都是Skydon当前最重视的业务。

不知道怎样的程序和手段，总之，这个已被众合收购多年的赫兹公司重新引起了美国商务部的注意。

从一年前的调查和审计开始，赫兹的前途就变得难以捉摸。

高平组织美国团队，当然也包括了外援——霍顿团队，与美国商务部进行了长达一年之久的沟通，然而并没有取得任何效果，一切朝着不可逆转的方向发展。

美国商务部最终给出了两个方案，都是彻底剥离的方案：

一、赫兹将作为一个独立的实体存在，但从今以后，不得和众合产生任何关系，也不得有任何生意往来。

二、赫兹将完全出售给美国企业或美国财团，董事会不得有任何众合以及与众合有关联的成员。

高平当然不想执行其中任何一个方案，赫兹如今已经转变成一个研发和产品部门，所有的交易都在众合的渠道，这样的剥离对双方的损失都是巨大的。

他咨询了霍顿和美国的律师："赫兹如今已经不是当初收购的赫兹了，我们的产品有了很多代的更新和升级。特别是高精度板卡一类，之前他们只有单频板卡，如今的高精度产品都是我们二次开发的结果。如果进行剥离，那么这一类产品应该怎么划分归属。"

"两点，第一，无论收购前，还是收购后，只要是在美国本土，在赫兹公司内部研发的成果，都是属于赫兹所有，如果双方剥离，众合无法拿走任何成果。这一年多的审计和调查，你以为他们在做什么呢？难道只是财务问题？第二，众合在国内研发的部分，只要是基于赫兹底层的，无论是线路设计，还是代码。只要和赫兹产品存在相同，近似或者同源的，这些在剥离后都不得再使用。否则一旦被美国商务部抓到，众合会惹上极大的法律麻烦。"

"强盗，"高平忍不住骂了出来，"我们中国人说，买定离手。我们都收购这么多年了，居然还要拿回去。美国人的'普世价值'就是这样的吗？我们收购赫兹，就是为了后面的研发。我们的研发都是依靠赫兹的底层。我们双频板的芯片，就是两个赫兹芯片封装的。难道这一切我们都不能再用了？"

霍顿摊摊手道："不好办。高总，美国人在一定范围内是讲道理的，比如现在，您最好的选择是和美国商务部谈一个很好价格，用回购的利润来尽量弥补您的损失。"

"妈的，我们做的不是倒卖公司的生意，就算卖了再多的利润，这样绝对不是我们想要的。麻烦几位,还是尽量谈判吧,希望我们能看到转机。"

高平没能如愿,一年后,美国商务部突然将众合列入了实体名单。这意味,如果拒绝签协议,不执行美国的剥离计划,众合迎来的将是美国的严厉制裁。

就在高平焦头烂额、无比纠结的时候,国内一家媒体率先将此事报道出来,一时间引发了不小的动荡。

当然也不全是坏处,被美国列入实体名单的,每一个都是顶尖的科技公司,而且能引起很多中国人的同情与支持。只是,这些支持根本无助于高平解决眼下的困境。

"张邕,下周四。"高平认真地在自己的安排上加了这一点,然后又把日程给了自己的助理。

张邕一行三人来到了众合,虽然高平满腹的官司,但见三人,还是忍不住笑了出来。

个子最高的张邕站在当中,左手边是他那个怒发冲冠的师兄,右手边则是一个长发垂肩的男子。

二人一左一右,头发一个向上一个向下,整个组合充满了喜感。

张邕也笑了,他能感觉到,高平在笑什么,他自己其实也觉得很好笑。

"高总,我来说吧。这位您认识,我们的北斗学者,我的师兄,这位您没见过,他叫刘芯,不是让您多多留心地留心,而是芯片的芯。"

高平认真地看着刘芯,心道:"怎么会有这么奇怪的名字。"但嘴上还是应道,"幸会,幸会。"

张邕继续道:"我们带了一些东西给您,希望您能够满意。"

怒发狂人打开一个防静电的精致盒子,虔诚的样子,如同一个要取出钻戒求婚的少年。

海绵托上,放着一枚黑色的四四方方的薄片。

"高总,其实你要的双频芯片我们已经做出来了。之所以这么久才拿出来，是因为我们消化吸收了赫兹的底层后，完全地重新设计了这枚芯片，如今这是一枚全新的双频芯片。我们和赫兹，注意，是我们和赫兹，不是赫兹和我们，做了彻底的剥离。如今这是一枚完全属于中国人的芯片，已经没有赫兹的影子。"

在高平还处在深深震惊无法自拔的时候，一旁的刘芯递过一个U盘。

"赫兹所有的资料，所有的集成电路和相关代码都重新写过了。新的设计也在U盘里。我想重复一遍这位M大同行的话，是我们剥离了赫兹，不是赫兹剥离了我们。"

会议室里爆发出一阵欢呼，声音之大，传出了会议室，门口走廊和附近工位上的人全都听到了。

而且很明显，这是高平的声音。

所有听到这个声音的人面面相觑，不知道发生了什么。高总一直是一个很严肃的人，也有一组泰山崩于前而不溃的钢铁神经，他很少有这样失态的时候。

这是怎么了？

高平已经顾不得这些了，他在会议室里又蹦又叫，不知道该如何释放自己的情绪。他大笑，但好像又有眼泪。

张邑微笑着看着高平，人一生总该有几次这样的大哭大笑吧。

怒发狂人也在笑，笑得得意而且放肆。

刘芯有些发呆，他已经太久没有过这样的情绪，这些年他似乎一直待在天上，不食人间烟火。但看到眼前的高平，他忽然涌起一种感觉，自己是不是考虑下，该下凡了。

稍稍平静的高平，当着张邑的面，拿起电话打给了美国的霍顿。

可怜的霍顿，在一片黑暗之中被大洋彼岸的来电吵醒。

"高平，你知道现在我这里是几点吗？"

高平不管不顾地说道："听着，霍顿。帮我安排和商务部的谈判吧，赫兹卖给他们，全部卖给他们。给我谈一个好价格出来，价格越高越好。继续睡吧，晚安！"